ullstein

Franziska Jebens

Suche Platz auf Wolke Sieben

Roman

Ullstein

Besuchen Sie uns im Internet:
www.ullstein.de

MIX
Papier
FSC® C083411

Originalausgabe im Ullstein Taschenbuch
1. Auflage Mai 2021

Umschlaggestaltung: zero-media.net, München
Titelabbildung: FinePic®, München
Gesetzt aus der Quadraat Pro powered by pepyrus.com
Druck und Bindearbeiten: CPI books GmbH, Leck
ISBN 978-3-548-06444-4

Für meine Eltern.

Und, wie alles, für Carsten ∞

Let's.

Be.

Love.

♡

Prolog

Dankbar.

Dank. Bar.

Hmm. Wofür bin ich dankbar? Eine Hausaufgabe hat sie es genannt. Jeden Tag am Abend, bevor ich ins Bett gehe, soll ich aufschreiben, wofür ich dankbar bin. Auch, nein, vor allem, die kleinen Dinge. In ein schönes Buch. Vielleicht eines mit Ledereinband. Oder wenn mir das lieber sei, könne ich auch eines mit Glitzerelementen wählen. Oder eins mit einem schönen, motivierenden Spruch vorn drauf. Oder ein ganz schlichtes, edles. Das sei allein meine Entscheidung. Aber es solle mir gefallen. Eine Art Tagebuch, aber eben für Dankbarkeit. Das hat sie gesagt. Also bin ich los und habe mir eins gekauft. Aus Protest nur ein Schulheft mit nüchternem Linienpapier. Und jetzt sitze ich hier, vor mir die erste leere Seite, den Stift in der Hand.

So ein Schwachsinn!

Dankbarkeit,
ich hasse dich.
Beste Grüße aus der Hölle,
Marlene

Klirrend zerbrochen

»Marlene, hast du gehört, was ich gesagt habe?« Sebastians Hand berührt kurz meinen Oberarm.

Ich spüre es kaum. Ich habe abgeschaltet. Mein Blick geht durch ihn hindurch ins Leere. Seine Worte habe ich zwar gehört, aber deren Bedeutung will ich nicht verstehen.

»Marlene, sag doch endlich was!« Er klingt frustriert und rüttelt leicht an meinem Arm. So, als hätte ich schlecht geträumt und er würde mich aufwecken wollen.

Ich wünschte, es wäre so.

»Verstehst du, was ich gerade gesagt habe? Für mich ist das auch nicht einfach, weißt du?«

Wir stehen auf einem akkurat gepflasterten Weg in Norderstedt und warten auf die Maklerin, die uns die Schlüssel zu unserem gerade gekauften Reihenhaus übergeben soll. Und mein Verlobter, den ich eigentlich in vier Wochen heirate, erklärt mir, dass das alles doch keine so gute Idee ist mit uns und unserer gemeinsamen Zukunft.

Was soll denn jetzt aus Penelope und Jack, unseren zwei geplanten Kindern, werden? Wer wird den hinkenden, fast blinden Mischling namens Matt Eagle aus dem Tierheim retten, wenn wir es nicht tun? Welches Paar reist an die Côte d'Azur, turtelt in Rom und versteckt sich in den schottischen Highlands, wenn wir es nicht sind? Wer heiratet am 12. Mai, und wer in Gottes Namen soll in diesem Haus wohnen?

Aber das ist jetzt alles gar nicht wichtig. Er will nicht. Nicht mehr. Und wahrscheinlich auch nie wieder. Ich weiß nicht, warum, und ich fühle gar nichts. Wahrscheinlich auch nie wieder.

Er ist doch mein Geliebter, mein Verbündeter, mein bester Freund. Mit ihm bin ich früher jeden Sommer heimlich nachts über den Zaun des Freibads gestiegen, um unterm Sternenhimmel toter Mann zu spielen. Er hat *Besi + Marli = Big LOVE* und dazu ein Herz in die umgestürzte Eiche am Sportplatz geritzt. Er hat mich getröstet, als meine Eltern nicht zu meiner Abi-Abschlussfeier gekommen sind. Er hat mich beim Einzug in unsere erste klitzekleine Wohnung mit unzähligen Kübeln voller eingepflanzter rosa Pfingstrosen überrascht. Er hat vor den Uni-Prüfungen meine Hand gehalten, hatte eine Flasche Sekt parat, als ich die Zusage für meinen ersten richtigen Job bekam. Er hat mir zu jedem meiner elf Geburtstage, seit wir zusammen sind, meinen Lieblings-Schokoladenkuchen mit salzigen Macadamianüssen gebacken. Er ist der Erste und Einzige, den ich je geküsst, mit dem ich je geschlafen habe. Er hat mir vor einem Jahr einen Heiratsantrag gemacht, mich dazu überredet, ein Haus zu kaufen, mir gesagt, er wolle immer mit mir zusammen sein, ich sei seine große Liebe. Für immer seine beste Freundin ...

Freunde machen so was nicht.

»Freunde machen so was nicht!« Ich beiße mir auf die

Unterlippe. »Oder ist das deine Art, mir mitzuteilen, dass dich etwas an mir stört?«

Vielleicht ist es mein Zungenschnalz-Tick? Ein kleiner Hoffnungsschimmer.

»Wenn es um mein ewiges Zungenschnalzen geht … Wenn dich das so wahnsinnig nervt, warum hast du nicht früher was gesagt? Mich stört es ja auch. Ich werde versuchen, es mir abzugewöhnen. Oder habe ich doch irgendwas falsch verstanden? Ehrlich gesagt, irgendwo zwischen ›Es tut mir so leid‹ und ›Ich kann das nicht‹ habe ich aufgehört, dir richtig zuzuhören.«

Er schüttelt traurig den Kopf. In mir drin ist es eisig. Ich habe ihm geglaubt, ihm vertraut, und jetzt stehe ich allein auf einer Eisscholle und treibe in Richtung offener See.

»Freunde machen so was nicht«, wiederhole ich stur.

»Ja, aber das ist doch genau der Punkt. Wir sind Freunde geworden. Wir kennen uns schon, seit wir Kinder sind. Seit wir sechzehn sind, sind wir zusammen. Mensch, Marlene! Ich habe auch gedacht, dass wir für immer sind. Wirklich! Das musst du mir glauben! Sonst hätte ich ganz bestimmt nicht mit dir das Haus gekauft und dir einen Antrag gemacht. Aber ich habe das Gefühl, wir machen einen Fehler. Wir legen uns zu früh mit zu viel fest. Unser Leben ist so vorhersehbar geworden.«

Er seufzt, und ein kleiner Teil von mir denkt: Er hört sich vernünftig an. Das ist doch verrückt! Er hört sich echt vernünftig an. Wie bescheuert bin ich eigentlich, dass ich ihn auch noch verstehen kann? Also, auf der Sachebene und wahrscheinlich auch nur, weil mein Herz gerade schockgefrostet worden ist. Nur ganz langsam realisiere ich, wie schrecklich das ist, was er da gerade gesagt hat, und was es bedeutet. Er will echt raus. Raus aus unserem Leben, raus aus unseren Plänen, aus unserer Zukunft, aus unserer Verbindlichkeit.

Mir wird übel.

»Seit wir den Kaufvertrag unterschrieben haben, bin ich jede Nacht schweißgebadet aufgewacht und habe mich gefragt, was mit mir los ist. Und heute auf dem Weg zu diesem Termin habe ich mein Leben bis zu meinem Tod vorausgesehen. Das hat mir einen Wahnsinnsschrecken eingejagt, Marli! Ja, ich habe richtig Panik bekommen! Das kann doch so nicht richtig sein. Zumindest noch nicht jetzt. Wir sind doch noch so jung, haben noch gar keine richtigen Abenteuer erlebt, die Welt noch nicht gesehen. Aber genau das ist es, was ich will! Ich will frei sein, richtig leben, herumkommen! Willst du das nicht auch?« Seine Frage, sein Blick haben etwas Flehendes.

Jetzt tut er mir auch noch leid? Das fehlt mir noch!

»*Du* hast *mir* den Antrag gemacht, und auch der Hauskauf ist auf *deinem* Mist gewachsen. Ich wäre unverheiratet in unserer Wohnung glücklich gewesen.« Ich schlucke hart, aber der Kloß in meinem Hals will nicht weichen, und meine Stimme zittert, als ich frage: »Können wir denn nicht zusammen frei sein?« So einfach gebe ich nicht auf. Auch wenn mein Bruder Eddie mir jetzt »Selbstwert gleich null, heißt: du gleich null, Marli!« um die Ohren hauen würde. Gefolgt von: »Schwach, Marli. Echt schwach.« Aber hier geht es schließlich um was. Nämlich um mein Leben, um meine Liebe.

Sebastian reibt sich an der Stirn herum, so wie er es immer tut, wenn er nicht weiterweiß, und schaut mit schräg gelegtem Kopf ratlos auf den Fußboden. »Marlene. Ich …« Er seufzt gequält, wirkt sprachlos. »Mach es mir doch nicht so schwer …«

»Doch! Genau *das* werde ich tun! Meine Zukunft steht hier auf dem Spiel, weißt du? Es gibt zwei Leute in dieser Beziehung! Ich dachte, wir sind füreinander da, sagen uns alles, sprechen über Zweifel, Ängste, Probleme, sobald sie auftauchen, damit wir sie gemeinsam lösen können. So haben wir es uns auf jeden Fall versprochen. Und jetzt kommst du hier plötzlich an mit deinem Ich-bin-dann-mal-weg und denkst, dass ich dich so einfach gehen lasse? Das kommt überhaupt nicht infrage! Wir hatten ein gemeinsames Leben vor. Du und ich. Das kannst du doch nicht so mir nichts, dir nichts und von heute auf morgen über sämtliche Haufen schmeißen! Mich, unsere Geschichte, unsere Liebe im Stich lassen! Vielleicht hast du einfach nur Torschlusspanik wegen der Hochzeit, wegen der Hausübergabe. Das überwinden wir gemeinsam! Alles andere wäre doch total lächerlich!« Ich habe mich in Rage geredet, obwohl ich eigentlich nur selten richtig wütend werde.

Er räuspert sich und sagt leise: »Es ist nicht von heute auf morgen passiert, Marlene. Ich habe mich nur einfach nicht getraut, es dir zu sagen, weil ich wusste, dass damit eine Welt für dich zusammenbricht. Ich hatte gehofft, dass der Hauskauf etwas bei mir ändert. Ein neues aufregendes Projekt, durch das dieses Gefühl wieder weggeht. Aber es ist immer stärker, immer schlimmer geworden. Ich kann das einfach nicht. Das mit uns, das fühlt sich für mich wie lebenslänglich an.« Erschrocken schlägt er sich die Hand auf den Mund. Es scheint, als hätte er erst, als er es gesagt hat, gemerkt, wie sich das für mich anhören muss. Ich, unsere Beziehung, unsere Pläne sind sein Gefängnis.

Ich kann das alles nicht fassen. Die Entscheidung für das Haus haben wir vor fünf Monaten gefällt. Ich stammele nur: »Aber seit wann?«, und sehe ihm an, dass er auf diese Frage nicht antworten will.

Gequält sagt er: »Ehrlich gesagt, ich war mir, kurz nachdem ich dir den Antrag gemacht habe, schon nicht mehr ganz so sicher mit uns.«

»Frau Boss. Herr Kitzig. Bitte entschuldigen Sie die Verspätung!«

Ich zucke zusammen, als ich unsere Nachnamen höre. Die Maklerin schraubt sich umständlich mit ihrer Aktentasche aus ihrem silbergrauen Kombi. Während sie auf uns zugelaufen kommt und mit der freien Hand ihre weiße Bluse glatt streicht, bleiben Sebastian und ich stumm und bedrückt.

Seit dem Antrag ist er sich nicht mehr sicher mit uns. Das war vor fast einem Jahr ... Seine Entscheidung hat er sich also wirklich reiflich überlegt.

Die Maklerin schüttelt unsere Hände: »Wie geht es mit den Hochzeitsvorbereitungen voran? Wenn ich mich recht erinnere, ist es doch in drei Wochen bei Ihnen so weit, richtig?« Sie schaut erst enthusiastisch, dann irritiert zwischen uns hin und her, weil keiner von uns antwortet.

»V…« Ich habe meine Stimme verloren und räuspere mich. »Vier. Vier Wochen.«

Die Maklerin merkt, dass irgendetwas nicht stimmt. »Ja, dann haben Sie ja sicherlich noch viel zu tun. Ich will Sie auch gar nicht lange aufhalten. Wir machen noch einen kurzen Rundgang, dann unterschreiben Sie mir das Übergabeprotokoll und bekommen die Schlüssel von mir ausgehändigt. Wollen wir loslegen?«

»Ich glaube, wir brauchen das Haus nicht mehr«, sage ich tonlos.

»Wie bitte?« Jetzt wird sie nervös. »Aber der Kaufpreis ist doch schon bezahlt. Sie können das Haus nicht einfach so zurückgeben. Wir sind ja hier nicht im Klamottenladen.« Sie scharrt mit den Ledersohlen ihrer braunen Loafer auf den Pflastersteinen herum. Wahrscheinlich hat sie Angst um ihre Provision. Das Knirschen der kleinen Steinchen, die zwischen Maklersohle und Pflastersteinen hin und her geschmirgelt werden, ist ohrenbetäubend laut.

Sebastian dreht sich zu mir und sagt leise: »Marlene, das müssen wir doch nicht jetzt klären.« Und zur Maklerin: »Entschuldigen Sie. Wir machen es so, wie Sie vorgeschlagen haben, und alles Weitere klären wir danach. Sozusagen intern.«

Er sagt nicht: »Entschuldigen Sie, aber ich habe meiner Verlobten gerade einen Bären aufgebunden, ihr gesagt, dass ich mich von ihr trennen will. Aber das war nur ein Test. Ich wollte mal sehen, ob sie mich auch wirklich liebt oder ob sie eher erleichtert ist. Wie gesagt, nur ein Test. Natürlich brauchen wir das Haus!« Die Situation ist ihm gegenüber der Maklerin sichtlich unangenehm.

»Ich weiß ja nicht, was hier gerade zwischen Ihnen beiden vor sich geht. Aber ich würde Ihnen raten, die Pferde nicht scheu zu machen und lieber fünfe gerade sein zu lassen. Wissen Sie, es ist manchmal besser, zu verzeihen, als sich zu trennen und es dann ein Leben lang zu bereuen.«

Daran habe ich ja noch gar nicht gedacht! Hat er etwa jemanden kennengelernt?

»Ist es das?« Alles Mitleid und das Verständnis, das durch seine Überrumpelungsaktion überhaupt erst in mir möglich war, sind jetzt verschwunden. Ich kann mich nicht bremsen.

»Sag es mir lieber gleich! Über kurz oder lang finde ich sowieso heraus, ob es eine andere gibt!«

Sebastian hebt beschwichtigend die Hände. »Marli, komm schon. Es gibt keine andere. Ganz sicher nicht. Lass uns das hier über die Bühne bringen, und alles Weitere klären wir später, okay?« Er fasst mir wieder an den Oberarm, aber dieses Mal schüttele ich ihn unwirsch ab. Die Maklerin scharrt wieder mit den Füßen.

»Ich versteh das alles nicht! Und ich will das hier nicht über die Bühne bringen! Auf jeden Fall nicht mit dir zusammen!« Ich seufze wütend und traurig und verzweifelt zugleich. »Wenn das wirklich dein Ernst ist. Wenn du dich von mir trennen willst, dann musst du jetzt sofort gehen, Sebastian!«

»Marlene, ich lass dich ganz bestimmt nicht alleine die …«

»Doch! Genau das tust du! Dann sei auch wenigstens so konsequent und tu es gleich! Bitte geh jetzt, Sebastian! Du verlangst von mir, dass ich deine Entscheidung einfach so hinnehme. Dann ist es ja wohl das Mindeste, dass du jetzt auch meine akzeptierst!«

Die Maklerin klimpert versehentlich mit den Hausschlüsseln, umfasst das Schlüsselbund sofort mit der anderen Hand und murmelt fast unhörbar: »Entschuldigung.«

Sebastian sieht aus, wie er früher als kleiner Junge ausgesehen hat, wenn seine Mutter ihn bei einem Streich ertappt hat. So etwas weiß ich, weil wir uns schon ein Leben lang kennen. Welche andere wird das je von ihm wissen? Er nickt, sagt: »Ich hoffe, wir können bald noch mal reden«, und küsst mich auf die Wange, die sich daraufhin heiß anfühlt und brennt, als wäre ich in ein Beet aus Brennnesseln gefallen.

Dann geht er. Er geht wirklich. Mit gesenktem Kopf, mit hängenden Schultern.

Ich zwinge mich, ihm nicht weiter nachzuschauen, tue es dann aber doch. Er steigt ins Auto, startet den Motor, fährt los und um die nächste Kurve, verschwindet. Mir bleibt die Luft weg, und ich zucke zusammen, weil mein Herz so laut und klirrend zerbricht, dass ich denke, ganz Norderstedt müsse es gehört haben.

Irgendwie habe ich es nach dem Termin geschafft, die Tür des Hauses abzuschließen, zur nächsten Haltestelle zu laufen und in die richtige S-Bahn einzusteigen. Während der Bahnfahrt hat es angefangen zu hageln. Typisch April. Eben scheint noch die Sonne, und im nächsten Moment ist Weltuntergang. Da hat Sebastian sich ja den richtigen Monat, sogar den richtigen Tag für seine Hiobsbotschaft ausgesucht, denke ich bitter. Das Wetter hat mich genauso getäuscht wie er.

Ich hatte noch nicht einmal in Erwägung gezogen, dass irgendetwas diesen Tag trüben könnte. Ich hatte kein emotionales Sicherheitsnetz gespannt, keinen doppelten Boden eingezogen, keine Rüstung angelegt, noch nicht einmal einen Regenschirm hatte ich eingepackt.

Nach wenigen Metern in Richtung unserer Wohnung bin ich völlig durchnässt. Die Hagelkörner werden immer größer und prasseln unaufhörlich auf mich ein. Womit habe ich das verdient? Ich spende zehn Prozent meines Gehalts an *Greenpeace* und an *Aktion Tier*, ich esse kein Fleisch, seit ich elf Jahre alt bin, versuche, so wenig wie möglich zu fliegen, beziehe Ökostrom und benutze nur tierversuchsfreie, vegane Bio-Kosmetik.

Ja, okay. Mein Job als Headhunterin ist nicht besonders klimaneutral, aber privat bin ich da schon ziemlich weit vorne. Und obwohl meine Eltern sich in ihrer ständigen Besessenheit, den nächsten deutschen Schlagerhit zu schreiben, nie wirklich für mich und meinen Bruder interessiert haben, habe ich mich doch zu einem ganz vernünftigen, umsichtigen, liebevollen und fröhlichen Menschen entwickelt. Ein Mensch, der, obwohl er von seinen Eltern nie viel und schon gar keine bedingungslose Liebe erfahren hat, selbst bedingungslos lieben kann. Oder sollte ich besser sagen *konnte?*

Um mich zu ärgern, hat mein Bruder Eddie früher immer gesagt: »Irgendetwas stimmt da nicht mit deinem geliebten Besi. Ich trau dem Braten nicht. Besi und Marli hier. Marli und Besi da. Das ist alles viel zu perfekt mit euch beiden.«

Offenbar hat er recht gehabt.

An unserer Wohnung in der Semperstraße angekommen, fummele ich mit klammen Fingern den Hausschlüssel aus der Handtasche, der mir prompt entgleitet und geschmeidig genau durch den Gitterrost vor der Tür fällt. »Das kann doch alles nicht wahr sein!«

Wenigstens kann ich den Rost ohne Probleme anheben und den Schlüssel aus dem Blätter-Dreck-Gemisch herausfischen, ohne mich dabei auch noch an der scharfen Kante zu verletzen.

Endlich im Hausflur, fällt mir plötzlich ein, dass Besi wahrscheinlich zu Hause ist. Dann wird mir klar, dass wir die Wohnung ja am Wochenende räumen müssen. Dass ich übergangsweise in das Haus ziehen muss, weil ich sonst obdachlos bin. Dass ich mir die Kredite für das Haus allein niemals leisten kann, dass ich ja aber sowieso nie allein da würde leben wollen. Dass ich das Haus also wieder verkaufen muss. Und um dem Ganzen noch die Krone aufzusetzen, fällt mir ein, dass ich meine eigene Hochzeit werde abblasen müssen.

Ich setze mich auf die unterste Stufe im Treppenhaus und fange an zu weinen. Erst ganz leise, und irgendwann so laut, dass es kalt von den schwarz-weiß gesprenkelten Steinplatten des Fußbodens widerhallt.

Nein – fucking – danke zur Dankbarkeit!
Noch nicht mal Grüße aus der Hölle,
Marlene

So richtig schön links und rechts

»Und? Wie läuft es mit dem Dankbarkeitstagebuch? Wollen Sie ein paar Einträge mit mir teilen?« Frau Kantenkranz lehnt sich in ihrem Sessel zurück, auf ihren Knien ein Klemmbrett mit weißem Papier. Sie hält den Stift gezückt, um sich gegebenenfalls eine Notiz zu machen. Ich habe noch nicht herausfinden können, welche von meinen Aussagen sie für aufschreibenswert hält.

»Ich weiß, ehrlich gesagt, nicht, was das bringen soll. Ich habe nichts, wofür ich dankbar sein kann. Mein ganzes Leben ist den Bach runtergegangen. Ich habe Ihnen doch die Geschichte erzählt, oder?«

Tatsächlich bin ich mir nicht mehr ganz sicher, ob ich ihr in unserer ersten Stunde überhaupt etwas erzählt oder ob ich nur geweint habe.

Eddie hat mir nach meiner Schilderung der Ereignisse den wöchentlichen, ihm heiligen Termin bei seiner Therapeutin überlassen.

Er saß mir in der Sitzecke seiner schicken Wohnung in der Gertigstraße gegenüber und fragte: »Und, hast du ihm wenigstens eine geballert, Marlene? So richtig schön links und rechts? Oder hast du vor lauter Wut ganz Norderstedt zusammengeschrien?«

Ich habe ihn nur mit verquollenen Augen angeschaut und den Kopf geschüttelt. Daraufhin legte er dann so richtig los.

»Du bist ein Emotionenunterdrücker, Marlene. Und Emotionenunterdrücker kriegen irgendwann Magengeschwüre. Immer frisst du diese ganze Scheiße in dich rein. Das hast du früher schon so gemacht. Mit unseren verrückten Alten, oder wenn in der Schule was war, und als Lilo damals nach Sardinien gezogen ist. Und jetzt machst du es wieder. Du musst schreien, wüten, schlagen, verklagen, beschuldigen, verfluchen, trauern, mit den Füßen stampfen, unvernünftig viele Drogen nehmen und dann den ganzen Dreck beim Fallschirmspringen mit deinem brillanten Bruder Eddie über Bord schmeißen. Und dann geht's weiter. Und du kannst endlich auch mal mit jemand anderem vögeln. Mit deinen langen roten Haaren und den grünen Augen kannst du so ziemlich jeden haben. Das ist doch toll! Du musst die positiven Seiten sehen, Marli! Die Chancen, die sich jetzt für dich auftun! Das war ja schon fast Inzest zwischen Besi und dir. Trotzdem hau ich dem Sack eine rein! Meine Schwester verarschen, so weit kommt's noch! Du gehst morgen zu meiner Therapeutin. Keine Widerrede! Ich weiß, du hältst das für Quatsch, aber ich schleif dich an den Ohren da hin, wenn es sein muss. Das wird dir guttun, glaub mir. Du hast morgen ja noch frei, richtig? Besi und du, ihr hattet bestimmt vor, eure Hausübergabe so richtig schön zu feiern, oder?«

Warum war ich nach dem Zusammenbruch im Treppenhaus bloß zu meinem Bruder gegangen? Eddie ist bekanntermaßen die unsensibelste Person auf der Welt. Aber vielleicht hatte ich genau das gebraucht.

Wie dem auch sei. Nun sitze ich zum zweiten Mal in einer Woche seiner Therapeutin gegenüber und bin mehr damit beschäftigt, mich an ihren Namen zu erinnern, als mich auf unser Gespräch zu konzentrieren. Wie hieß sie noch gleich? Mummenschanz? Tonnenfranz?

»Doch, Frau Boss. Sie haben mir die Geschichte von der Trennung erzählt. Ich will Ihre Situation auch nicht mit meinem Tagebuchvorschlag verniedlichen. Sie haben ein Trauma, und es ist sehr gut, dass Sie hier bei mir sind. Das Dankbarkeitsjournal hat lediglich die Aufgabe, Ihre Aufmerksamkeit auf Kleinigkeiten zu lenken, die Sie, auch wenn die Situation für Sie noch so düster ist, in Ihrem Alltag für erwähnenswert halten. Sie können zum Beispiel dankbar sein für einen Sonnenstrahl, für eine Tasse Tee oder für Ihren Bruder Eddie.« Sie lächelt, und ich frage mich, ob sie einen Witz gemacht hat. »Sie wissen ja, dass ich eigentlich keine Familienangehörigen von meinen Patienten aufnehme. Aber Eddie war sehr um Sie besorgt, und diese Seite kenne ich gar nicht an ihm.«

Jetzt muss auch ich schmunzeln. Ich kenne Eddie so auch nicht. Immerhin haben Frau Franzentanz und ich das schon mal gemeinsam, und sie ist mir dadurch gleich ein bisschen sympathischer. Ist das überhaupt erlaubt, Sympathie in einer Therapie?

»Ich würde mich wirklich freuen, wenn Sie dem Dankbarkeitsjournal noch einmal eine Chance geben würden, Frau Boss. Es könnte Ihnen bestimmt helfen. Und jetzt möchte ich gerne mit Ihnen darüber sprechen, warum Sie unbedingt in dem Haus übernachten müssen und nicht bei Ihrer Freundin Sassy bleiben können, bis Sie eine neue Wohnung gefunden haben. Denken Sie, dass das eine Art unbewusste Konfrontationstherapie ist? Oder könnte es sein, dass Sie sich selbst bestrafen? Und wenn ja, wofür?«

Nicht dankbar für das Absagen der Hochzeitslocation,
des Catering, der Torte.
Nicht dankbar für die Ausladung der Gäste und
deren mitleidige Reaktionen,
nicht dankbar für die Stornierung des Honeymoon,
nicht dankbar für die Diskussion mit der Bank,
die das Haus finanziert hat,
nicht dankbar für die nett gemeinten Worte
der Kolleginnen und Kollegen im Büro,
nicht dankbar für meine Dummheit und
mein armseliges Leben.

Don Juanita

Das Rotkehlchen sitzt auf dem Rasen. Ich habe ihm ein paar Kerne zwischen die Gräser gestreut. Es beruhigt mich, ihm dabei zuzusehen, wie es sich vorsichtig durch die für dieses kleine Vögelchen wahrscheinlich monströs wirkenden, dschungelartigen Halme bewegt. Aus Angst, dass das Rotkehlchen gegen die Scheibe fliegt und sich das Genick bricht, habe ich zur Abschreckung fast die ganze Terrassentür und das Fenster daneben mit diesen großen schwarzen Raubvogelsilhouetten beklebt. Sassy sagt, dass das morbide und krank sei, weil das Wohnzimmer nun ohne künstliches Licht fast ganz dunkel ist. Aber mir gefällt es so. Die Fensterdekoration passt zu meiner Stimmung.

Ich habe mir ein Kissen direkt vor die Terrassentür gelegt. Zwischen ein paar Vogelsilhouetten kann ich von dort aus nach draußen schauen und das Rotkehlchen sehen. Jeden Morgen seit dreieinhalb Wochen sitze ich da, beobachte es und schaue mir von ihm ab, wie man sich vorsichtig durch monströs wirkende Gefilde bewegt, ohne überrascht oder gar gefressen zu werden. Deckung ist das Zauberwort!

Während ich vom Rotkehlchen fürs Leben lerne, trinke ich meinen Kaffee aus einem weißen Emaillebecher.

Die Espressomaschine habe ich behalten. Die meisten anderen Sachen – das Bett, in dem wir nebeneinander und miteinander geschlafen haben, das Sofa, auf dem wir uns durch *Hollywood*, *Grace & Frankie* und *Friends* geguckt haben, Geschirr, von dem wir seine Currys oder meine Lasagnen gegessen haben, Handtücher, auf denen wir im Urlaub dicht beieinander am Strand lagen – alles das, was er nicht wollte, habe ich kurz nach dem Umzug von einem Entrümpler aus dem Nicht-Haus abholen lassen. Es war einfach zu schmerzhaft, die vielen mit Erinnerungen behafteten Dinge um mich zu haben.

In einem Outdoorladen habe ich mir neben dem Emaillebecher noch eine Isomatte, einen Schlafsack, ein komprimierbares Kissen und eine batteriebetriebene Leuchte im Petroleumlampen-Look gekauft. Mein temporäres Camp habe ich im Wohnzimmer aufgeschlagen.

»Du bist echt eine Masochistin. Wieso wohnst du da? Und wieso kümmerst *du* dich um alles? *Er* hat euch doch diesen ganzen Mist eingebrockt. Jetzt soll *er* ihn gefälligst auch auslöffeln!« Eddie klang richtig sauer, als wir ein paar Tage nach dem Desaster in Norderstedt telefonierten. Er fand es völlig absurd, dass ich jetzt allein in dem leeren Haus wohne.

Aber ich brauche das. Bei Eddie, der nur noch davon redet, Besi die Visage zu polieren, und mich ständig fragt, wann ich denn nun endlich so richtig ausraste und alles zu Klump schlage, will ich ganz bestimmt nicht wohnen. Und Sassy, die sich alle zwei Minuten nach meinem Befinden erkundigt und permanent versucht, mich mit schlechten Witzen aufzumuntern, ist mir momentan auch irgendwie zu viel. Das Alleinsein, in dem ich versuche, mich wieder oder überhaupt das erste Mal in meinem Leben zu finden, ist wie eine Kur. Zugegebenermaßen eine sehr schmerzhafte Kur, aber eben eine Kur. Ich, hier in diesem Haus, das ist wirklich eine Konfrontationstherapie mit mir selbst. Und eine Bestrafung ist es auch. Eine Bestrafung für meine Dummheit, jemandem so sehr zu vertrauen. Eine Bestrafung, die mir hoffentlich für alle Zeit eine Lehre sein wird.

»Er hat angeboten, sich darum zu kümmern. Aber ich habe Nein gesagt. Ich war ja die ganze Zeit mit den Firmen in Kontakt. Da hätte ich es irgendwie komisch gefunden, denen nicht auch selbst abzusagen«, erklärte ich meinem Bruder am Telefon.

»Oh Gott, Marli. Du bist echt nicht zum Aushalten. Ich sag's dir: Magengeschwür, und wenn nicht Magengeschwür, dann mindestens Gürtelrose. Na ja, wenigstens gehst du zur Kante.« Er sprach seinen Spitznamen für Frau Kantenkranz übertrieben norddeutsch-hamburgisch aus, machte das »t« zum fast stummen »d«.

Der ist schon ein Phänomen, mein großer Bruder. Ein langer schlaksiger Typ, erfolgreicher IT-Programmierer, ein Electro-House-Fan, der alles Gefällige, Melodiöse verabscheut. Ein Partytier, sowohl ein Womanizer als auch ein Mananizer, der die Menschen entweder charmant bezirzt oder total direkt, irritierend konsequent und schmerzhaft ehrlich vor den Kopf stößt.

Bei einer Sache ist er allerdings nicht ehrlich: Unsere Eltern sind für ihn gestorben. In Wahrheit sitzen sie jedoch quicklebendig auf Mallorca und produzieren nach wie vor für die Gabriele Winters, die Frieda & Frederiks und für deren schunkelwütige Fans einen Schlagerhit nach dem anderen.

Eddie und ich wurden von Lilo, unserem Kindermädchen großgezogen. Unsere Eltern hatten schon, als wir klein waren, kein großes Interesse an uns. Und auch heute hat sich daran nichts geändert. Wenn es hochkommt, schicken sie uns eine Nachricht zum Geburtstag. Aber meistens vergessen sie es. Eddie und ich wissen beide nicht, warum sie uns überhaupt bekommen haben. Wahrscheinlich dachten sie, Kinder gehören nun mal zum Leben dazu.

»Ich glaube, die *Kante* würde das gar nicht gut finden, wenn sie wüsste, dass du sie so nennst«, schimpfte ich ein bisschen mit Eddie. Einfach, um auch mal ein bisschen schimpfen zu können und mich nicht, wie so oft in letzter Zeit, nur halt- und hilflos zu fühlen.

Aber er antwortete nur lapidar: »Ach, mach dir mal um Kante keine Sorgen. Die kann schon auf sich selbst aufpassen.« Er wollte noch etwas sagen, machte aber eine Pause, zögerte einen Moment. Dann traute er sich doch und fragte: »Hast du Besi eigentlich noch mal gesehen, seit Nordageddon?«

Mein Magen krampfte sich zusammen.

»Nein! Er wollte, aber ich wollte nicht. Und ich will auch weiter nicht. Ich würde ihn wahrscheinlich anflehen, zu mir zurückzukommen. Und ein bisschen Selbstachtung habe ich schon auch noch. Wir haben alles per WhatsApp geklärt.«

»Wohnt er bei seinem Kumpel? Diesem Chaoten, der ständig auf Bali abhängt? Wenn der ihm mal nicht diese Flausen in den Kopf gesetzt hat …« Eddie wurde wieder wütend. Ich hoffte inständig, dass er nicht gleich wieder damit anfing, Besi verprügeln zu wollen.

»Justus? Zutrauen würde ich es ihm. Er hat mich nie wirklich gemocht. Meinst du echt, er hat Besi …« Wieder fing ich an zu weinen.

»Komm schon, Marli. Du hast schon so viel auf die Reihe gekriegt. Über Besi hinwegzukommen, schaffst du auch noch.«

Das Rotkehlchen hat sich auf den Ast des kleinen Kirschbaums gesetzt und putzt sich. Dabei spreizt es hin und wieder seine Flügel. Mir läuft ein Schauer über den Rücken. Die Hochzeitslocation, das Essen, die Getränke, DJ Bombastic, die Flitterwochen, das Haus, der Kredit – alles ist überraschend leicht und mit geringen Kosten zu stornieren gewesen. Nur das bereits auf meine Figur angepasste Kleid, das natürlich nicht.
Ein Telefonat nach dem anderen, das mir vor Augen führte, dass alles, was mein Leben ausgemacht hat, von heute auf morgen nicht mehr existiert. Mein Blick verfängt sich an der roséfarbenen Kleiderhülle, die ich achtlos an die Türklinke gehängt habe.

»VERDAMMTE SCHEISSE!!! Waaaaarrruuuum????«, schreie ich unkontrolliert los und erschrecke über mich selbst. »Tut mir leid, Rotkehlchen. War nicht persönlich gemeint.«

Das Rotkehlchen schaut mich kurz mit seinen Stecknadelkopfaugen an, zuckt mit den Flügeln und flattert davon.

In ein paar Tagen kann ich endlich in die neue Bleibe, die Sassy für mich aufgetan hat. Ein Freund von einem Freund, der Hals über Kopf auf unbestimmte Zeit nach Ecuador muss, hat mir seine Wohnung untervermietet. Nicht im beschaulichen Winterhude, nicht in Eimsbüttel. Sondern auf Sankt Pauli. Achtzig Quadratmeter, möbliert. Ich auf dem Kiez passt genauso gut wie Roland Kaiser auf einer der Elektro-Partys meines Bruders. Bestimmt nicht meine erste Wahl, aber so kurzfristig überhaupt an eine Wohnung gekommen zu sein, grenzt ja heutzutage in Hamburg an ein Wunder. Ich kann es nicht erwarten.

Aber vorher muss ich noch meinen Nicht-Hochzeitstag überstehen. In vierundzwanzig Stunden habe ich auch das geschafft.

Sassy hat darauf bestanden, dass wir uns heute Abend treffen und uns ganz fürchterlich betrinken:

»Cosmopolitans bis zum Abwinken. Und vielleicht bestell ich uns auch 'nen Stripper. Schließlich hat Besenstiel mir die Chance genommen, endlich mal Brautjungfer zu sein. Der Penner! Meine Süße, auch wenn der Anlass ätzend ist, wir machen es uns trotzdem schön, und wenigstens einmal wirst du auch lachen. Versprochen!«

Bei ihren Worten konnte ich mich tatsächlich für einen Moment, eine Sekunde von meinem traurigen Schicksal lösen und ein bisschen schmunzeln, so als wäre es die irre Geschichte einer anderen Person, die man für so unglaublich hält, dass sie eigentlich nur erfunden sein kann.

Aus der Blechdose mit dem Vogelfutter nehme ich eine Handvoll Kerne und lasse sie durch meine Finger zurück in die Dose rieseln. Ich öffne die Terrassentür: »Okay, Rotkehlchen. Hier ist der Deal: Da ich mich ja nie wieder verlieben werde, weil ich so etwas ganz bestimmt nicht noch einmal mitmache, bist du jetzt dran, die Herzen der schönsten Männer zu brechen, einverstanden? Und deshalb taufe ich dich ... Don Juanita! Was hältst du davon? Nicht so viel? Tja, was soll man machen. Du weißt ja, manche Dinge im Leben kann man sich einfach nicht aussuchen. Andere entscheiden über dein Schicksal. Und schwupps, sprichst du mit einem Rotkehlchen und taufst es Don Juanita, anstatt mit der Liebe deines Lebens vor den Altar zu treten, Hochzeit zu feiern und im Anschluss nach Capri in ein wunderbares Hotel zu fliegen und den schönsten Urlaub deines Lebens zu genießen. So sieht's aus, Don Juanita! Ich muss los, aber du weißt ja jetzt, was du mit deinem Leben anzufangen hast, nicht wahr?«

Nach meiner Ansprache streue ich Don Juanita die Kerne ins Gras. Ein paar Minuten habe ich noch, bevor ich zur Arbeit aufbrechen muss, für die ich nie dankbarer war, auch wenn ich sie gleichzeitig nie sinnloser fand. Ich lehne mich erschöpft gegen die Hauswand und schließe die Augen.

Mir fällt auf, dass die Sonne scheint.

Natürlich tut sie das.

Jetzt würde ich wahrscheinlich gerade aufwachen, würde mich noch einmal recken und strecken, mich kurz danach aufgeregt aufsetzen, weil ich realisieren würde, dass heute mein Hochzeitstag ist und Sebastian und ich uns ein Versprechen für den Rest unseres Lebens geben würden. Mein Blick würde vorfreudig auf die Schutzhülle am Kleiderschrank fallen. Ich würde fröhlich aus dem Bett hüpfen, würde vorsichtig mein wunderschönes Hochzeitskleid aus der Hülle nehmen, meine Fingerkuppen über den weichen und feinen Baumwollstoff mit den Lochstickereien gleiten lassen und mich freuen, dass ich mich für die bodenlange Variante mit der Empire-Taille und den kleinen Ärmeln entschieden habe. Ein bisschen wie die Kleider in *Bridgerton* sieht es aus. Wieder zurück im Bett, würde ich meinen Kaffee trinken, würde dabei abwechselnd auf das Kleid und aus dem Fenster schauen, das Rotkehlchen in dem blühenden Flieder vor unserem Schlafzimmer entdecken, es nicht Don Juanita, sondern Marry nennen und mich fragen, ob Besi, der bei seinem besten Freund Justus übernachtet haben würde, auch solches Glücklichkeitsherzklopfen hat wie ich.

Aber so wird das heute nicht werden. Fantasie ist das, reine Fantasie. In meinem Leben heiratet heute niemand.

Na gut, trotz allem, meinetwegen:
Danke für Don Juanita.

Das beste Pferd im Stall

»Oh, Marlene. Heute ganz in Schwarz? Das ist aber ungewöhnlich für dich«, begrüßt mich meine Kollegin Daniela fröhlich in der Küche unseres Büros. Sie hat recht. Eigentlich trage ich meistens weiße T-Shirts, blaue Jeans plus gestreifte, karierte oder unifarbene Blazer. Heute aber trage ich Trauer.

»Oh, Marlene«, wiederholt Daniela erschrocken, weil ihr bei meinem Gesichtsausdruck einfällt, welcher Tag heute ist. »Entschuldige bitte. Wenn ich irgendetwas für dich tun kann, du weißt ja, wo du mich findest«, flüstert sie noch schnell, bevor sie aus der Küche verschwindet.

Dani ist eine meiner liebsten Kolleginnen. Oft bringt sie mir gegen elf einen Teller mit Obst in meinem Büro vorbei, fragt immer, wie es mir geht, und wenn sie sich nachmittags einen ihrer leckeren Cappuccinos zubereitet, bekomme ich auch einen serviert. In diesem höchst kompetitiven Headhunter-Haifischbecken von Personalberatung ist sie beruhigend bodenständig. Ich arbeite unheimlich gerne mit ihr zusammen und weiß gar nicht, warum wir uns eigentlich nie außerhalb der Arbeit getroffen haben. Als sie vor einem halben Jahr als Researcherin frisch in die Firma gekommen ist, hat sie mich ein paarmal gefragt, ob ich mit ihr was trinken gehen will, aber irgendwie ist mir immer in der letzten Minute etwas dazwischengekommen. Und irgendwann hat Daniela dann aufgehört, mich zu fragen, ob wir etwas unternehmen wollen.

Während ich mir einen Kaffee eingieße, denke ich an die Sitzung bei Frau Kantenkranz gestern Abend. Hat sie recht gehabt?

»Sind Sie auf morgen vorbereitet, Frau Boss?« Die Therapeutin guckte mich freundlich an und ließ ihre Frage wirken.

»Was meinen Sie damit?«

Mir war schon klar, dass morgen mein Hochzeitstag sein würde, aber ich wusste weder, was ich mit ihrer Frage anfangen sollte, noch, warum ich entgegen meiner Überzeugung nun schon zum vierten Mal bei ihr saß.

»Na ja, haben Sie sich überlegt, wie Sie eventuelle tiefe Traurigkeit, Überwältigung oder vielleicht aufsteigende Wut kanalisieren? Wissen Sie, Frau Boss, vor allem das mit der Wut ist mir ein wichtiges Anliegen.« Sie schob ihre Brille auf dem Nasenrücken nach oben und fuhr fort: »Sie müssen sich das mit der unterdrückten Wut so vorstellen, als müssten Sie einen mit Luft gefüllten Ballon permanent unter die Wasseroberfläche drücken. Es ist möglich, aber es kostet viel Kraft.« Sie neigte den Kopf leicht zur Seite und schaute mich durchdringend an. »Haben Sie jemanden, den Sie sich an diesem Tag an Ihre Seite holen wollen? Jemanden, der Ihnen beistehen kann? Sie sprachen in der letzten Sitzung von Ihrer Freundin ...« Sie blätterte ein paar Klemmbrettzettel zurück. »Sassy. Richtig?«

»Ja.« Ich räusperte mich. »Also, Sassy und ich werden uns betrinken. Das ist der Plan. Und vorher gehe ich zur Arbeit. Meinen Urlaub konnte ich glücklicherweise verschieben.«

»Sehr gut, Frau Boss. Auch wenn ich *sich betrinken* nicht für die beste aller Möglichkeiten halte, mit der Situation umzugehen, so ist es doch ganz großartig, dass Sie eine Strategie entwickelt haben, um den morgigen Tag zu überstehen. Ist Ihnen das klar? Also, ist Ihnen klar, dass Sie sich selbst damit helfen, gut auf sich aufzupassen?«

Ich hatte einen dicken, fetten Kloß im Hals. Es fühlte sich so was von verkehrt an, dass mich eine Therapeutin dazu beglückwünschte, mir eine Überlebensstrategie für den Tag zurechtgelegt zu haben, der eigentlich einer der glücklichsten in meinem Leben hätte sein sollen.

»Nein, das ist mir nicht klar. Ich versuche einfach nur, irgendwie weiterzumachen. Da steckt für mich keine Strategie dahinter.« Ich wurde bockig, weil ich nicht in dieser Praxis sein wollte, weil ich immer noch nicht wusste, was das bringen sollte. Ich verfluchte Eddie und seine Sturheit und verschränkte demonstrativ die Arme vor der Brust.

»Mir ist es wichtig, dass Sie sich bewusst machen, was Ihnen guttut und wer oder was Ihnen in ausweglos erscheinenden Situationen Halt geben kann. Sie haben Ihr ganzes bisheriges Erwachsenenleben auf Sebastian«, als sie seinen Namen nannte, zuckte ich so zusammen, als hätte ich gerade mit nassen Fingern in eine Steckdose gefasst, »und auf

Ihr gemeinsames Leben ausgerichtet. Er war die wichtigste Bezugsperson für Sie. Neben Sassy auch der einzige weitere Mensch in Ihrem Leben, den Sie als richtigen Freund wahrnehmen beziehunsweise wahrgenommen haben, richtig?«

Ich nickte, ein bisschen erschrocken, dass sie mich so schnell und so röntgenartig durchschaut hatte, die Dinge so nadelstichgenau auf den Punkt brachte. Ich hätte am liebsten gesagt: *Bitte reden Sie nicht weiter. Das ist erschreckend und unheimlich!* Aber ein bisschen war es auch so wie bei einer Szene in einem Film, die man doch weiter anschauen will, obwohl man sich schon minutenlang vor lauter Fremdschämerei krümmt. Ich war plötzlich zum Voyeur meines eigenen Lebens geworden.

»Von Ihren Eltern haben Eddie und Sie nicht viel über emotionale Bindung, Vertrauen und Verbindlichkeit in einer Beziehung gelernt. Ihre Eltern konnten und können es eben nicht besser. Aber mit Sebastian hatten Sie sich genau das erarbeitet. Vielleicht nicht bewusst, aber Sie hatten sich eine Beziehung, eine Liebe aufgebaut, die auf von Ihnen definierten Werten beruhte. Sie haben sich sozusagen ein Wertesystem neu erschaffen. Und nun ist dieses Wertesystem aus dem Gleichgewicht, aus den Fugen geraten. Die eine Hälfte, die dieses System getragen hat, ist nicht mehr da, hat sich sogar gegen Ihr gemeinsames System entschieden. Das wirft natürlich auch für Sie wieder allerlei Fragen auf, denen Sie sich nun stellen müssen. Und ich nehme an, dass Ihr Bruder und Sassy nicht reichen, um diese ganze nun fehlende Hälfte aufzufangen.«

Mir ist vor dem Gespräch mit Frau Kantenkranz nie auch nur im Entferntesten in den Sinn gekommen, dass ich zu sehr auf Sebastian fixiert sein könnte.

Ich lehne mich gegen die graue Arbeitsplatte in der Büroküche, starre ins Leere und nippe gedankenverloren an meinem Kaffee. »Igitt.« Den hat bestimmt Tom gemacht. Der macht immer den schlechtesten Kaffee.

Wieso gibt es in unserem Büro eigentlich keine Espressomaschine? Sonst muss doch hier auch alles immer so wahnsinnig modern und chic sein. Unsere Chefin legt viel Wert darauf, dass sie und ihre Firma Style ausstrahlen. Standort des Büros: der schicke Ballindamm. IT: Apple. Look: Industrial, aber durch ein paar wuschelige Stoffteppiche und spektakuläre Naturfotografien doch auch wohlfühlig und hygge. Umso unverständlicher, dass es hier nur schlechten Filterkaffee gibt. Aber nein, Deborah selbst trinkt ja nur ihre »Greens«. Das ist des Rätsels Lösung.

Mit einem tiefen Seufzer stoße ich mich von der Arbeitsplatte ab, verlasse die Küche und laufe zu meinem Büro. Am Schreibtisch angekommen, erwarten mich jede Menge neuer Nachrichten. Deborah leitet mir mittlerweile die Infos zu neuen Aufträgen kommentarlos weiter. Sie verlässt sich darauf, dass ich alles akkurat bearbeite. Zu Recht natürlich.

Ich sehe mir den Stand der aktuellen Projekte an. Wow! Dani hat sich ja wirklich ins Zeug gelegt. Ich weiß genau, wie schwer es ist, gute Logistiker zu finden. Und sie hat mir gleich drei Lebensläufe von interessanten Kandidatinnen und Kandidaten für die Position bei dem Versandunternehmen *GoToFlex* geschickt.

Nach einem schnellen Check der Lebensläufe – Ausbildung, Studium, Sprachkenntnisse, vorherige Arbeitgeber – bin ich noch begeisterter. Alle Bewerberinnen und Bewerber passen richtig gut. Und sie hat mir sogar schon Telefontermine mit allen dreien organisiert. Ich sag's ja: Dani ist eine der besten Researcherinnen, die wir haben. Ich schreibe ihr schnell ein dickes, fettes Lob zurück, bestätige alle Termine und beantworte die Anfragen von einigen Bewerberinnen, die auf Feedback zu einem Vorstellungsgespräch warten. Wenn das so weitergeht, ist der Tag schneller vorbei, als ich es für möglich gehalten habe. Wenigstens etwas!

Bevor ich Frau Warncke zum Interview für die Supply-Chain-Manager-Stelle treffe, muss ich unbedingt noch das Persönlichkeitsprofil zu Frau Mauerer schreiben. Dafür nehme ich mir gerne Zeit. Profile schreiben ist das Beste an meinem Job. Auf ein, zwei Seiten fasse ich das Leben einer Person zusammen, beschreibe ihre Stärken, ihre Schwächen, erkläre ihre Beweggründe für den Wechsel zu einem neuen Arbeitgeber, gehe auf ihren Charakter ein, lege dar, was sie Außergewöhnliches in ihrem Leben geschafft hat, und zum Schluss fasse ich in wenigen Sätzen zusammen, warum genau diese Person ideal für die zu besetzende Position ist. Ich darf kurz in ihr Leben schlüpfen, darf mir vorstellen, wie es sich anfühlt, ein zehnköpfiges Customer-Service-Team zu leiten, neue Sourcing-Möglichkeiten auf dem rumänischen Markt zu erschließen oder als kluger Kopf in der Entwicklung innovative Produkte zu erfinden. Das Profil schreiben zu können, ist meine Belohnung dafür, ein Gespräch mit einer wildfremden Person zu führen und dabei meine eher introvertierte Natur so gut wie möglich zu verstecken.

»Ein knallhartes Verkaufsexposé für einen Menschen erstellen! Ware Mensch, Marli! Ware Mensch!« So hat Eddie meinen Job mal verächtlich beschrieben.

»Ich helfe Menschen, Eddie! Ich verkaufe sie nicht!«

Ich rege mich immer noch darüber auf, dass er mir so etwas unterstellt. Ich würde ja eher sagen, dass ich mit Worten ein Bild von einem Menschen zeichne, durch das diesem Menschen neue berufliche und vielleicht auch private Möglichkeiten eröffnet werden. Und nebenbei lerne ich auch noch allerlei interessante Lebenswege kennen. Wobei die privaten Details ja oft noch viel spannender sind als die beruflichen.

Und so absurd ist es doch gar nicht, mit einem Soziologie-Studium und dem Anspruch, die Welt zu verändern, im Headhunting zu landen. Nur der knallharte Kapitalismus meiner Chefin und unserer Kunden passt nicht so recht zu meinen eigenen Werten, aber ich muss ja nicht für immer bei *Hire with Fire* bleiben.

Bei einem Karrieretag an der Uni war ich an Deborahs Stand hängen geblieben. Deborah, die tatsächlich mit Nachnamen Fire heißt, hatte ihre Personalberatung in den schönsten Farben beschrieben. Sie stellte sogar in Aussicht, dass man ja Unternehmen als Auftraggeber akquirieren könnte, die zu meinem Wertesystem passten. Damals ahnte ich noch nicht, wie schwer es für mich sein würde, eigene Kunden zu gewinnen. Ich war und bin einfach nicht der Akquise-Typ. Zwar bin ich ehrgeizig und zielorientiert, aber dabei doch eher zurückhaltend und unaggressiv. Ganz im Gegensatz zu Deborah. Mich hatte sie jedenfalls sofort am Haken, überzeugte mich mit ihren Ansichten zum Gender-Pay-Gap und zur Gleichberechtigung generell. Und was ich nicht war, konnte ich ja noch werden. So dachte ich. Also begann ich nach meinem Bachelor in ihrer noch sehr jungen Firma als eine von drei Researcherinnen. Das war vor zwei Jahren. Mittlerweile beschäftigt Deborah ein dreißigköpfiges Team. Ihr Stil und ihre Persönlichkeit kommen an. Sie ist auf dem besten Weg, die bekannten Big Player der Branche mit ihrem Weitblick, ihrem eisenharten Willen und ihrem marathonartigen Durchhaltevermögen bei allen großen Kunden auszustechen.

Mir hat der Job von Anfang an Spaß gemacht. Menschen kontaktieren, herausfinden, was sie tun möchten, was sie antreibt. Allerdings gab und gibt es ganz hinten, unten, ganz, ganz tief in mir drin auch immer noch die Stimme, die die Kundenliste von *Hire with Fire* nach wie vor nicht okay findet, weil sie sich vornehmlich aus alles andere als grünen Unternehmen zusammensetzt. Die Stimme der immer noch extrem rechtschaffenen, elfjährigen Marli, mit der ich mindestens einmal im Monat eine interne Diskussion über Doppelmoral führe.

Das Geräusch der Tasten unter meinen Fingerkuppen vertreibt diese unguten Gedanken. Ich komme voran, bin im Flow, und nach nur einer halben Stunde bin ich schon bei den letzten Sätzen und der Zusammenfassung angelangt: *Frau Mauerer ist eine kluge, eine besonnene Frau. Unüberlegte Hauruckaktionen haben Sie bei ihr ganz bestimmt nicht zu erwarten. Statt-*

dessen können Sie sich hier eine erfahrene, loyale Mitarbeiterin und eine empathische Kollegin an Bord holen, die die gesamte Klaviatur des Supply-Chain-Managements beherrscht und auch eine persönliche Bereicherung für Ihre Firma sein wird.

»Wenn die es nicht wird, weiß ich auch nicht«, sage ich zu mir selbst und denke an die vielen Menschen, bei denen ich überzeugt war, dass sie den Job bekommen würden, die dann aber doch von unseren Kunden abgelehnt wurden. Man kann sich eben nie sicher sein. Darin bin ich ja jetzt Expertin.

Das Telefon klingelt, und Deborahs Name erscheint im Display. »Ja?«

»Begleitest du mich nach dem Gespräch mit Frau Warncke zum Lunch? Zu *Beppo's*?«

Deborah lädt mich selten zum Mittagessen ein. Vielleicht hat sie sich daran erinnert, dass ich heute eigentlich hätte heiraten sollen, und will mich trösten? Ich hoffe nicht! Das wäre mir schrecklich unangenehm. Aber ablehnen kann ich ja schließlich auch nicht so einfach und ohne Grund. Ich traue mich nicht, zu fragen, worum es geht, und sage nur: »Ja, klar. Gleich um zwölf Uhr oder lieber später?«

»Zwölf ist fein. Ich hol dich ab.«

Und schon hat sie wieder aufgelegt. Obwohl ich jetzt schon seit zwei Jahren für sie arbeite, weiß ich immer noch nicht so richtig, was ich von Deborah halten soll. Manchmal finde ich sie unglaublich toll, meine Bewunderung für ihren geschäftlichen Instinkt ist dann grenzenlos. Und manchmal frage ich mich, ob ihr der Erfolg ihrer Firma nicht bereits zu Kopf gestiegen ist und sie langsam, aber sicher dem Größenwahn anheimfällt.

»Bist du so weit? Können wir?« Deborah ist fünf Minuten zu früh, aber darauf war ich schon vorbereitet. Obwohl ich längst damit fertig bin, tue ich so, als wäre ich noch damit beschäftigt, Frau Mauerers Profil zu finalisieren.

Deborah kommt immer zu früh. Vielleicht macht sie das extra, um zu überprüfen, ob wir auch alle die ganze Zeit intensivst arbeiten oder ob wir nur auf unseren privaten Social-Media-Kanälen unterwegs sind. Per Firmenordnung und Arbeitsvertrag hat sie das offiziell verboten, aber niemand richtet sich danach. Noch nicht einmal ich. Ich habe mich seit Nordageddon darauf spezialisiert, in halbstündigen Intervallen Sebastians Instagram-Account zu checken. Ich will es nicht, aber es ist wie eine Droge. Und schrecklicherweise deutet alles darauf hin, dass er eine Reise machen wird. Ich nehme an, nach Bali. Mit Justus. Und ich finde es unmöglich und unaushaltbar, dass er überhaupt etwas dazu postet. Dass er der Welt kundtut, was er in seiner Zukunft vorhat. Einer Zukunft, in der ich keine Rolle spielen werde.

»Ja. Lass mich nur noch kurz das Profil von Frau Mauerer abspeichern. So. Jetzt.« Ich greife nach Tasche und Jacke, die passend zu meinem Overall ebenfalls schwarz sind. Neben Deborah, die ein figurbetontes Kleid in knalligem Rot und türkisfarbene Strappy Sandals trägt, sehe ich aus wie ein Vampir. Sie geht, ihre Hüfte betont hin und her schwingend, voraus und hält mir sogar die Tür auf.

Draußen riecht es nach Frühling. Früher habe ich diesen

Geruch geliebt. So voller Versprechen, voller Neuanfänge und Möglichkeiten. Jetzt habe ich das Gefühl, dass er mich verhöhnt.

Deborah macht nicht den Eindruck, als würde sie mit mir über mein Privatleben sprechen wollen, und ich bin gespannt, was es ist, das nicht bis zu unserem wöchentlichen Meeting am Montag warten kann. Während wir zu *Beppo's*, einem angesagten Italiener zwei Straßen weiter, laufen, schaut sie unaufhörlich auf ihr Handy.

Am Restaurant angekommen, ignoriert sie den Kellner, der uns freundlich mit »Buongiorno, Signore« begrüßt, und geht direkt auf die gemütliche, mit Rhododendren, Hortensien und Flieder umschlossene Terrasse. Die Tische sind mit weißen Stofftischdecken, echten Servietten und weißem Geschirr gedeckt und mit kleinen Frühlingssträußen in hübschen Glasfläschchen dekoriert. Das ganze Ambiente schreit förmlich: Hochzeit! Und ich würde wirklich lieber drinnen sitzen.

»Ich würde gern auf der Terrasse sitzen, wenn es dir recht ist. Drinnen ist es um die Mittagszeit immer so stickig. Ist es hier gut für dich?« Sie zeigt auf einen Tisch unter einem Sonnenschirm. »Ich sitze lieber im Schatten, weißt du? Die Sonne ist Gift für die Haut. Aber das scheinst du dir ja in diesem Jahr auch endlich zu Herzen genommen zu haben, nicht wahr? Du bist schon fast ein bisschen zu blass, Marlene. Oder geht es dir nicht gut? Sag mir jetzt ja nicht, dass du schwanger bist! Deine Hochzeit wurde doch abgesagt, oder?«

Ich bin sprachlos. Wann ist Deborah denn so gemein

geworden? Und dass sie völlig auf die Political Correctness pfeift, wo sie doch sonst feministische Themen immer so wahnsinnig wichtig findet, überrumpelt mich total.

Ich beschließe, ihre Frage zu übergehen: »Mir geht es gut.«

Der Kellner kommt an unseren Tisch: »Guten Tag. Wie schön, dass Sie uns heute wieder beehren, Signora Fire.« Er lächelt Deborah an und nickt mir freundlich zu. »Was darf ich Ihnen bringen?«

»Erst einmal eine Flasche Franciacorta. Eisgekühlt, versteht sich. Dann einen großen Teller vegetarische Antipasti. Alles Weitere dann nach einem Blick in die Karte, danke, Martino.«

»Va bene. Franciacorta kommt sofort.«

Bei ihrer Bestellung wird mir heiß. Sekt zum Mittag? Sie will mich wohl doch trösten, und zwar auf ihre Art.

»Heute ist ein ganz besonderer Tag, Marlene«, sagt sie feierlich und schaut mich eindringlich an.

Oh Gott. Jetzt sagt sie bestimmt gleich: »Du wolltest heute heiraten, aber das hat ja leider nicht geklappt, deshalb stoßen wir jetzt an. Du weißt ja, was ich vom Heiraten und vom Kinderkriegen halte.« Und der Knigge, in dem steht, wie man auf so etwas reagieren soll, wurde definitiv noch nicht geschrieben.

Der Kellner ist schon wieder zurück an unserem Tisch, lässt den Korken knallen und füllt unsere Gläser.

Ich mache mich auf alles gefasst, als sie auch schon fortfährt: »Du leistest wirklich ganz hervorragende Arbeit. Seit du bei mir angefangen hast, hast du dich sehr gut entwickelt. Du hast jede Herausforderung angenommen, kannst größten Druck aushalten, arbeitest viel und zuverlässig, und deine Profile sind wirklich«, sie führt Zeigefinger und Daumen in einem Kreis zum Mund und küsst sie wie eine italienische Mamma, die mit ihrer Bolognese zufrieden ist, »magnifico! Ich bin sehr zufrieden mit deiner Arbeit. Du engagierst dich so für meine Firma, als wäre es deine eigene. Neue Kunden zu akquirieren ist zwar nicht so dein Ding, aber dafür bist du, was alles andere angeht, ein wirkliches Arbeitstier. Und da ich mir in meiner Strategiewoche letzten Monat überlegt habe, wie die Zukunft von *Hire with Fire* aussehen wird, und du ganz wunderbar in diese Zukunftsvision passt, möchte ich dich hiermit zur Junior-Beraterin befördern! Cheers!« Sie hält mir das Glas entgegen, kräuselt ihre knallroten Lippen und schaut mich erwartungsfroh an.

Wieder bin ich so überrascht, dass ich erst einmal gar nichts sage. Sie hebt die Augenbrauen und blickt mich fragend an. »Na, Marlene? Was sagst du?«

»Äh, ja. Was soll ich sagen? Das ist ja echt der Hammer«, stottere ich vor mich hin.

»Du musst erst mal nur mit mir anstoßen. Heb dein Glas, und auf geht's!«

Also hebe ich mein Glas und lasse es an ihres klirren. Ich trinke einen großen Schluck und dann noch einen und noch einen. Eine Beförderung? Das habe ich nicht kommen sehen!

»Ich sehe, du bist überrascht. Das musst du nicht sein. Own your game, Marlene! Mich wundert es übrigens sehr, dass du noch nie nach einer Gehaltserhöhung gefragt hast.

Das hättest du schon längst mal machen können. Du weißt doch, dass du einen guten Job machst, dann solltest du auch wissen, was du wert bist. Apropos Wert.« Sie schiebt mir einen Umschlag über den Tisch und sagt: »Ich habe dir mal aufgeschrieben, was du ab nächstem Monat verdienen wirst. Und da du bisher so bescheiden warst, hab ich noch ein bisschen was draufgepackt.«

Ich finde es irgendwie lustig, dass sie mir so mafiamäßig meine Gehaltserhöhung mitteilt, öffne den Umschlag und reiße überrascht die Augen auf. Fünftausend Euro Festgehalt mal dreizehn Monatsgehälter plus zwanzig Prozent von jedem Auftrag? Das ist viel, viel Geld!

»Ich sehe, du freust dich? Das heißt, du bist dabei?«

Wahnsinn! Wenn das Seb… Ach nein. Den gibt es ja in meinem Leben nicht mehr. Die Beförderungseuphorie sackt in sich zusammen. Das Gehirn ist schon ein komisches Organ. Ich hatte mein ganzes Drama echt für eine Millisekunde vergessen.

»Nun?«

Ich nicke nur, weil mir immer noch die Worte fehlen.

»Schön. Allerdings gibt es auch eine Bedingung für die Beförderung. Du musst Daniela Eriksen feuern, bevor ihre Probezeit endet. Das bedeutet also heute.« Deborah nimmt noch einen großzügigen Schluck aus ihrem Glas und sieht dabei sehr zufrieden aus.

»Was? Nein! Wieso?«, stammele ich. Das kann ich nicht. Meine Lieblingskollegin? Die beste Researcherin weit und breit? Niemals! Und schon gar nicht heute!

»Jetzt können wir sie noch problemlos loswerden. Nach

der Probezeit wird's schwieriger. Sie hat in den letzten Monaten ein paar blöde Fehler gemacht und geht mir mit ihrer devoten Art schrecklich auf die Nerven. Dagegen bist du ja richtig aggressiv. Ah, Martino! Das ist ja wunderbar. Wir sterben vor Hunger, nicht wahr, Marlene?« Sie lehnt sich zurück und schaut mich erwartungsvoll an, während Martino die Antipasti serviert. »Ach, Marlene. Da brauchst du jetzt gar nicht so entgeistert zu schauen. By the way, kurz nachdem du bei mir angefangen hast, hätte ich dich auch fast gefeuert. Ich fand dich einfach zu still, irgendwie duckmäuserisch. Warum sind Frauen heute noch so? Verdammt, wir haben doch alle Möglichkeiten!« Sie haut ein bisschen zu fest mit der flachen Hand auf den Tisch. Die Gläser klirren, und ein paar der anderen Gäste drehen sich zu uns um. »Aber dann hast du doch noch die Kurve gekriegt, und heute«, sie nimmt genüsslich einen weiteren Schluck Franciacorta, »heute bist du mein bestes Pferd im Stall. Am erstaunlichsten finde ich ja, wie gut deine Profilbeschreibungen sind. Hast du eigentlich jemals ein Schreibtraining gemacht?«

Sie zuckt nicht mal mit der Wimper, hält es augenscheinlich für eine Selbstverständlichkeit, dass ich Daniela einfach so kündigen werde. Ich bin sprachlos, und alles in mir schreit entschieden: *Nein!* Ich denke an Eddies Vorhersage, dass meine ganze heruntergeschluckte Wut irgendwann ganz überraschend an anderer Stelle eruptieren würde. Und nun ist es so weit. Ich lasse ganz bestimmt nicht schon wieder jemand anderen über mein Schicksal bestimmen! Komme, was wolle!!

Rücken gerade, Schultern nach hinten, und los geht's:

»Das mache ich nicht, Deborah. Das mache ich auf gar keinen Fall!«

Deborah neigt überrascht den Kopf zur Seite und rümpft ihre zierliche Nase. Widerworte hat sie nicht so gern. »Das machst du nicht? Auf gar keinen Fall? Wirklich nicht, Marlene?«

Sie lächelt gleichzeitig bos- und gönnerhaft, und ich finde es plötzlich ganz gruselig, dass ich so lange für jemanden gearbeitet habe, der so mit seinen Mitarbeitern umgeht. Die Folgen meiner Weigerung sind mir erst mal ziemlich egal.

Deborah seufzt laut und genervt, nimmt eine Gabel und stochert ein bisschen in ihren Antipasti herum. »Na gut. Schön. Kein Problem.« Sie zieht ihre Mundwinkel nach unten, zuckt mit den Schultern. »Du musst das nicht machen, wenn du nicht willst. Wenn du sie nicht feuerst, dann mach ich das eben selbst. Und du ...« Jetzt macht sie eine ihrer typischen, dramatischen Pausen, beugt sich leicht zu mir vor und flüstert: »Du musst dann leider auch gehen. Bestes Pferd hin oder her. Und? Für welches Tor entscheidest du dich, Marlene? Ist es die Karriere oder der Zonk?«

Sie feuert mich. Sie feuert mich gleich mit. Trotzdem! Ich bleibe bei meiner Entscheidung!

»Ich weiß zwar nicht, was ein Zonk ist, aber ich werde Daniela definitiv nicht feuern. Sie ist die beste Researcherin, die wir in unserem Team haben. Du machst da einen großen Fehler!« Ein Fünkchen Hoffnung habe ich noch, dass sie vielleicht einlenkt.

»Haha«, amüsiert sie sich, »die Cojones hätte ich dir gar

nicht zugetraut. Hut ab! Aber glaubst du wirklich, mich interessiert deine Meinung dazu? Ich wäre mit *Hire with Fire* bestimmt nicht so weit gekommen, wenn ich mir die Businessentscheidungen von dahergelaufenen Soziologie-Studentinnen in die Feder diktieren ließe. Ich weiß ganz genau, wie ich meine Firma zu leiten habe. Und du weißt ja, Widerworte habe ich nicht so gern. Also, Marlene, eine letzte Chance gebe ich dir noch, weil ich es gut finde, dass du für deine Überzeugung einstehst. Bist du mit nur siebenundzwanzig Jahren die jüngste Junior-Beraterin in der Geschichte von *Hire with Fire* und verdienst dir ein goldenes Näschen? Oder versaust du dir diese Chance und bist dann erst mal arbeitslos? Du weißt ja, ich bin mit den anderen Beratungen sehr gut vernetzt, und ehrlich gesagt bezweifle ich, dass du in der Branche so schnell wieder einen Job finden wirst.« Sie lehnt sich zurück, dreht die Handflächen nach oben und bewegt die Hände wie eine Waage auf und ab. »What will it be, Marlene? Krasse Karriere oder grottige Gosse?«

Blau

»NEEEIN!«, brüll-haucht Sassy mir eine Oktave unter ihrer normalen Stimmlage entgegen und reißt dabei die Augen auf. »Das ist nicht dein Ernst! Sooo viel Kohle? Und die hast du einfach sausen lassen?« Sie stützt die Hände auf den Tresen, der die Küche vom Wohnzimmer trennt, während ich den Pappkarton mit meinen persönlichen Bürosachen auf dem Fußboden abstelle. Was wohl Frau Kantenkranz dazu sagen wird, dass ich nun auch noch meinen Job verloren habe?

Nach meinem Rausschmiss bei *Hire with Fire* war ich wie ferngesteuert mit dem Pappkarton unterm Arm zum Hauptbahnhof gefahren und hatte ihn in einem Schließfach deponiert. Ich war zum Jungfernstieg gelaufen, hatte mir dort an dem kleinen Pavillon einen Becher mit sechs Kugeln Eis und einer riesigen Portion Sahne gekauft und war auf einen Alsterdampfer gestiegen, weil ich es weder aushalten konnte, einen einzigen weiteren Schritt zu tun, noch stehen zu bleiben. Und so fuhr ich den ganzen Nachmittag zwischen Mühlenkamp und City hin und her und starrte durch das frühlingsbegrünte Ufer hindurch ins Leere.

Deborah hatte mich gebeten beziehungsweise mir befohlen, sofort meine Sachen zu packen und das Gebäude zu verlassen. Ich konnte mich noch nicht einmal von meinen Kolleginnen und Kollegen verabschieden. Und begreifen, dass das jetzt auch noch passiert war, konnte ich schon gar nicht. Ein Unglück kommt wohl wirklich selten allein.

Irgendwann schaffte ich es, von Bord zu gehen und zum Nicht-Haus nach Norderstedt zu fahren, wo Sassy schon vor der Tür auf mich wartete. Das Highlight des Tages hatte ich ihr schnell erzählt.

»*Krasse Karriere oder grottige Gosse* ... So was muss man sich auch erst mal einfallen lassen. Dirty Debbie hat's schon drauf. Alle Achtung. Aber du, meine Liebe, du bist ja auch nicht ohne. Einfach mal so ein Mega-Angebot sausen zu lassen. *Danke – aber nein, danke*. Hast du das echt gesagt? Wahnsinn! Denkst du, sie hat dich gleich freigestellt, weil sie Angst hatte, dass du ihre Kundenkartei mitnimmst? Und sie hat dir wirklich gedroht, dass du in der Branche nie wieder einen Job finden wirst?« Sassy stellt ihren Weidenkorb mit den Cocktailutensilien auf die Arbeitsplatte und fängt an, meine Nicht-Küche mit klebrigem Cointreau vollzukleckern. »Hast du eigentlich Eiswürfel?« Sie geht an den Kühlschrank, ohne eine Antwort von mir abzuwarten. »Ach, vergiss es, ich schau selbst.«

Und obwohl sie die Tür des Tiefkühlfachs nur mit dem kleinen Finger öffnet, weiß ich genau, dass sie den Griff klebrig hinterlässt. Wenn Sassy bei mir mit Lebensmitteln hantiert, ist danach immer alles vollgesaut. Normalerweise würde mich das nerven. Normalerweise würde ich zu ihr sagen: *Verdammt, Sassy. Wieso bist du eigentlich immer nur bei mir so unglaublich schlampig und kleckerst, klebst und schmierst alles voll, und in deiner Küche sieht es immer aus wie geleckt?* Aber hier ist nichts normalerweise, und mir ist das völlig wurscht. Ich will nur noch Alkohol. Soll sie doch kleben, schmieren, kleckern, was das Zeug hält. Morgen bin ich eh hier raus.

Ich schließe die Augen und lehne mich an die Wohnzimmerwand. Meine Lider fühlen sich schwer an. Sie fühlen sich so an, als hätte ich sie die letzten vier Wochen extra weit aufgehalten, um bei der Analyse des letzten Jahres meiner Beziehung ja nichts zu übersehen. Damit ich verstehe, warum es heute keine Hochzeit gibt. Doch ich habe nichts gefunden. Im Gegenteil, ich habe nur noch mehr verloren: meinen Glauben an die große Liebe, unseren Freundeskreis, der eigentlich immer eher seiner war als meiner, und jetzt auch noch meinen Job. Ich muss wirklich ein neues Leben anfangen. Von meinem alten sind nur noch Eddie und Sassy übrig geblieben. Und meine Eltern, aber die zählen nicht.

Sassy wirbelt den Shaker durch die Luft und lässt die Eiswürfel gegen das Metall klackern. »Ach, Marli. Mir tut es so schrecklich leid, was du alles durchmachen musstest. Und dann auch noch diese Nummer von heute … Meine Güte. Das ist starker Tobak. Aber wenigstens musst du jetzt nicht mehr mit deinem Job hadern und kannst dir einen suchen, der besser zu dir passt. Vielleicht kannst du sogar deine Bestimmung finden. Wäre das nicht aufregend? Dann könntest du in zehn Jahren sagen: ›Ich musste diese schwere Zeit erleben, sonst hätte ich nie den Plastikverschwinder erfunden, und die Welt wäre heute immer noch ein sehr mülliger Ort.‹«

Sie kratzt sich mit dem kleinen Finger hinterm Ohr. »Das wäre doch der Hammer, oder? Stell dir mal vor, du erfindest eine Maschine, die Plastik verschwinden lässt.«

Ich frage mich, wie meiner Freundin immer wieder solche bekloppten Sachen einfallen, und schüttele nur den Kopf.

Doch sie lässt nicht locker: »Sei doch nicht so pessimistisch. Manche Leute erfinden eben Sachen, weißt du?! Oder willst du doch versuchen, erst mal weiter in der Personalberatungsbranche zu arbeiten?«

Keine Ahnung, ob ich das will. Gerade habe ich nicht mal mehr genug Energie, um beim Pizzaservice anzurufen. Hätte ich Daniela doch lieber feuern und den einfacheren Weg einschlagen sollen? Nein! Das wäre falsch und ungerecht gewesen. Außerdem war ich schon viel zu lange in einem Unternehmen, das so gar nicht zu mir passt. Und noch mehr außerdem will ich an meinem Nicht-Hochzeitstag nicht auch noch Leute feuern müssen, die das ganz und gar nicht verdient haben. Gehen musste Daniela wahrscheinlich trotzdem. Aber wenigstens nicht allein und nicht meinetwegen.

In der Sekunde, als ich das denke, biept mein Handy. Ich gehe in die Hocke und ziehe es aus meiner Handtasche. »Daniela schreibt«, informiere ich Sassy. »*Liebe Marlene, ist das wirklich wahr? Das vergesse ich dir nie! Lass mich wissen, wenn du was brauchst. Egal, was!! Liebe Grüße, Dani. PS: Gefeuert wurde ich natürlich trotzdem!*, und dazu ein Häufchen-Emoji mit aufgerissenen Augen.«

Ich sperre mein Handy und lasse es wieder in die Tasche

gleiten, während Sassy nur nickt und meint: »Jaja, die schuldet dir jetzt was. Weißt du was, Marli? Du wärst ein wahnsinnig guter Samurai geworden. Eine der sieben Tugenden der Samurai ist Rei, die Höflichkeit und das rechte Verhalten. Und Marli, heute warst du so was von rechtens ... Du bist meine Samuraia.«

»Das mit der Höflichkeit, das ist allerdings so 'ne Sache. Spätestens als Deborah gesagt hat, dass ich bei keiner anderen Personalberatung je wieder einen Job kriegen würde, spätestens da wollte ich ihr den Franciacorta in die Visage gießen. Eddie hätte es getan.« Der Wutballon von Frau Kantenkranz macht plötzlich ziemlich viel Sinn. Es ist wirklich irre anstrengend, Wut zu unterdrücken.

Ich gehe zu Sassy in die Küche, hieve meinen bleischweren Körper umständlich auf die Arbeitsplatte und verknote die Beine ineinander zum Schneidersitz. »Wie lange willst du denn noch an dem Cosmo herumshaken, bis er endlich servierbereit ist?«

»Sumimasen. Sumimasen.« Sassy stellt den Shaker ab, faltet die Hände vor der Brust und verbeugt sich ein paarmal tief. Typisch japanisch. Damit nimmt sie mich und auch ihre japanischen Wurzeln ein bisschen auf die Schippe.

Endlich gießt sie mir einen Cosmo ein, reicht mir ein randvolles Glas mit Oberflächenspannung, stößt mit mir an und lacht, als der Drink überschwappt und auf meine Füße und den Boden tropft. »Das bringt Glück! Glaub mir. Auf neue Abenteuer! Auf neue Lieben und neue Jobs!« Sie führt ihr Glas zum Mund, hält aber inne, als ich es ihr nicht nachtue.

»Nein, auf neue Lieben trinke ich nicht«, sage ich und erschrecke selbst darüber, wie kalt und klar meine Stimme klingt. »Neue Jobs. Meinetwegen. Aber neue Lieben? Nein, danke! Ich habe das Lieben abgegeben. An Don Juanita, das Rotkehlchen. Ich will nie wieder lieben! Das tut einfach zu doll weh!«

»Aber ...«, versucht Sassy Einspruch zu erheben, doch sie sieht an meinem Gesicht, dass sie auf Granit beißen wird, und sagt: »Okay, Miss Eisenherz. Auf neue Abenteuer und neue Jobs! Prost!«

»Prost!«

Ich leere das Glas in zwei Zügen, während Sassy die nächste Ladung Hochprozentiges in den Shaker gießt.

»Und? Bei dir so?« Ich weiß gar nicht, wann ich meine Freundin das letzte Mal gefragt habe, wie es ihr geht.

»Ach, echt jetzt? Sind wir schon durch mit dem ganzen Ich-wurde-an-dem-Tag-gefeuert-an-dem-ich-eigentlich-heiraten-sollte-und-morgen-geb-ich-mein-Haus-ab-Thema?«

»Ja. Ich kann ja jetzt eh nichts mehr dran ändern, und ich brauch 'ne Pause. 'ne Pause von meinem nicht enden wollenden Drama. Ich kann dir gar nicht sagen, wie sehr! Außerdem haben wir schon seit hundert Jahren nicht mehr über dich gesprochen. Also? Her mit den News. Und sorry noch mal, dass es in den letzten Wochen nur um mich ging.«

Meine Freundin füllt unsere Gläser auf und macht sich sofort daran, gleich die nächste Runde vorzubereiten.

»Wie gut, dass du dich eeeendlich entschuldigst! Ich warte schon seit Wochen darauf! Ganz ehrlich, ich hab schon gedacht, die Marli, die ist echt ein egoistisches kleines Schweinchen. Da verlässt sie ihr Verlobter nach elf Jahren Beziehung, sie muss ihre eigene Hochzeit absagen und ihr Haus verkaufen, und sie fragt mich kein einziges Mal, wie es mir geht! Tze. Tze. Tze.« Sie schüttelt mit gespielter Enttäuschung den Kopf, bevor sie mir ihr strahlendes Lächeln schenkt, mein Gesicht in ihre wirklich sehr klebrigen Hände nimmt und sagt: »Du weißt, dass ich dich liebe, oder? Und du weißt auch, dass *ich* dich nie verlassen werde, richtig?«

Ich muss hart schlucken. In meinen Augen sammeln sich die Tränen. Eigentlich dürfte ich gar keine mehr übrig haben. Ich habe sämtliche Tränen, die für mein ganzes Leben gedacht waren, in den letzten vier Wochen schon wannenweise aufgeweint. Ich nicke stumm und soweit das geht, wenn die klebrigen Hände einer anderen Person den eigenen Kopf umfassen. Sassy lässt meinen Kopf los, streicht mir liebevoll über die Oberarme und sagt: »Das ist gut, Marlilein. Du kannst immer auf mich zählen.« Sie räuspert sich und wendet sich wieder der Zubereitung der Drinks zu. »Also, wenn du es wirklich wissen willst. Eigentlich ist es bei mir same old, same old.«

Sie wäscht sich kurz die Hände, greift in ihren Weidenkorb und holt einen kleinen Lautsprecher in Form eines auf Manga-Art stilisierten Pandas heraus, den sie an ihr Handy anschließt. »Ich hab uns eine Playlist für heute Abend zusammengestellt. *Goodbye, Nicht-Haus* habe ich sie genannt. Ich hoffe, du magst sie.«

Sie drückt auf ihrem Handy herum, und es ertönt der Refrain von *Time to Say Goodbye* von Andrea Bocelli und Sarah Brightman. Als sie mein verstörtes Gesicht sieht, lacht sie: »Keine Angst, nur ein Gag.« Sie skippt zum nächsten Song, der Gott sei Dank einer meiner liebsten von den Black Keyes ist. »*Everlasting Light* ist doch einfach ein zu geiles Lied, oder?« Sie wendet sich wieder den Cosmopolitans zu. »Wo waren wir stehen geblieben? Ach ja, same old. Also, die Oldies sind brav. Zum größten Teil.« Sie schmunzelt. »Herr Krazonka, mein Lieblingsgroßväterchen, du weißt schon, der mit dem vielen Ohrhaar, meinte letztens, ob ich ihn nicht heiraten wolle, er würde mir dafür dann auch Akkordeonspielen beibringen.« Sie lacht und presst weiter die Limetten aus. »Mein neues Webinar *Japan für Auswanderer* läuft wie geschnitten Brot. Meine Eltern wollen mich immer noch mit Takeshi verheiraten. Und sonst in Sachen Liebe: nach wie vor nada. Ich weiß auch nicht. In echt lernt man ja keine Typen kennen, und dieses Onlinedating ... das ist echt hart! Irgendwie gerate ich da immer an die Falschen.«

Das, was Sassy da seit Jahren durchmacht, würde ich sicherlich keine Sekunde überleben.

»Keine Ahnung, wie du das machst. Ich würde mich jedes Mal vor Nervosität übergeben, wenn ich mich zu einem Date mit einem Typen treffen müsste. Und dann auch noch einer aus dem Internet, den man noch nie in echt gesehen hat. Das ist ja wie ein Blind Date.«

»Ach Quatsch. Erstens ist das reine Übungssache, und zweitens hast du dich vor den Terminen mit den Leuten, die du für *Hire with Fire* getroffen hast, doch auch nicht übergeben, oder? So ein Date ist eigentlich genau dasselbe. Es ist halt kein Interview für einen neuen Job, sondern für eine neue Liebe, wenn man so will. Und man prüft bei so einem Treffen nicht, ob der Lebenslauf passt, sondern ob die Chemie stimmt, ob da das gewisse Etwas ist. Anziehung. Vielleicht sogar eine leichte Gänsehaut, wenn er dich das erste Mal anschaut. Du weißt schon: so ein Kribbeln im Nacken.«

Ich denke: *Nein, weiß ich nicht*, sage aber nichts, weil ich mich nicht schon wieder in den Mittelpunkt stellen will.

»Live merkt man ziemlich schnell, ob man nur online ein Match ist oder ob man auch in echt zusammenpasst. Aber dafür muss man sich halt treffen. Und ich habe leider bis heute, außer ein paar ganz netten One-, Two- oder Three-Night-Stands keine langlebigen Beziehungserfolge zu verzeichnen. Aber das weißt du ja. Auch wenn es manchmal echt ermüdend ist, immer auf der Suche zu sein, wird so ein Leben als Single und Onlinedaterin auf jeden Fall nicht langweilig.«

Ich höre ihr gar nicht richtig zu, denke weiter darüber nach, dass ich gar nicht mehr weiß, wie sich dieses Kribbeln im Nacken anfühlt, weil ich so lange mit Besi zusammen war, dass die Schmetterlinge im Bauch schon vor langer, langer Zeit ausgeflogen waren und sich an ihrer statt ein sattes, zufriedenes Eingerichtetsein in mir breitgemacht hatte.

»Oh, mein Gott, Marli. Hab ich dir eigentlich schon von Don Perignon erzählt? Das ist die *beste* Geschichte! Ich bin mir sicher, dass ich damit das Versprechen einlösen werde, dich heute wenigstens einmal zum Lachen zu bringen.«

Hat Besi etwa recht gehabt? Waren wir über die Jahre einfach zu Freunden geworden?

»Haaalloo! Erde an Marli!« Sassy stupst mich an.

»Nein, die Geschichte kenne ich noch nicht.« Ich tue so, als hätte ich ihr zugehört, und sie lässt es mir durchgehen, obwohl sie es überhaupt nicht leiden kann, wenn man in Gedanken woanders ist, während man mit ihr spricht.

»Komm, wir setzen uns im Wohnzimmer auf die Matten. Da ist es wenigstens ein bisschen gemütlich.« Sie geht in den Flur und holt ihren Schlafsack und ihre Isomatte, die sie im Wohnzimmer neben meiner ausrollt.

Ich lasse mich neben ihr nieder, ziehe meine Knie an die Brust und umschlinge meine Beine mit den Armen. Im Hintergrund läuft *Go Your Own Way* von Fleetwood Mac.

»Wieso hast du den Typen denn Don Perignon getauft? Heißt das nicht Dom, mit M?« Ich versuche, wieder in unsere Unterhaltung einzusteigen, bevor ich anfange, mir das Hirn zu zergrübeln, was mein *Own Way* denn bloß sein könnte.

»Ja, das ist eine lustige Geschichte. Bei PerfectCouple hatten wir 'n Match, er schreibt als Erster und fängt an mit: ›Hey, ich bin Donny. Dein Bild ist schön, und ich finde es interessant, dass du in einem Seniorenheim arbeitest. Wie geht's?‹ Und ich so: ›Danke. Ich arbeite auch echt gern dort. Und nebenbei mache ich Webinare für Deutsche, die nach Japan auswandern wollen. Weil ich da noch Familie habe und viel über das Leben in Japan weiß. Und was machst du so?‹ Daraufhin er: ›Wow. Japan. Das fand ich schon in deinem Profil so spannend. Das ist ja auch so ein Sehnsuchtsland von mir.‹ Ich dachte, oh nein, jetzt kommt bestimmt: ›Ich liebe nämlich Sushi.‹, aber überraschenderweise schrieb er: ›Ich bin Champagnervertreter und bisher nur in Europa unterwegs gewesen, aber ich hoffe, bald mal nach Japan fliegen zu können. Vielleicht ist das ja auch ein interessanter Markt für mich. Hast du vielleicht Lust, mir bei einem Abendessen mehr über die japanische Kultur zu erzählen?‹« Sassy springt auf, um noch mehr Cosmo aus der Küche zu holen.

»Und was bedeutet das in Dating-Lingo? Ist das schon ein zweideutiges Angebot für eine Bettgeschichte, oder hat er das wirklich ernst gemeint?« Für mich hört sich das mehr als zweideutig an.

»Nein. Das ist eine relativ normale Einladung zum Essen, die ich auch angenommen habe. Sein Bild, warte, warte, warte ... Ich zeig's dir.« Sie kommt mit dem Shaker bewaffnet zurück ins Wohnzimmer gerannt und versorgt uns mit einer weiteren Portion Betäubungselixier. Die Drinks entfalten langsam, aber sicher ihre Wirkung. Sassy zückt ihr Handy und hält es mir direkt vors Gesicht.

»Wieso denn immer so dicht, Sassy? Ich bin doch nicht blind.« Ich dirigiere ihre Handyhand in eine normale Augen-Bildschirm-Distanz.

»Ui!« Ich pfeife anerkennend, denn aus dem Handy schaut mir ein sehr männlicher, bärtiger Typ entgegen, den man nicht anders als gut aussehend bezeichnen kann. »Voll dein Typ, oder? Und dann auch noch Champagnervertreter. Bemerkenswert.«

»Ja, genau. Champagnervertreter, Japan-Lover, und dann sieht der auch noch *so* aus. Anscheinend perfekt.« Sie schmeißt ihr Handy auf den Schlafsack und lässt sich danebenplumpsen.

»Also, wir treffen uns, haben einen superschönen Abend miteinander. Alles völlig normal.« Sie kichert, und ich ahne, dass die Geschichte noch nicht zu Ende ist.

»Oh, oh.«

»Du sagst es. Wir verabreden uns ein zweites Mal. Von mir aus gibt es da schon eine gewisse Anziehung. Er stellt interessante Fragen, weiß tatsächlich erstaunlich viel über Japan und hat einiges Spannendes über Champagner zu erzählen. Wir bestellen Dessert, er ordert außerdem eine Flasche Dom Perignon. Ich denke noch: Das ist echt ein netter Abend, der Typ könnte mir langfristig gefallen. Und auch noch so spendabel. Doch dann ...« Sie macht eine bedeutungsschwangere Pause. »Dann beugt er sich beim zweiten Glas über den Tisch und sagt ganz leise: ›Sasuko, Liebes, ich habe einen Traum.‹ Oh Gott, denke ich. Was kommt jetzt? ›Was denn für einen Traum?‹, frage ich ihn. Und er ... halt dich fest, Marli.« Sie nimmt einen großen Schluck aus ihrem Glas, und an ihren geröteten Wangen kann ich erkennen, dass meine Freundin schon mindestens genauso betrunken ist wie ich. »Hältst du dich auch fest?«

»Ich halt mich fest, Sassy. Ganz, ganz fest.«

»Ich schwöre, ich sage die Wahrheit. Es ist haargenau so passiert. Er schiebt mir ein Foto über den Tisch, auf dem eine Geisha in Reizwäsche zu sehen ist, blickt erst auf das Foto und mir dann tief in die Augen und sagt: Kannst du mir diesen Traum erfüllen?«

»Ihhhhhh! Oh neiiiiiin!!«, kreische ich entsetzt. »Das ist

ja furchtbar. Dass es solche Typen heute echt noch gibt! Der hat doch hoffentlich nicht deine Adresse? Mensch, Sassy, der ist doch gefährlich! Und was ist dann passiert? Hast du ihm eine gescheuert, ihn der Polizei gemeldet?«

»Ja, ihhhhh, oder? Nein, hat er nicht, und nein, habe ich nicht. Ich bin ohne ein weiteres Wort aufgestanden, habe die beiden Champagnergläser umgestoßen und bin gegangen.« Sie hält sich die Hand vor den Mund und lacht. »Ist das nicht unglaublich? Rassistisch und sexistisch und alle weiteren üblen *tischs* auf einmal!«

»Du hast versprochen, dass ich lachen werde, aber ich find das gar nicht lustig! Ganz im Ernst, Sassy. Wie gerätst du nur immer an solche Typen? Das kann doch gar nicht sein!«

»Ach, Marli. Nimm das doch nicht so ernst. Wenn ich das immer machen würde, dann würde ich nie jemanden kennenlernen. Ich muss nur noch lernen, die Vollidioten besser auszusieben.«

»Oh, schau! Da ist Don Juanita!«, rufe ich ganz selig und völlig zusammenhangslos und deute auf das Rotkehlchen, das im Gras herumpickt. »Du hast uns aber ganz schön einen eingeschenkt«, wende ich mich wieder Sassy zu. Ich genehmige mir noch einen Schluck Cosmo und lege mich auf den Rücken. »Wie spät ist es?«

»Halb acht«, antwortet Sassy nach einem kurzen Blick auf ihr Handy.

»Sieben Uhr dreißig«, murmele ich, rolle mich auf die Seite und schaue Sassy an. Alkohol ist und bleibt ein ununterdrückbarer Katalysator für Selbstmitleid. »Um sieben Uhr dreißig wäre die Hauptspeise serviert worden. Um sieben Uhr dreißig hätten wir uns im Raum umgeschaut, Freundinnen und Freunden zugeprostet und uns einen guten Appetit gewünscht. Um sieben Uhr dreißig wäre ich schon sechs Stunden verheiratet gewesen – mein Leben ist echt vorbei.« Ich rolle mich wieder auf den Rücken und stampfe mit den Fersen auf. »Warum?«

»Meine arme, süße Marli. Es tut mir so leid!« Sie robbt an mich heran und legt ihren Arm über meine Brust. »Wenn wir mit vierzig noch alleine sind, dann ziehen wir einfach zusammen und adoptieren ein Kind, ja?« Sie rüttelt mich ein bisschen, will mich trösten, aber es hilft nicht. Sie sagt: »Komm, ich zeig dir noch ein paar von den Verrückten, mit denen ich schon mal ein Date hatte, und erzähle dir die Storys dazu. Und oh, der richtige Song dazu läuft auch. *Going Loco, down in Acapulco* passt doch perfekt, oder? Der Song und meine Storys, das wird dich aufmuntern, ganz bestimmt.«

Sie legt sich neben mich auf den Fußboden und scrollt sich durch ihre *PerfectCouple*-Matches. »Schau, der hier zum Beispiel. Der hat mir an Ostern geschrieben und gefragt, ob ich Lust auf 'ne Runde Eiersuchen hätte. Dieser hier hat mich in seiner ersten Nachricht *Kirschblüte* genannt. Der da wollte mich nackt für einen Manga-Comic abzeichnen. Und der hier. Oh, der war gut. Der wollte mich als Bardame für seine mobile Diskothek engagieren. Und dieser hat mir nach dem ersten Date einen Heiratsantrag gemacht. Per WhatsApp-Nachricht.«

»Sag mal, kann es vielleicht sein, dass du dich da ganz

falsch präsentierst? Oder hängen auf diesen Plattformen wirklich so viele Freaks rum?«

»Keine Ahnung. Ich glaube nicht. Ich hab ein schönes Foto, und im Profiltext soll man ja ein bisschen lässig schreiben, was einen so ausmacht und interessiert. Die Wahrheit halt, aber auf interessante Art und Weise.«

»Zeig mal her«, ich greife nach ihrem Handy und tippe auf ihr Profil. »Das ist dein Bewerbungstext?«

»Profiltext. Das heißt *Profiltext*, Marli.«

Webinar-Kreateurin, Japan-Connaisseurin? Das, was ich da lese, würde Sassy doch niemals in echt zu mir oder zu irgendjemandem sagen. »Hmm.« *Ausgebildete Cocktail-Mixerin, die weiß, was sie will?* Oh je. *Auf der Suche nach einem Abenteuer zu zweit?* »Hmm.«

Das kann sie nicht so gemeint haben. Und ihr Foto? Das ist doch gar nicht sie. Ich kann mich nicht daran erinnern, sie jemals mit Lippenstift gesehen zu haben.

»Hmm.«

»Was hmmst du denn die ganze Zeit?«

»Willst du wirklich meine Meinung hören?«

»Eigentlich nicht. Ich hatte dich ja nicht darum gebeten, mein Profil anzuschauen. Aber jetzt hast du so viel gehmmt, dass ich total verunsichert bin. Also, los.«

»Erst mal noch 'n Cosmo.«

»Einverstanden.« Sassy rappelt sich auf und schwankt schon leicht. Ich will lieber gar nicht erst aufstehen. Mir fällt ein, dass ich heute ja nur eine Gabel Antipasti und sechs Kugeln Eis mit Sahne gegessen habe. »Pizza?«, rufe ich ihr hinterher.

»Jupp. Gute Idee«, antwortet sie, rülpst viel zu laut für ihren kleinen Körper und kichert.

»Weizenmehl und Gorgonzola oder lieber gesund?«

»Was denkst du?«

»Äh? Halloohoo! Gorgo-Bomb natürlisch!« Ups, ich lalle schon. Das ist nicht gut. Aber irgendwie doch. Alkohol ist ein Katalysator für Selbstmitleid, aber eben auch für kurzfristiges Vergessen. Die Hausübergabe morgen, die wird schon irgendwie laufen.

»Ich muss nur mal kurz ...«, ich rappele mich auf und gehe ein bisschen torkelig zur Toilette. Was wollte ich eben noch machen? Egal.

Wie sage ich denn jetzt meiner Freundin, dass sie ihr Dating-Profil besser in die Tonne treten sollte?

Als ich von der Toilette zurück ins Wohnzimmer komme, sitzt Sassy schon wieder mit frisch gefüllten Gläsern auf dem improvisierten Schlaflager.

»Also, sag schon: Was ist falsch an meinem Profil?«

»Ich finde, dass das gar nicht wirklich du bist«, fange ich vorsichtig an. »Diese Schlagwörter, die du da benutzt. Die sind ...« Ich versuche, Worte zu finden, die sie nicht zu sehr verletzen, aber mir fallen keine ein, und der Cosmo bringt den Satz für mich zu Ende: »... so aufreizend und doppeldeutig. Natürlich sind die Typen, die dich da angeschrieben haben, unmöglich, aber vielleicht solltest du es wirklich mal anders versuchen. Der Text müsste so sein wie einer, den ich für eine Jobkandidatin verfassen würde. Professionell, aber humorvoll und natürlich ein bisschen intimer und dichter dran als ein Jobprofil.« Nun purzeln die Worte nur so aus mir heraus, und ich wundere mich darüber, wieso ich plötzlich so genau zu wissen glaube, wie ein Dating-Profil aussehen sollte. »Wieso machst du das überhaupt? Kennst du irgendjemanden in unserem Alter, der übers Onlinedating einen Freund gefunden hat? Irgendein Paar?«

»Na klar. *Hunderte.*« Sie lacht. »Mal im Ernst. Ich will und kann die Hoffnung auf die große Liebe doch nicht so einfach aufgeben. Und die Zeiten, bei denen man einen Typen einfach so kennengelernt hat, sind längst vorbei. Du kennst das doch: Die Leute starren nur noch auf ihr Smartphone und schauen gar nicht mehr mal einfach so in der Gegend herum.«

»Verstehe. Aber ist es dann nicht umso wichtiger, dass der Text dich authentisch beschreibt und dabei locker und leicht ist?« Ich überlege kurz und habe gleich die perfekte Sassy-Beschreibung im Kopf. »In etwa so: Hi! Ich bin Sassy, eigentlich Sasuko, aber meine Freunde nennen mich nur Sassy. Wenn ich nicht gerade meinem Job nachgehe, in dem ich mich als Altenpflegerin um unterhaltsame Charmeure mit langen Ohrhaaren kümmere oder Hunde aus dem Tierheim ausführe, baue ich mein Online-Business auf, das Menschen aus Deutschland auf ein Leben in Japan vorbereitet.« Ich nehme einen weiteren Schluck von meinem Drink, erinnere mich daran, dass ich schon vor Ewigkeiten Pizza bestellen wollte, und vergesse es gleich wieder, weil ich plötzlich ganz aufgeregt bin. »Ich bin leidenschaftliche Domino-Spielerin und finde es toll, dass man im Leben nie auslernt. Spontane Bungee-Jumps und Seiltänze ohne Netz werden dir an meiner Seite erspart bleiben. Dafür habe ich aber immer die richtige Playlist parat, sei es für romantische Abende, lustige Roadtrips oder zu durchtanzende Nächte. Ich bin für mannigfaltige Reise- und Lebensabenteuer zu haben und habe einen skurrilen Humor in petto, den du lieben wirst, wenn du Bücher von Haruki Murakami magst.« Ich halte kurz inne, überlege, wie es weitergehen soll, und habe dann das perfekte Finale parat. »Wenn du ein Fan von klebrigen Küchenoberflächen bist, *Dick-und-Doof*-Filme witzig findest und Drinks an schönen Orten in meiner Gesellschaft genießen willst: Dann schreib mir jetzt. Und das *jetzt* machen wir in Großbuchstaben«, schließe ich nach diesem kreativen Ausbruch ganz atemlos.

»Wow! Das ist ja genial. Ich wusste gar nicht, wie gut du darin bist. Ist das jetzt nur bei mir so, oder kannst du Menschen lesen? Mensch, Marli! Das ist ja der Wahnsinn! Und so aufgeregt und happy habe ich dich ja seit Wochen nicht mehr erlebt. Was ist denn plötzlich mit dir los?«, fragt Sassy erstaunt und begeistert zugleich.

Ich höre sie gar nicht, rede einfach weiter, bin total im Flow: »Außerdem …«, der Alkoholnebel, der um mich herumwabert, lichtet sich: »Außerdem frage ich mich, warum es keine Dating-Website gibt, auf der sich nur Leute anmelden können, die eine sehr eindeutige Gemeinsamkeit miteinander haben.«

»Haha. So was wie geliebt werden wollen, zum Beispiel? Du bist ja witzig!« Sassy unterbricht mich und haut sich mit der rechten Hand auf den Oberschenkel, während sie mit der linken weiteren Cosmo auf dem Fußboden verschüttet. »Aber deinen Text, den nehm ich.« Sie schnappt sich ihr Handy und tippt darauf herum. »Kannst du das bitte noch mal wiederholen?«

Während ich ihr meine Idee für ihr Dating-Profil diktiere, stoße ich mein Glas um und bekomme einen hysterischen Lachkrampf, weil mir meine Situation hier in diesem Haus an diesem Abend völlig surreal und verrückt vorkommt. In einem Paralleluniversum würde ich in diesem Moment mit meinem frisch angetrauten Bräutigam tanzen. Stattdessen helfe ich, völlig blau, meiner Freundin dabei, ihr Dating-Profil auf Vordermann zu bringen.

»So. Fertig. Und welches Bild würdest du nehmen?« Wir suchen gemeinsam ein sehr natürliches, typisches Sassy-Bild auf ihrem Handy aus, und sie speichert das neue Profil auf der Seite ab. »Mal sehen, was da kommt.« Sie schmeißt ihr Telefon wieder auf den Schlafsack. »Was ist eigentlich mit der Pizza?«

»Boah. Lecker.« Eine Stunde später schmatzt Sassy sich enthusiastisch durch das letzte Stück ihrer Gorgonzola-Pizza. Ich habe bisher nur die Hälfte von meiner geschafft.

»Jetzt bin ich fast wieder nüchtern. Und du?« Glücklich grinsend wischt sie sich ihren Mund mit einem Stück Küchenpapier ab und greift sich ihr Telefon. »Dann wollen wir mal sehen, ob schon einer angebissen hat.«

»So schnell geht das?«

»Manchmal schon.«

Ich lege mich wieder auf den Rücken und schaue an die Wohnzimmerdecke, in deren Mitte drei nackte Kabel herausragen und wie viel zu dünne Finger auf uns zeigen. Ab morgen wohne ich in einer Wohnung auf dem Kiez, mit fremden Möbeln inklusive einer schwarzen Ledercouch und einem Graffiti von einem pinkfarbenen Manta an der Wand. Keine Ahnung, wie ich die Miete zahlen soll.

»What?«, ruft Sassy überrascht und so laut, dass ich mich erschrecke.

»Meine Güte, Sassy, wieso denn immer so laut?« Ich stütze mich auf den Ellbogen ab und schaue sie vorwurfsvoll an. Alkohol und Fett in meiner Blutbahn hatten mich gerade so schön entspannt, dass mir auch der Gedanke an sich auftürmende Mietschulden nicht viel ausmachte.

»Seit der Profiländerung habe ich fünfundzwanzig Nachrichten bekommen, und die ersten drei lesen sich schon mal total super!«

»Na siehste, wusste ich's doch«, antworte ich zufrieden, aber noch immer ein bisschen träge. Ich richte mich endgültig auf und beobachte Sassy dabei, wie sie wie gebannt auf ihr Handy starrt, ihre Pupillen hin und her rasen und sich ihre Wangen röten.

»Krass, krass, krass! Du bist ja eine Regenmacherin!« Sie scrollt weiter begeistert durch die Nachrichten.

»Was meinst du denn mit *Regenmacherin?*« Langsam steckt sie mich mit ihrer Aufregung an.

»Na ja, jemand, der macht, dass es gute Nachrichten regnet.« Sie lacht. »Schau mal, der hier schreibt richtig nett, *und* er ist sozial engagiert.« Sie ruckelt sich in ihrem Schneidersitz zurecht und liest vor: »Hi Sassy, ich bin Tom und glaube an Schicksal. Wenn ich nämlich nicht gerade als Krankenpfleger in der Uniklinik in Eppendorf meinen Lebensunterhalt verdiene, führe auch ich Hunde aus dem Tierheim aus. Am liebsten drehe ich mit Elmo meine Runden. Adoptiert habe ich ihn noch nicht, aber ich glaube, dass ich seine traurigen, kleinen Mopsaugen bei unserem Abschied bald nicht mehr ertragen kann und ihn dann einfach mit nach Hause nehmen werde. Klebrige Küchenoberflächen machen mir keine Angst, und Japan hat mich immer schon fasziniert. Vielleicht hast Du demnächst ja mal Lust auf einen Spaziergang mit Elmo und mir bei *Planten un Blomen*? Ich würde mich sehr freuen, mal mit Dir über Haruki Murakami und Bodenhaftung zu schnacken. Gruß, Tom.« Sie schaut mich lächelnd an. »Ich glaub, ich bin schon ein bisschen verliebt. Also, in Elmo natürlich. Aber ist der nicht toll, der Tom?«

»Ja, total. Und ihr seid beide sozial engagiert. Das ist doch schon einmal eine richtig gute Voraussetzung für alles, was danach kommt.« Sassys Beschwingtheit macht mich glücklich. Es tut gut, jemandem zu helfen. Und meine Fähigkeit, Profile zu schreiben, ist anscheinend so ausgeprägt, dass ich sogar dazu beitragen kann, zwei Herzen zueinanderzuführen. Also, bei anderen.

»Stimmt.« Sie wackelt mit dem Kopf, greift nach einem Stück Pizza aus meinem Karton und beißt hinein. »Du willst doch nicht mehr, oder?«

Ich muss lachen und erinnere mich wieder an den Gedanken von vorhin, bei dem Sassy mich unterbrochen hat.

»Es gibt doch diese eine Dating-App, die sich nur an Akademikerinnen und Akademiker richtet, oder?«

Sassy nickt.

»Wäre es nicht total cool, wenn es eine Dating-App geben würde, bei der die Mitglieder eine gemeinsame Lebensphilosophie teilen anstelle eines Studienabschlusses?«

»Ich verstehe nicht ganz. Was meinst du?«

»Überleg doch mal. Wie würdest du eine Datingplattform finden, die sicherstellt, dass die Mitglieder wichtige ethische Werte teilen? Werte, nach denen sie ihr Leben leben? Das wäre doch schon mal die halbe Miete zur großen Liebe. Oder glaubst du, dass jemand, der sich dem Klimaschutz verschreibt und auf *PlanForThePlanet*-Demos geht, nach Japan fliegt, um neue Champagnermärkte und Geishas in Reizwäsche zu erschließen?«

»Hm. Gar kein schlechter Punkt. Und das heißt …?«, will Sassy wissen.

»Das heißt, dass es doch total cool wäre, wenn es eine Dating-App für Leute wie dich geben würde, die sich sozial, ökologisch oder sonst irgendwie für einen guten Zweck engagieren. Also, das wäre die Voraussetzung dafür, sich überhaupt auf dieser Plattform anmelden zu können.«

Sassy legt ihren Kopf schräg und schaut mich aufmerksam an.

Plötzlich bekomme ich Gänsehaut am ganzen Körper, setze mich mit einem Ruck auf und traue mich laut auszusprechen, was mir da gerade durch den Kopf geht.

»Ich mach das!«

»Was machst du?« Sassy ist verwirrt.

»Das! Ich mache diese Onlinedating-Plattform! Ich biete ihnen die Plattform, die Profile, und wenn sie wollen, ghostwrite ich auch Nachrichten für sie. Zumindest am Anfang.

Und wenn jemand sich so abartig verhält wie die Typen, von denen du mir vorhin erzählt hast, dann darf der nicht mehr mitspielen und wird aus meiner Dating-Community verbannt. Das ist es! Das ist meine Bestimmung!«

»Das ist nicht dein Ernst! Du bist betrunken! Du spinnst! Und wirst du eigentlich jemals deine Pizza aufessen?«

»Doch! Ja! Nein und ja! Ich werde das machen, und es wird ein Erfolg! Da bin ich ganz sicher!«

»Was jetzt? Das Pizza-Aufessen oder deine völlig abgedrehte Idee, dich mit einer Dating-App selbstständig zu machen?«

»Beides!«

Danke für die klebrigen Cosmo-Flecken, die wir im Nicht-Haus hinterlassen haben. Für die neue Wohnung. Für den Marienkäfer, der gestern kurz auf meiner Hand gelandet ist. Für Karmen, Wasili und Knorke, denen ich seit dem Umzug jeden Morgen Kaffee bringen kann und für die es sich lohnt, aufzustehen. Für Sassys schlechtes Dating-Profil. Für Eddies Wahnsinn, mir Geld zu leihen und sich bereit zu erklären, die Website zu programmieren. Für Dani, weil sie zu ihrem Wort steht. Für …

Das reicht jetzt aber auch.

Drei Jahre später

Knallende Korken

»Happy Birthday to you! Happy Birthday to you! Happy Biiiiiiiiiirthday, MarliMarli! Haaappy Birthday tooo youuuu!!!«

Karmen, Wasili und Knorke haben sich extra für mich schick gemacht und ihre am wenigsten zerschlissenen T-Shirts und Hosen angezogen. Obwohl sie jetzt schon eine ganze Weile auf dem alten Lastkahn in Wilhelmsburg wohnen und inzwischen auch Geld verdienen, kaufen sie sich keine neuen Klamotten. Karmen nennt das *nostalgische Nachhaltigkeit*. Heute trägt sie aber über ihrem abgewetzten Dead-Kennedys-Shirt sogar den karierten Blazer, den ich ihr mal geschenkt habe. Aufgereiht wie die Orgelpfeifen stehen sie vor der Tür meines Wohnhauses in der Wohlwillstraße – mitten auf Sankt Pauli – und singen. Karmen hält mir einen Cupcake mit einer kleinen, weißen Stummelkerze vor die Nase. Die Flamme erzittert kurz, denkt aber gar nicht daran, auszugehen. Das rührt mich irgendwie.

»Jetzt bist du erwachsen«, krächzt Karmen und wird von Wasili mit seinem unverwechselbaren russischen Akzent von der Seite angeraunzt: »Unser Marli-Madli wird niix erwachsen. Bleibt immer Kiind. Kiindsein cheißt funkeln!«, er klopft sich leidenschaftlich mit der rechten Hand auf die Brust, »Da drin!«

»Setz ihr doch nicht solche bescheuerten Flausen in den Kopf«, mischt sich Knorke ein und zündet sich eine selbst gedrehte Zigarette an. »Sie ist erwachsen. Eine junge Frau, die mitten im Leben steht. Mit einem erfolgreichen Geschäft. Ich kann zwar immer noch nicht verstehen, warum die Menschen heutzutage so etwas brauchen, aber solange wir ein bisschen für dich arbeiten können und du uns hin und wieder zum Essen einlädst, is mir das auch ladde.« Er lacht sein heiseres, hustiges Lachen, zieht an der Zigarette und fährt fort: »Marlene ist dreißig Jahre alt und lebt ihr Leben. Diese Träumereien vom Kindsein führen nur geradewegs in die Gosse. Schluss jetzt mit dem Kinderkram.«

Krasse Karriere oder grottige Gosse? Ich kann nicht glauben, dass es schon über drei Jahre her ist, dass mein damaliges, ganz persönliches Drama mit dieser Frage von Dirty Debbie gekrönt wurde und dass mein Leben sich seither so sehr verändert hat. Mir kommt es so vor, als wäre ich damals ein ganz anderer Mensch gewesen. So naiv, so anhänglich, so abhängig von den Wünschen, den Zielen, dem Glück eines anderen. Ich hatte mir nichts Besseres vorstellen können, als mit Besi alt zu werden. Und dann kam alles anders …

»Niix Gosse, du mieseriger Peter«, schimpft Wasili auf Knorke ein. Zu mir gewandt sagt er: »Chör niix auf traurige alte Knorke, Marli-Madli. Du bleib Kiind, okay?« Er legt noch einmal die Hand aufs Herz und schaut mich hoffnungsvoll an.

Und schon habe ich den nächsten Flashback: Ich sehe

mich am Montag nach der verkaterten Hausübergabe in Frau Kantenkranz kleinem Therapieraum im Souterrain eines Wohnhauses an der Alster sitzen. Die Wasseroberfläche nur einen halben Meter unter dem Fenster. Eddie hat mal gesagt, wenn man sich aus dem Fenster beuge, könne man das Wasser berühren. Klar, dass er das schon mehrmals gemacht hat. Mich wundert, dass er nach der einen oder anderen Sitzung noch nicht aus dem Fenster direkt in die Alster gesprungen und davongeschwommen ist, nur um sich über Frau Kantenkranz verblüfftes Gesicht zu amüsieren.

Kanufahrer guckten an diesem Nachmittag in den Raum, und die Sonne zauberte hinter Frau Kantenkranz ein Wasserspiel an die Wand.

»Was würde Ihr inneres Kind, Ihr siebenjähriges Ich, dazu sagen, dass Sie volles Risiko gehen und sich mit einer Geschäftsidee selbstständig machen, von der Sie – ich zitiere – ›eigentlich keinen blassen Schimmer‹ haben?« Sie richtete sich leicht auf. Eddie und ich hatten in unserer Kantenkranz-Analyse festgestellt, dass sie das immer tat, wenn sie wirklich gespannt auf eine Antwort war.

»Cool!«, platzte es aus mir heraus, »Mein inneres Kind wäre begeistert!« Schon früher war ich schüchtern, eher ängstlich und sehr zurückhaltend gewesen. Aber manchmal, wenn ich von etwas wirklich überzeugt war, konnte ich Berge versetzen, um zu bekommen, was ich wollte. Das passierte nicht oft, aber wenn es passierte, dann wurden eben Berge versetzt.

In dieser Therapiestunde merkte ich, dass ich genau dazu bereit war. Ich nehme an, in mir schimmerte noch ein kleines Fünkchen Hoffnung, dass es ein Leben nach dem ganzen Chaos geben könnte. Ich hatte die Ahnung, dass meine Geschäftsidee der erste Schritt in dieses neue Leben sein könnte. Meine Intuition flüsterte mir zu: Du kennst den Weg! Geh einfach los! Da war etwas in mir, das nicht, so wie mein Hirn, tausend gute Gründe suchte und fand, um nicht sofort mit der Umsetzung der Datingplattform zu beginnen. Etwas, das unter den Trümmern meiner Existenz hervorblitzte. Ich hatte ja eh schon alles verloren. Schlimmer konnte es nicht mehr werden, oder?

Frau Kantenkranz bat mich, meine Augen zu schließen, tief ein- und auszuatmen und mich auf meinen Körper zu konzentrieren. Ich sollte bei ihrer nächsten Frage versuchen, zu erspüren, ob sich mein Körper weich anfühlte und sich entfaltete oder ob er sich zusammenzog.

Sie sagte: »Stellen Sie sich bitte vor, Sie machen eine Zeitreise in die Zukunft, sagen wir drei Jahre. Achten Sie genau auf Ihren Körper, Frau Boss! Stellen Sie sich vor, Sie haben sich dafür entschieden, Ihre Geschäftsidee umzusetzen – gegen alle Widrigkeiten, gegen alle Skeptiker, gegen Ihre eigenen Zweifel. Wie fühlen Sie sich?«

Ich habe ja schon davon gehört, dass man an runden Geburtstagen dazu neigt, in die Retrospektive zu gehen, aber die Heftigkeit der Emotionen, die mich bei den Gedanken an die damalige Sitzung überkommen, überrascht mich jetzt doch ein wenig. Fast wie ein Gefühls-Flashback. Wieder prickelt dieser euphorische Optimismus an meinem Rücken auf und ab. Und wieder ist da dieser unwiderstehliche Sog.

Nur anstelle der damaligen Aufforderung »Tu es!«, die direkt aus meinem Herzen kam, ist es jetzt ein amüsiertes und leicht trotziges »Hab ich doch gesagt!«.

Ich muss schmunzeln. Der Aufbau meiner Agentur hat mir damals eine Perspektive, einen Sinn gegeben. Einen Grund, jeden Tag aufzustehen. Er hat mich dazu gezwungen, nur über geschäftsrelevante Dinge nachzudenken, und zwar fast vierundzwanzig Stunden am Tag, und er ließ keine Zeit für Besi-Grübeleien oder Besi-Stalking. Wahrscheinlich hätte ich es eh nicht überlebt, ihm weiter auf Instagram bei seiner Reise durch die Welt zu folgen. Bali war nur sein erster Stopp gewesen. Den Fehler, mich durch seine bilderbuchartigen Schnappschüsse von besandeten Füßen, kondenswasserbeperlten Bierflaschen, moskitobenetzen Schlafplätzen unter malerischen Palmen und durch seine Selfies auf Surfboards, beim Paragliding oder Mountainbiking zu scrollen, hatte ich genau vier Mal begangen. Danach war ich jedes Mal so am Boden zerstört, dass Sassy heimlich meinen Instagram-Account sperrte und mir das Beste-Freundinnen-Ehrenwort abnahm, mich nicht unter anderem Namen wieder dort anzumelden.

Der Aufbau meiner Firma hat mir geholfen, durchzuhalten. Er hat mich abends todmüde ins Bett fallen lassen, hat mir trotzdem Kraft gegeben, hat mich gerettet. Sicher gab es immer auch die Angst, auf einem völlig morschen Holzweg zu sein. Aber es war von Anfang an *mein* Holzweg. Mein ganz eigener. Und ich entwickelte einen unglaublichen Ehrgeiz und ein Durchhaltevermögen, das ich nur aus meiner Kindheit kannte. Ich dachte: *Wenn ich es schaffe, dass meine Idee überlebt, dann überlebe auch ich. Dann schaffe ich es zum Licht auf der anderen Seite des Tunnels.*

Außerdem hatte ich Eddie, Sassy und Daniela von Anfang an auf meiner Seite. Haben sie mich zu Beginn alle drei aus reiner Freundschaft unterstützt, so arbeiten Dani jetzt fest und Eddie freischaffend für mich. Die beiden bekommen dafür Geld. Meine Idee zahlt seit gut sechzehn Monaten sogar Jahresgehälter. Wahnsinn! So fühlt sich also Stolz an.

»Du hast wohl gute Laune, was? Hast du endlich jemanden kennengelernt?« Knorke holt mich zurück in die Gegenwart.

»Meine Güte, unsere Kleine braucht keinen Mann, um glücklich zu sein! Das hat sie dir doch nun schon so oft gesagt!« Karmen schüttelt genervt den Kopf.

»Ach, du nun schon wieder! Jeder braucht ein bisschen Liebe in seinem Leben. Gibst du ihr jetzt endlich den Kuchen?«, drängt Knorke und schiebt Karmen ein Stück auf mich zu.

»Nun hör doch mal auf, mich zu hetzen«, zischt Karmen zurück.

Wie verrückt, dass ausgerechnet diese drei wohnungslosen Altpunks in der Nische an der Seite meines Mietshauses Quartier bezogen hatten und zu meinen Freunden geworden sind.

Der Freundeskreis, den ich mit Besi hatte, war mir nach der Trennung abhandengekommen. Ich hatte geglaubt, niemals wieder jemand Neues in mein Leben lassen zu können, aber die drei haben mich eines Besseren belehrt. Und ich habe mich gern belehren lassen. Was Freundschaften angeht. Aber was die Liebe angeht ... Da bin ich nach wie vor raus. Meine Abmachung mit Don Juanita gilt. Das Rotkehlchen macht das schon – stellvertretend für mich. Na ja, Don Juanita und alle Menschen, die sich bisher bei meiner Agentur *Wolke Sieben* angemeldet haben.

»Wir sind stolz auf dich. Sehr stolz«, sagt Karmen und übergibt mir den Cupcake.

Die anderen beiden nicken, und mir wird warm ums Herz.

»Danke, das bedeutet mir wirklich viel! Und danke, dass ihr extra hergekommen seid, um mir zu gratulieren. Das weiß ich wirklich zu schätzen.«

»Jetzt musst du dir auch was wünschen, Engelchen«, sagt Karmen.

»Ich weiß schon, was«, sage ich und wünsche mir, dass mein Leben bitte einfach so weitergehen kann wie bisher. Ich brauche nicht den Wahnsinnserfolg, nicht die lauten Beifallsstürme, nicht die dicken Scheine, und noch viel weniger brauche ich die große Liebe.

Irgendwann, vor Jahren, hat Besi mal zu mir gesagt, dass das Leben mit mir wie Millimeterpapier sei – aufgeräumt, systematisch, unaufgeregt und zuverlässig. Damals habe ich gedacht, er hätte das als Kompliment gemeint. Ich habe ihn angelächelt, betont mysteriös gesagt: »Aber manchmal bewege ich mich auch außerhalb der kleinen Kästchen.« Seine Antwort »Aber wirklich nur sehr selten« habe ich nicht als Kritik wahrgenommen, sondern als liebevolle Beschreibung meines Wesens. Komisch, dass einem solche Gesprächsfetzen Jahre später wieder einfallen und man sich dann fragt, warum man das ganze Elend nicht hat kommen sehen. Egal. Er hatte ja recht. Ich mag mein Millimeterpapier-Leben. Und jetzt, da ich es zurückhabe, will ich einfach nur, dass es so bleibt. Ich möchte anderen Menschen dabei helfen, sich Hals über Kopf zu verlieben, und ich habe vor, möglichst viel Zeit mit Sassy, Dani, Eddie, Knorke, Wasili und Karmen zu verbringen.

Nach Nordageddon sind endlich wieder Ruhe, Struktur und Übersichtlichkeit in meinem Leben eingekehrt.

Ich hole ganz tief Luft, puste die Kerze aus und schließe die Augen, während ich den Wunsch in meinem Kopf noch einmal wiederhole.

»Wisst ihr noch, als ich hier eingezogen bin?«, frage ich schmunzelnd.

»Ja, als wäre es gestern gewesen. Jeden Tag um Punkt neun bist du raus zum Bäcker, und in der zweiten Woche hast du angefangen, uns Kaffee und Franzbrötchen runterzubringen. Sag ehrlich: Du hattest am Anfang Angst vor uns, oder?« Knorke streicht sich seine grauen Locken hinter die Ohren und grinst.

»Ich glaube niix, dass Marli Angst vor uns chat. Sie chat doch gleich immer Challo gesagt. Und erste Winter … Wisst ihr noch?« Wasili reibt sich den strubbeligen Bart und lächelt selig. »Chiimmlisch! Chat sie immer offene Fenster gelassen von Cheizungskeller unter Gitter. War wie Fußbodencheizung in Villa.«

»Ehrlich gesagt, ich hab damals immer extra ein grimmiges Gesicht gemacht, weil ich dich einfach zu nett fand und dich ein bisschen ärgern wollte«, gibt Knorke noch breiter grinsend zu.

»Ja, du Depp! Damit hättest du uns fast die gemütlichen Winternächte mit Fußbodenheizung versaut. Ich an Marlis Stelle hätte uns nicht mehr das Fenster aufgemacht«, Karmen knufft Knorke in den festen, aber sehr runden Bierbauch. »Aber du hast dich gar nicht beirren lassen von dem alten Grummeltier«, sagt sie an mich gewandt.

Knorke lacht und zündet sich die nächste Selbstgedrehte an.

»Genauso wenig wie bei deinem Business. Und jetzt, jetzt hast du's geschafft! Die haben ja das ganze Fenster mit den Zeitschriften plakatiert.« Karmen wackelt fröhlich mit dem Kopf.

»Was meinst du?«, frage ich erstaunt.

»Wir haben dich am Bahnhof in der Auslage vom Zeitungs-Wimpe auf dem Cover von so einer Yuppiezeitschrift gesehen. Der Wimpe hat dir sein ganzes Fenster gewidmet.«

»Waaaas?« Normalerweise bin ich ja eher von der ruhigen Sorte, aber jetzt kreische ich ein bisschen hysterisch herum. »Ihr nehmt mich auf den Arm, oder? Ich wusste, dass da ein Artikel erscheint. Aber das Cover? Das kann nicht sein!«

»Doch. Wir chaben es auf Weg gesehn. Wirkliich.«

»Okay, ihr Lieben, ich muss los. Das muss ich mit eigenen Augen sehen! Danke noch mal, dass ihr gekommen seid! Wir sehen uns dann heute Abend bei euch auf dem Kahn, ja?«, rufe ich den dreien zu, während ich mich schon in Richtung U-Bahn-Haltestelle fortbewege, die nur wenige Minuten von Manolos Wohnung entfernt liegt.

Manolo ist nie wieder aus Ecuador zurückgekehrt. Natürlich hat er sich dort verliebt ... Die Vermieterin ließ sich darauf ein, dass ich die Wohnung übernehme. Manolo schrieb mir, dass er mit seiner Adriana ein neues Leben in einer kleinen Hütte am Pazifik beginnen wolle und dort nichts mehr von seinem ganzen Kram benötige. Wer braucht beim Robinson-Crusoe-Spielen schon ein Ledersofa und ein Graffiti von einem pinken Manta? Ich könne damit machen, was ich wolle.

Und so habe ich teils aus nostalgischen Gründen, teils aus Zeitmangel einfach alles so belassen, wie ich es beim Einzug vorgefunden hatte. Nur das Manta-Graffiti hängt jetzt bei mir im Büro, um mich jeden Tag daran zu erinnern, wie wir mit *Wolke Sieben* angefangen haben. Nämlich klitzekleine Brötchen backend, wenig bis gar keine Ahnung von Geschäftsgründung und der New Economy habend. Dani und ich mit Gründerzuschuss auf dem schwarzen Ledersofa sitzend, uns mühsam durch Bürokratie, Dating-Websites und Paragrafendschungel kämpfend.

Mit rauchenden Köpfen haben wir stundenlang gegrübelt, wie wir die Mitglieder am besten auf ihre sozialen Engagements prüfen, wie wir die Datenschutzrichtlinien einhalten und wie wir unseren Service kommunizieren. Wir haben nächtelang darüber gebrütet, wie und wo wir Marketing und Pressearbeit machen, dabei möglichst wenig Geld ausgeben und trotzdem viel erreichen. Das Wichtigste von allem war uns, wie wir sicherstellen, dass sich unsere Mitglieder bei uns gut aufgehoben fühlen.

Sassy bekochte uns an ihren Feierabenden und beriet uns bezüglich Usability und Content einer Datingplattform. Währenddessen wurden wir von Eddie angeschnauzt. Und zwar stets mit dem Laptop bewaffnet und aus der Hängematte heraus, die er sich mitten in meinem Wohnzimmer aufgehängt hatte, weil er darin am besten denken konnte. Er fand nämlich, dass wir *Wolke Sieben* viel zu gefühlsmäßig angingen, den in seinen Augen fürchterlichsten Namen wählten und uns ständig verrechneten. Aber er gab zu, wir hätten wenigstens eine wirklich tolle Vision.

Dani zog für eine Weile bei mir ein, und wir brainstormten, was das Zeug hielt. Wenn Sassy nicht für uns kochte, weil sie gerade, wie sie es nannte, *analog im Dating-Business recherchierte*, ernährten wir uns wochenlang von chinesischen Mie-Nudeln mit Sesam und Sojasoße. Schnell in großen Mengen zuzubereiten und genauso schnell zu verschlingen. Als die Website endlich online ging, hatten wir dunkle Ringe unter den Augen und bestimmt zehn Kilo weniger auf den Rippen.

Schon bin ich an der Haltestelle Sankt Pauli angekommen, springe in die gerade eingefahrene Bahn der Linie U3 und setze mich auf einen Fensterplatz.

Nach der Station Landungsbrücken geht die Fahrt oberirdisch weiter. Am Hafen vorbei und parallel zur Elbe. Meine schöne Stadt braust an mir vorbei. Gleich kommen die Speicherstadt und die Elbphilharmonie in Sichtweite.

Hamburg und ich: immer wieder große Liebe. Selbst – oder besser – gerade Sankt Pauli. Das Viertel ist mir mit seiner abgeranzten Herzlichkeit und den seltsamen Gegensätzen aus Sündenpfuhl, Tourismus und bummeliger Kiezkultur so ans Herz gewachsen, dass ich nie wieder hier wegziehen will. Es hat mich mit all seinen Ecken und Kanten aufs Liebevollste empfangen und mit seiner Unähnlichkeit zu Winterhude maßgeblich dazu beigetragen, dass mein auseinandergebrochenes Ich wieder zusammenwachsen konnte. Sogar unser Büro ist hier.

Damals hatte ich kurz mit dem Gedanken gespielt, Hamburg zu verlassen und in einer anderen Stadt komplett neu anzufangen. Aber am Ende hielt ich das doch für keine gute Idee, und Frau Kantenkranz, die ich auch heute noch hin und wieder besuche, war der gleichen Meinung. Wenigstens mein bekanntes Umfeld sollte mir bleiben. Jetzt bin ich froh, sagen zu können, dass das die richtige Entscheidung gewesen ist. Ohne die Unterstützung von Dani, Eddie und Sassy, ohne die Freundschaft von Wasili, Karmen und Knorke, ohne *Wolke Sieben* – wer weiß, welch traurige Person aus mir geworden wäre.

Schnell zücke ich mein Handy und frage Sassy, ob sie die *Bold Business* schon gesehen hat, bekomme aber keine Antwort.

Vielleicht haben mich WKK, wie ich die drei gern abkürze, ja auch nur auf den Arm genommen. Ich auf dem Cover eines der tonangebendsten Wirtschaftsmagazine für New Economy? Das kann doch gar nicht sein. Und wie finde ich das überhaupt? Also für *Wolke Sieben* ist das natürlich super. Aber für mich persönlich? Ziemlich furchtbar, wenn ich ehrlich bin. Ich bin ganz bestimmt nicht in diese Branche eingestiegen, um in die Öffentlichkeit zu treten und mich der Welt zu präsentieren. Das Gegenteil ist der Fall. Ich hatte die Idee von dem Onlinedating-Business und vor allem vom Ghostwriting ja gerade besonders passend für mich gefunden, weil ich da hinter den Kulissen die Strippen ziehen konnte.

Obwohl meine Aufgaben heute fast ausschließlich mit der Leitung der Firma zu tun haben – schließlich haben wir mittlerweile zwölf Mitarbeiterinnen und Mitarbeiter –, lasse ich es mir nicht nehmen, hin und wieder als Ghostwriterin tätig zu werden und Profil- und Nachrichtentexte für ausgewählte Mitglieder zu schreiben. Ich mag das einfach zu sehr. Den Lebenswegen der Menschen die passenden Worte verleihen, ihre Außergewöhnlichkeiten und ihre Alltage erzählen, ihre Entscheidungen erklären und ihre Charaktereigenschaften offenbaren, ohne sie bloßzustellen. Im Windschatten meiner Kundinnen und Kunden kann ich ihre Romanzen, ihre Abenteuer leben. Da bin ich in Deckung und kann mich durch ihre Leben träumen, ohne mein Millimeterpapier zu verlassen. Mit ihnen arbeite ich ehrenamtlich in einem Tierheim, bin ein *Greenpeace*-Aktivist, der eine Bohrinsel im Pazifik entert, eine Klimademonstrantin bei *PlanForThePlanet* oder eine Feministin, die sich für Frauenrechte in Afghanistan einsetzt. Je drastischer das Erlebte, desto besser meine Texte. Ich schlüpfe in all diese Rollen, die ich selbst nie einnehmen könnte, und kann beim Ghostwriting auch noch gefahrlos meine romantische Ader ausleben.

»Nächste Haltestelle: Hauptbahnhof.«

Ich springe auf und verlasse schnellen Schrittes die Bahn. Als Covergirl dieses Magazins ist es mit der Unsichtbarkeit dann ein für alle Mal vorbei. Aber vielleicht stimmt es ja doch nicht. Ich muss es erst mit eigenen Augen sehen. Immer zwei Stufen auf einmal sprinte ich die Treppe hoch. Wenige Sekunden später stehe ich mittendrin im Gewusel der Rushhour an einem Freitagmorgen. Jetzt nur noch ein paar Meter bis zu Wimpes Laden, und ...

»Überraschuuung!«, kreischen mir Eddie, Dani und Sassy entgegen. Eddie betätigt ein Airhorn, das so laut ist, dass alle anderen Bahnhofspassanten sich erschrocken umdrehen. Dani hüpft so wild auf und ab, dass ihr der Pferdeschwanz nur so um die Ohren fliegt, und Sassys kleiner Pandalautsprecher spielt *Happy Birthday to you* von Stevie Wonder in erstaunlich ohrenbetäubender Lautstärke. Ich bin viel zu geschockt, um peinlich berührt zu sein.

»Woher ...?«

Die drei lachen mich aus, weil ich wahrscheinlich total blöd aussehe, wie ich so verdattert und mit offenem Mund von einem zum anderen schaue. Dann treten sie zur Seite und geben den Blick auf das Fenster von Wimpe frei.

Mein Gesicht ist Ü-BER-ALL. Meine roten Haare, die ich seit drei Jahren als welligen Long Bob trage, glänzen, meine grünen Augen leuchten, und ich lächele sogar ein bisschen. Selbst meine Sommersprossen sehen auf dem Coverfoto der *Bold Business* gut aus. Unter meinem Kopf, um auch keinen Zweifel daran zu lassen, dass ich es bin, steht auf der Zeitschrift: *Marlene Boss bringt frischen Wind ins Onlinedating*. Inmitten der ganzen Hefte prangt ein selbst gemaltes Plakat mit lauter Pfeilen in Richtung der Magazine mit der Aufschrift: *Beste Chefin in the World und Geburtstagskind! Happy Birthday, Marli! Wir lieben Dich!*

In dem Moment, als ich das lese, ertönt eine Ansage aus den Bahnhofslautsprechern, dass der kleine Johann am Infoschalter abgeholt werden will, dann knallt ein Korken, und ich fühle mich, als hätte sich eine watteweiche, dichte Wolke einmal um mich herum drapiert. Unwirklich schön fühlt sich das alles an, aber auch ein bisschen angsteinflößend.

»Na, was sagste? Das ist ganz schön krass, was, Marli? Du hast drei superpositive Seiten plus eine Lobhudelei des Chefredakteurs im Editorial. Der schwärmt über zwanzig Zeilen nur davon, wie innovativ *Wolke Sieben* ist, dass du es geschafft hast, eine Dienstleistung auf den Markt zu bringen, auf die die Welt nur gewartet hat, und dass *Wolke Sieben* ein tolles Beispiel für Hashtag Purpose im Unternehmertum ist. Außerdem wird noch ausführlich auf die Kundenzufriedenheit und die Love Conversion eingegangen.«

Sassy unterbricht Eddie und sagt: »*Love Conversion*! Wie bist du da eigentlich drauf gekommen? Ich LIEBE das!«

»Das ist doch jetzt egal, Sassy. Ich war noch nicht fertig«, ergreift Eddie wieder das Wort. »Nach der ganzen harten Arbeit, den ganzen kleinen Geschichten in der Lokalpresse. Endlich die fetten Fische! Jetzt gehörst du zu den Big-Playern, du Unternehmerin, du!« Eddie boxt mich leicht in die Seite und reicht mir ein Glas Champagner. »Den hast du dir jetzt verdient!«

Ich habe meinen Bruder noch nie so aufgeregt erlebt.

»Wer hätte das damals gedacht? Schönes Foto übrigens. Hat das Branko gemacht?«

Ich nicke abwesend, immer noch völlig baff, dass ein Bild, auf dem man jede Pore meiner Gesichtshaut sehen kann, auf einem Magazin-Cover gelandet ist. Und dass meine Freunde und mein Bruder die ganze Zeit für mich und meine Idee da waren und auch in diesem Moment an meiner Seite stehen. Wie kann ich mich jemals bei ihnen für ihre Unterstützung bedanken? Mir kommen die Tränen. Ich hocke mich hin und fange an zu schluchzen.

»Oh Gott, Marli. Hab ich was Blödes gesagt?« Eddie beugt sich zu mir runter, drückt noch mal das Airhorn und sagt: »Sorry! Das war nicht mit Absicht.«

Jetzt muss ich lachen. Ich richte mich wieder auf und schaue meine Freundinnen und meinen Bruder an. »Danke, dass ihr so fantastisch seid! Ich bin unendlich dankbar für eure Unterstützung und war eben einfach nur so gerührt! Dass ihr hier seid und ... hach ... Prost!«

»Prost!«

»Auf Marli! Die beste Chefin der Welt! Das Schild haben übrigens wir gemalt.«

Bei einem feudalen Frühstück im *O'Crassity's* mit Eggs Benedict, frisch gepresstem Gemüsesaft und einer großen Schale Milchkaffee blättere ich mich durch das Magazin. Eddie hat recht: Der Artikel des sonst so kritischen Redakteurs und das Interview sind durchweg positiv. Sie erzählen die Geschichte von *Wolke Sieben* auf sympathische Weise, beschreiben unsere Mission als sinnhaft, klug und zielgruppenorientiert, loben unseren Customer Service und stellen die Bloginhalte als relevant und nah am Verbraucher vor.

»Das nenne ich mal gelungene PR«, meint Sassy, bevor sie herzhaft in ihr drittes Croissant beißt. Auch die Bilder von unserem Büro sehen toll aus. Auf zurückhaltende Weise schick, aber auch ein bisschen edgy mit dem geschliffenen Betonfußboden, den vielen hübschen Kakteen in den hellen Keramikübertöpfen, der schwarzen, antiken Wendeltreppe, die mitten in dem loftartigen Raum auf ein an Stahlseilen von der Decke hängendes Plateau führt, auf dem man zwischendurch mal die Perspektive wechseln kann. Und natürlich mit dem Manta-Graffiti, das ich extra prominent an der Wand gegenüber dem Stahltor aufgehängt habe.

»Hast du den Schlusssatz in der *Bold* gesehen? Der Georg, der den Text geschrieben hat, ist doch sonst immer so zynisch. Und über *Wolke Sieben* schreibt er, dass man ›sofort ein soziales, grünes oder tierwohliges Ehrenamt übernehmen will, nur um sich bei *Wolke Sieben* anmelden zu dürfen‹. Und er schreibt weiter«, ich hebe den rechten Arm und strecke den Zeigefinger in die Luft, »›in einer Epoche, in der Vernetzung allgegenwärtig, Zeit der größte Luxus, Nächstenliebe zu Tier, Natur und Mensch das höchste Gut ist, schafft Marlene Boss mit *Wolke Sieben* eine Community, die den wichtigsten Wert unserer Zeit, nämlich den, dass Veränderung und Wandel möglich sind, wenn man es nur selbst angeht, bereits in sich trägt. Und wenn dabei dann noch Liebe gemacht wird, kann mit diesem Business ja wirklich nichts mehr schiefgehen.‹«

»Ja, aber danach geht es erst richtig ab«, triumphiert Eddie, »die schreiben, dass *Wolke Sieben* eines der sinnvollsten und liebevollsten Unternehmen ist, über die sie je berichtet haben und von dem sie bitte noch viel mehr hören möchten. Der letzte Satz lautet: *Solche Unternehmen braucht die Welt – bitte mehr davon!*«

»Ahhhh! Endlich zahlt sich die ganze Schufterei aus!« Sassy drückt meinen Arm.

»Und deine Antwort auf die Frage: *Was möchten Sie der nächsten Generation von Unternehmerinnen mitgeben?*, ist dir die spontan eingefallen, oder hattest du sie dir schon vorher überlegt?« Dani strahlt mich mit ihren großen braunen Kulleraugen an.

»So etwas überhaupt gefragt zu werden, finde ich schon total surreal. Ich sehe mich ja überhaupt nicht so.«

»Also, ich finde deine Antwort ja fast schon weise«, schmatzt Sassy mit vollem Mund in meine Richtung.

»Meine kleine Schwester soll weise sein? Ich glaub's ja nich! Was hat sie noch mal gesagt?«, fragt Eddie.

»Dass *Durchhalten und Dranbleiben der Schlüssel zum Gelingen* sind. *So etwas wie Erfolgs-Brühwürfel gibt es nicht. Instant-Erfolg kann nur eine Ausnahme sein.*« Dani formt mit ihren Händen ein Herz und hält es in meine Richtung.

Eddie reibt Zeigefinger und Daumen aneinander. »Du weißt, was das bedeutet, oder, Marli? Zaster, Zaster und noch mal Zaster!«

»Mensch, Eddie. Uns geht es hier um was«, empört sich Dani.

»Weiß ich ja, und ich finde euren Altruismus auch ganz

toll, aber Erfolg wird nun mal auch in Zaster gemessen.« Er lehnt sich zufrieden zurück und lächelt mich an. »Aber den ganzen Zaster mit so 'ner tollen Sache zu verdienen, ist natürlich 'ne richtig spitzenmäßige Geschichte. Und darauf kannste echt stolz sein, Marli.«

In letzter Zeit ist mir öfter aufgefallen, dass Eddie mich ernster und nicht mehr so oft auf den Arm nimmt, nicht jede meiner Aussagen hinterfragt oder lächerlich macht, sondern sie meistens mit einem kurzen Nicken akzeptiert. Wie die anderen beiden steckt er seine Nase wieder in die Magazine.

Das leichte Champagner-High vom Bahnhof ist durch das deftige Frühstück wieder abgeklungen. Ich lehne mich in dem gemütlichen Sessel zurück und blicke in die Runde, die da mit mir am Tisch sitzt. Nacheinander beenden meine Freundinnen und mein Bruder ihre Mahlzeit, wischen sich die Münder mit den Servietten ab und schnattern dabei weiter aufgeregt durcheinander. Ich liebe es, sie dabei zu beobachten und mich zugehörig zu fühlen. Ich stelle mir vor, ich wäre eine Fremde, die an diesem Tag an unserem Tisch vorbeiläuft, kurz innehält und uns beobachtet. Sicher würde ich diesen Zusammenhalt, die gute Energie an diesem Tisch bewundern.

Mundraub

Wir fahren zusammen zurück nach Sankt Pauli. Wie jeden Tag freue ich mich auch heute darauf, endlich an dem alten Lagerhaus im Hinterhof anzukommen, das schwere Tor aufzuziehen oder im Sommer, wenn das Tor den ganzen Tag offen bleibt, direkt hineinzulaufen und meine Kolleginnen und Kollegen zu begrüßen. Mein eigenes Büro. Voll mit Leuten, die ein tolles Produkt erschaffen.

Dass das alte Lagerhaus überhaupt unser Büro werden konnte, habe ich auch WKK zu verdanken. Branko, der Besitzer, hatte als junger Mann einige Zeit auf der Straße gelebt, und WKK kannten ihn von früher. Bei einer wahrscheinlich eher dubiosen Wette hatte er eines Tages zehntausend Euro gewonnen, und anstatt das Geld auf dem Kiez für Drogen, Frauen und Partys auf den Kopf zu hauen, hat er angefangen zu investieren. Mittlerweile ist Branko ein millionenschwerer Immobilienmogul und Hobbyfotograf mit einem Herz für Obdachlose. Er betreibt drei Suppenküchen mit angeschlossenem Wintershelter und besitzt unter anderem ein riesiges, verwildertes Industrieareal in Wilhelmsburg direkt am Wasser, wo er Freunde, die knapp bei Kasse sind, auf kleinen Hausbooten wohnen lässt.

Seit wir das Büro von ihm mieten, ist er natürlich lebenslanges Ehrenmitglied bei wolkesieben.de und hat sich sogar schon ein Profil von mir schreiben lassen. Eigentlich hatte er vor, das Gebäude abzureißen und ein Hotel zu bauen. Aber als WKK ihm von meiner Idee berichteten, überlegte er es sich schnell anders.

»Die ganzen Businesskasper können auch woanders wohnen. Du mach hier mal schön deinen Louie«, war seine Antwort auf meine Frage, warum er sich gegen ein Hotel und für mein Projekt zu einer lächerlich kleinen Miete entschieden hatte. Als ich ihn fragte, was es denn bedeutete, »seinen Louie« zu machen, winkte er lachend ab und sagte: »Das erklär ich dir, wenn du groß bist.«

Die Sonne scheint, und Hamburg ist genau nach meinem Geschmack. Knallgrün und vormittags noch fast so frisch wie im Frühling.

»Und? Freust du dich schon auf heute Abend?«, fragt Dani, während wir von der U-Bahn-Station zum Büro laufen.

»Ja, total. Und vor allem aufs Essen«, antworte ich und finde es irgendwie lustig, dass ich es mir leisten kann, jemanden dafür zu bezahlen, dass er für uns sieben auf dem Lastkahn kocht.

»Was gibt es denn?« Sassy ist neugierig. Im Gegensatz zu mir ist sie eine fanatische Rezeptausprobiererin und kocht unheimlich gut und gern.

Über Mie-Nudeln mit Sojasoße und Sesam geht es bei

mir immer noch nicht hinaus. Aber heute kann ich es mir wenigstens leisten, öfter mal essen zu gehen.

»Das verrate ich nicht. Ich sage nur so viel, es wird lehhheeecker«, flöte ich zurück.

Vor dem Lagerhaus haben wir auf Sassys Drängen hin ein paar Hochbeete aufgestellt, in denen schon Salate und Radieschen zu ernten sind. Auch Tomaten, Gurken, Zucchini und ganz viele Kräuter wachsen fröhlich vor sich hin.

»Ui. Wie lange war ich nicht mehr hier!«, ruft Sassy erstaunt. »Da könnt ihr euch ja in den nächsten Tagen zum Mittag tolle Salate zaubern.«

Erst jetzt sehe ich, dass das Rolltor sperrangelweit offen ist und unsere gesamte Belegschaft mit Wunderkerzen bewaffnet vor einer riesigen, bekerzten Torte steht und im Chor »Happy Birthday, Marli!« schreit.

Ich bekomme nach der Airhorn-Überraschung gleich den nächsten Herzinfarkt, aber im selben Moment bin ich einfach nur noch selig. Mir wird plötzlich und auf einen Schlag bewusst, was wir hier eigentlich in den letzten drei Jahren erschaffen haben, und ich bin ganz überwältigt. Während meine Mitarbeiterinnen und Mitarbeiter mir ein Ständchen singen, neige ich meinen Kopf Richtung Sassy und flüstere: »Ich bin überglücklich«.

»Das wurde aber auch Zeit, mein Schatz«, flüstert sie zurück.

Ich schlinge meinen Arm um ihre Taille, lehne mich an sie und genieße dieses Glücklichsein, das mir so schmerzhaft abhandengekommen war und das jetzt viel doller und ganz anders ist als damals. Es fühlt sich wie ein Ankommen an.

»Marlene, Marlene. Herzlichen Glückwunsch!«

»Ja, alles Gute zum Dreißigsten!«

»Die *Bold* hast du schon gesehen, oder?«

»Die Mitgliederzahlen sind um zehn Prozent gestiegen, und auf Insta geht's vielleicht ab!«

»Shhh. Shhh. Shhh«, Eddie hebt die Hände und versucht unsere Kollegen zu beruhigen. »Jetzt lasst Marlene doch erst mal ankommen und die Torte und ihr Geschenk bewundern. Und alles Weitere machen wir später, okay?«

»Ja, klar. Sorry, Marlene«, tönt es aus allen Richtungen, und ich frage mich, womit ich so ein liebes Team verdient habe.

»Aber eine Sache muss ich dir doch noch sagen, bevor du ankommen und alles genießen kannst«, sagt Jerry, unser Praktikant, und schielt ängstlich in Richtung Eddie.

»Keine Sorge, Jerry. Ich beschütz dich vor Eddie. Was ist denn los?« Ich bin gespannt, was Jerry dieses Mal verbockt hat. Dirty Debbie hätte ihn an meiner Stelle sicher schon mehrfach hochkant rausgeschmissen. Aber ich könnte das niemals übers Herz bringen. Auch wenn er meinen eigentlich äußerst stabilen Geduldsfaden mit seiner ausgeprägten Konzentrationsschwäche regelmäßig bis aufs Äußerste spannt.

»Bruno Buchenwald hat angerufen. Er hat dich auf der *Bold Business* gesehen und wollte gern ganz kurzfristig ein Meeting mit dir vereinbaren.«

»Bruno Buchenwald?« Eddie feixt sich einen. »Was ist das denn fürn Name?! Hat der bei *Eis am Stiel* mitgespielt?«

»Was ist denn *Eis am Stiel*?« Jerry runzelt die Stirn, wendet sich wieder mir zu und wartet auf meine Reaktion.

»Sorry, Jerry. Ich kenne keinen Bruno Buchenwald. Worum geht's denn?« Und ich bin mir sicher, dass er gleich sagen wird: *Oh, das weiß ich leider nicht. Das habe ich gar nicht gefragt.*

Jerry sieht schuldbewusst zu Boden. »Oh, das weiß ich leider nicht. Das habe ich vergessen zu fragen. Aber er meinte, dass es sehr dringend wäre, und wollte wissen, ob ihr euch vielleicht heute noch treffen könntet.«

»Und hast du ihm gesagt, dass das heute leider nicht geht?« Wetten, er sagt jetzt gleich: *Oh, das habe ich leider nicht gesagt?*

»Oh, das habe ich leider nicht gesagt.«

»Wie seid ihr denn verblieben?«

»Ähm.« Jerry kratzt sich am Kopf. »Ich glaube, er hat gesagt, du sollst ihn zurückrufen.«

»Okay. Gut. Dann gib mir bitte die Nummer!«

»Ach, die Nummer. Die Nummer habe ich nicht. Weißt du, ich musste mich doch um die Wunderkerzen kümmern, und der Tortenlieferant war gerade gekommen, und ...« Jerry guckt ein bisschen unglücklich von einer Kollegin zur anderen und beißt nervös auf seiner Unterlippe herum. »Tut mir leid, Boss.«

»Wenn es wichtig war, wird er sich schon wieder melden.« Ich versuche, den jetzt etwas bedröppelten Jerry zu trösten, und sage: »Jetzt will ich aber eure Geschenke sehen!«

»Es gibt aber nur eins!«, platzt Jerry heraus.

»Dann das eine Geschenk! Ich will euer eines Geschenk sehen!«, verbessere ich mich und gehe in Richtung des großen Tisches, der in der Mitte unseres Großraumbüros steht. Auf dem Weg raunt mir Dani ins Ohr: »Ich an deiner Stelle wäre schon völlig ausgerastet mit Jerry. Wie schaffst du es nur immer, so ruhig zu bleiben und ihm seine Unfähigkeit nicht übel zu nehmen?«

»Jeder hat seine Schwächen«, antworte ich und denke dabei nicht zuletzt auch an mich. Am Tisch angekommen, bewundere ich ein wunderschönes Leuchtschild, das wie unser Logo gestaltet ist. Eine hübsche Wolke und eine Sieben strahlen mir entgegen.

»Danke, Leute. Das ist echt wunderwunderschön. Wir hängen es direkt neben das Manta-Bild, ja?«

»Ich wusste, dass sie das will«, ruft Eddie triumphierend. »Ich hab da schon mal was vorbereitet.«

Erst jetzt fällt mir auf, dass das Mantabild nicht mehr mittig hängt, sondern ein bisschen nach links verschoben wurde. Rechts davon sind zwei Haken in die Wand geschlagen worden. Ich nehme das Leuchtschild, trage es zu der Wand mit den Haken, hänge es auf und stöpsele den Stecker in die Steckdose an der Fußleiste. Dann trete ich ein paar Schritte zurück, bewundere das Ensemble und werde schon wieder ganz gefühlsduselig.

Ich drehe mich zu meinen Mitarbeiterinnen und Mitarbeitern um und sage mit Tränen in den Augen: »Ohne euch wäre *Wolke Sieben* nicht das, was es heute ist. Ihr seid echt die Besten!«

»Stück Torte?« Gabriella, unsere PR-Managerin, rettet mich vor noch mehr Rührseligkeit und hält mir meinen Lieblings-Flohmarkt-Teller mit dem schwarzen Rand und den kleinen rosa Rosen vor die Nase.

»Sag bloß, das ist Maracuja-Passionsfrucht? Oh! Mein! Gott! Ich bin zwar immer noch total satt vom Frühstück, aber da kann ich nicht Nein sagen. Her damit!«

»Und jetzt musst du dich setzen.« Gabriella zeigt auf den Stuhl, den Jerry gerade geholt hat.

»Was ist passiert? Etwas Schlimmes? Haben wir einen Server-Breakdown? Wurden wir gehackt? Was ist los?«, frage ich erschrocken, während ich mich mit dem Teller in der Hand niederlasse.

»Nein, im Gegenteil! Sitzt du gut?«, spannt mich Gabriella weiter lächelnd auf die Folter.

Ich nicke.

»Gut! Also, jetzt kommt's: *Wolke Sieben* hat sich den zweitgrößten Marktanteil im Onlinedating-Geschäft in Deutschland gesichert und wird nächste Woche mit dem Aspiring-New-Business-Award in der Kategorie *Purpose* ausgezeichnet.«

Ein Raunen geht durch unsere Belegschaft, und mir rutscht die Torte vom Teller und landet mit einem satten *Flatsch* auf dem Betonboden.

»Echt?!« Eddies Stimme überschlägt sich. »Gabriella, wehe, du nimmst uns auf den Arm! Wir bekommen *den* begehrtesten Preis in der Gründerszene?«

»Ich nehm euch nicht auf den Arm.« Gabriella guckt uns

ernst an, während Jerry zu meinen Füßen versucht, mithilfe von zwei Tellern das Stück Torte vom Boden aufzuheben.

»Ach, komm schon. Das ist doch nicht wahr, Gabriella! Sag die Wahrheit!«, mischt sich jetzt auch Dani ein.

»Mit solchen Neuigkeiten würde ich euch ganz bestimmt nicht auf den Arm nehmen«, sagt Gabriella ernst.

Aber ich kann es immer noch nicht glauben. Ich habe nie auch nur im Entferntesten damit gerechnet, dass ich mich mit *Wolke Sieben* einmal in diesen Größenordnungen bewegen würde. Ich weiß doch immer noch gar nicht richtig, was ich hier eigentlich tue, und lerne jeden Tag neu dazu.

Die Luft vibriert von der allgemeinen Aufregung, der geteilten Begeisterung und dem gemeinsamen Hochgefühl. Kassandra aus dem Kundenservice flüstert: »Wir haben's geschafft.«

Und Sassy kriegt sich vor lauter Freude nicht mehr ein: »Das schreit nach einer Runde!« Sie stöpselt ihr Handy in die Stereoanlage ein, und Sekunden später ertönen die ersten Beats von Taylor Swifts *Man*. Eddie hat plötzlich eine Magnum-Flasche Champagner in der Hand, ruft: »Für Champagner ist es nie zu früh!« und lässt zum zweiten Mal an diesem Tag die Korken knallen. Kassandra kommt mit einem Tablett voller Gläser angelaufen, und alle anderen, die gerade keinen Champagner ausschenken oder verteilen, schwofen sich gut gelaunt durchs Büro.

Jerry hat noch immer die beiden Teller mit der zermatschten Torte in den Händen und twerkt sich damit in Richtung Küchentresen.

»Na, Marli-Schatz, biste stolz auf dich?«

»Ja, Sassy-Schatz, bin ich. Stolz und dankbar, dass ich so tolle Menschen um mich habe.«

Mein Blick fällt erneut auf das Leuchtschild und das Manta-Bild hinter Sassy, und ich halte einen Moment inne, bevor ich Gabriellas Aufforderung folge, gefälligst sofort mit ihr und den anderen abzutanzen und mir ein Gläschen zu genehmigen.

Wie können in so kurzer Zeit so viele fantastische Dinge passieren? Endorphine rauschen durch meine Venen. Ich drehe mich um mich selbst, lache ausgelassen, hüpfe auf und ab, lasse mich von der euphorischen Energie der anderen mitreißen. Wir prosten uns zu und kreischen ein bisschen, als mit *Stupid Love* von Lady Gaga genau der richtige nächste Song kommt.

Angeheizt und aufgekratzt vom Champagner, schließe ich die Augen, werfe den Kopf in den Nacken, singe ausgelassen den Refrain mit und fühle mich so richtig wohl.

Als ich die Augen wieder öffne, steht plötzlich ein Typ in unserem Büro, den ich noch nie zuvor gesehen habe. Abrupt unterbreche ich meine ausgelassene Tanzerei, während alle anderen weiterfeiern. Der Typ lehnt an dem großen langen Tisch, auf dem meine Torte steht. Dabei sieht er so selbstsicher, so lässig aus, als hätte er nie woanders gestanden. Er schaut mich amüsiert an und reibt ein Radieschen sauber, das er sich anscheinend aus einem der Hochbeete geklaut hat. Er entfernt das Grün und steckt sich die kleine pinke Knolle in den Mund.

Mir wird bewusst, wie verschwitzt und unprofessionell ich hier gerade dastehe. Macht er sich vielleicht über mich lustig? Ich wische mir über die Stirn und ziehe mit einer resoluten Bewegung mein Kleid glatt.

»Hi. Hast du hier mit jemandem einen Termin?«, frage ich den Fremden bemüht freundlich.

Er schüttelt leicht den Kopf. »Ich war gerade in der Gegend und dachte, ich komme einfach mal vorbei.«

»Einfach so vorbeikommen?«, mischt sich ein ebenfalls sehr verschwitzter Jerry ein. »Sie sehen ja, wir haben unglaublich viel zu tun, und außerdem sind wir jetzt mit dem Marktanteil ganz vorn. Sie müssen schon einen Termin machen, um einen Termin zu machen. Also, äh, vereinbaren, äh, ich meinte ...« Jerry schaut mich Hilfe suchend an.

»Das hätte ich normalerweise auch, aber irgendwie war es sehr schwierig, hier eine Nachricht zu hinterlassen. Es heißt doch, dass ein funktionierendes Backoffice das Rückgrat eines jeden Unternehmens ist, oder?« Der Typ kneift leicht spöttisch die Augen zusammen und grinst mich an.

Jerry dreht sich betont empört um und gesellt sich wieder zu den Feiernden, während ich nach einer Retourkutsche suche. Alles, was mir einfällt, ist: »War das mein Radieschen?«

Bevor er antworten kann, löst sich Gabriella aus dem Tanztumult, zupft mich am Ärmel und sagt: »Wir müssen unbedingt noch eine Pressemitteilung rausschicken. Ich hab da schon was vorbereitet. Könntest du dir das bitte anschauen?«

»Ja klar. Ich komme gleich.« Ich wische mir noch mal mit dem Handrücken über die schwitzige Stirn, verschränke die

Arme vor der Brust und wende mich wieder dem Fremden zu, der immer noch auf meinem Radieschen herumkaut.

»Und? Was kann ich außer meinen Radieschen noch für dich tun?«

»EIN Radieschen.« Er stellt sich aufrecht hin und zeigt mir seinen erhobenen Zeigefinger. »Mir war nicht klar, dass man gleich ins *Wolke Sieben*-Gefängnis kommt, wenn man sich EIN«, wieder der erhobene Zeigefinger, »Radieschen aus einem Beet mopst, das eh für jedermann zugänglich ist.«

Er schaut mich mit einem herausfordernden Lächeln an, und ich fahre gleich aus der Haut, wenn er mir nicht endlich sagt, was, verdammt noch mal, er will. Ich hole tief Luft, lege den Kopf schief, lächele ihn bemüht freundlich an und sage: »Okay, gern.«

»Was ›gern‹?«

Wenigstens ist auch er jetzt ein wenig irritiert.

»Gern kannst du EIN Radieschen haben. Ich freue mich, dass es dir geschmeckt hat. Und wenn wir jetzt mit dem Radieschen-Talk durch sind, wäre ich dir sehr verbunden, wenn du mir sagen würdest, was ich für dich tun kann. Denn wie du ja siehst, habe ich viel zu tun.« Ich zeige mit einer großen Geste durch mein Büro, wo alle meine Mitarbeiterinnen und Mitarbeiter tanzen, in Grüppchen herumstehen, Torte essen und Champagner trinken, und komme mir dabei sofort ziemlich lächerlich vor.

»Ja, das sehe ich. Ihr seid wirklich alle gerade sehr eingespannt.« Wieder dieser leicht spöttische Unterton. Wieder dieses provozierende Lächeln. Ich könnte dem Typen spontan den Hals umdrehen.

»Also?« Ich beschließe, seinen Kommentar zu ignorieren, und blicke ihn fragend an.

»Ja, also, wie gesagt, ich war gerade …« Sein Handy klingelt. Er zieht es aus der Hosentasche, schaut auf das Display und sagt noch kurz: »Entschuldige bitte, da muss ich ran«, bevor er sofort in das Telefonat vertieft ist, sich von mir abwendet und langsam in Richtung Rolltor geht.

Ich bleibe sprachlos zurück und wundere mich darüber, warum mich so ein dahergelaufener Fatzke derart auf die Palme bringt. Ungläubig blicke ich ihm nach und sehe, wie er sich ein zweites Radieschen aus dem Hochbeet zieht. Er dreht sich zu mir um, als hätte er gewusst, dass ich ihn beobachte, und zwinkert mir zu, bevor er um die Ecke verschwindet. Wieso habe ich ihm jetzt auch noch nachgeschaut? Mann!!!

Ich stehe da wie bestellt und nicht abgeholt und wünschte, ich hätte wenigstens einen Bruchteil von Eddies Schlagfertigkeit.

»Wow! Wer war das denn? Kanntest du den?« Dani reißt mich aus den Gedanken. »Der sah ja aus wie der kleine Bruder von Charlie Hunnam.«

Während ich versuche, mich daran zu erinnern, wer noch gleich Charlie Hunnam war, überreicht Jerry uns beiden ein frisches Glas Champagner und kräht: »Ja, genau! Dani, du sagst es! Ich kam die ganz Zeit nicht drauf! Total heiß, oder?«

»Ich fand ihn einfach nur unverschämt. Er hat mir bis

zum Schluss nicht gesagt, wer er ist und was er hier will. Und dieses unverschämte Grinsen! Meint ihr, der will Schutzgeld von uns erpressen? Und wer ist überhaupt Charlie Hunnam?« Ich bin immer noch genervt von dem unmöglichen Verhalten dieses Typen.

»Schwesterchen, Schwesterchen. Du weißt nicht, wer Charlie Hunnam ist? Der spielt bei *Sons auf Anarchy* mit. Warte.« Eddie zückt sein Handy und zeigt mir ein paar Bilder von dem Schauspieler.

»Aber das ist doch kein Vergleich mit dem Typen, der eben hier war!« Wenn ich ehrlich bin, könnte ich gar nicht sagen, wie der ausgesehen hat. Ich fand ihn einfach nur total dreist.

»Doch. Genau die gleiche Gesichtsstruktur, die Haare, die Augen, die Statur, guck doch mal.«

»Spielen wir jetzt Promi-Raten? Dafür habe ich keine Zeit. Ihr entschuldigt mich.« Ich wende mich etwas ärgerlich von Jerry, Dani und Eddie ab und rufe in Richtung PR-Schreibtisch: »Gabriella. Ich komme.«

Aus dem Ohrenwinkel höre ich noch, wie Jerry zu Eddie sagt: »Wie kann man Charlie Hunnam nicht kennen! Deine Schwester lebt männermäßig wirklich hinterm Mond.«

Eddies Antwort kann ich nicht mehr verstehen, denn Gabriella redet schon aufgeregt auf mich ein, obwohl ich noch einige Meter von ihrem Tisch entfernt bin.

»Das ist so super, Marlene! Jetzt haben wir es echt geschafft! Und wer weiß, was als Nächstes kommt.«

Von einer Sekunde auf die nächste fühle ich mich komplett seltsam. »Als Nächstes …?« Wie komisch … Hatte ich mir heute Morgen nicht gewünscht, dass gar nichts Aufregendes passiert, sondern dass ich mein Leben einfach unaufgeregt weiterleben kann? Nach dem, was allein heute Vormittag schon alles geschehen ist, hat das Universum wohl andere Pläne mit mir.

Gabriella macht ihren Stuhl frei, ich setze mich und überfliege den von ihr vorbereiteten Text auf dem Computer.

»Toll. Einverstanden. Ich würde nur gern die Stelle ändern, wo du erläuterst, warum es *Wolke Sieben* überhaupt gibt. Ich glaube, ich bin jetzt bereit, etwas persönlicher zu werden.«

Gabriella schaut mich mit offenem Mund an und braucht ein paar Sekunden, bis sie sich wieder fängt. »Echt? Die Gründungsgeschichte war doch bis jetzt immer total tabu und oberprivat. Bist du dir sicher?«

»Ja. Weißt du, mein Gesicht ist als Close-up auf dem Cover eines auflagenstarken Magazins zu sehen, und auch im Interview habe ich vieles erzählt, was bisher keiner wusste. Ich glaube, ich bin bereit.«

»Okay. Du weißt ja, PR-mäßig ist das natürlich ein Traum. Fallen Angel, Rising Star – so was lieben die Leute!«

»Gut! Mach mir doch bitte einen Vorschlag mit der groben Verlassen-werden-Gründungs-Story, bevor ich es mir wieder anders überlege. Aber nicht zu viele Details, und bitte nicht übertreiben. Einfach ganz knapp und sachlich.«

»Okay.«

Puh. Ob das wirklich die richtige Entscheidung ist? Aber ich habe keine Zeit, mir weiter darüber Gedanken zu machen, denn schon steht Jerry wieder vor mir und wippt aufgeregt direkt vor meiner Nase auf und ab. »Bruno Buchenwald hat noch mal angerufen!« Er sagt das so, als ob es ein wunderbares Wunder oder eine Art spirituelle Offenbarung wäre.

»Uuund?« Ich warte auf die Auflösung, warum Jerry durch diesen Anruf so in Ekstase versetzt wurde. Vielleicht freut er sich ja, weil er seine Fehler von vorhin wieder ausbügeln kann.

»Ich weiß jetzt, wer er ist, was er will, wo und wann er dich treffen kann, und ich habe sogar seine Nummer aufgeschrieben.«

»Gut gemacht, Jerry. Dann leg mal los.«

Darauf hat Jerry nur gewartet. Er macht ein paar kleine Trippelschritte in seinen schwarzen Mokassins und ruft: »Basket!« Viel zu laut und aus dem Häuschen, so als wolle er mir einen Hinweis in einem lustigen Ratespiel geben.

»Ball!« Sassy ist neben uns aufgetaucht und lacht.

»Nein, Sassy! Nein! Tut mir leid, aber du musst jetzt echt still sein!« Jerry wird von Sekunde zu Sekunde aufgeregter und trippelt immer hektischer vor unseren Nasen herum.

»Was dann?« Sassy stemmt sich die Hände in die Seiten und blickt Jerry belustigt an.

»Spuck's schon aus, Jerry. Dein Kopf explodiert ja gleich.«

»Der Musiker! Der Musiker!«, ruft Jerry ekstatisch. Sein Kopf sieht wirklich so aus, als würde er gleich explodieren.

»Bruno Buchenwald spielt also bei *Eis am Stiel* mit UND ist Musiker. Das ist ja was.« Sassy grinst Jerry an, der verzweifelt die Hände vor dem Gesicht zusammenschlägt:

»Nein, Sassy! Nein! Bruno Buchenwald ist der Manager von Basket, dem Singer-Songwriter!«

»Wer ist denn Basket, der Singer-Songwriter?« Ich muss lachen, als ich sehe, wie entrüstet Jerry und Sassy mich anschauen.

»Ich will dir ja nicht zu nahe treten, aber du kennst weder Charlie Hunnam noch Basket, den Singer-Songwriter?«

Jerry, Sassy und Dani schließen wie auf ein unsichtbares Kommando die Augen und schmettern voller Inbrunst drauflos: »*Komm schon, Welt! Gönn mir ein kleines bisschen Glück! Ich will mich doch nur verlieben, such doch nur nach einem Platz auf Wolke siiiieben!*«

Ich erkenne den Refrain des Songs, der aktuell im Radio rauf und runter läuft und über den ich schon diverse Male geschmunzelt habe, weil er ja unseren Firmennamen in sich trägt.

»Den Song, den kenn ich«, lasse ich die drei wissen.

»Und? Was wollte er?«, fragt Sassy gespannt.

»Wer?« Jerry scheint nach seiner Gesangseinlage wieder mit den Gedanken ganz woanders zu sein.

»Na, Baskets Manager?«, mischt Dani sich ein.

»Ach so. Ja.« Jerry fängt wieder an herumzutrippeln. »Stell dir vor, Boss. Er will, dass Basket zum Testimonial von *Wolke Sieben* wird. Er meinte, das würde total gut passen, weil Basket ja gerade sein neues Album veröffentlicht hat, das *Suche Platz auf Wolke Sieben* heißt. Basket engagiert sich stark im Umweltschutz und unterstützt viele humanitäre Charitys. Er möchte sich tatsächlich mal wieder verlieben, und er geht mit dem Album auf Promotour. Und da dachte sich sein

Manager, dass Basket doch seine neue Liebe über unsere Plattform suchen und unser Testimonial werden könnte. Er macht Werbung für uns. Wir machen Werbung für ihn und finden auch noch seine neue Flamme. Win-win für Basket, für *Wolke Sieben* und für die Liebe.« Jerry holt tief Luft.

So lange habe ich Jerry noch nie ohne verschwurbelte Unkonzentriertheit am Stück reden hören. Ich bin sprachlos. Genau wie die anderen.

Sassy findet zuerst ihre Sprache wieder. »Mensch, Jerry. Es geht doch!« Sie haut ihm etwas zu fest auf die Schulter, sodass er ein bisschen ins Straucheln gerät.

»Das machen wir!«, dröhnt Eddie mir siegessicher ins Ohr.

»Weißt du, was für eine krasse Reichweite der hat? Wenn der unser Testimonial wird und auch noch seine große Liebe über *WoSi* findet, dann werden wir uns vor Neuanmeldungen nicht mehr retten können.«

Dani ist mit Eddie einer Meinung. Sie brüllt einmal quer durchs Büro: »Gabriella! Komm mal schnell!«

Und auch Sassy, die man sonst nicht so schnell mit irgendwelchen Promis hinterm Ofen hervorlocken kann, ist ganz zappelig. »Marli, das müssen wir unbedingt machen! Der ist so toll! Und *extrem* angesagt!«

»Und wo ist der Haken, Jerry?« Für mich klingt das alles viel zu schön, um wahr zu sein.

»Na ja«, druckst Jerry herum.

Ich wusste es doch. Es gibt einen Haken. »Jerry?«

»Also, es ist nicht wirklich ein schlimmer Haken. Es ist nur so … Bruno Buchenwald will, dass du Basket und ihn schon heute Nachmittag triffst. Bei dem Charity-Konzert, das er auf der *PlanForThePlanet*-Demo gibt.«

»Das geht nicht. Ich muss die Pressemitteilung absegnen, habe diverse Ghostwriting-Aufträge und möchte auch noch meine Geburtstagsfeier vorbereiten. So kurzfristig sehe ich das nicht.«

»Ach, Marli. Jetzt sei doch nicht so unflexibel. Für die Chefin einer Firma der 2.0-Businesswelt verhältst du dich ja gerade so unbeweglich wie ein Autokonzern.« Eddie schaut mich streng an. »Natürlich gehst du da hin.«

»Wo geht sie hin?« Nun ist auch Gabriella zu uns gestoßen. Nachdem Jerry sie kurz auf den Stand der Dinge gebracht hat, sagt sie: »Weißt du, was das pressetechnisch für ein Jackpot ist?! Basket ist aktuell ungefähr der heißeste deutsche Popstar überhaupt. Und der sucht über *uns* ein Date? Das ist wirklich verrückt! Erst die *Bold Business*, dann der Award und jetzt auch noch Basket! Wenn man so einen Lauf hat, darf man doch nicht aufhören! Du *musst* da unbedingt hingehen und die beiden treffen!«

»Okay. Okay. Ich werde da sein. Aber alleine gehe ich da nicht hin. Wer will mich begleiten?«

Alle Arme schnellen in die Höhe, und obwohl ich eigentlich am liebsten Jerry die Freude machen würde, entscheide ich mich für Sassy, weil ich bei einem geschäftlichen Meeting einfach keinen hysterischen Superfan an meiner Seite gebrauchen kann.

»Und wann sollen wir da sein?«

»Na ja, also ... Genau genommen ...« Wieder druckst

Jerry herum, schaut auf den Boden und wischt mit dem Fuß vor sich hin und her.

»Mensch, Jerry! Jetzt spuck's schon aus!« Sassy reißt der Geduldsfaden.

»Also, genau genommen um vierzehn Uhr – also quasi in einer halben Stunde.«

Fragwürdige Komplimente

»Warst du schon mal auf einer Demo?«, frage ich Sassy etwas ängstlich, während mir Bilder von Wasserwerfern, Polizisten und Demonstranten in Handgemengen und generellem Chaos durch den Kopf gehen.

»Na klar. Du etwa nicht?« Sassy hakt sich bei mir unter. »Ich geh fast jeden Monat zu *PlanForThePlanet*. Ich habe sogar meinen Dienstplan danach ausrichten lassen. Die haben ja total recht. Und das Mindeste, was ich tun kann, ist, für ein paar Stunden hier in der Stadt für die gute Sache einzustehen. Außerdem ist es total schön. Die Energie, das Gefühl von Gemeinschaft und als würde man zusammen etwas bewirken. Weißt du, was ich meine?«

»Ich denke schon. Aber für mich ist das nichts. Diese Menschenmassen machen mir Angst. Du weißt ja, ich agiere lieber im Hintergrund.«

»Du meinst wohl im Untergrund, oder? Ich habe letztens schon zu Eddie gesagt, dass du die subtilste Weltverbesserin bist, die ich kenne.« Sassy hakt ihren Arm noch ein bisschen fester unter meinen.

Aus der Ferne höre ich schon den Lärm der vielen Menschen, und mir wird heiß. Ob das wirklich so eine gute Idee war? Ich auf einer Demo?

»Mach dir keinen Kopf. Ratzfatz sind wir an der Bühne, gehen kurz backstage, treffen Basket und den *Eis-am-Stiel*-Menschen, machen den Deal, hören uns noch zwei, drei Songs deines neuen Business-Partners an, und dann hauen wir gleich wieder ab. Ich pass auf dich auf, versprochen.« Sie merkt, dass ich nicht überzeugt bin, bleibt stehen, stellt sich vor mich und umfasst meine Oberarme. »Jetzt guck doch nicht so bedröppelt. Du wirst sehen, wir sind schneller wieder im Büro, als du *Platzangst* sagen kannst! Dir wird nichts passieren! Ganz sicher!«

Wir sind schon am Hauptbahnhof aus der U-Bahn ausgestiegen, um uns noch ein bisschen die Beine zu vertreten, bevor wir Basket und seinen Manager treffen. Ich bin froh, dass sich der Himmel bezogen hat und die drückende Sommerwärme etwas abgekühlt ist. Einige Hundert Meter, bevor wir den für die Demonstration abgesperrten Jungfernstieg erreichen, höre ich bereits die Sprechchöre der Demonstranten.

»Das müssen Millionen sein.« Meine Knie werden weich, und ich wünsche mich in die Sicherheit meines Büros, wo ich für die neue Klientin Kristina ganz entspannt eine Nachricht nach der anderen verfasse.

»Weißt du, was Kristina, für die ich gerade ghostwrite, in unserem Briefing-Gespräch gesagt hat?« Ich versuche, mich von der bereits spürbaren latenten Panik abzulenken. »Sie meinte, dass sie ihre Texte an potenzielle Dating-Partner bisher meist per Copy-paste verschickt hätte. Zwar würden die immer dasselbe fragen, aber sie hätte mittlerweile Angst, dass durch ihre immergleichen Antworten auch immergleiche Typen auf sie zukämen. Und ich gebe ihr recht. Wenn man sich nicht mal die Mühe macht, individuelle Nachrichten zu verfassen, kann doch nichts dabei herauskommen.« Ich überlege. »Machst du das auch?«

»Was?«

»Na, copy-paste?«

Sassy schmunzelt. »Früher manchmal. Aber seit du mir beim Schreiben hilfst, muss ich das ja nicht mehr. Außerdem muss man da echt aufpassen. Ich habe mal aus Versehen auch den Namen in die neue Message kopiert. Das kam nicht so gut an.« Sassy lacht.

»Das finde ich irgendwie nicht okay. Die Texte, die man schreibt, sollen doch aus dem Herzen kommen.« Diese Copy-paste-Sache nimmt mich irgendwie mit.

»Ach, Marli. Manchmal ist einfach zu viel zu tun für so viel Herz in den ersten Nachrichten. Als berufstätiger Mensch muss man da pragmatisch sein. Das müsstest du doch am besten wissen. Du benutzt ja schließlich auch immer deine Arbeit als Ausrede für dein nicht existentes Liebesleben. Dabei solltest du doch als Chefin von *WoSi* mit gutem Beispiel vorangehen und daten, was das Zeug hält.«

Jetzt fängt sie schon wieder damit an.

»Das ist doch nur meine offizielle Ausrede, wenn ich auf mein Privatleben angesprochen werde. Was, mal ganz nebenbei, eigentlich überhaupt niemanden was angeht. Du weißt doch, ich habe ...«

Sassy fällt mir ins Wort: »... das Lieben an Don Juanita

abgegeben. Ja, ja, ich weiß. Ich weiß.« Sassy schüttelt frustriert den Kopf. »Mit Liebe braucht man dir privat nicht zu kommen. Außer natürlich in deinen geliebten sexy Schundromanen. Schon verstanden. Apropos kommen, war dein letztes Mal wirklich vor drei Jahren mit Besi?«

Mir gefällt es ganz und gar nicht, in welche Richtung sich dieses Gespräch entwickelt.

»Das sind keine Schundromane«, sage ich empört. »Das sind historisch korrekt recherchierte, im 19. Jahrhundert spielende Liebesromane, die ich rein beruflich als Inspiration für meine Ghostwriting-Aufträge lese. Außerdem kann man da noch was über Geschichte lernen. Das würde dir bestimmt auch mal ganz guttun.«

»Ja, ja«, Sassy winkt ab und kichert. »Wer's glaubt. Du kleine Romantikerin, du.«

»Lass uns doch zur Abwechselung mal über dich sprechen. Wie läuft es eigentlich mit Jan? Ist der wirklich Wal-Arzt?« Ich kann immer noch nicht glauben, dass Sassy mit jemandem ausgeht, der von Beruf Wale behandelt.

»Netter Versuch! Aber na gut, ich will mal nicht so sein. Heute ist ja schließlich dein Geburtstag.« Sassy blickt mich von der Seite an und grinst. »Ja, der ist echt Wal-Arzt. Es läuft gut. Wir sind jetzt offiziell zusammen.«

»Ach, echt?« Ich bin erleichtert, dass sie aufhört, mich über mein Liebesleben auszufragen.

»Ja, er hat mir letzte Woche einen total süßen Zettel zugesteckt. Auf dem stand: *Willst Du mit mir gehen? Du hast die Wal: ja, nein, vielleicht*. Und neben *Wal* hat er einen kleinen glitzernden Wal-Sticker geklebt. Da hab ich natürlich gleich *ja* angekreuzt. Den hast du mir echt gut herbeigeschrieben, Marli-Babe.«

Sassys letzte Worte kann ich gerade noch so verstehen. Denn wir sind am Jungfernstieg angekommen, und bei dem Anblick der vielen Menschen zittern meine Beine wie Pappelblätter an einem windigen Tag.

»Komm! Nicht lang nachdenken.« Sassy greift meine Hand und zieht mich in Richtung Bühne, die mir von unserem jetzigen Standort unerreichbar weit weg erscheint.

»Wie sollen wir …?«

Aber Sassy hört mich nicht. Zielstrebig bahnt sie uns mit »Sorry, dürfen wir mal«, »Entschuldigung, wir haben ein Meeting« und »Oh, danke, das ist nett« einen Weg durch die Menge. Ich schaue nach unten auf meine neuen Turnschuhe und sehe unzählige andere Schuhe mit Füßen darin, die zu Menschen gehören, die mir wie ein undurchdringbarer, dichter Wald vorkommen. Plötzlich drängeln sich ein paar Leute zwischen uns, Sassy lässt meine Hand los, und ich spüre, wie der Abstand zwischen uns größer wird. Ich darf sie nicht aus den Augen verlieren und bin gezwungen, nach oben zu schauen. Mir stockt der Atem, als ich die vielen fremden Gesichter sehe, die nur wenige Zentimeter von meinem entfernt sind. Es fällt mir schwerer, zu atmen, mir wird schwindelig, dann wird mir schwarz vor Augen.

»Was machst du denn?«

Als ich die Augen wieder öffne, fächert Sassy mir mit meinem Konterfei Luft zu.

»Hast du die Zeitschrift etwa die ganze Zeit mit dir herumgetragen?«

»Wenn das deine einzige Sorge ist, scheint es dir ja schon wieder ganz gut zu gehen.«

Um uns herum hat sich ein kleiner Kreis aus Jugendlichen gebildet, die uns neugierig anschauen. Einer fragt: »Sollen wir die Sanitäter holen?«

Sassy blickt mich forschend an: »Sollen wir?«

»Nein, danke. Es geht schon. Es geht schon.« Ich rappele mich mit Sassys Hilfe auf.

»Danke, dass du sie aufgefangen hast«, sagt Sassy zu einem schmächtigen Teenie. Und zu mir: »Süße, du bist anscheinend überarbeitet und brauchst mal Urlaub. Das kann ja nicht angehen, dass du hier am helllichten Tag in Ohnmacht fällst.«

»Ich brauch keinen Urlaub. Das hat nichts mit Überarbeitung zu tun. Ich ...«, ich seufze tief, »Menschenmassen sind einfach nix für mich.«

»Wie du meinst. Urlaub brauchste trotzdem.« Sie ergreift meine Hand und zieht mich wieder zielstrebig durch die Menge in Richtung Bühne. Auf den ersten Metern machen die Leute jetzt ein bisschen mehr Platz, und ich kann wieder besser atmen.

Endlich kommen wir an der Bühne an. Die Security an der Absperrung sieht gar nicht so friedlich aus, wie man es sich bei einer Umweltbewegungs-Demo vorstellen würde. Ein bulliger Typ mit Halstattoo und Glatze baut sich vor uns auf. Als er nur unfreundlich »Watt?!« sagt, rutscht mir das Herz in die Hose.

»Weißt du was, Sassy, das kommt mir alles komisch vor.

Lass uns doch einfach wieder …«, flüstere ich ihr zu. Aber davon will meine Freundin natürlich nichts hören.

»Nee, nicht ›Watt‹. Wir sind hier an der Alster, nicht an der Nordsee«, Sassy lässt sich längst nicht so leicht einschüchtern wie ich. Sie grinst den Muskelprotz selbstbewusst an.

»Watt willst *du* denn, du Micky Maus?« Der Typ knackt bedrohlich mit den Fingerknöcheln.

»Erstens, wenn überhaupt, dann bin ich *Minnie* Maus, und zweitens werden wir backstage von Basket erwartet. Marlene Boss von *Wolke Sieben* plus Begleitung.«

»Basket hat nie Gäste vorm Konzert. Mach, ditte Land jewinnst. Und nimm die andere Micky Maus ooch gleich mit. So Teenie-Gören-Fans könn' wa hier jetz nich jebrauchen.«

»Hast du gehört, Marli. Der denkt, wir sind Teenies«, Sassy freut sich über das fragwürdige Kompliment des schwarz gekleideten Unsympathen und lässt nicht locker. »Hast du nicht vielleicht eine Gästeliste, die du mal checken könntest? Oder«, sie zeigt triumphierend auf sein Walkie-Talkie, »kannst du nicht wenigstens mal bei irgendjemandem nachfragen, bei Baskets Manager zum Beispiel. Marli, wie hieß der Manager noch gleich? Dennis Dromedar? Nee, Bodo Birkenwald. Nee, auch nicht. Egal. Jedenfalls, Basket und sein Manager erwarten heute Gäste. Und zwar Geschäftsgäste für ein Meeting. Um zwei Uhr. Wir sind schon zehn Minuten zu spät.«

Während Sassy weiter auf den unerbittlichen Security-Riesen einredet, bin ich immer noch ziemlich benebelt von meiner Kreislaufschwäche. Das Einzige, was mir einfällt, ist, dass ich nach einer Ohnmacht und vor einem wichtigen Meeting vielleicht mal checken sollte, wie ich überhaupt aussehe. Ich greife in meine Handtasche und zücke einen Spiegel. Oje. Die Haare kleben mir schwitzig am Kopf, die Schminke ist verschmiert, und ich sehe wirklich noch viel blasser aus als sonst. Hektisch reibe ich mir die Mascara unter den Augen weg und versuche meine Haare wenigstens ein bisschen in Form zu bringen.

»Du lässt nicht locker, wa? Komm, zieh Leine, jeh mir nich weiter uffe Nerven.«

»Basket sollte mal sein Personal überprüfen«, flüstert mir Sassy zu, und zu dem Türsteher sagt sie: »Bitte, check doch wenigstens den Namen. Da brichst du dir doch keinen Zacken aus der Krone. Marlene Boss von *Wolke Sieben* plus Begleitung. Na, komm schon. Ich buchstabier das auch gern noch mal für dich. B wie Blödmann, O wie Ochse, S wie Security und noch ein S wie Sackgesi...«, doch bevor der Riese begreift, was Sassy da gerade für eine Nummer abzieht, öffnet sich an der Seite des Backstagebereichs ein Vorhang, und vor uns steht – der Radieschen-Dieb.

»Hab ich doch richtig gehört. Frau Boss und Begleitung. Das ist ja ganz wunderbar! Schön, dass ihr da seid! Die Radieschen waren übrigens echt lecker!« Wieder dieses freche Grinsen. Zum Security-Riesen gewandt, sagt er: »Teddy, lass gut sein. Wir haben schon auf die Mädels gewartet.«

»Ich bin weder eine Micky Maus noch ein Mädel«, melde ich mich jetzt endlich auch mal zu Wort.

Während mein benebeltes Hirn sich noch fragt, was denn der Radieschen-Dieb hier macht, hat Sassy anscheinend schneller geschaltet. »Ach sooo! *Du* bist Baskets Manager. Alles klar. Deshalb auch dein Besuch vorhin bei *Wolke Sieben*.«

»Ja, genau. Ich bin Bruno. Kommt ihr?«

Teddy tritt einen Schritt zur Seite, und ich denke nur: Ich geh lieber wieder. Heute ist mein Geburtstag, und ich habe jetzt schon keinen Bock mehr. Diese Kooperation steht definitiv unter einem schlechten Stern. Aber bevor ich auf dem Absatz kehrtmachen kann, ergreift Sassy mein Handgelenk und zieht mich hinter sich her.

Die Godmother des Wuppens

»Hallo, ich bin Basket. Bruno kennt ihr ja schon«, begrüßt uns kurze Zeit später Basket himself und streckt uns seine Hand entgegen.

»Hi, ich bin Marlene. Das ist Sassy.«

Wir geben uns alle artig die Hände, stehen ein bisschen komisch in dem durch Vorhänge abgegrenzten Backstagebereich herum und wissen nicht so recht, was jetzt passieren soll. Es kommt mir so vor, als wären wir fünf Jahre alt und unsere Eltern hätten uns zum Spielen verabredet.

»Marlene hatte auf dem Weg hierher einen Schwächeanfall und ist in Ohnmacht gefallen«, bricht Sassy das Schweigen mit dieser unpassenden Enthüllung, die sie sensationsheischend herausposaunt. Und ich stehe da wie eine total verweichlichte Vollidiotin, die auf dem Weg zu einem wichtigen Meeting vor lauter Nervosität in Ohnmacht fällt.

Basket ruft ehrlich entsetzt: »Echt? Das ist ja furchtbar! Bist du auch so wetterfühlig wie ich? Heute ist es ja auch echt ziemlich drückend.« Er schaut mich mitfühlend an, nimmt meine Hand und geleitet mich zu einem Stuhl. »Setz dich mal lieber. Mit so einer Ohnmacht ist nicht zu spaßen.

Magst du was trinken? Am besten ist ja was mit Zucker. Vielleicht 'ne Cola?«

Ich nicke dankbar und ärgere mich über Sassy, weil sie mich in so eine schwache Position gebracht hat, und über Bruno Buchenwald, der nicht mal das kleinste Bedauern über meinen Zusammenbruch zeigt. Kein: »Oh, du Arme. Das tut mir aber leid, dass du auf dem Weg zu dem von mir eigentlich ja unmöglich kurzfristig anberaumten Meeting in Ohnmacht gefallen bist.« Und auch nicht: »Übrigens danke noch mal, dass du das von jetzt auf gleich möglich gemacht hast. Du hast ja mit eurem ganzen Erfolg bestimmt einen unglaublich vollen Terminkalender, und wir können froh sein, dass du überhaupt Zeit für uns hast.«

Nein, nichts dergleichen. Er sagt gar nichts und schaut die ganze Zeit nur auf sein Handy.

Basket geht zu einem kleinen Kühlschrank, fischt mir eine Cola heraus und entfernt den Kronkorken gekonnt mit einem Feuerzeug.

»Hier.«

»Danke. Das ist sehr lieb von dir.« Dankbar nehme ich die eisgekühlte Flasche entgegen. Schon der erste Schluck bringt meine Lebensgeister zurück.

Bruno schaut plötzlich von seinem Handy hoch und räuspert sich. »Cool, dass ihr es geschafft habt. Marlene, willst du Basket noch mal kurz euer Konzept erläutern?«

Welches Konzept? Wieso soll ich denn jetzt irgendetwas erläutern? Die Zusammenarbeit war doch seine Idee.

Bevor ich etwas unangemessen Patziges von mir geben kann, ergreift glücklicherweise Basket das Wort. »Marlene, lass mal. Ich weiß ja, worum es geht. Ruh du dich mal lieber aus. Also, ich fänd's ganz toll, wenn ich Mitglied bei *Wolke Sieben* werden könnte. Ich würde mich natürlich unter einem Pseudonym anmelden, um sozusagen inkognito jemanden kennenzulernen. Aber damit gehen wir einfach total offen um. Und ihr könnt ja trotzdem damit Werbung machen, dass ich bei euch Mitglied bin. Mit der Plattenfirma ist außerdem abgesprochen, dass ihr den Song *Suche Platz auf Wolke Sieben* für eure Onlinewerbung benutzen könnt, wenn ihr wollt. Bruno, was noch?«

Bruno, der schon wieder auf sein Handy geschaut hat, löst den Blick sichtlich ungern vom Telefon und sagt: »Ja, was noch? Ach so, ja. Ihr könnt 'nen kleinen Clip schneiden mit Videomaterial, das ich euch zur Verfügung stelle. Aber Clip und Pressetexte und alles, was in eurer Promo mit Basket zusammenhängt, müsst ihr mit mir abstimmen. Ich nehme mal an, das machst du dann direkt mit mir aus, Marlene. Richtig?«

Wie kommt der bloß darauf, dass ich für so etwas Zeit habe?

»Äh, nein. Ich bin ja die Geschäftsführerin von *Wolke Sieben*.«

Sassy guckt mich mit hochgezogenen Augenbrauen ganz entsetzt an. Dieser Bruno irritiert mich aus irgendeinem Grund so sehr, dass ich mich plötzlich genauso arrogant und von oben herab anhöre wie meine ehemalige Chefin. »Das macht dann gern Gabriella, unsere PR-Frau, in Zusammenarbeit mit dem Marketing-Team, wenn das für euch in

Ordnung ist.« Ich hoffe, dass mein überheblicher Aussetzer nicht zu unsympathisch rübergekommen ist.

»Eigentlich fänd ich es besser, wenn wir beide das miteinander abstimmen.« Bruno lässt nicht locker. Sein Ton lässt mich erahnen, dass das eine Bedingung ist, wenn die Kooperation zustande kommen soll. Innerlich rolle ich mit den Augen. Ich hatte gehofft, um weitere Kommunikation mit Bruno Buchenwald herumzukommen. Aber was soll's. *Wolke Sieben* geht natürlich vor, und Basket als Testimonial ist wirklich eine einmalige Gelegenheit. So ein Videoclip ist ja schnell besprochen. »Okay. Dann machen wir beide das.«

»Schön«, sagt er zufrieden.

Den arroganten Chefinnen-Exkurs von eben scheint er mir nicht übel genommen zu haben.

»Ich würde vorschlagen, dass wir auch auf unserem Blog über dich berichten. Ein kleines Porträt vielleicht und warum du gerade jetzt auf der Suche nach einer ernsthaften Beziehung bist, plus eine breite Berichterstattung in unseren sozialen Medien?«

Basket nickt, und auch Bruno scheint von dem Vorschlag angetan. »Ja, das ist eine gute Idee. Vielleicht können wir zu dem Text auch ein kleines Interview machen. Schickt Gabriella uns dann die Fragen?«

»Ja, die würde sie euch dann in den nächsten Tagen zuschicken.«

Eine junge Frau mit einem Klemmbrett im Arm und einem Headset auf dem Kopf guckt durch den Vorhang. »Basket, noch vier Minuten bis zu deinem Auftritt. Brauchst du noch was?«

»Alles klar. Sei bitte so gut und bring mir von unserem gesamten Merchandising je vier Exemplare, und die Shirts in den Größen für Marlene und Sassy hier. Danke.«

»Das ist aber nett«, kräht Sassy aufgeregt. »Dann bist du bestimmt auch offen für ein Autogramm, oder?«

Ich schlage innerlich vor lauter Pein die Hände über dem Kopf zusammen, aber Basket nimmt die Anfrage völlig routiniert. »Na klar. Wo willst du es hinhaben?« Beide lachen. »War nur ein Spaß. Ich habe Autogrammkarten.«

Wahrscheinlich ist er sonst noch ganz andere Begeisterungsstürme gewöhnt.

Wenigstens einmal in meinem Leben bin ich meinen Eltern dankbar. Und zwar dafür, dass immer irgendwelche Schlager-Berühmtheiten bei uns zu Hause zu Besuch waren. Für mich ist es überhaupt nichts Besonderes, mich plötzlich im Backstagebereich eines deutschlandweit bekannten Sängers wiederzufinden. Trotzdem bin ich echt unentspannt. Vielleicht hat Sassy recht, und ich brauche wirklich Urlaub.

»Müssen wir noch über Geld reden?« Bruno unterbricht meine Gedanken an Caipirinhas im Sonnenuntergang.

»Ich weiß nicht. Müssen wir?«, frage ich ein bisschen schnippisch zurück und ärgere mich über meinen schon wieder so angriffslustigen Unterton.

»Also, wenn's nach mir geht, sehen wir das einfach als Experiment und gute Sache für beide Seiten.« Basket, der wirklich ein äußerst freundlicher Zeitgenosse zu sein scheint, blickt mit einem breiten Lächeln in die Runde. »Ihr seid angesagt und grün, ich scheine auch ziemlich angesagt und grün zu sein. Euer Firmenname kommt in meinem

Song vor, ich finde über euch mein Herzblatt. Es gibt ein Happy End, und wir alle haben was davon. Daumen hoch?«

»Daumen hoch«, sage ich und freue mich jetzt doch, dass diese Kooperation wohl klappen wird.

Die junge Frau mit dem Headset und dem Klemmbrett kommt mit vier großen, voll beladenen Korbtaschen zurück, auf denen in großen Lettern SAY NO TO PLASTIC – TAKE A BASKET steht. Sie reicht Sassy und mir jeweils zwei davon.

»Danke, das ist sehr lieb von euch«, sagt Sassy, während Basket ihr eine von seinen wirklich schön gestalteten Autogrammkarten gibt.

»So, Basket. Es wird Zeit. Bist du ready?«

»Ja, es kann losgehen. Schaut ihr euch die Show noch an? Das fänd ich toll. Ihr könnt auch vorne innerhalb der Absperrung stehen.« Ich bin überrascht, wie erwartungsfroh Basket uns anschaut. Er macht den Eindruck, als würde es ihm wirklich am Herzen liegen, dass wir bei seinem Auftritt dabei sind.

Sassy springt vor Freude auf und ab. »Na klar, Mann!«

Ich sehe mich schon wieder inmitten der Massen taumeln und in Ohnmacht fallen und nicke leicht verschüchtert, was Bruno offenbar bemerkt. Ganz ohne Ironie sagt er: »Keine Sorge, da ist genug Platz.«

»Okay. Ich bin dabei.«

»Juhuu. Ist das nicht das beste Geburtstagsgeschenk für dich, Marli? Backstage *und* Frontstage bei einem Basket-Konzert!«

Ich könnt sie killen.

»Sie wird dreißig«, Sassy ist jetzt anscheinend gar nicht mehr zu bremsen.

»Du hast heute Geburtstag, Marlene? Wieso sagst du denn nichts? Da machen wir doch gleich was Cooles draus!« Basket scheint begeistert. »Alles Gute, viel Gesundheit, Freude, Erfolg und natürlich vor allem Liebe. Aber die hast du ja als Chefin von *Wolke Sieben* wahrscheinlich massenhaft in deinem Leben, oder?«

Eine Sekunde zu lang. Ich zögere eine Sekunde zu lang, bevor ich überzeugend und selbstbewusst »Ja, klar!« rufe. Und im Augenwinkel sehe ich genau, dass Bruno Buchenwald das nicht entgeht. Denn just in diesem Moment sieht er von seinem Handy auf, und unsere Blicke treffen sich. Hitze schießt in meine Wangen. Ich fühle mich wie eine Hochstaplerin und total durchschaut.

»Haaaaaaaaallloooo, Leute! Ihr seid der Hammer!! Wisst ihr auch, warum?« Basket steht auf der Bühne und wir direkt davor. Hinter uns schreien sich Tausende von Teenies die Seele aus dem Leib.

»Ihr seid heute hierhergekommen, um für eure und unsere Zukunft auf diesem Planeten die Stimme zu erheben. Und ihr seid so unglaublich viele, dass man euch auf keinen Fall überhören kann!«

Die Band beginnt, die ersten Töne von Baskets Hit *Suche Platz auf Wolke Sieben* zu spielen, und die Menge hinter mir tobt. Ich traue mich, mich kurz umzudrehen, und sehe, wie die vielen Mädchen in der ersten Reihe von der Menge gegen die Absperrgitter gedrückt werden. Jede Zweite heult hemmungslos und schmachtet Basket an.

Wie alt mag er wohl sein? Ich muss zugeben, er sieht ganz süß aus, mit seinen strubbeligen dunklen Locken und dem verschmitzten Lächeln. Wahrscheinlich hätte ich mit sechzehn auch auf ihn gestanden.

Sechzehn ... das ist ein halbes Leben her ... Mit sechzehn konnte ich mir beim besten Willen nicht vorstellen, jemals dreißig zu werden. Die Zahl war so absurd, so abstrakt, so wahnwitzig alt. Und heute ist es so weit. Ein Fingerschnippen, und vierzehn Jahre sind vergangen, und doch ist so viel passiert. Verrückt!

»Ihr wisst ja, ich habe mein Herzblatt noch nicht gefunden«, ruft Basket der Menge zu, die in Erwartung seines aktuellen Hits unisono »*Wolke Sieben! Wolke Sieben! Wolke Sieben!*« schreit.

»Ihr sagt es!« Basket ergreift wieder das Wort. »Und passend dazu habe ich eine tolle Neuigkeit! Ich habe mich dazu entschlossen, auf der Onlinedating-Plattform *Wolke Sieben* nach der einen zu suchen. Also, wenn du denkst, dass wir gut zusammenpassen, dann meld dich schnell auf wolkesieben.de an!«

Das Geschrei in meinem Rücken ist ohrenbetäubend. Ich drehe mich vorsichtig zu den gequetschen Fans in der ersten Reihe und sehe, wie einige doch tatsächlich ihr Handy zücken. Sassy schüttelt mich und ruft mit irrem Blick: »Damit knacken wir die nächste Marke! Das ist ja so krass, dass er das jetzt einfach so rausgehauen hat!«

»Und jeeeeetzt, liebe Leute. Jeeeetzt will ich, dass ihr

meiner neuen Freundin Marlene Boss ein Ständchen bringt. Marlene ist nämlich die Erfinderin von *Wolke Sieben*, sie wird heute dreißig und steht gleich hier in der ersten Reihe. Marlene, komm doch mal zu mir auf die Bühne, damit dich alle kennenlernen.«

Oh nein!

An der Seite der Bühne sehe ich Bruno aufgeregt in Baskets Richtung fuchteln, was ja nur bedeuten kann, dass er nicht will, dass ich auf die Bühne gehe. Warum denn nicht? Denkt er vielleicht, ich könnte das nicht wuppen? Ich kann das wuppen! Ich wuppe das hier jetzt so famos, dass nachher alle sagen, mein Gott, Marlene Boss, die ist die Godmother des Wuppens!

Basket nickt in Richtung Security, die ein paar Meter entfernt steht. Im nächsten Moment ist der riesige Teddy schon neben mir, sagt: »Na, Micky Maus? So sieht man sich wieder. Darf ich?«, und hebt mich, nachdem ich nicke, mühelos auf die Bühne.

Basket begrüßt mich mit Küsschen rechts, Küsschen links und stimmt *Happy Birthday* an, worauf die Menge begeistert miteinsteigt. Sassy filmt das Ganze mit ihrem Handy, und mein Blick wandert über das Publikum hinweg zur Alster. Ich komme mir vor wie in einem Film und muss zugeben, dass ich das hier gerade ein kleines bisschen genieße. Als Basket mich am Ende des Liedes anschaut und »Happy Birthday, liebe Marlene« ins Mikrofon singt, läuft mir ein kleiner Schauer über den Rücken, der sich zu einer Gänsehaut ausweitet, als er und der gesamte Jungfernstieg mit »Happy Birthday toooo youuuu!« enden.

»Alles Gute zum Geburtstag! Und ihr«, Basket zeigt ins Publikum, »ihr Lieben habt euch *Suche Platz auf Wolke Sieben* jetzt redlich verdient. Auf geht's!«

Während die Band Baskets Hit anstimmt, hilft mir Teddy wieder von der Bühne, wo ich atemlos von der aufgekratzten Sassy empfangen werde.

»Ich hab das auf Insta live gestreamt, das war so unfassbar cool, Marli! Und das Video geht jetzt schon so was von viral, jetzt bist du berühmt!«

Feurig

»Ich liebe das hier einfach!« Begeistert trinke ich einen großen Schluck von meinem Aperol Spritz. Wir stehen alle an Deck von WKKs Hausboot in einem stillgelegten Teil des Wilhelmsburger Industriehafens. In den Händen halten wir kleine Tellerchen mit Leckereien. Salzige Datteln mit Ziegenkäsecreme, Spieße mit panierten Mozzarella-Bällchen und klitzekleinen, süßen Cocktailtomaten und Kanapees mit Auberginencreme, Frischkäse und Zucchini-Relish. Als Hauptspeise gibt es später verschiedene vietnamesische Köstlichkeiten, die Samuel, ein begnadeter Koch und begeistertes *Wolke Sieben*–Mitglied, für uns zubereiten wird. Purer Luxus!

»Wenn ich jemals aus Manolos Wohnung rausfliege, dann müssen wir Branko davon überzeugen, dass ich hier auch ein Hausboot bekomme oder halt so was wie ihr«, korrigiere ich mich, denn WKK wohnen eigentlich gar nicht auf einem klassischen Hausboot. Das Zuhause der drei ist ein ziemlich rostiger, in die Jahre gekommener Lastkahn, der zu einem funktionalen und sehr gemütlichen Hausboot umgebaut wurde. An Deck wurden nebeneinander drei kleine Holzhütten mit Grasdächern und hübschen Sprossenfenstern errichtet, in denen die drei schlafen und ihren Privatbereich haben. Daneben gibt es das von Wasili liebevoll mit Pflanzen und einer bunten Lichterkette dekorierte Sonnendeck. Eine Art Garten, in dem wir gerade stehen und auf den Seitenarm der Elbe schauen. Am Bug des Kahns wurde angrenzend an das Sonnendeck ein Container aufgestellt, der an einer der Längsseiten offen ist und als kleine Laube dient. Hier hat Samuel das Büfett aufgebaut und bereitet fast geräuschlos ein sehr lecker duftendes Pad Thai, eine leicht scharfe Tom-Kha-Suppe und frischen Mango-Papaya-Salat vor. Unten im Bauch des Schiffes befinden sich Küche, Bad und das Winterwohnzimmer. Im Bad gibt es sogar eine Badewanne.

Vielleicht sollte ich mir jetzt gleich einen Platz in dieser wilden Idylle sichern.

»Na klar. Das machen wir.« Wasili ist sich ganz sicher, dass ich ohne Probleme wieder seine Nachbarin werden kann.

»Das ist überhaupt kein Problem«, findet auch Knorke. »Erst mal ist Branko ja dein größter Fan, und außerdem hat er weiter unten am Wasser gerade einige Stellplätze für ein paar Tiny-House-Bewohner abgesteckt. Drei sind schon mit ihren Hütten angerollt. Die eine ist so 'ne verrückte Hippiebraut, die echt gut Sitar spielt. Der andere ist 'n richtig netter, norddeutscher Jung. Der arbeitet als Runner beim Film und schnackt immer nur Plattdeutsch. Und den Dritten, den würde Karmen am liebsten adoptieren.« Er klemmt sich das Aperol-Glas unter den Arm und dreht sich eine Zigarette.

»Das heißt also, für dich auch noch ein Plätzchen zu finden, ist überhaupt kein Problem.«

Es passt eigentlich gar nicht zu mir, an so einem Ort wohnen zu wollen. Ich mag es ja eher gediegen. Mich an Sankt Pauli zu gewöhnen, war schon ein ziemlicher Schritt. Aber was wäre das aufregend! Schon allein der Weg zu WKKs Reich ist ein Abenteuer. Das große Tor an der Einfahrt ist meistens mit einer rostigen Kette verschlossen. Kommt man nicht mit einem Kanu, Floß oder Schlauchboot übers Wasser, muss man erst durch die von Efeu verdeckte Lücke in der Mauer klettern, die das riesige Grundstück begrenzt. Dann schlägt man den rechten von zwei sehr dürftig geschotterten Pfaden ein und muss dabei achtgeben, dass man sich die nackten Beine nicht an unzähligen Disteln zerkratzt. Nach hundert Metern ist man sich nie sicher, ob man noch richtig ist. Durch den wilden Wuchs der dichten Hecken aus Hundsrosen, majestätischen Rhododendren, duftendem Jasmin und vielen anderen Gewächsen sieht es innerhalb von Tagen immer wieder komplett anders aus. Aber dann kommt man doch ziemlich schnell bei der großen Skulptur aus Schrott an, die WKK und Branko irgendwann mal zusammengeschweißt haben. Sie sieht aus wie ein Gemälde von Picasso. Noch ein paar Meter weiter, und man hat es geschafft und ist auch schon am Wasser angelangt.

Ich finde die Vorstellung, mir hier in dieser Ungezähmtheit, die mir eigentlich so gar nicht entspricht, ein Zuhause einzurichten, plötzlich total schön und wunderbar romantisch.

»Meint ihr echt, das klappt?«, frage ich mit einem ehrlichen Hoffnungsschimmer in den Augen.

»Was soll denn noch alles klappen? Nach dem Coup von heute Nachmittag! Du kriegst wohl den Hals nicht voll, Schwesterchen!« Eddie hat hinter mir den Kahn geentert. Begleitet wird er von Sassy und zwei Leuten, die ich noch nicht kenne.

»Moin, Eddie.« Knorke begrüßt meinen Bruder mit einem festen Handschlag. »Marli will unsere Nachbarin werden und auch auf 'nem Hausboot wohnen.«

»Meine kleine Schwester, die sich schon in die Hose macht, wenn die Sachen auf ihrem Schreibtisch nicht rechtwinklig angeordnet sind, und die sich auf Sankt Pauli nicht vor die Tür traut, wenn es draußen dunkel ist?« Eddie zieht mich auf und übertreibt dabei maßlos. »Du willst hier wohnen? Das kann ich mir beim besten Willen nicht vorstellen!«

Ich ärgere mich ein bisschen über seine Frechheit, mich als pedantischen Angsthasen hinzustellen, aber ganz tief drinnen weiß ich, dass er auch ein bisschen recht hat.

»Man wächst an seinen Herausforderungen. Das habe ich ja wohl in den letzten drei Jahren bewiesen«, erwidere ich leicht trotzig und wehre Eddies Umarmung mit gespielter Verärgerung ab.

»Schwesterherz, du kannst hier nicht wohnen. Du weißt doch, ich kenn dich besser als du dich selbst.«

»Achhh«, schnaube ich, »du wirst schon noch sehen.«

Ich wende mich seinen Begleitern zu und heiße die beiden auf dem Kahn willkommen.

»Entschuldigt bitte meinen unhöflichen Bruder, aber da

ihr ja mit ihm hergekommen seid, gehe ich jetzt einfach mal davon aus, dass ihr sein schlechtes Benehmen genauso gewohnt seid wie ich.«

»Ähm. Also, ich bin Sassys Begleitung. Eddie hab ich gerade erst auf dem Weg hierher kennengelernt.« Der Typ mit Glatze und Schnurrbart ist mir gleich sympathisch. Er gibt mir erst die Hand und dann ein kleines Tütchen mit einem Buch darin. »Ich bin Jan. Der Wal-Doktor. Ich habe dir ein Buch über Wale mitgebracht.«

»Danke, das ist aber lieb von dir«, antworte ich begeistert und hoffe inständig, dass Samuel genug zu essen und zu trinken dabeihat, damit es für alle reicht.

»Tut mir leid, dass ich uneingeladen auf deiner Geburtstagsfeier erscheine, aber Sassy hat mir glaubhaft versichert, dass du dich freuen würdest«, erklärt Jan schüchtern.

Sassy kichert. »Na klar freut sie sich, dich endlich kennenzulernen. Ich habe ihr schon so viel über dich erzählt!«

Dann ergreift Eddie das Wort und stellt seinen Begleiter vor. »Das ist Marco. Marco und ich sind seit ein paar Wochen zusammen. Ich dachte, heute Abend würde es gut passen, ihn dir und euch allen mal vorzustellen.«

Ich bin baff. Eddie hat mir noch nie jemanden vorgestellt, mit dem er eine Beziehung hatte. Ich wusste noch nicht einmal, dass das geht: Eddie und Beziehungen.

Eddie lacht über meine Verblüffung. Er legt Marco den Arm um die Schulter und drückt ihn zärtlich. Eine Geste, die ich in dieser Art noch nie bei ihm gesehen habe.

»Hi, Marco. Wie schön, dich kennenzulernen. Verzeih

meine Überraschung, aber mir war gar nicht klar, dass mein Bruder in festen Händen ist.«

»Wir waren einfach bisher noch nicht so weit, unsere Liebe mit der Welt zu teilen. Aber jetzt ist es umso schöner, dich endlich kennenzulernen.«

»Du hast bestimmt gedacht, ich will dir wieder mal ein Blind Date unterjubeln, ne?« Eddie hat erneut ins Schwarze getroffen. »Und bevor jetzt dein Popöchen anfängt zu schwitzen, weil unerwartete Gäste gekommen sind und du Angst hast, dass nicht genug zu essen da ist, sagt dir dein Eddie: Relax! Erstens habe ich dich lieb, und zweitens hab ich Samuel heut Nachmittag angerufen und Bescheid gesagt, dass noch zwei, drei Leute mehr kommen. Es ist also alles gut.«

Er kennt mich wirklich besser als ich mich selbst.

»Ich könnte sonst auch noch ein paar Radieschen beisteuern«, sagt eine Stimme in meinem Rücken, und ich weiß sofort, wem diese Stimme gehört. »Hi, Marlene. Wasili, Knorke, schön, euch zu sehen. Karmen, du bist wie immer das Highlight meines Tages! Und alle anderen, hallo, ich bin Bruno.«

Was macht Bruno Buchenwald denn hier? Und wieso kennt der WKK?

»Charmant wie immer«, flötet Karmen so sanft zurück, als hätte Bruno ihr gerade die Welt zu Füßen gelegt. »Und woher kennst du Marlene?«

»Marlene und ich sind seit heute Nachmittag Geschäftspartner. Basket ist jetzt Testimonial von *Wolke Sieben*.«

»Ich hatte ja keine Ahnung, dass ihr euch kennt.« Karmen freut sich ganz untypisch überschwänglich und tut so, als wäre es das Normalste und Wunderbarste der Welt, dass Bruno Buchenwald meine Geburtstagsparty crasht.

Während alle anderen ihn begrüßen, habe ich kurz Zeit, mich wieder zu fangen und mir die Überraschung, ihm hier über den Weg zu laufen, nicht anmerken zu lassen. Von den Fragezeichen, die sein Auftauchen aufwirft, mal ganz abgesehen.

Ich drehe mich langsam um und schüttele meine Haare zurecht.

»Radieschen haben es dir wohl ziemlich angetan, was?«, frage ich mit Blick auf sein Mitbringsel.

»Ja, ich finde, so ein Bund Radieschen ist besser als jeder Blumenstrauß, nicht wahr, Karmen?« Er reicht mir die drei wirklich sehr hübschen Bünde mit den länglichen rot-weißen Knollen. »Happy Birthday, Marlene! Vorhin auf dem Konzert war irgendwie so viel los. Ich bin gar nicht dazu gekommen, dir richtig zu gratulieren. Ich wünsch dir Gesundheit, Freude bei allem, was du tust, und immer eine Handbreit Gemüse auf dem Tisch!« Er schenkt erst mir und dann Karmen ein breites Lächeln. »Dir, liebe Karmen, wünsch ich das auch. Aber das weißt du ja.«

Ich glaube, ich sehe nicht recht, als meine Karmen, die dafür bekannt ist, Haare auf den Zähnen zu haben, wie ein Schulmädchen errötet.

»Danke, das ist wirklich lieb von dir.« Ihre Stimme hat das erste Mal, seit ich sie kenne, nicht diesen rauchig-kratzigen Ton, sondern klingt fast ein bisschen lieblich.

Ich kann meine Kinnlade gerade noch davor bewahren,

unkontrolliert herunterzuklappen. Der Typ startet eine für meinen Geschmack ziemlich abgedroschene Charmeoffensive, und die kratzbürstige Karmen wird zur Samtpfote? Aber mich wickelt der mit dieser Masche nicht ein. Ich kenne meine Pappenheimer, und diesen hier halte ich für einen arroganten, sich selbstüberschätzenden Blender mit einem seltsamen Gemüsehumor.

»Danke für die Glückwünsche. Aber dafür bist du ja sicher nicht extra hierhergekommen, oder? Wie kann ich dir denn helfen, lieber Bruno?«, frage ich geschäftsmäßig und versuche dabei möglichst freundlich rüberzukommen.

»Wer sagt denn, dass ich deine Hilfe brauche?« Er verschränkt die Arme vor der Brust und lächelt mich herausfordernd an.

Zu meinem Ärger fallen mir seine durchtrainierten Oberarme auf, die nur halb von den dunkelgrauen T-Shirt-Ärmeln bedeckt sind.

»Na ja, du bist hier, nicht wahr? Das muss heißen, dass du noch etwas mit mir besprechen willst«, sage ich spitzer als beabsichtigt.

Entgeistert sehe ich, wie Wasili ihm ein bereits geöffnetes Bier reicht. Alle anderen sind mucksmäuschenstill und scheinen unser Geplänkel gebannt zu verfolgen. Aus dem Augenwinkel sehe ich, dass alle Blicke, die eben noch auf mich gerichtet waren, nun erwartungsvoll an Brunos Lippen kleben.

»Da liegst du falsch.« Er deutet mit dem Bier in Richtung WKK, sagt »Prost!« und trinkt erst mal in Ruhe ein paar Schlucke aus der Flasche, was mich nur noch mehr enerviert. »Aaah! Das tut gut! Danke für das Bier, Wasili. Irgendwie ist doch komisches Wetter heute, oder finde nur ich es so schwül?«

»Du hattest heute bestimmt einen stressigen Tag, oder?«, fragt Karmen besorgt.

Hä? Wieso fragt sie nach seinem *heutigen Tag*? Kennt sie auch seine anderen Tage? Ich versteh nur noch Bahnhof und schaue Eddie und Sassy nacheinander fragend an. Beide schütteln kaum merklich den Kopf. Sie wissen anscheinend auch nicht, was Bruno Buchenwald hier will.

»Ja, heute war's wirklich stressig. Das Konzert auf der Demo ging länger als geplant, dann gab es schon unzählige Presse-Anfragen wegen der *Wolke Sieben*-Aktion, und außerdem haben die Organisatoren von *PlanForThePlanet* mir die Hölle heiß gemacht, weil Basket spontan Marlene auf die Bühne geholt hat. Das hätte vorher abgesprochen werden müssen, wegen der Versicherung und so.«

»Da kann ich doch nichts dafür.« Ich beiße mir schnell auf die Lippe.

»Natürlich nicht. So war das nicht gemeint.« Er streicht sich seine blonden Haare hinter die Ohren.

Mir fällt wieder ein, dass ich immer noch nicht weiß, warum Bruno Buchenwald hier lässig und Bier trinkend auf WKKs Kahn herumsteht und meine Geburtstagsparty stört. Keine Ahnung, was dieses Radieschen-Intermezzo zu bedeuten hat. »Warum bist du noch mal gleich vorbeigekommen, wenn nicht meinetwegen?«

»Na ja, er wohnt hier«, antwortet Karmen, bevor Bruno zu Wort kommen kann. »Er ist einer von den Tiny-House-

Bewohnern. Und ich habe ihm erst heute Morgen erzählt, dass wir mit dir befreundet sind und du bei uns Geburtstag feierst. Und da wollte er dir wohl jetzt einfach kurz gratulieren. Ist doch nett, nich?«

»Du wohnst hier?«, frage ich bestürzt. Ich glaub das nicht! Bruno Buchenwald ist der Nachbar *meiner* Freunde?

»Ja. Irgendwo muss ich ja wohnen. Hast du 'n Problem damit?« Er sieht so aus, als würde es ihm Spaß machen, mich aus dem Konzept zu bringen.

Ja, ich habe ein Problem damit! Du kannst anscheinend jeden mit deinem mir völlig unverständlichen Charme bezirzen und infiltrierst so bestimmt nach und nach meinen gesamten Freundeskreis. Ich habe doch gewusst, dass ich die Finger von der Kooperation mit Basket hätte lassen sollen. Aber ich habe deinen perfiden Plan durchschaut – nur deine Beweggründe kenne ich noch nicht. Aber das sage ich natürlich nicht. Ich sage: »Ähm. Nein. Natürlich nicht. Ich hätte dich nur eher in Eppendorf verortet.« *Dort passt du viel besser hin mit deinen durchtrainierten Oberarmen, dem perfekt sitzenden Shirt, den genau an den richtigen Stellen zerrissenen Jeans und deinen blitzsauberen Understatement-Sneakers.*

»Tja, so kann man sich täuschen.« Er trinkt sein Bier aus, stellt die Flasche in den dafür vorgesehenen Leergut-Kasten neben der Gangway und sagt: »Ich muss dann mal. Habt noch einen schönen Abend, alle zusammen.« Und an mich gerichtet: »Alles Gute, Marlene, und guten Appetit.« Dabei deutet er keck auf die Radieschen in meinen Händen und wendet sich zum Gehen.

Während sich alle anderen von ihm verabschieden,

bringe ich gerade eben so ein »Danke und bis dann« über die Lippen.

»Wer will einen Rotwein?« Ich überspiele meine Verblüffung, indem ich nach einer Flasche greife und ungeschickt mit einem Korkenzieher daran herumnestele.

»So harmlos bist du also doch nicht.« Knorke klopft mir fast ein bisschen anerkennend auf die Schulter. »Ich dachte immer, in dir steckt nur die sanfte Marli, die mit jedem gut kann. Aber da haben wir uns wohl getäuscht. Du kannst ja richtig feurig werden.« Er nimmt mir den Rotwein ab, zückt sein Taschenmesser und entkorkt gekonnt die Flasche.

»Seit wann wohnt Bruno denn hier?« Ich bin immer noch ganz entgeistert.

»Erst seit ein paar Tagen.«

»Und wieso habt ihr mir das nicht erzählt?«, frage ich vorwurfsvoll. Ich hätte mich gern darauf vorbereitet, ihm hier zu begegnen.

»Haben wir doch. Vorhin.«

»Ja, aber ihr habt mir nicht erzählt, dass es sich bei einem der Tiny-House-Bewohner um Bruno Buchenwald handelt.«

»Warum sollten wir auch? Kann ja keiner wissen, dass du den gefressen hast. Geschweige denn, dass du den kennst.« Knorke lacht und ist sich offenbar keiner Schuld bewusst.

»Was hast du denn gegen unser Schnuckelchen?« Karmen gesellt sich zu uns.

Ich habe keine Lust zu antworten. So richtig kann ich es ja gar nicht erklären. Was soll ich sagen? Er grinst zu herausfordernd? Er ist zu frech? Er sagt nicht das, was ich hören will? Er ist unverschämt lässig?

»Er reizt mich einfach bis aufs Äußerste«, entschlüpft mir dann doch ein Stückchen Wahrheit, woraufhin Karmen ihr knarziges Lachen lacht und sagt: »*Das* kann ich mir sehr gut vorstellen! Wenn ich noch mal in deinem Alter wäre, würde der mich auch reizen. Ich würde wer weiß was mit diesem Schnittchen anstellen.«

Eddie ist zu uns gestoßen und fragt: »Gibt's jetzt bald mal was zu essen, oder von welchen Schnittchen redet ihr?«

Karmen klärt meinen Bruder auf: »Na, von dem Schnittchen mit dem Knackpo, das gerade über unsere Gangway gewackelt ist. Marli hat mir gerade gestanden, dass der Beau von Wilhelmsburg sie richtig reizen würde.«

»NEIN! So habe ich das überhaupt nicht gemeint!«, rufe ich entrüstet.

Eddie ignoriert mich und sagt ernst: »Ja, ja, so ist sie, unsere Marli. Einmal auf dem Cover einer Zeitschrift, und schon wird sie zur Femme fatale.«

Knorke öffnet noch eine zweite Flasche Wein und schenkt weiter aus. Als mein Glas gefüllt ist, bin ich immer noch so durcheinander, dass ich ganz vergesse, mit allen anzustoßen, und einfach mein komplettes Glas auf ex leere.

»Na, du hast aber 'nen Durst«, meint Knorke und schenkt mir gleich noch mal nach.

»'tschuldigung. Ich war mit meinen Gedanken gerade ganz woanders.« Gut, dass keiner auf die Idee gekommen ist, Bruno zum Bleiben zu überreden. Ich rufe mich zur Ordnung, hebe das Glas und blicke in die Runde. »Prost. Wie schön, dass wir hier heute zusammen meinen Geburtstag feiern! Danke, dass ihr gekommen seid.«

Langsam ebbt das Adrenalin ab, das auch bei meiner dritten Begegnung mit Bruno durch meine Adern gerauscht ist. Meine Schutzschilde fahren wieder runter. Ich weiß, es steht mir nicht besonders, so zickig und schnippisch zu sein. Aber bei diesem Typen schrillen meine Alarmglocken extra laut. Der ist mit Vorsicht zu genießen! Da bin ich mir sicher!

Während wir den langen Tisch auf dem Sonnendeck vorbereiten, kehre ich wieder zu meinem entspannten Selbst zurück. Jeder greift sich Teller, Besteck und Kerzen vom Büfett und dekoriert die Tafel, und ich fühle mich inmitten dieses Gewusels mehr als wohl. Dass Eddie und Sassy uneingeladen ihre Boyfriends mitgebracht haben, macht mich froh. Denn nur eine bestimmte Art von Freundschaft, nur eine bestimmte Art von Vertrauen erlaubt so etwas. Und auch wenn die beiden mich oft necken, weiß ich doch, dass sie mich damit nur aus der Reserve locken wollen. Und dafür bin ich ihnen sehr dankbar. Denn in meiner Reserve kann es manchmal auch ganz schön einsam sein.

Wir holen uns die von Samuel zubereiteten Köstlichkeiten und verteilen uns um den Tisch herum.

Was für ein aufregender Geburtstag mit so viel Neuem und Unerwartetem. Als ich mir heute Morgen gewünscht habe, dass alles so bleibt, wie es ist, hätte ich es eigentlich besser wissen müssen. So funktioniert das Leben einfach nicht. Allerdings hätte ich mir in meinen kühnsten Träumen nicht ausgemalt, dass ich an meinem dreißigsten Geburtstag auf dem Cover eines Magazins abgebildet bin und von halb Hamburg ein Ständchen gesungen bekomme. Die Möglichkeit, dass das Leben sich zum Besseren verändert, besteht eben auch ...

Und gerade, als ich das denke, fällt mir leider wieder Bruno Buchenwald ein.

Danke, dass Eddie mich gezwungen hat, dieses Wochenende mal
nicht zu arbeiten und mir stattdessen bei WKK auf dem Sonnendeck
den Bauch bräunen zu lassen, zwischendurch in die Elbe zu springen
und der Tiny-Haus-Nachbarin beim Sitarspielen zuzuhören.
Für das leckere Veggie-Barbecue, das Wasili und Knorke für uns zube-
reitet haben, als die Reste vom Geburtstagsessen alle waren,
für die kleine schimmernde Blindschleiche, die ich auf
meinem Rückweg von WKKs Kahn entdeckt habe.
Und dafür, dass ich mir ein ganz eigenes,
unabhängiges Leben aufgebaut habe.

Welle-Teilchen-Dualismus

»Und ihr Profilname? Was meinst du?« Dani und ich sitzen nebeneinander an meinem Schreibtisch und arbeiten an dem Profil von Annie. Im hinteren Teil unseres Großraumbüros gibt es zwei abgetrennte Räume. Einen für Meetings, und einen haben wir zu meinem Büro gemacht, das aber auch Kolleginnen und Kollegen für ungestörte Arbeitsphasen nutzen können.

Annie hat sich nach der *PlanForThePlanet*-Demo bei *Wolke Sieben* angemeldet und auch gleich nach einem Termin gefragt, um mehr über unseren Ghostwriting-Service zu erfahren. Am Telefon beschrieb sie sich als gut mit Taten, aber nicht so gut mit Worten. Dani und ich haben sie gleich heute Morgen getroffen. Annie ist Physikerin und hat es eilig, sich wieder zu verlieben. »Zu zweit macht das Leben doch einfach mehr Spaß.« Nachdem sie uns von einer traurigen Trennung erzählt hat, war das ihr schlichtes Resümee.

»Wie wäre es mit Rübenlover?«, frage ich Dani ganz begeistert und bin fest davon überzeugt, dass wir den perfekten Profilnamen gefunden haben.

Dani schaut mich überrascht an und lacht. »Das meinst

du nicht ernst, oder? Du weißt schon, dass das total versaut ist?«

»Hä? Wieso? Annie baut doch nun mal Rüben an.« Ich weiß überhaupt nicht, was sie meint.

Dani schüttelt ungläubig den Kopf. »Rübenlover geht nicht.«

»Oje. Stimmt. Rübenlover geht wirklich nicht.« Wie konnte mir das nur entgehen?

»Wie wäre es dann mit AnnieQuant?«, schlage ich schnell vor, »da ahnt man gleich, dass sie sich für Physik interessiert.«

»Das wird ihr gefallen. Und ihren Profiltext? Hast du den schon geschrieben?«

»Den habe ich auch schon fast fertig. Soll ich ihn dir vorlesen, oder willst du selber lesen?«

»Vorlesen. Du liest immer so schön. Fast so wie die Susi von *Herzblatt* damals. Kennst du die Show noch?«

Die Show muss aus den Achtzigern sein, denn Dani ist besessen von den Achtzigern. The Human League läuft bei ihr in Dauerschleife, und auch die Mode des Jahrzehnts hat es ihr angetan. Heute sitzt sie mir in einer wild geblümten Jacke mit Schulterpolstern und Moon-washed-Jeans gegenüber.

»Gehört habe ich davon schon mal. Also, soll ich loslegen?«

Ich räuspere mich und warte auf Danis Go.

»Warte.« Dani trinkt noch einen Schluck von dem leckeren fruchtigen Hafershake, den sie uns mitgebracht hat, und seufzt. »So lecker.«

»Find ich auch. Da fällt mir ein, wäre Annie nicht was für Samuel, der bei meinem Geburtstag gekocht hat?«

»Auf gar keinen Fall!«, ruft Dani hastig.

»Warum denn nicht?«

»Na ja, weil …«, sie zögert kurz und lächelt, »weil ich gestern mit ihm ein Date hatte. Er hat mich nach deiner Feier ganz süß und quasi analog gefragt, ob er meine Nummer haben könnte. Na, und da habe ich Ja gesagt. Dann hat er gleich am Samstag früh angerufen, mir am Telefon *Sowing the Seeds of Love* vorgespielt und gefragt, ob wir am Nachmittag zusammen Tretboot fahren wollen. Und das haben wir dann gemacht.«

Um mich herum scheint ja wirklich der amouröse Frühling ausgebrochen zu sein. Erst Sassy, dann Eddie und jetzt auch noch Dani?

»Und wie war's?«

»Total schön. Wir sind stundenlang auf der Alster herumgegondelt, haben uns Waffeln und Rhabarberschorle beim *Café Canale* geholt, und uns ist kein einziges Mal der Gesprächsstoff ausgegangen. Und ich hatte dieses Gefühl im Bauch. Du weißt schon, Schmetterlinge und so.« Sie schaut ein bisschen verlegen nach unten und lächelt dabei wieder ganz versonnen. »Ich glaub, ich bin verknallt.«

Dani sieht so aus, als wären Schmetterlinge im Bauch und Verknalltsein *die* Must-haves der Stunde.

Etwas zu abrupt sage ich: »Also, zurück zu Annies Profil.«

Das war jetzt nicht besonders nett, und Danis Blick spricht Bände. Schnell sage ich: »Sorry, das war ein bisschen schroff. Ich freu mich für dich! Sehr sogar! Ich habe heute nur so viel auf dem Zettel, dass ich schon ganz konfus bin.«

»Mach dir keinen Kopf!« Dani streicht mir über den Arm. »Ich weiß ja, wie viel hier gerade abgeht. Lies los.«

Ich räuspere mich kurz und beginne meinen Vortrag.

»Wenn ich nicht gerade versuche, zu beweisen, dass Physik einfach alles auf unserem Planeten und in unserem Leben bestimmt, dann findest du mich entweder im HipHop-Kurs, wo ich schwitzend und mit wenig Talent, aber mit ganz viel Spaß neue Choreografien ausprobiere. Oder bei einer Versammlung von *Gutes & Meer*, wo ich ehrenamtlich und hochkonzentriert die Einsätze unseres Seenotrettungskreuzers *In Dolphins We Trust* plane. Oder gleich auf dem Schiff selbst, wo ich sechs Wochen im Jahr meinen Urlaub verbringe und versuche, in Not geratene Menschen vom Wasser ans Land zu bringen. Zum Ausgleich schaue ich gerne Action-Thriller, am liebsten mit The Rock. Außerdem baue ich Karotten an. Und zwar im großen Stil. Wenn du also Rüben genauso liebst wie ich …«

»MARLI!«

Dani unterbricht mich entrüstet, und ich lache laut los.

»Nur ein Witz! Nur ein Witz! Na gut, dann weiter im Text: Außerdem baue ich Karotten an. Und zwar im großen Stil und natürlich nachhaltig. Wenn du also unbedingt wissen willst, welche Restaurants in Hamburg und Umgebung die besten Karotten haben, dich darüber freust, von mir alles über Quantenphysik zu erfahren, und akzeptierst, dass die Physik und *Gutes & Meer* mein Ein und Alles sind, dann schreib mir! Und wer weiß, vielleicht lass ich dich auch mal das Kommando an Deck übernehmen.« Ich hole Luft. »Was meinst du? Gut so?«

Dani wackelt unschlüssig mit dem Kopf. »Vielleicht müssten wir noch ein bisschen mehr herausarbeiten, dass sie schon ziemlich genau weiß, was sie will? Ich glaube, das mit dem Kommando ist noch nicht stark genug.«

Sie hat recht. In unserem Gespräch kam Annie ziemlich selbstbewusst und bestimmt rüber.

»Was hältst du von diesem Schlusssatz: Wenn du eine Frau kennenlernen willst, die über Grenzen geht, um das Richtige zu tun, die nichts mit Weicheiern anfangen kann und die für ihre zwei Berufungen lebt, dann schreib mir. Und zwar sofort! Und dann noch einen Smiley.«

»Ja, das find ich gut!« Ich bin sogar richtiggehend begeistert und habe eine Idee. »Willst du nicht mal überlegen, ob du von der Produktentwicklung ins Ghostwriting wechseln möchtest?«

»Hm. Vielleicht.« Dani sieht so aus, als könnte ihr dieser Karriereschritt gefallen.

»Dann denk doch mal ein bisschen weiter darüber nach. Ich finde deinen Vorschlag für Annies Profiltext auf jeden Fall super. Den nehmen wir so.«

Ich kopiere das Profil in eine Mail an Annie, schreibe noch ein paar Zeilen dazu und drücke auf Senden. »Abgeschickt.«

»Danke übrigens noch mal für die schöne Feier an deinem Geburtstag. Das war echt toll!«

Bei Danis Worten bin ich im Geiste sofort wieder auf WKKs Kahn.

»Ja, fand ich auch.«

»Hast du das eigentlich ernst gemeint, dass du gern da wohnen würdest?«, fragt Dani.

»Ich weiß nicht. Vielleicht?« Bevor ich weiter darüber nachdenken kann, lenkt mich eine neue Mail im Postfach ab.

»Das ging aber schnell. Annie ist einverstanden. Der Text hat ihr gefallen! Super Arbeit, Dani. Und denk doch bitte noch mal über das Ghostwriting-Thema nach, ja?«

Dani nickt und verlässt beschwingt mein Büro.

Ich schalte Annies Profil und ihren Account frei. Sie hat mich auch darum gebeten, ihre privaten Nachrichten auf *Wolke Sieben* zu checken. Mal sehen, wer Kontakt aufnimmt.

Ganz besonders mag ich an unserer Website, dass die User einstellen können, wie sie kommunizieren möchten. Ob per WhatsApp, per Mail, per Videochat oder ganz analog per Post – alle Varianten werden genutzt. Ich persönlich würde ja den geschriebenen Brief bevorzugen. Wie romantisch muss es sein, jeden Abend auf die handgeschriebene Botschaft eines Verehrers zu hoffen. Der Umschlag am besten noch mit rotem Wachs versiegelt …

Annie hingegen hat sich für die klassische Mail entschieden. Sie meinte in unserem Gespräch, dass sie Sprachnachrichten oder WhatsApp einfach zu schnelllebig finde, ein Brief ihr aber wiederum zu langsam wäre.

Während ich noch einen Schluck Hafershake trinke, scrolle ich mich weiter durch meine Mails und entdecke neben ein paar weiteren Ghostwriting-Anfragen auch eine Nachricht von Gabriella. Ob ich die Dankesrede für die

Preisverleihung schon geschrieben habe. Am besten etwas Inspirierendes für die ganzen anderen aufstrebenden Unternehmerinnen da draußen …

Natürlich habe ich die noch nicht geschrieben. Ich habe noch nicht einmal darüber nachgedacht. Wahrscheinlich werde ich auf dem Weg zur Bühne wie Jennifer Lawrence bei der Oscarverleihung die Treppe hinaufstolpern, schwitzend und rotgesichtig am Rednerpult stehen und kurz vor einer Panikattacke nach Worten ringen.

Zur Ablenkung checke ich lieber noch mal Annies Profil. Ui. Sie hat schon zwei private Nachrichten bekommen. Das ging ja fix.

Bei der zwar netten, aber nicht besonders spritzigen Nachricht von RealVegan springt der Funken überhaupt nicht über.

Ein bisschen mehr Pep würde seinem Text nicht schaden. Vielleicht sollten wir auch Schreibkurse anbieten? Das muss ich gleich mit Dani besprechen. Ich mache einen Vermerk in meinem Notizbuch und wende mich dem zweiten Text zu. Die nächste Nachricht liest sich schon interessanter.

GreenFreak schreibt:

Hi Annie,
so heißt Du doch, oder? Wie bist Du denn eigentlich darauf gekommen, Karotten anzubauen? Was war Dein persönlicher ›grüner Erweckungsmoment‹? Philosophierst Du auch gern über das Universum, oder ist Dir das wissenschaftlich gesehen zu unkonkret? Was ist Deine Lieblingsformel, und was passiert, wenn Dein Freund auch mal das Sagen haben

will? Wann warst Du das letzte Mal verliebt, und weißt Du heute noch, warum? Wen würdest Du gern mal kennenlernen (abgesehen von The Rock und mir 😉)? Und findest Du es auch so schön und befreiend, Dein Handy einfach mal für einen Tag zu Hause zu vergessen?

Du siehst, ich habe viele Fragen und bin gespannt auf Deine Antworten.

Liebe Grüße, GreenFreak

Philosophierst Du auch gern über das Universum? Das ist eine schöne, eine gute Frage. Die ganze Nachricht ist irgendwie ziemlich toll. Dem würde ich sofort schreiben. Ein schlauer Text, der echtes Interesse signalisiert. Er hat ein gutes Gefühl für Worte, und er zeigt, dass er das Profil von Annie wirklich gelesen hat. Das Gegenteil von Copy-and-paste. Außerdem witzig, unaufdringlich. Wie sieht denn sein Profilbild aus? Schade. Kein Selfie. Dafür aber ein wunderschönes Bild vom Meer. *Philosophierst du auch gern über das Universum?*

Ja … Am liebsten in Briefen, die ich mit Federkiel und echter Tinte schreibe und vor dem Versenden mit rotem Wachs versiegele …

»Du, Boss? Kannst du mal kurz kommen?« Jerrys Kopf erscheint nach einem kurzen Klopfen im Türrahmen.

»Was ist denn, Jerry?«

»Die Kaffeemaschine ist kaputt.«

»Dafür brauchst du mich doch nicht, oder?«

Jerry guckt sich über die Schulter, als würde jemand hinter ihm stehen. »Stimmt eigentlich. Dann rufe ich den Wartungsservice an, richtig?«

»Ja, genau.« Es war doch gerade so schön in meiner Siegelwachs-Fantasie.

»Okay.« Er bleibt vor meinem Schreibtisch stehen und grinst mich selig und zufrieden an.

Manchmal ist dieser Jerry mir echt ein Rätsel. »Hast du noch etwas auf dem Herzen?«

Er holt hinter seinem Rücken ein gerahmtes Foto hervor. Darauf zu sehen: Basket und ich beim *PlanForThePlanet*-Konzert auf der Bühne. Er stellt den Rahmen mit dem Bild auf meinen Tisch.

»Du sahst da so glücklich aus, Boss. Und ich dachte, dann kannst du dich immer an deinen schönen Geburtstag erinnern.«

Jetzt kommen mir fast die Tränen. Wie toll ist das denn? Sofort tut es mir leid, dass ich eben kurz davor war, die Geduld mit ihm zu verlieren.

»Danke, Jerry. Das ist sehr lieb von dir.«

»Gern geschehen. Aber eigentlich war ich doch hergekommen, um dich was zu fragen.« Er kratzt sich am Kopf. »Was war das noch gleich?«

»Die Kaffeemaschine, Jerry. Die Kaffeemaschine.«

»Ach ja. Bis nachher. Oder kann ich dir sonst noch was Gutes tun?«

Du könntest die Rede für die Preisverleihung für mich schreiben.

»Nein, danke, Jerry. Bis nachher.«

Wo war ich stehen geblieben? Ach ja, die Rede …

Lieber erst mal Mails checken.

Die erste ist gleich von Bruno Buchenwald.

> Betreff: Promo-Video
> Wo bleibt denn das Promo-Video?
> B

Der Herr ist wohl zu beschäftigt, um seinen Namen auszuschreiben. Und eine geschäftliche Mail ohne Anrede? Wie unprofessionell!

Eigentlich schade, dass er mich vermutlich nie darum bitten wird, einen Text für sein Dating-Profil zu verfassen. Aber falls doch – ich hätte da so einige Ideen: *Ungesitteter Musikmanager mit Händchen für singende Goldesel sucht ergebenes Hipster-Girl mit Gemüse-Affinität.* Zum Beispiel.

Allerdings ... die Radieschen-Gratulation auf WKKs Kahn war ja ganz nett. Trotzdem ... Keine Anrede? Unprofessionell!

> Hallo B,
> da, wo der Pfeffer wächst.
> M

Nein, das kann ich nicht antworten!

> Hallo Bruno,
> ich hoffe, Dir geht es gut, und Du hattest ein schönes Wochenende!
>
> Wir arbeiten mit Hochdruck an der Fertigstellung des Videos. Sobald es so weit ist, bekommst Du die Version zur

Freigabe geschickt.
Herzliche

– nein, das streiche ich wieder.

MfG, Marlene

Bruno Buchenwald könnte unseren Schreibkurs, den wir gleich noch um das Modul Schreib-Etikette erweitern sollten, auf jeden Fall gut gebrauchen.

Ich beschließe, mich nicht weiter über seine unhöfliche Mail aufzuregen, und wende mich noch mal kurz Annies Profil zu.

Oh. Sie wurde schon 546 Mal angeklickt und hat weitere Nachrichten in ihrem Posteingang. Einige hat sie anscheinend auch schon gelesen. In ihren Profileinstellungen hat sie GreenFreak, Birdnerd78 und Nein_zu_Glutamat mit einem Herzen markiert. Das heißt für mich, dass ich mit den dreien weitermachen soll. Außerdem hat sie mir kleine Stichpunkte zu den Antworten in die dafür vorhergesehenen Textfelder geschrieben. Sozusagen als Futter für meine Antwortentwürfe für die drei Auserwählten. Ich habe zwar ein ausführliches Gespräch mit ihr geführt, aber in eineinhalb Stunden kann man ja nicht jede Kleinigkeit über die Gesprächspartnerin ergründen.

Birdnerd78 beschreibt sich als Outdoor-Enthusiast mit weitreichenden Kenntnissen der Ornithologie, und Nein_zu_Glutamat kommt mir persönlich mit seiner Weigerung, zu glauben, dass es Quantenphysik wirklich gibt, ein bisschen zu vorlaut daher. GreenFreak ist von den dreien ganz klar mein Favorit. Jetzt werde ich erst einmal ein bisschen Spaß haben. Die Rede schreibt sich später bestimmt ganz von selbst.

Ich reibe mir meine kalten Hände, was vor dem Texten schon zum Ritual geworden ist, und beginne mit der Antwort an meinen Favoriten.

Hi GreenFreak,
wieso denn gleich über das ganze Universum philosophieren? Reicht nicht erst mal über die Erde?

Das wäre *mein* Ansatz. Annies Ansatz wäre das nicht. Also lieber so:

Hi GreenFreak,
mein grüner Erweckungsmoment war, als ich mit dreizehn im Radio einen Bericht über Massentierhaltung gehört habe. Kurz davor hatte mir meine Mutter ein Happy Meal gekauft. Ich hatte den Cheeseburger gewählt, den ich dann gleich ins Auto erbrach. Ich weiß, das ist keine besonders schmeichelhafte Story für den Anfang eines Kennenlernens. Aber das ist nun mal die Wahrheit, und da steh ich drauf. Ich hoffe, Du auch?

Ich bin also schon ein GreenFreak, seit ich dreizehn bin, und Du?

Ein paar Jahre später habe ich dann meine Leidenschaft für die Physik entdeckt. Ich finde die Wissenschaft einfach sehr faszinierend, außerdem interessiere ich mich für Spiritualität. Ich denke, dass Physik eigentlich eng damit zusammenhängt, und würde sehr gern mit Dir über das Universum philosophieren. Du scheinst dich ja auch ein wenig damit auszukennen? Oder kann ich Dir da noch was beibringen? Zum Beispiel den Welle-Teilchen-Dualismus. Kennst Du den schon? Und noch viel wichtiger: Was kannst DU mir beibringen? Du siehst, ich lass mir gern auch mal was sagen. Es muss nur etwas Kluges sein. ☺

Außer The Rock und Dir würde ich gerade total gerne mal die Schriftstellerin Doris Knecht kennenlernen. Und Du? Und ich habe noch eine Frage für Dich: Wie würde Dein bester Freund Dich mir beschreiben?

Wobei wir uns auf jeden Fall einig sind, ist beim Handyvergessen. Was gibt es Schöneres, als aus Versehen oder mit Absicht nicht erreichbar zu sein.

Liebe Grüße

Annie

PS Kennst Du ein besseres Gemüse als Karotten?

PPS Das letzte Mal Verliebtsein ist schon lange her, tut aber leider immer noch weh. Deshalb rede ich nicht so gerne darüber. Beides, das Verlieben und der Schmerz, sind passiert, weil ich noch nicht genau wusste, wer ich war, das ist heute zum Glück anders.

Den letzten Satz hat sie heute Vormittag genau so zu mir gesagt. Er hat mich mitten ins Herz getroffen. Und mir wurde auf einen Schlag klar, dass ich ohne die Trennung von Sebastian nie zu der Frau geworden wäre, die ich heute bin.

So traurig das alles damals war, so sehr mag ich doch mein Heute.

Wieder klopft es an meiner Tür.

Dieses Mal kommt Gabriella herein und legt gleich los: »Das mit der Rede hast du wahrscheinlich noch nicht geschafft, oder? Macht nichts. Du hast ja noch ein paar Tage Zeit. Ich wollte dir gern das Promo-Video zu der Kooperation mit Basket zeigen. Hast du Zeit, es dir mal kurz anzuschauen?«

»Na klar.« Gerne lasse ich mich von meinen Gedanken ablenken, die gerade von einem aufwühlenden Thema zum nächsten hüpfen.

»Das Video liegt im Presseordner auf dem Server«, weist Gabriella mich an. Sie wartet geduldig, bis ich mich an die richtige Stelle geklickt habe. Ich starte das Video und sehe als Erstes nur unseren Planeten. Die Erde, die als buntes Herz gestaltet ist, dreht sich um sich selbst. Im Hintergrund läuft Baskets Song *Suche Platz auf Wolke Sieben*. Dann erscheinen Eddie, Sassy, Dani und ich auf dem Bildschirm. Wir sitzen auf der Plattform im Büro und unterhalten uns angeregt. Es ist eine Aufnahme aus der Anfangsphase, als wir gerade erst eingezogen waren.

Unterlegt sind die Bilder mit Texten aus Presseartikeln über *Wolke Sieben* und von Basket: *Bei Wolke Sieben wird LIEBE großgeschrieben* und *Sänger Basket will sich verlieben! Und zwar auf Wolke Sieben*.

Danach erscheinen ein paar Videosequenzen von Basket allein und von Basket mit mir zusammen auf der Bühne bei dem *PlanForThePlanet*-Konzert. Dann fadet die Musik langsam aus. Es erscheint wieder die Erde in Herzform, und eine Stimme aus dem Off sagt: »Wenn du gerne Gutes tust, dich in einen Gleichgesinnten verlieben willst und keine Angst davor hast, dass derjenige ein Star sein könnte, dann melde dich an auf wolkesieben.de.«

»Und? Was denkst du?«

»Wo habt ihr denn die Bilder her?«, ist das Einzige, was mir in dem Moment einfällt. Die Videosequenzen lassen mich gar nicht mehr los. Ich bin gerührt und gleichzeitig auch ein bisschen geschockt, wie erschöpft ich in einigen Szenen aussehe. »Ich seh so fertig aus«, flüstere ich vor mich hin und fühle Erschöpfung in jeder Faser meines Körpers. Wie viel der Aufbau meiner Firma mir doch abverlangt hat, auch wenn er mir so viel gegeben hat ... Am liebsten würde ich meinen Kopf auf die Tischplatte sinken lassen und einfach nur schlafen.

»Es gefällt dir nicht«, sagt Gabriella betrübt.

»Doch. Ich finde es ganz toll. Ich war gerade nur überrumpelt von den Bildern aus der Anfangsphase. Ich bin ziemlich nostalgisch in letzter Zeit und eben auch ziemlich kaputt«, gebe ich zu.

»Das ist ja auch kein Wunder. Ich bin jetzt bald zwei Jahre hier, und du hast seither keinen einzigen Tag Urlaub gemacht. Ich vermute, vorher war das nicht anders?«

Ich nicke.

»Ich würde mal sagen, du brauchst dringend eine Auszeit. Ausgebrannt und womöglich noch krank nützt du uns gar nix.« Gabriella lächelt mich an. »Bist du denn mit dem

Filmchen einverstanden? Dann würde ich den Clip an das Management von Basket schicken.«

»Ich mach das schon. Das war ja so mit Bruno Buchenwald ausgemacht. Aber check doch bitte vorher noch mal mit Eddie, Sassy und Dani, ob die mit der Veröffentlichung der Aufnahmen einverstanden sind.«

»Schon längst passiert. Du siehst, wir kommen bestimmt auch für eine Weile ohne dich klar.« Gabriella nimmt ihren Notizblock von meinem Schreibtisch und ist schon fast aus der Tür, als sie sich noch einmal umdreht. »Weißt du, manchmal muss man einfach eine Pause einlegen. Damit man sich nicht verliert und die Dinge sich setzen können. Wenn ich mich entspanne, habe ich immer die besten Ideen. Und lustigerweise kommen in solchen Zeiten auch interessante Möglichkeiten ganz von alleine auf einen zu.« Sie nickt mir noch mal aufmunternd zu und ist schon aus meinem Büro verschwunden, bevor ich irgendetwas darauf antworten kann.

Einem Impuls folgend greife ich zum Telefon und rufe Sassy an. Ohne Begrüßung frage ich: »Du hast doch letztens gesagt, ich solle mal Urlaub machen. Meinst du wirklich, ich kann mir das erlauben?«

»Na klar. Wenn nicht jetzt, wann dann? Sag bloß, du spielst wirklich mit dem Gedanken, in den Urlaub zu fahren.« Sassy klingt, als hätte sie gerade einen pinken Dinosaurier gesehen.

»Ja, das tue ich. Ich glaube, ich werde nach der Preisverleihung Lilo auf Sardinien besuchen.«

»Nee, ne? Im Ernst? Das glaube ich ja nicht. Die gute alte

Marli fährt in Urlaub. Meine Güte, was sollen denn die Leute denken?!« Sassy kichert. »Das mach mal, meine Süße. Wir können uns ja heute Abend noch mal treffen und alles besprechen und planen. Ich muss jetzt Schluss machen. Bis später.«

Wir legen auf, und ich bin schon fast dabei, Sardinien in die Flug-Suchmaschine einzugeben. Für nur eine Woche so viel CO_2 in die Luft zu blasen, finde ich ja eigentlich nicht in Ordnung. Andererseits bin ich seit vier Jahren nicht mehr geflogen. Ich glaube, ich werde mir das nach vier Jahren Flugabstinenz erlauben.

Lilo hat mir in ihren Briefen über die Jahre schon viele Male angeboten, sie zu besuchen, auch gern spontan. Und ich habe, wenn ich überhaupt geantwortet habe, immer »ja, irgendwann« oder »vielleicht nächstes Jahr« geschrieben. Was würde sie wohl denken, wenn ich ihr jetzt schriebe, dass ich sie schon nächste Woche besuchen käme? Ist das wirklich eine gute Idee?

Darüber mache ich mir später Gedanken. Jetzt habe ich andere Dinge zu tun.

Lieber Bruno,
wie besprochen schicke ich Dir anbei den Link zum Promo-Video. Ich hoffe, Dir und Basket gefällt der Clip! Ich würde mich über eine zeitnahe Freigabe freuen und wünsche Euch einen schönen Tag.
Liebe Grüße aus dem Wolke-Sieben-Büro
Marlene

Erst beim Abschicken merke ich, dass meine Nachricht aus Versehen viel netter ausgefallen ist als beabsichtigt. Mal sehen, ob ich darauf auch wieder nur einen Einzeiler zurückbekomme.

Klopse und Pataten

»Komm, komm, komm. Du hast für heute genug gearbeitet! Hast du dir schon 'nen Flug gebucht?« Sassy zieht den Bürostuhl, auf dem ich seit Stunden wie festgeklebt sitze, vom Schreibtisch weg und dreht mich mit Schwung zu sich um. »Du hast schon ganz eckige Augen. Du hast heute bestimmt keine einzige Pause gemacht, oder? Los! Wir gehen zu *Mazotzkis*. Klopse essen. Hopp, hopp!«

Sie hat recht. Meine Augen brennen, und Hunger habe ich auch. Aber um sie auch mal ein bisschen zu ärgern, bleibe ich sitzen und maule ein wenig herum. »Ich habe keine Zeit für Pausen! Dieser Buchenwald-Blödian raubt mir den letzten Nerv, und ich habe mir in den letzten Stunden an der Rede für die Preisverleihung die Zähne ausgebissen. Hast du nicht eine gute Idee für meine Rede?«

»Nein. Aber ich würde gern von dir wissen, ob du den Flug nach Sardinien schon gebucht hast.« Sassy geht null auf mein Gemaule ein. Sie meint es ernst mit meinem Urlaub.

»Nein.«

Ehrlich gesagt, habe ich das wieder völlig vergessen. Oder eher verdrängt.

»Hast du denn wenigstens Lilo angerufen und sie gefragt, ob du sie besuchen kannst?«

»Nein.«

»Du bist wirklich schlecht.«

Sie schnappt sich mein Handy, das neben der Computertastatur liegt, entsperrt es, weil sie natürlich alle meine Passwörter kennt, drückt darauf herum und hält es mir hin.

»Hier.«

Ich sehe, dass sie Lilos Nummer gewählt hat.

»Nein, ich habe doch noch gar nicht mit dem Team ...«

»Das kannst du morgen immer noch erledigen. Und vielleicht hat Lilo gar keine Zeit. Dann musst du dir sowieso etwas anderes überlegen.«

Sassy hat ja recht, und ich möchte Lilo wirklich gerne wiedersehen. Aber ich habe eben auch ein bisschen Angst, mit ihr zu sprechen. Das letzte Mal ist schon Jahre her, und das ist meine Schuld. Ich habe den Kontakt im Sand verlaufen lassen.

Als Lilo mir vor vierzehn Jahren erklärte, dass sie sich unsterblich verliebt habe und darum nach Italien auswandern werde, brach meine ganze Welt zusammen. Lilo war nicht nur unsere Nanny, sondern auch die einzige Erwachsene, die Eddie und mir in unserer Kindheit das Gefühl von Geborgenheit und Liebe gab. Die Einzige, die sich wirklich für uns interessierte. Ich war am Boden zerstört, als sie wegging, und konnte mich nicht für sie freuen. Ich war nur traurig, gekränkt und wütend.

»Sì?« Lilos Stimme ertönt am anderen Ende der Leitung.

Ich werfe Sassy einen vorwurfsvollen Blick zu. Sie weiß

doch genau, dass ich nicht so mir nichts, dir nichts und spontan mit Lilo telefonieren kann. Ich hätte mich darauf vorbereiten müssen. Rollenspiele mit Frau Kantenkranz inklusive.

Sassy reißt nachdrücklich die Augen auf und drückt mir das Telefon in die Hand.

»Marli?«

»Ja, hier ist Marlene.«

»Was für eine Überraschung! Wie geht es dir?« Lilo klingt, als würde sie sich wirklich freuen, mich zu hören. Und ich weiß natürlich nicht, was ich sagen soll.

Also folgt Schweigen. Ich hasse das.

»Marli? Bist du noch dran?«

»Ja.«

Mein »Kann ich dich nächste Woche besuchen?« steckt mir total quer im Hals.

Sassy macht einen komischen Gurgel-Ton und reißt mir das Telefon aus der Hand.

»Hi, Lilo. Hier ist Sassy. Ich habe schon viel von dir gehört. Gerne würde ich mal für ein paar Monate mein Leben mit dir tauschen und deine schicke Strandbar bewirtschaften. Ginge das? Ja, vielleicht? Das ist ja wunderbar. Was ich mache? Ich bin Altenpflegerin. Davon verstehst du nichts? Kein Problem. Da gibt es Fortbildungen, die bringen dir ratzfatz bei, was du wissen musst. Außerdem hast du doch früher auf Marli und Eddie aufgepasst. Das ist fast das Gleiche.« Sassy stemmt sich lachend die freie Hand in die Hüfte. »Also, ich habe Marli nur das Telefon abgenommen, weil sie sich anscheinend nicht traut, dich zu fragen, ob sie dich besuchen kommen kann. Wann? Nächste Woche. Gern? Na, das ist ja spitze. Nein, ich weiß nicht, wann sie ankommt. Den Flug bucht sie noch. Sie schickt dir dann die Flugdaten. Alles klar? Ja, ich fand's auch schön, dich mal kennenzulernen. Ich bin übrigens Marlis beste Freundin. Also, jetzt vielleicht nicht mehr. Aber egal. Ich war es zumindest bis eben noch. Weißt du eigentlich, dass Marli einen Business-Award verliehen bekommt? Ja, das finden wir auch irre! Wir sind alle sehr stolz auf sie. Toll. Das richte ich ihr gern aus. Und ... na klar ... Das auch. Ciao.«

Sassy drückt wieder auf meinem Handy herum und gibt es mir äußerst zufrieden zurück.

»Lange Rede, kurzer Sinn: Lilo freut sich sehr, dass du sie besuchen kommst, und sie hat dich lieb. Das soll ich dir ausrichten. Das und dass du in ihrem Gästezimmer schlafen kannst. Oder in der Bar am Strand.«

»Mensch, Sassy. Ich war doch noch gar nicht so weit.« Ich hasse es, wenn sie mich so überrumpelt.

»Das war mir schon klar. Aber bevor du jemals mit irgendwas so weit bist, macht mir der Wal-Doc einen Heiratsantrag und zehn Kinder. Deshalb habe ich die Initiative ergriffen. Manchmal wundere ich mich wirklich, wie du mit deiner Unentschlossenheit in nur drei Jahren dieses kleine Imperium aufbauen konntest. Wobei ... die Unentschlossenheit legst du ja eigentlich nur bei privaten Dingen an den Tag. Und das auch erst, seit dieser Penner sich von dir getrennt hat.« Sie überlegt und schaut dabei nach rechts oben an die Decke. »Hast du schon mal was von Reframing gehört? Komm, das erzähl ich dir auf dem Weg zu *Mazotzkis*.

Ich habe uns dort nämlich für jetzt gleich die Spaghettistühle reserviert.«

Niemand weiß, ob *Mazotzkis* überhaupt legal ist. Aber da jeder, den ich kenne, diesen Laden liebt, will das auch keiner so genau wissen. Mazotzki senior sagt immer: »Keine Sorge, die essen alle hier«, und meint damit die Polizei und das Gesundheitsamt.

Ungefähr auf halbem Weg zwischen meiner Wohnung und dem Büro gelegen, befindet sich in einem lauschigen Hinterhof unter einer ausladenden, alten Ulme eine große, alte Backsteingarage, in der Mazotzki senior und junior in einer offenen Küche über ihren Töpfen und Bratpfannen stehen und ihre legendären Klopse zubereiten. Alles sieht ein bisschen alt, ein bisschen fettig, ein bisschen angeranzt aus. An den Wänden angebrachte massive Holztische, dunkelbraune Eichenbänke, die die Mazotzkis von Flohmärkten zusammengetragen haben, auf dem Boden ein grüner Nadelfilzteppich. Über den Tischen hängen altmodische, mit Stoff bespannte Wohnzimmerlampen. Das ganze Ambiente hat eigentlich nicht den typischen Charme, mit dem man mich in ein Restaurant locken kann. Aber nachdem Sassy den Junior dazu überredet hat, mir die Küche mal aus der Nähe zu zeigen, änderte sich das schlagartig. Seither bin ich nämlich genau wie sie davon überzeugt, dass die Ranzigkeit des Ladens nur Show ist. Als Alleinstellungsmerkmal sozusagen. In der Küche ist alles picobello. Und das Essen ist unglaublich gut.

»Und? Womit hat Bruno Buchenwald dich dieses Mal auf

die Palme gebracht?«, fragt Sassy, als wir bei der Garage der Mazotzkis ankommen.

»Der meldet sich einfach nicht!«, rufe ich empört und bin gleich wieder auf hundertachtzig. »Erst fordert er mich per Einzeiler auf, das Promo-Video zu schicken, und hat noch nicht mal den Anstand, mich in der Mail zu begrüßen. Dann schreibe ich ihm total nett, wohlgemerkt aus Versehen, und er antwortet nicht. Obwohl ich ihm mitgeteilt habe, dass ich ein zeitnahes Feedback begrüßen würde.« Ich bleibe unvermittelt stehen und stemme die Hände in die Taille, um meiner Empörung Nachdruck zu verleihen. »Sollte der mich jemals darum bitten, ein Dating-Profil für ihn zu schreiben, habe ich auf jeden Fall schon den richtigen Text parat.«

»Warum sollte er dich denn darum bitten? Dieses kleine Schnuckelchen braucht bestimmt keine Hilfe von *Wolke Sieben,* um sich ein Date klarzumachen.« Sassy lacht, was mich nur noch wütender macht. »Warum regt der dich überhaupt so auf? Was hat er dir denn eigentlich getan?«

»Ich finde einfach, dass es sich nicht gehört, so mir nichts, dir nichts im Büro aufzutauchen, ohne einen Termin zu haben, sich nicht vorzustellen, Radieschen zu stehlen, mich von jetzt auf gleich zu einem Termin zu zitieren, uns bei dem Security-Typen auflaufen zu lassen, Nachrichten ohne Anrede zu verschicken und das tolle Promo-Video, das wir mal eben in zwei Sekunden produzieren mussten, nicht angemessen zu würdigen.«

»Du hast ja 'nen richtigen Hass.« Wieder lacht Sassy und

zwinkert mir zu. »Dann lass mal eines von Deinen Fuck-you-Profilen hören.«

»Ich dachte schon, du würdest nie fragen.« Ich wurschtele mein Notizbuch aus der Tasche und schlage gleich die richtige Seite auf.

»Rüpelhafter Möchtegern-Mogul mit Faible für Kreuzblütengewächse sucht unterwürfiges Dummchen für Radieschen-Degustation.«

Sassy kichert. »Mir fällt auch eins ein: Blondes man child mit Surferkomplex sucht fürsorgliche Mutti zum Andocken.«

»Oh ja!«, rufe ich vergnügt, und angeheizt von meinem erneut entfachten Ärger über diesen unmöglichen Menschen, fällt mir gleich noch was Gutes ein. »Oder: Blasierter Beau mit Managementsyndrom sucht graziöse, aber stumme Begleitung für Charlie-Hunnam-Lookalike-Contest.«

»Du bist ja on fire!«

»Ahh«, seufze ich laut, »hat irgendwie gutgetan, mal ein bisschen Dampf abzulassen.« Mir fällt der Wutballon von Frau Kantenkranz ein. Mittlerweile lasse ich den Druck regelmäßig beim Boxkurs im Fitnessstudio ab. Aber ich bin schon länger nicht mehr da gewesen.

Wir betreten die Garage.

»Hallo, Mazotzkis!«, ruft Sassy in den Raum.

»Hallo, Sasuko! Hallo, Marlene!« Der Senior kommt hinter einem riesigen, dampfenden Klopstopf hervor und rückt sich die Kochmütze gerade, während er sich die mächtigen Pranken an der Schürze abwischt. »Wie läuft's mit dem Geschäft? Habt ihr wieder ein paar liebeskranke Seelen geheilt?«

»Danke, dass du fragst, Mazotzki. Es läuft super. Marlene bekommt am Donnerstag sogar einen Preis verliehen.«

»Was du nicht sagst! Masel tov!« Er dreht sich in die Richtung seines Sohnes und ruft: »Mensch, Junior! Marlene bekommt 'nen Preis für ihr Geschäft! Bist du jetzt traurig, Junior? Willst du auch einen Preis? Komm, ich verleih dir heut Abend einen Klopspreis. Was hältst du davon?« Er lacht sich ins Fäustchen, und wir lachen mit. Wahrscheinlich mag jeder die Mazotzkis so sehr, weil das Leben hier einfach nicht so ernst genommen wird.

»Das sind ja Neuigkeiten für unsern Kiez. Da gehen die Biere für die Damen heute Abend natürlich aufs Haus. Was darf ich denn zur Stärkung servieren? Einmal Pflanzerl mit Brats, nehm ich an?« Er reibt sich die Hände.

»Da bin ich dabei. Für mich bitte mit extra viel Petersilie, und du, Marli?«

»Ich auch, bitte.«

»Wird gemacht. Getränke nehmt ihr euch, ja? Wie gesagt, die gehen aufs Haus.« Er dreht sich um, geht zurück an die Töpfe und bellt seinem Sohn gespielt unhöflich unsere Bestellung zu: »Hast du gehört, Junior? Einmal Fleischloses für die Damen und jeweils 'ne Portion Pataten.« Dann haut er ihm freundschaftlich auf die Schulter.

»Alles klar, Chef«, bellt der Junior zurück.

Wir nehmen uns zwei Biere aus dem Kühlschrank und setzen uns vor der Garage auf die Spaghettistühle, auf denen wir immer am liebsten sitzen.

»Weißt du eigentlich, warum die Spaghettistühle Spaghettistühle heißen?«

»Na, weil die Schnüre der Bespannung wie Spaghetti aussehen.«

»Genau! Du bist ein schlaues Klöpschen«, seufzt Sassy entspannt und trinkt fast ihre halbe Flasche Bier in einem Zug leer. »Ja, isses denn nicht schön. Du hast Urlaub, und ich hab 'nen festen Freund.«

»Ja, das mit dem Urlaub ...« Auf dem kurzen Weg zu Mazotzkis sind mir schon wieder Zweifel gekommen. »Ich kann eigentlich gar nicht weg. Eine ganze Woche? Das geht alles nicht.«

Sassy trinkt noch den letzten Rest ihres Bieres aus, bevor sie antwortet. »Doch, mein Schatz. Das geht. *Wolke Sieben* wird nicht untergehen, wenn du mal eine Woche nicht vor Ort bist. Außerdem kannst du doch auch von der Strandbar aus arbeiten. Schon mal was von digitalem Nomadentum gehört? Ihr habt letzten Monat über dieses Phänomen im *WoSi*-Blog berichtet. Wär doch schade, wenn du die Vorteile, die das Internet so mit sich bringt, nicht auch für dich selber nutzt, oder?« Sassy stellt ihr Bier auf dem Boden ab, lehnt sich weit in ihrem Spaghettistuhl zurück und streckt die Arme aus. »Mach das. Wirklich! Sonst gehst du vor die Hunde. Ich bin mir sicher, dass Eddie, Dani und Gabriella alles super im Griff haben, solange du nicht da bist.«

Wahrscheinlich hat sie recht.

»Jetzt erzähl doch mal. Was gibt's sonst noch Neues?«, will sie wissen.

»Nicht viel seit dem Wochenende. Obwohl ...« Ich rutsche auch ein bisschen tiefer in den Stuhl, lehne mich zurück, verschränke die Arme hinter meinem Kopf und blinzele in die Sonne. »Die Klientin, von der ich vorhin erzählt habe. Irgendwie ist es mir ein Bedürfnis, dass sie den Richtigen findet. Die große Liebe.«

»Das ist dir doch immer ein Bedürfnis«, neckt Sassy.

»Mit ihr ist es anders als sonst. Ich nehme das viel persönlicher.«

»Warum denn?«

»Ich weiß nicht. Ich glaube, weil sie so schlimm verletzt wurde. Ich möchte sie irgendwie beschützen und ihren potenziellen neuen Freund auf Herz und Nieren prüfen.«

»Ach, Marli-Schatz. Bist du echt immer noch nicht über die Geschichte mit Besi hinweg?«

Sassys bedauernder, leicht ungeduldiger Unterton gefällt mir gerade nicht so gut. Ich habe das Gefühl, mich rechtfertigen zu müssen. »So einfach ist das nicht. Ich würde ja gerne, aber ich kann nicht.«

»Langsam glaube ich dir das nicht mehr so richtig.« Sie seufzt und schaut mich ein bisschen ratlos an.

Eigentlich möchte ich es gar nicht wissen, frage aber doch. »Was meinst du damit?«

»Ganz ehrlich?«

»Nein.«

»Gut.«

»Nun sag schon!« Natürlich muss ich wissen, was sie gemeint hat.

»Ich glaube, dass du verlassen wurdest, ist mittlerweile ein fester und für dich sehr praktischer Bestandteil deiner

Identität geworden, den du gar nicht mehr loswerden willst.«

Das hat gesessen. Es fühlt sich an, als hätte sie mich im Boxring mit einem gezielten Kinnhaken zu Boden geschickt.

»Das ergibt doch überhaupt keinen Sinn«, erwidere ich gekränkt. »Bei dir hört sich das so an, als wäre das ganz einfach, über so eine Sache hinwegzukommen. Nun, ich kann dir sagen, das ist es nicht.«

»Aber du versuchst es ja noch nicht einmal. Du hast einfach beschlossen, nie wieder zu lieben. Das ist doch kein Zustand. Der Mensch braucht Liebe in seinem Leben, auch wenn das heißt, dass es mal wehtut.«

»Ich habe doch Liebe in meinem Leben. Ich liebe dich, Eddie, WKK, Dani, alle bei *Wolke Sieben*. Das reicht! Ich vermisse nichts!«

»Das ist Bullshit, Marli! Schau mir in die Augen und sag mir ehrlich, dass du in den letzten drei Jahren an keinem Tag darüber nachgedacht hast, wie es wäre, einen Freund zu haben. Wie es wäre, jemanden zu küssen, neben jemandem aufzuwachen, mit jemandem zu schlafen. Wie es wäre, mit jemandem Händchen haltend im Regen zu stehen, so wie in Baskets Songs.«

»Natürlich habe ich hin und wieder darüber nachgedacht, aber ich bin dann immer sehr schnell zu dem Schluss gekommen, dass das keine gute Idee wäre. Abgesehen von meinem mangelnden Vertrauen hätte ich eh keine Zeit.«

»Du treibst mich echt in den Wahnsinn.«

»*Du* treibst *mich* in den Wahnsinn! Wieso kannst du es nicht einfach gut sein lassen?«

»Weil es nicht gut ist, Marli! Weil es einfach nicht gut ist! Die Liebe bringt Menschen zum Erblühen. Wer weiß, wozu du noch fähig wärst, wenn du deine seelischen Wackersteine endlich über Bord werfen und deine Zugbrücke mal runterlassen würdest!«

»Wie gesagt, so einfach ist das nicht.«

»Doch!« Sassy schüttelt trotzig den Kopf.

Zu meiner großen Erleichterung kommt jetzt Mazotzki junior mit unserer Bestellung und reicht jeder von uns einen radgroßen Teller mit Unmengen von Klopsen und haufenweise Bratkartoffeln.

»Die Damen.«

»Ich vergess immer, wie groß ihr die Portionen macht«, sage ich in Richtung Mazotzki junior.

»Alleinstellungsmerkmal. Ich pack dir die Reste gern ein.«

Wir balancieren die riesigen Teller auf unseren Knien.

»Und was sagst du, Mazotzki junior, kann die Marlene es sich erlauben, eine Woche in den Urlaub nach Sardinien zu fahren, oder nicht?«, fragt Sassy, greift sich den ersten Klops mit der Hand und beißt genießerisch hinein.

»Na klar kann die Marlene sich das erlauben!« Mazotzki junior zieht sich einen von den zu Sitzen umfunktionierten Bierkästen heran und gesellt sich zu uns. »Wir machen dieses Jahr auch wieder Betriebsferien. Im August, drei Wochen. Der Alte ist auch mit dabei. Ich hätte nie gedacht, dass ich ihn mal davon würde überzeugen können.« Er schlägt ein Bein über das andere. »Aber wie du siehst, brauchen wohl alle früher oder später mal ein bisschen frei.«

Wenn sogar der Senior Ferien macht, dann kann ich vielleicht wirklich mal für eine Woche weg. »Also gut. Ihr habt mich überzeugt.« Ich beuge mich über meinen Teller und spieße ein paar Bratkartoffeln auf die Gabel.

Aus dem Augenwinkel sehe ich, wie zwei Leute auf uns zukommen. Mazotzki junior steht auf, um sie zu begrüßen.

»Mensch, Bruno. Du auch mal wieder hier«, dröhnt der Junior enthusiastisch.

Ich richte meinen Blick in Richtung Gedröhne, blinzele gegen die Sonne, meine Wangen voll mit Bratkartoffeln, und erkenne – natürlich – Bruno Buchenwald, der den Junior gerade herzlich umarmt. »Moin Mazotzki. Ja, endlich mal wieder. Das hier ist Karl. Der soll das neue Video von Basket drehen und uns auf der Tour begleiten. Basket ist ja schon unterwegs, und ich fahre übermorgen mit Karl hinterher. Karl kannte euren Laden noch nicht. Und da dachte ich, das geht nicht. *Mazotzkis* kann man nicht nicht kennen.«

»Da hast du recht, Alter. Und du warst auch schon viel zu lange nicht mehr hier. Mensch, ich freu mich, dich zu sehen. Das waren noch Zeiten früher, was?« Mazotzki junior, der genauso große Pranken hat wie sein Vater, boxt Bruno freundschaftlich auf den Oberarm.

»Ja, Mann. Warum hast du eigentlich noch mal aufgehört, Musik zu machen?«

»Ach, eigentlich wegen dem Senior. Der brauchte dringend Hilfe in der Klopsküche. Oder vielleicht ist das auch nur 'ne faule Ausrede. Ich glaube, ich war auch einfach nie gut genug.«

»Das kommt mir irgendwie bekannt vor«, antwortet Bruno, und zu Karl gewandt, sagt er: »Mazotzki hat früher Schlagzeug gespielt. In 'ner echt coolen Punkband namens *BudSpencerSeineMudder*. Ich hab mir immer die Auftritte von denen angeschaut, und danach sind wir noch bis in die Puppen um die Häuser gezogen. Daher kennen wir uns.«

Karl nickt anerkennend, zeigt auf Mazotzkis Hände und sagt: »Mit den Händen warst du bestimmt ein richtig guter Punk-Drummer.«

»Nee, mein Lieber. Leider nicht. Aber sagt mir mal lieber, was ihr essen wollt.«

»Einmal das Klops-Special für zwei.«

»Wird gemacht.«

Sobald Mazotzki junior sich in Richtung Küche begeben hat, springt Sassy auf und flötet: »Oh, hallo, Bruno!« Sie schüttelt erst Bruno und dann Karl die Hand und stellt uns ihm gleich selbst vor. »Ich bin Sassy. Das ist meine Freundin Marlene.«

Ich bleibe lieber sitzen.

Die beiden geben meiner Freundin die Hand und nicken freundlich in meine Richtung. Bruno sagt: »Hi, Marlene. Wie geht's?«

Ich nicke etwas angestrengt lächelnd zurück und kaue weiter eifrig auf meinen Kartoffeln herum.

»Das ist ja ein lustiger Zufall. Kommst du öfter hierher? Ich habe dich hier noch nie gesehen.« Sassy ist ganz aus dem Häuschen und kriegt sich gar nicht wieder ein. »Marlene hat mir vorhin das Promo-Video gezeigt. Das ganze Team ist megabegeistert. Wir lieben es. Bist du denn auch so hin und weg davon?«

Ich könnte aus der Haut fahren. Sassy ist wirklich alles andere als subtil.

»Ich habe es gerade eben erst gesehen.« Er wendet sich mir zu. »Sorry, dass ich dir noch kein Feedback gegeben habe. Ich finde, dass das Video ganz nett geworden ist, aber ich denke, dass man die Dynamik noch ein bisschen verbessern könnte.«

Mein aufgesetztes Kau-Grinsen fällt mir aus dem Gesicht. Ganz nett? Dynamik? Der spinnt ja wohl, der Typ. Mein Social-Media-Team hat in kürzester Zeit ein tolles Video aus dem Boden gestampft, und der ... pfff ... *ganz nett* ... Ich stopfe mir schnell noch ein Stück Klops in den Mund, um ja nichts zu sagen. Aber er ist anscheinend noch längst nicht fertig.

»Macht ja nichts. Ist ja noch kein Meister vom Himmel gefallen. Aber wir können es bestimmt noch etwas runder machen.«

Ich räuspere mich und versuche, ruhig zu bleiben: »Wir? Noch etwas runder machen?«

»Keine Sorge, Marlene. Das Video ist im Großen und Ganzen in Ordnung. Ich sage ja nur, dass es noch 'nen Feinschliff vertragen kann.«

»Wollt ihr euch nicht zu uns setzen?«, fragt Sassy begeistert.

Ich hör wohl nicht recht.

»Dann können Marlene und du das alles noch mal in

Ruhe besprechen.« Sassy plappert munter weiter, so als hätte sie den Video-GAU gerade gar nicht mitbekommen.

Bruno Buchenwald guckt kurz in meine Richtung, und ich nehme schnell meine Flasche Bier zur Hand, um mich hinter einem tiefen Schluck aus derselben zu verstecken.

»Und? Wollt ihr? Also, euch zu uns setzen?« Sassy lässt nicht locker.

»Ähm, weißt du, Sassy, Karl und ich, wir haben noch einiges zu besprechen – wir setzen uns lieber rein.«

Gott sei Dank! Ich bin heute echt nicht in der Stimmung für eine Besprechung mit Bruno Buchenwald. Dieser Typ läuft mir immer genau dann über den Weg, wenn ich gerade so gar nicht millimeterpapiermäßig unterwegs bin.

»Aber was hältst du davon, wenn wir uns morgen zum Mittagessen treffen und da dann das Video besprechen? Persönlich geht das bestimmt besser.«

»Hm?« Auch das noch. »Ähm, ich habe morgen einen sehr ...«

»Das ist ja eine super Idee. Ihr könnt euch ja gleich wieder hier treffen«, mischt sich Sassy ein.

»Gute Idee. Was hältst du von ein Uhr?«

Ich gebe mich geschlagen. Das Ganze zu vertagen, bringt ja auch nichts. »Okay.«

»Gut, dann bis morgen um eins.«

»Bis morgen.«

»So nett, dich zu sehen, und was für ein irrer Zufall. Verrückt, oder?« Sassy ist für meinen Geschmack viel zu begeistert.

»Ja, total. Zufälle gibt's, aber Hamburg ist eben auch

echt 'n Dorf.« Er lacht, nimmt seine Sonnenbrille ab und fährt sich durch die Haare.

Und dann geht er endlich, endlich rein.

»Meine Güte, der sieht echt gut aus. Und der andere ist ja auch ganz süß. So verwuschelt.« Sassys Wangen sind ein bisschen rosa, als sie sich wieder neben mich setzt und gleich wieder nach einem ihrer Klopse greift.

Es stimmt. Ganz objektiv betrachtet, sieht Bruno wirklich ziemlich gut aus. Und wahrscheinlich denkt er deshalb auch, dass er sich alles herausnehmen kann.

»Kannst du mir mal bitte sagen, was das eben gerade sollte?« Ich bin plötzlich ganz erbost. »Wieso lädst du den einfach ein, mit uns hier zu sitzen? Ist dir vielleicht mal in den Sinn gekommen, dass ich auch irgendwann mal Feierabend haben will? Mit Klopsen und Pataten und ohne Business-Geschwafel? Und was denkst du dir dabei, mich einfach mit ihm zu verabreden. Ich kann für mich selbst sprechen, weißt du?«

»'tschuldigung.« Sie schaut mich erschrocken an und grummelt. »Was ist denn mit dir los? Du bist doch sonst nicht so ...«, sie sucht nach dem passenden Wort, » ...defensiv. Zu lange nicht beim Boxen gewesen?«

Und sie hat recht. Ich bin sonst nie so.

»Tut mir leid. Ich weiß auch nicht, warum, aber dieser Typ geht mir wahnsinnig auf die Nerven.« Ich schneide heftig an meinen Kartoffeln herum, sodass das Messer auf dem Teller quietscht, versuche, seine tiefe Stimme zu imitieren, und wackele dabei affektiert mit dem Kopf: »Die Dynamik.

Ganz nett geworden. Könnte man noch runder machen. Pah!«

»So what? Ihm hat's halt nicht so gut gefallen. Vielleicht sind seine Verbesserungsvorschläge ja gut. Ist dir das schon mal in den Sinn gekommen?«

Dass Sassy damit recht haben könnte, will ich nicht zugeben.

»*Ich* finde das Video toll!«, sage ich bockig und komme mir dabei sehr kindisch vor. »Lass uns lieber über was anderes reden. Was machst du am Wochenende?«

»Der Wal-Doc will mich seinen Eltern vorstellen. Stell dir vor – *den Eltern*! Ich bin schon richtig aufgeregt. Ich bin doch so gar nicht gut mit Eltern. Hast du irgendwelche Tipps für mich?«

»Sei einfach du selbst. Du kannst eh nichts machen. Entweder sie mögen dich, oder sie mögen dich nicht. Das heißt, zwischen dem Wal-Doc und dir ist es also ernst.« Ich drücke ihren Unterarm und sage: »Das find ich so schön.«

»Ja, ich auch. Ich fühl mich richtig geborgen bei ihm. Es fühlt sich an, als wäre er ein richtig guter Freund, den ich aber auch romantisch mag.«

Ein richtig guter Freund, den ich auch romantisch mag. Das hört sich irgendwie verlockend an, aber der Preis ist einfach zu hoch. Oder?

Danke für die leckeren Klopse bei Mazotzkis und das himmlische Eis danach auf dem Nachhauseweg.
Für den kreativen Schub vor dem Schlafengehen und die damit schon ziemlich perfekte Rede für die Preisverleihung.
Dafür, dass Sassy einfach bei Lilo angerufen und mein Schweigen für mich gebrochen hat, für die Aussicht darauf, Lilo wiederzusehen, und für einen Urlaub, den ich wirklich so dringend brauche.
Nicht dankbar (und, oh wow, wie lange habe ich das nicht mehr geschrieben) für das von Bruno anberaumte Meeting und seine bestimmt sehr unhilfreichen Vorschläge zum Promo-Video.

Körperwärme

Klitschnass komme ich um Punkt ein Uhr bei *Mazotzkis* an. War ja klar, dass ein Meeting mit Bruno Buchenwald für mich nicht nach Plan läuft. Ein Regenschauer hat mich auf dem Weg überrascht. Meine Jeansjacke und mein Shirt könnte ich auswringen. Einigermaßen würdevoll öffne ich die Tür zur Garage. Bruno sitzt natürlich trocken und wie aus dem Ei gepellt auf einer der Eichenbänke und winkt mir fröhlich zu.

»Hi, Marlene. Oh, du bist aber nass geworden. Das tut mir leid.« Er steht schnell auf und stößt dabei ungeschickt gegen den Tisch. »Mist«, zischt er fast unhörbar. Er wirkt irgendwie nervös. Bestimmt will er wegen des ungenügenden Videos die Kooperation zwischen Basket und *Wolke Sieben* aufkündigen und weiß nicht, wie er mir das am besten beibringen soll.

Er zieht einen der Stühle zurück und bietet mir einen Platz an.

»Oder willst du dich erst mal frisch machen? Ich kann dir mein Sweatshirt anbieten. Das ist ganz trocken.«

»Ich … äh …« Ich bin ein bisschen überrumpelt von seiner Fürsorge. »Danke. Das Angebot nehme ich gern an.«

Was anderes bleibt mir ja auch nicht übrig. So durchnässt beim Mittagessen zu sitzen, da hole ich mir bestimmt den Tod.

Er reicht mir seinen schlichten, dunkelblauen Hoodie, und ich verschwinde in Richtung Toilette.

Ojemine. Ich sehe genauso unzulänglich aus, wie ich mich fühle. In dem kleinen Raum pelle ich mich umständlich aus den klatschnassen Klamotten. Ich ziehe mir den weichen Sweater über den Kopf, der sich ziemlich gemütlich anfühlt. Und das Teil riecht auch noch ziemlich gut. So riecht also Bruno Buchenwald … nach Zitrone, nach Rosmarin und ein bisschen herb … nach … ja, wonach eigentlich? Nach Mann? Ich muss über mich lachen. *Hast lange keinen Mann mehr gerochen, was, Marlene?* Ich sehe Sassy vor mir, wie sie sich ins Fäustchen lacht.

Mit dem oldschool Händetrockner föhne ich notdürftig meine Haare und sehe danach aus, als hätte ich in eine Steckdose gefasst. Pumuckl ist nichts dagegen.

Bruno springt wieder gleich auf, als er mich kommen sieht, und fragt: »Willst du lieber auf der Bank sitzen?«

»Nein. Schon gut.« Ich setze mich auf den Stuhl ihm gegenüber.

»Ach, wie nett. Ihr beide kennt euch?« Mazotzki junior ist an unseren Tisch gekommen, um die Bestellung aufzunehmen. »Wie schön, dass ihr uns schon gleich wieder beehrt. Was kann ich für euch tun?«

»Ich hätte gern die Brokkoli-Suppe mit den Falafelbällchen.« Was Warmes kann ja nach so einem Guss nicht schaden.

»Und ich nehme den griechischen Salat mit den vegetarischen Klopsen und eine Cola. Danke.«

»Alles klar. Wird gemacht.« Mazotzki bewegt sich in Richtung Küche und ruft dem Senior die Bestellung zu.

»Bist du auch Vegetarier?«, frage ich erstaunt.

»Seit ich denken kann. Meine Eltern haben meine Schwester und mich von Geburt an vegetarisch ernährt. Damals musste man sich von den Ärzten immer noch anhören, dass sich ohne Fleisch die Gehirne der Kinder nicht richtig entwickeln.« Bruno schüttelt fassungslos den Kopf. »Ist das nicht unglaublich?«

Ich finde es eher unglaublich, dass ich hier in Bruno Buchenwalds Sweatshirt bei *Mazotzkis* sitze und mir Geschichten über sein Baby-Gehirn anhöre.

Als ich nichts sage, lehnt er sich leicht nach vorn und stützt seine Unterarme auf dem Tisch ab.

»Hör mal, Marlene.«

Jetzt kommt's. Schade. Basket ist echt gut für das Prestige von *Wolke Sieben.* Aber wenn man mal ehrlich ist, war da ja von Anfang an irgendwie der Wurm drin.

»Hier sind eure Limos. Und zweimal Mittagstisch kommt sofort«, dröhnt Mazotzki und stellt die Flaschen vor uns ab.

Nachdem wir dem Junior artig Danke gesagt haben, räuspert Bruno sich erneut. »Was ich sagen wollte: Ich glaube, wir beide hatten nicht gerade den besten Start. Ich habe das Gefühl, dass du kein großer Fan von mir bist, und falls ich irgendwas gesagt oder getan habe, was dich in irgendeiner Form beleidigt hat, tut es mir wirklich leid.«

Gehirn an Kinnlade: Oben bleiben!

»Ich weiß, mein Geschäftsgebaren kann manchmal ein bisschen schroff und kurz angebunden rüberkommen. Ich fürchte, dass ich mir das angewöhnt habe, weil Basket immer viel zu nett und zugänglich ist. Ich habe immer das Gefühl, dass ich alles und jeden von ihm abwehren muss, damit er nicht so vereinnahmt und ausgenutzt wird. Weißt du, was ich meine?«

»Das erklärt dann wohl auch deine unfreundlichen Mails.« Trotz seiner Abbitte kann ich mir den kleinen Seitenhieb nicht verkneifen.

»Ja, auch bei den Mails. Aber ich gelobe Besserung! Ich schätze, das ist einfach mein Beschützerinstinkt. Wir sind ziemlich gute Freunde, Basket und ich. Und es ist ja auch mein Job, auf ihn aufzupassen.« Er runzelt die Stirn und schaut mich hoffnungsvoll an. »Also alles auf Anfang?« Als er aufsteht, stößt er sich schon wieder völlig ungeschickt den Kopf an der mit grünem Stoff bespannten Hängelampe und flucht leise.

Ich muss lachen. »Sorry. Tut mir leid. Hast du dir wehgetan?«

Jetzt muss auch er lachen. »Nein. Gar nicht.« Er streckt seine Hand aus und sagt: »Hi, Marlene. Schön, dich kennenzulernen. Ich bin Bruno.«

Auch ich stehe auf, weiche dabei der schwingenden Hängelampe aus und ergreife seine Hand. Dabei schaue ich ihm fest in die Augen und habe das Gefühl, dass ich ihm wirklich zum ersten Mal so richtig begegne. Das fühlt sich seltsam gut und eigenartig ehrlich an.

»Hallo, Bruno. Ich bin Marlene.«

Wir schütteln uns die Hände, und ein Stückchen meiner eigenen Abwehr bröckelt. Könnte sich vielleicht hinter Bruno Buchenwalds so glatt gebügelter Sonnyboy-Fassade ein ganz normaler Mensch befinden, der auch Fehler macht?

»Zweimal Mittagstisch mit extra viel Liebe für meine liebsten Klops-Fans«, dieses Mal unterbricht uns Mazotzki senior und stellt zwei riesige Teller vor uns ab.

Unsere Hände lösen sich voneinander, und ich bin irgendwie froh, dass dieser Handschlag, diese Berührung vorüber ist.

»Was steht ihr denn hier so rum und schüttelt euch die Hände? Ich dachte, ihr kennt euch schon. Setzt euch und esst!«

Er lässt keinen Zweifel daran, dass das ein Befehl ist.

Wir breiten unsere Servietten aus, zücken Messer, Gabel und Löffel und wünschen uns einen guten Appetit.

Dass es mir auch leidtut, dass ich so zickig zu ihm war, bringe ich nicht über die Lippen. Auch wenn meine Abwehr bröckelt, so traue ich dem Braten noch längst nicht. Und außerdem will ich mich nicht damit beschäftigen, warum ich eigentlich jede seiner Bemerkungen auf die Goldwaage lege. Man muss ja auch nicht immer alles zu Tode analysieren.

Ich räuspere mich und sage: »Hattest du gestern noch ein gutes Meeting mit eurem Videoregisseur?«

»Ja, danke, dass du fragst. Wir waren sehr produktiv. Und er hat netterweise auch einen Blick auf euer Promo-Video geworfen.«

»Oh. Du findest es also so schlecht, dass du es sogar mit

einem Profi besprechen musst?« Ich versuche, dabei nonchalant und witzig zu klingen, höre aber selbst, dass es mir nicht gelingt.

»Nein. Überhaupt nicht. Aber wie gesagt, ich finde, die Dynamik ist nicht optimal ausbalanciert. Ein bisschen zu viel Atmosphäre, zu wenig Plot. Das kann man noch straffen. Ich habe schon ein paar Vorschläge. Magst du dich neben mich setzen?«

Eigentlich lieber nicht.

Er rückt ein Stück zur Seite, sodass ich mich neben ihm auf die Bank setzen kann, zückt sein Handy und startet das Video.

»Siehst du? Hier, die Szene mit der Erde, die ist super. Da darf aber noch keine Musik spielen. Und dann …«

»Na, na, na. Was macht ihr denn da?« Neben uns ist Mazotzki senior aufgetaucht und guckt uns tadelnd an. »Beim Essen gibt's kein Handy-Gedöns. Wegpacken! Sonst wird das konfisziert!«

Und da wir beide ein bisschen Angst vor dem Senior haben, erheben wir lieber keinen Einspruch. Stattdessen lässt Bruno das Handy in seiner Hosentasche verschwinden, und der Senior geht zufrieden zurück in die Küche.

Und nun? Soll ich jetzt während des ganzen Essens so dicht neben ihm sitzen bleiben, obwohl dafür kein Grund mehr besteht? Mich wegzusetzen, wäre aber ja nach seiner netten Entschuldigung auch irgendwie komisch.

Aber er ist *so* nah. *So* nah, dass ich seine Körperwärme spüren kann. *So* nah, dass ich den Geruch seines Sweatshirts auch an *ihm* riechen kann. Ich löffele konzentriert meine

Brokkoli-Suppe, und unser Schweigen wird langsam seltsam.

»Weißt du was? Ich glaub, es ist netter, wenn ich mich auf deinen Stuhl setze. Dann können wir einander anschauen. Was meinst du?«

»Gute Idee!«, rufe ich begeistert und frage mich, ob ihm diese plötzliche Nähe auch so unangenehm war wie mir.

»Ich fahre nach Sardinien!«, platzt es aus mir heraus, weil ich so erleichtert bin, nicht länger seine Körperwärme zu spüren, die mich ganz durcheinanderbringt. Wann habe ich eigentlich das letzte Mal so dicht neben einem Mann gesessen, der nicht Eddie war?

»Oh, wie toll! Warst du schon mal da?«, fragt Bruno interessiert.

»Nein. Noch nie. Aber eine Freundin von mir wohnt seit vielen Jahren dort. Also eigentlich ist sie keine richtige Freundin. Sie hat sich um meinen Bruder und mich gekümmert, als wir Kinder waren.«

»Das ist ja super. Dann kennt sie sich bestimmt richtig gut aus. Aber wenn du noch Tipps brauchst, sag Bescheid.«

»Kennst du dich etwa auch auf Sardinien aus?«

»Ja. Ganz gut sogar. Ich mag die Insel sehr und versuche, jedes Jahr im Frühling für ein paar Wochen da zu sein. Aber so mutig wie du, im Sommer nach Sardinien zu fahren, war ich noch nie. Das wäre mir viel zu heiß. Übrigens, wo wohnt denn dein Kindermädchen?«

Das *Kindermädchen* betont er leicht süffisant, und ich springe sofort auf seine Frechheit an. »Sie ist jetzt natürlich nicht mehr mein ...« Aber da sehe ich schon, dass er mich einfach nur ein bisschen necken wollte. »Das macht dir Spaß, oder?«

»Was?«

»Mich auf die Palme zu bringen.«

»Keineswegs.« Er tut unschuldig, lehnt sich zurück und hebt lächelnd die Hände, als wüsste er gar nicht, wovon ich rede.

Rein objektiv betrachtet, ist er irgendwie sogar ein bisschen süß dabei.

»Also, willst du's nun wissen, oder nicht?«

Er nickt.

»Sie wohnt in der Nähe von Argentiera. Sie betreibt dort eine kleine Strandbar.«

»Doch nicht etwa *Sotto i Falchi*?«

»Doch! Die kennst du doch jetzt nicht wirklich, oder?«

Er schüttelt selbst überrascht den Kopf. »Doch. Die Bar kenn ich. Da bin ich oft, wenn ich an der Westküste unterwegs bin. Toller Laden! Da kannst du dich echt auf was freuen! Soweit ich weiß, haben die auch ein kleines Zimmer, in dem man übernachten kann. Direkt am Strand. Ich versprech dir, du wirst da total happy sein!«

Ich kann nicht glauben, dass er weiß, wie Lilos Strandbar aussieht, und ich nicht. Das ist doch verrückt.

Da ich sprachlos bleibe, redet Bruno weiter: »Apropos total happy, ich wollte dir schon die ganze Zeit erzählen, dass Basket total happy mit *Wolke Sieben* ist.« Bruno beugt sich verschwörerisch zu mir herüber und senkt seine Stimme. »Er schreibt sich schon mit jemandem. Und die beiden verstehen sich ziemlich gut. Er meinte zu mir, dass er ein richtig gutes Gefühl hat. Und ich habe ein paar Nachrichten von ihr gelesen, und sogar ich bin begeistert. Von dem, *was* sie schreibt, aber vor allem auch von ihrem Schreibstil. Die Texte haben irgendwie 'nen guten Vibe.«

Ich kann mich gerade noch beherrschen, ihn zu fragen, wer denn die Auserwählte ist.

»Aber sie weiß noch nicht, dass er Basket ist, richtig?«

»Nein, sie hat keinen blassen Schimmer.« Er lehnt sich wieder zurück und tunkt ein Stückchen Klops in die Salatsauce.

»Sorry wegen dem Alten«, Mazotzki junior ist wieder bei uns am Tisch, »aber Handys beim Essen – da versteht er keinen Spaß.« Er stellt zwei Biere vor uns ab. »Die gehen aufs Haus. Als Wiedergutmachung für die seelische Grausamkeit.« Er lacht und lässt uns allein.

»Prost?«, frage ich Bruno unsicher. Mittags bei einem Geschäftsessen Bier trinken? Hab ich auch noch nie gemacht.

»Prost!«, bestätigt Bruno, und wir stoßen an.

»Ich hätte gar nicht gedacht, dass du Bier magst.«

»Ich liebe Bier«, gebe ich zu. »Das ist Eddies Schuld. Der hat mich früh auf den Geschmack gebracht.«

»Na, dann bist du auf Sardinien und in Lilos Bar ja genau richtig.« Er lacht. »Dort gibt es nämlich eines der leckersten Biere überhaupt. Es wird auf Sardinien gebraut und heißt *Ichnusa Non Filtrata*. Am besten eisgekühlt aus der Flasche zu genießen. Aber so wie ich dein Kindermädchen kenne, wird sie dir das bestimmt auch nicht anders servieren.«

Auch wenn ich es nicht gern zugebe:
1. für das überraschend nette, wenn auch teilweise etwas merkwürdige Mittagessen mit Bruno
2. für Brunos ausführliches Feedback zum Promo-Video. Es ist dadurch so viel besser geworden, und unsere Community ist begeistert!
3. für seine Begeisterung für Sardinien. Jetzt freue ich mich so richtig auf meinen Urlaub.

PS Jetzt hätte ich fast die Preisverleihung vergessen! Danke für einen unvergesslichen Abend ohne Stolpern, mit fehlerfreier Rede und mit ganz viel Applaus!

Leuchtende Korallen

»Cabin Crew – Prepare for landing.«

Ich bin ein bisschen nervös. Nicht wegen der Landung, sondern weil ich Lilo wiedersehen und sieben ganze Tage bei ihr wohnen werde. Lilos Versuche, den Kontakt zu mir aufrechtzuerhalten, ließ ich über die Jahre stets ins Leere laufen. Ich hatte mich so verlassen gefühlt, als sie nach Sardinien ging. Ich konnte einfach nicht über meinen Schatten springen und ihr die Hand reichen. Jetzt kann ich mein Verhalten kaum noch nachvollziehen. Warum hätte sie ihre Träume, ihr Leben für mich »opfern« sollen?

Wahrscheinlich waren Lilos und auch Besis Abschied meine Lernaufgaben fürs Leben. Je mehr ich mich von der, in Lilos Fall ja sogar nur vermeintlichen, Zurückweisung emanzipiere, desto besser begreife ich, dass ich nicht weniger wert bin, nur weil sich jemand für ein Leben ohne mich entscheidet. Aber wenn das Ego gekränkt und das Herz gebrochen ist, ist es erst mal schwer, das zu realisieren.

Lilo hat gesagt, dass sie sich auf mich freut. Wenn ich ankomme, werde ich mich als Erstes bei ihr für mein jahrelanges Schweigen entschuldigen und ihr sagen, dass ich sie heute sehr gut verstehen kann.

Das Flugzeug ist mittlerweile in seiner Parkposition angekommen. Die Anschnallzeichen erlöschen, und sofort geht das hektische Aufgestehe und das Gezerre der Jacken und Taschen aus den Gepäckfächern los. Ich reihe mich in die Schlange der wie Dominosteine aufgestellten, im Gang wartenden Ungeduldigen ein, die endlich ihren Urlaub starten wollen.

Wie es ihr wohl geht, und was wir uns wohl zu sagen haben? Altersmäßig sind wir zehn Jahre auseinander. Wenn die eine sechzehn und die andere sechsundzwanzig ist, ist das wahnsinnig viel. Heute wirkt der Abstand kleiner. Wir beide haben inzwischen in unseren Leben so einiges erlebt. Ich bin gespannt darauf, ob und wie wir uns begegnen können, und hoffe darauf, sie neu kennenzulernen.

Die Stewardessen am Ausgang wünschen mir einen schönen Tag, und schon auf den Stufen zum Rollfeld atme ich die heiße, flirrende Sommerluft Sardiniens ein. Ein Geruch, der so in Hamburg einfach nicht existiert und der auch etwas Verheißungsvolles in sich trägt.

Alle haben es wahnsinnig eilig. Ich muss mich erst einmal daran gewöhnen, dass ich nach nur zwei Stunden Flugzeit in einem anderen Land bin. Es kommt mir unnatürlich vor, so schnell an einem so ganz anderen Ort zu sein.

Während ich am Gepäckband auf meinen Koffer warte, checke ich auf dem Tablet meine Mails und freue mich noch mal über Annies positives Feedback, das mich kurz vor dem Abflug erreichte. Sie schrieb, dass sie mit meinen Entwürfen für ihre Antworten auf die Nachrichten ihrer potenziellen Dating-Partner sehr zufrieden sei. Schnell hatte sie sich dafür entschieden, nur noch mit GreenFreak weiterzumachen. Seine Nachrichten haben Herz, sind toll formuliert, lustig, und sogar ich habe von der ersten Mail an Vertrauen zu ihm gefasst. Bei GreenFreak habe ich ein sehr gutes, ja fast ein zu gutes Gefühl. Über den Wolken auf dem Weg nach Sardinien habe ich Annies nächste Mail an ihn vorbereitet und bin dabei richtig ins Träumen geraten. Ich habe mir vorgestellt, was ich ihm alles über mich erzählen würde. Zum Beispiel, dass ich auf die Schnelle noch ein paar italienische Vokabeln mit einem Onlineprogramm gelernt habe und dabei kläglich an dem gerollten R gescheitert bin. Dass ich als Mutprobe mal einen Kajalstift geklaut habe, als ich zehn war, dass ich nicht kochen kann, dass ich auf historische Liebesromane abfahre und dass meine stets kalten Hände ganz heiß werden, wenn etwas nicht nach Plan läuft. Und vielleicht würde ich ihm sogar verraten, warum ich nie wieder Schokoladenkuchen mit gesalzenen Macadamianüssen essen kann.

So hat das Verfassen der Nachricht von Annie an ihn die gesamte Flugzeit in Anspruch genommen, weil alle Entwürfe viel zu sehr ich waren. Und eben nicht Annie.

Er ist aber auch nett. Und bestimmt sieht er auch noch überdurchschnittlich toll aus. In meiner Vorstellung hat er einen Dreitagebart und trägt extra weiche Flanellhemden zu Jeans. Ich schäme mich, es zuzugeben, aber ich habe ihn in unserem Backend sogar schon gestalkt. In echt heißt er Artur Mommsen und wohnt in Klein Flottbek. Das Internet aber kennt keinen passenden Artur Mommsen. Und in seinem Profil verrät er nicht viel mehr über sich als in seinen Nachrichten. Am Anfang habe ich mir diese Backgroundrecherche noch damit schöngeredet, dass es ja um Annies Wohl geht, aber mittlerweile muss ich gestehen, dass ich fast ein bisschen in ihn vernarrt bin. Aber mal ganz ehrlich: Wer wäre das nicht? Der Typ hilft bei Brunnenbauprojekten in Afrika, unterrichtet an einer Musikschule Gitarre, hat schon die halbe Welt gesehen und meldet sich zuverlässig nach jeder von meinen ... ähm ... von Annies Nachrichten. Einen *liebenswerten Chaoten mit leichtem Größenwahn*, wie sein bester Freund ihn beschreibt, würde ich mir zwar auf den ersten Blick nicht an meiner Seite wünschen, aber vielleicht tut mir ja ein bisschen Chaos ganz gut. Eddie wäre da bestimmt meiner Meinung.

Argh! Diese Träumerei *muss* aufhören!!

Ich überprüfe die Nachricht, die ich für Annie verfasst habe, und speichere sie in ihrem Entwürfe-Ordner ab, damit sie sie später abschicken kann. Ich bin so gespannt darauf, was er auf meine – mein Gott, Marlene, reiß dich zusammen –, auf *Annies* Fragen antworten wird. Was wohl sein Lieblingsreiseland ist? Wie er wohl seinen Kaffee am liebsten trinkt? Ob er neben Englisch wohl noch weitere Sprachen spricht? Was er wohl für Musik hört? Und was für einen Sport er wohl zum Dampfablassen macht?

Echt jetzt? Stopp! Stopp! Stopp!

Ärgerlich über meine schwärmerische Disziplinlosigkeit, reiße ich meine Handtasche auf und stopfe das Tablet hinein. Dann checke ich noch einmal mein Telefon. Eine WhatsApp-Nachricht vom *Wolke Sieben*-Team, das mir einen schönen Urlaub wünscht, und eine von Bruno Buchenwald.

Hi Marlene,
das Promo-Video scheint ja super anzukommen.
Ich hoffe, Du bist gut auf Sardinien gelandet.
Ich bin mir sicher, Du wirst die Insel lieben. Du hast mich zwar nicht nach einem Tipp gefragt, aber ich geb Dir trotzdem einen:
die Flamingos in der Lagune von San Teodoro.
Ich könnte mir vorstellen, dass sie Dir gefallen.
Liebe Grüße, Bruno

PS Danke, dass Du mir meinen Sweater per Fahrradkurier hast zukommen lassen. Das wäre doch nicht nötig gewesen. Den hättest Du mir doch auch bei unserem nächsten Wiedersehen geben können.

Das ist ja nett von ihm. Aber welches nächste Wiedersehen meint er denn? Habe ich was verpasst?

Lieber Bruno,
danke für Deine Nachricht. Du hattest sogar Zeit für eine höfliche Anrede. So schnell können sich die Dinge also ändern. Ich fühle mich geehrt.
Vielen Dank für Deinen Tipp. Flamingos in einer Lagune? Hört sich spannend an!
Ja, das Promo-Video ist der Hit!! Ich muss

zugeben, Dein Input hat es wirklich besser gemacht.

Liebe Grüße von der Insel,

Marlene

PS Gern! Ist auch frisch gewaschen. Welches nächste Wiedersehen denn? Haben wir nach dem Urlaub einen Termin?

Als ich vom Telefon aufschaue, bemerke ich, dass mein Koffer der letzte und einzige ist, der noch auf dem Band durch die Halle gefahren wird, und dass alle andere Passagiere bereits verschwunden sind. Ich greife mir das blaue Monstrum und rolle hastig mit ihm in Richtung Ausgang. Lilo steht direkt davor und wedelt aufgeregt mit den Armen: »Marli, Marli! Da bist du ja endlich! Ich hab schon gedacht, du hast es dir anders überlegt.« Sie kommt auf mich zu, nimmt mich in ihre Arme. Der Geruch ihrer Haare und ihrer Haut versetzt mich sofort in meine Kindheit zurück. In den guten Teil davon.

»Es tut mir leid, dass ich dich so lang hab warten lassen«, murmele ich in ihre braunen Locken, und als sie sich von mir löst, mich aber immer noch an den Armen hält, sage ich ein bisschen schüchtern: »Es ist schön, dich zu sehen.«

»Das finde ich auch. Sehr sogar!« Sie lässt meine Arme los, greift sich meinen Koffer und zieht das schwere Ding hinter sich her, als würde es nichts wiegen. »Komm, wir trinken in dem Bistro da vorne erst einmal einen Cappuccino und essen eine Kleinigkeit, ja? Oder willst du lieber einen Aperol Spritz?«

»Kannst du Gedanken lesen? Lieber Aperol Spritz!« Ich lache erleichtert, weil dieses erste Wiedersehen viel besser läuft, als ich es mir vorgestellt habe.

In der Bar angekommen, setzen wir uns an den Tresen, und Lilo bestellt ohne weitere Umschweife beim Barista die Getränke, während Paolo Conte mich mit *Via con me* so richtig in Italien willkommen heißt.

»Ich kann gar nicht glauben, dass du hier vor mir sitzt. Und dass du mich besuchst. Ich muss dir gestehen, ich war ziemlich aufgeregt, als Sassy mir gesagt hat, dass du vorhast, herzukommen.«

»Ich muss dir erst einmal etwas sagen.« Meine Entschuldigung steht mir bevor. Aber wenn nicht jetzt, wann dann?

»Schieß los.«

»Es tut mir sehr leid, dass ich den Kontakt zwischen uns habe abbrechen lassen. Erst konnte ich nicht anders, und irgendwann wusste ich einfach nicht mehr, was ich sagen sollte. Ich hoffe sehr, du kannst mir das verzeihen.«

»Natürlich kann ich dir das verzeihen, Marlilein. Du hättest das gar nicht zu sagen brauchen. Jetzt bist du ja hier. Nur um sicherzugehen – du verzeihst mir also auch, dass ich damals nach Sardinien gegangen bin?«

»Natürlich musstest du das machen! Es ist ja schließlich *dein* Leben! Meinst du, wir können hier vielleicht noch mal neu anfangen?« Ich lächele Lilo hoffnungsvoll an und sehe, dass ihr die Tränen in den Augen stehen.

»Natürlich, mein Engel. Für mich zählt nur, dass du jetzt

hier bist.« Sie nimmt mich noch mal in die Arme und drückt mich fest. »Mir fallen gerade ganz schön viele Steine vom Herzen.«

»Mir auch.«

Mein Magen knurrt, als der Kellner die Drinks und allerlei appetitliche Köstlichkeiten wie kleine Sandwich-Häppchen, Chips, Oliven und Cracker vor uns abstellt.

»Das kriegt man immer, wenn man einen Aperol bestellt. Ich sag doch, Italien ist großartig!« Lilo lacht ihr tiefes, warmes Lachen und steckt mich damit an.

»Nun erzähl mal. Wie ist es dir in den letzten Jahren ergangen?«

Und während wir an unseren Getränken nippen und die leckeren Snacks vertilgen, sprudeln die vielen Erlebnisse der vergangenen Jahre wie von selbst aus mir heraus. Als wir das Lokal verlassen, um zu ihrem Auto zu gehen, bin ich beim überraschenden Erfolg meiner Firma und der glamourösen Preisverleihung angelangt. Während die Landschaft mit ihren Olivenbäumen, den Bergen und der Macchia vorbeifliegt, erzähle ich ihr von Annie und GreenFreak und merke wieder, dass ich ihn ein bisschen toller finde, als es eigentlich professionell wäre. Aber das erzähle ich natürlich nicht.

Ich spiele ihr *Suche Platz auf Wolke Sieben* vor und beschreibe die Zusammenarbeit mit Basket und dem erst unmöglichen und jetzt doch ganz netten Bruno. »Stell dir vor, der ist Sardinienfan und kennt sogar deine Bar.«

»Das spricht sehr für ihn.« Lilo schmunzelt. »Der klingt

ja ganz interessant, der Bruno Buchenwald.« Sie blickt kurz zu mir rüber. »Wäre der nicht was für dich?«

»Spinnst du? Auf gar keinen Fall! Der ist hundertpro ein Herzensbrecher! Und auch überhaupt nicht mein Typ!« Ich verschränke die Arme vor der Brust. »Ich bin alleine besser dran, und außerdem habe ich das Lieben an Don Juanita abgegeben!« Um meinen Worten noch mehr Nachdruck zu verleihen, setze ich mich etwas aufrechter in den Beifahrersitz.

»Aha.« Wieder lacht sie. »Wer ist denn Don Juanita?« Doch bevor ich ihr das erklären kann, dreht sie die Musik leiser und zeigt durch die Frontscheibe. »Schau. Da ist schon das Meer.«

Das gleißende Sonnenlicht schimmert auf der unendlichen Weite des Wassers, und ich bin sofort von dem Anblick überwältigt. Das Meer wirkt wie ein Magnet auf mich. Die Brandung kann ich nur erahnen, aber ich kann es kaum erwarten, sie zu sehen.

»Und dir gehört echt eine Strandbar?«

»Ja.«

»Und macht dich das glücklich?«

»Ja. Das Betreiben der Bar und natürlich – Amore!« Lachend wendet sie sich mir zu, und ihre dunklen Augen funkeln.

Die Straße endet an einer Klippe. Lilo parkt und sagt:

»Zur Bar kommt man nur zu Fuß. Willst du im Gästezimmer der Bar schlafen oder hier oben bei Lorenzo und mir im Haus? Es steht gleich da hinter dem Felsen.«

»In der Bar natürlich.«

»Dann haben wir das ja schon mal geklärt. Deinen Koffer holt Lorenzo später.«

Wir schrauben uns aus dem kleinen Wagen, und die Brise des Meeres fegt mir leicht durchs Haar. Lilo kommt ums Auto herum und stellt sich dicht neben mich. Ihre Sonnenbrille hat sie sich ins Haar geschoben. Sie kneift ein bisschen die Augen zusammen, und aus der Nähe erkenne ich viele kleine Fältchen, die früher nicht da waren und die sie jetzt nur noch schöner machen. Sie streicht mir sanft mit der Hand über die Haare. »Deine neue Frisur gefällt mir. Steht dir sehr gut.« Sie schaut mich liebevoll an. »Du bist erwachsen geworden, nicht wahr?«, fragt sie mit dem wissenden Unterton, dass mit dem Erwachsenwerden zwangsläufig auch schmerzhafte Erfahrungen einhergehen.

»Ja, Lilo. Das bin ich wohl.« Die Antwort rollt ganz langsam aus meinem Mund heraus. Und ich denke, wie verrückt das Leben so spielt, während Lilo ihren Arm um meine Schulter legt und wir nebeneinander aufs weite Meer schauen.

Nach einer Weile lösen wir uns voneinander und gehen auf den Holzsteg zu, der nach ein paar Metern in Treppenstufen übergeht. Die Stufen führen am steilen Abhang hinab in die Bucht.

Ich wünsche mir eine Zeitlupenfunktion in meiner Wahrnehmung.

Das von Wind und Wetter ergraute Holz unter meinen frisch pedikürten kreideweißen Füßen, das ausgewaschene Grün des Dünengrases, das weiche Nachmittagslicht, das auf den schäumenden Wellen zu tanzen scheint. Die

Schwalben, die dicht über unseren Köpfen hin und her sausen und mich mit ihren lauten Rufen jubilierend begrüßen. Und der Himmel, der hellblau und wolkenlos wie eine Kulisse hinter allem einfach da ist.

Die Magie dieser Bucht hat mich sofort voll in ihren Bann gezogen. Ich hatte ganz vergessen, dass so etwas wie hier auch in echt und nicht nur auf Mare TV existiert.

Als wir nur noch wenige Meter von der Bar entfernt sind, kommt ein Mann herausgelaufen und ruft laut: »Tesoro! Finalmente!« Lilo läuft auf ihn zu und schließt ihn auf der Veranda in die Arme. Die beiden küssen sich kurz zärtlich, bevor sie sich mir zuwenden und Lilo mich vorstellt.

Lorenzo und ich schütteln uns die Hände, und ich finde es bemerkenswert, dass es tatsächlich Männer gibt, die in grauen Leinenhosen und weißen Leinenhemden richtig gut aussehen.

Lorenzo sagt: »Ciao, Marli«, und rollt dabei das »r« in meinem Namen ganz wunderbar durch die Gegend.

»Ciao, Lorenzo.« Ich versuche es ihm gleichzutun, scheitere aber kläglich. Ich fürchte, ich bin so unitalienisch, wie mein Aussehen vermuten lässt.

Aber Lorenzo wäre kein waschechter Italiener, wenn er nicht gleich seinen Charme spielen lassen würde. »Buon accento, Marli. Du sprichst bestimmte fließend Italiano, sì?«

Ich lächele ihn an und sage sehr deutsch: »Grazie und leider nein.«

»Machte nichts. Italiano gehte durch die Magen. Du wirste gleich lernen. Mangiamo pronto?«

»Ja, wir essen gleich«, antwortet Lilo, »aber erst zeig ich Marlene alles, und dann gehen wir noch kurz schwimmen, ja, Marlene?«

»Ja, gern. Nach der langen Reise könnte ich eine Erfrischung gut gebrauchen.«

Lilo ergreift meine Hand, und wir gehen zwischen den feinen weißen Stoffbahnen, die das Außen vom Innen trennen und leicht im Wind hin und her schwingen, in das Häuschen hinein.

»Den Fußboden haben wir aus angespültem Treibholz zusammengezimmert, und die grau-weißen Kacheln, die du hinter dem Tresen und im Bad findest, haben Lorenzo und ich aus Marokko mitgebracht«, erzählt Lilo stolz.

Mittlerweile sind wir in der Mitte des offenen Raumes angekommen. Dort steht der Tresen, an dem Lorenzo nun völlig in sich versunken ein paar Drinks vorbereitet und leise zu *Felicità* von Al Bano und Romina Power mitsummt.

Lilo hakt sich bei mir unter und bugsiert mich wieder ins Freie.

»Einmal hier lang, wenn ich bitten darf.« Hinter der Hütte passieren wir zwei Toilettentüren, bevor sie vor einer dritten Tür stehen bleibt. Diese schließt sie mit einem altmodischen Schlüssel auf.

»Das wäre dann dein Reich.«

In der Mitte des Raumes, der genauso gemütlich und zurückgenommen eingerichtet ist wie die gesamte Bar, steht ein schmales, gusseisernes Bett. Das, eine kleine Kommode und ein minimalistisches Bücherregal sind die einzigen Einrichtungsgegenstände im Zimmer. An den Wänden wurde auf Dekoration verzichtet. Denn die Hauptattraktion ist der Blick durch ein großes Panoramafenster direkt aufs Meer. Ich bin völlig verzaubert.

»Oh, wow! Schöner könnte ich es mir nicht vorstellen!« Vorsichtig fahre ich mit der Hand über die gemütliche beige Überdecke des Bettes.

»Bis du deine Sachen hier hast, kannst du erst mal einen Bikini von mir nehmen. Ich habe Tausende.« Sie zeigt auf die Kommode.

Nachdem Lilo das Zimmer verlassen hat, suche ich mir einen Bikini aus, lasse meinen dunkelgrünen Seidenrock zu Boden gleiten und streife mir das rosafarbene durchgeschwitzte Shirt über den Kopf. Ich blicke an mir herunter. Bleiche Wölbungen, verziert mit Abdrücken vom Rockbündchen und dem Knopf des Rockverschlusses. Body positivity in allen Ehren, aber gerade wünschte ich doch, ich hätte ein bisschen mehr Zeit beim Boxen verbracht als in den Spaghettistühlen vor Mazotzkis Garage.

In der Kommode finde ich auch ein paar große Tücher in verschiedenen Farben. Eines davon schlinge ich um meinen Körper und verknote die Enden im Nacken.

Doch bevor es zum Schwimmen geht, will ich noch kurz meine Mails checken und in Annies Inbox vorbeischauen. Vielleicht hat GreenFreak ja schon geantwortet. Oder es sind in den letzten ein, zwei Stunden wichtige Fragen, Probleme oder Aufgaben aufgetaucht, die nur ich lösen kann.

Auf dem Bett sitzend, klappe ich das Tablet auf und scrolle mich durch mein Postfach. Nichts, auf das ich unbedingt sofort reagieren müsste. Und keine News von Green-Freak. Dafür, schon wieder, eine WhatsApp von Bruno.

> Liebe Marlene,
> zu Deinem PS: Basket wurde für die NDR Talk Show angefragt, und die wollten gerne wissen, ob Du vielleicht auch Lust hättest, mitzukommen. Ich nehme mal an, die Chance willst Du Dir und *Wolke Sieben* nicht entgehen lassen, oder? Das würde also Deine Frage zu unserem nächsten Treffen nach Deinem Urlaub beantworten. Gut wäre allerdings, wenn wir dazu vorab schon einmal telefonieren könnten. Ginge es morgen bei Dir? Dann kann ich dem NDR Bescheid geben, ob Du dabei bist.
> Und bis dahin, iss bitte ein Stück Pizza für mich mit, ja?
> Lieben Gruß auch an Dein Kindermädchen und natürlich an Dich, Bruno

Lieben Gruß an dein Kindermädchen … Der kann's echt nicht lassen, dieser Buchenwald. Und dann trifft mich der Schlag: Ich? Im Fernsehen? Oh Gott! Das muss ich erst mal verdrängen.

»Ich dachte schon, du bist eingeschlafen. Wollen wir?«

Der Sand unter meinen Fußsohlen wird mit jedem Schritt heißer, und ich bin erleichtert, als endlich das kalte

Wasser meine Füße umspült. Lilo stürzt sich, ohne lang zu fackeln, kopfüber in die Fluten.

Trotz der Hitze erschauere ich, als ich knietief in den Wellen stehe, und befeuchte mir, so typisch Touri im Badeurlaub, erst mal die Oberarme mit Wasser. Ich muss völlig bescheuert aussehen. »Uh, das ist aber kalt«, rufe ich dann auch noch Lilo zu, die bereits mehrfach untergetaucht ist und sich lachend die nassen Haare aus dem Gesicht streicht. Ich komme mir vor wie meine eigene Großmutter.

»Marlene, komm schon, sei kein Angsthase! Nicht lang drüber nachdenken! Spring einfach rein!« Sie taucht durch eine kleine Welle.

»Nee. Das reicht mir erst einmal für heute. Den Rest hebe ich mir für morgen auf.«

»Im Ernst? Die beste Erfrischung ist doch Kopf unter Wasser, Haare nass!«

Plötzlich fühle ich mich ganz unwohl. In letzter Zeit passiert so viel so schnell, dass mir langsam, aber sicher wieder meine geliebte Kontrolle entgleitet. Ich will nicht *Kopf unter Wasser, Haare nass*. Egal, wie erfrischend das ist. Ich will sehen, wo ich stehe, wenn die nächste Welle kommt. Aber all das sage ich nicht, sondern schüttele nur vehement den Kopf.

»Schon gut, schon gut. Man muss ja nicht gleich alles auf einmal erleben.«

Ich denke an Frau Kantenkranz. Während unserer letzten Sitzung vor Sardinien war sie regelrecht begeistert gewesen. Sie sagte, dass sie stolz auf mich sei, weil ich von heute auf morgen einen Urlaub gebucht habe. Sie war sich sicher, dass mir der Ortswechsel guttäte.

Sie sagte: »Vielleicht versuchen Sie mal, in Ihrem Urlaub auf Sardinien ein bisschen die Handbremse zu lösen. Dort kann Ihnen doch eigentlich nicht viel passieren. Es ist ja nicht Ihr Alltag. Im Urlaub kann ruhig mal ein bisschen Unordnung herrschen. Vielleicht lassen Sie für diese eine Woche sich selbst ein Stück weit hinter sich und tauchen einfach mal voll ins Leben ein.«

Die Worte von Frau Kantenkranz klingen in meinen Ohren, über mir kreischt eine Möwe, neben mir zwei Kinder, die mit ihren kleinen Beinchen ins Wasser rennen, sich gegenseitig nass spritzen und so aussehen, als hätten sie den größten Spaß ihres Lebens. Vielleicht ist es wirklich gar nicht so schlecht, zwischendurch mal die Kontrolle zu verlieren …

Einfach mal voll ins Leben eintauchen …

Die nächste Welle kommt angerollt, und anstatt mich vom Boden abzustoßen, um über sie hinwegzuschwimmen, reiße ich die Arme nach oben und tauche mitten hinein.

Meine Kopfhaut kribbelt, und ich fühle mich auf einmal so lebendig wie nie. Ich tauche auf und kann die nächste Welle kaum erwarten. Wieder unter Wasser, öffne ich die Augen und sehe, wie meine roten Haare in dem blauen Wasser korallenhaft leuchten und sich wie in Zeitlupe bewegen. Aus meinem Mund lasse ich ein bisschen Luft entweichen. Einige Blasen bilden sich vor meinem Gesicht und steigen gen Wasseroberfläche nach oben. Sie sehen leicht aus. Ich schwimme ihnen hinterher. Als ich auftauche, brennen meine Augen, aber ich fühle mich gewappnet. Für Wellen, Talkshows und alles andere, was noch so zum Leben dazugehört. Nie wieder will ich zurück an Land, und immer weiter will ich durch die Wellen tauchen.

Kleine Gesten

Als Lilo und ich lachend und tropfend zurück zur Strandbar kommen, hat Lorenzo die Musik lauter gedreht und sitzt mit einem großen, dunkelhaarigen Mann an einem der Tische auf der Veranda. Typisch italienisch redet er wild gestikulierend auf ihn ein. Im Hintergrund läuft *Gloria* von Umberto Tozzi, und die beiden Männer sehen so aus, als würden sie das Stück dirigieren. Mittlerweile sind auch einige der anderen Tische mit Gästen besetzt, und ein leckerer Geruch von gebratenem Fisch liegt in der Luft. Mein Magen knurrt.

»Ah, das ist Giancarlo, unser Pecorino-Lieferant. Den wirst du mögen!« Lilo winkt Giancarlo zu. »Ciao, Giancarlo!«

»Ciao, Lilo. Che bello vederti. Und wer ist deine hübsche Freundin?«, fragt der gut aussehende Pecorino-Mann und nickt in meine Richtung.

»Das ist meine Freundin Marlene. Wir kennen uns von früher«, antwortet Lilo und legt ihren Arm um mich.

»Ciao, Marlene. Schön, dich kennenzulernen. Parli italiano?« Er steht auf und gibt mir die Hand.

»Ciao, Giancarlo. Nein, leider nicht. Aber du sprichst ja super Deutsch.«

Lorenzo, der bei unserer Rückkehr gleich aufgesprungen ist, kommt nun mit ein paar Handtüchern zurück und reicht sie Lilo und mir.

»Ja, meine Mutter ist aus Deutschland, und ich bin schon ein paarmal dort gewesen, um die Sprache zu lernen. Aber bevor wir weitersprechen, Marlene, habe ich eine wichtige Frage für dich.« Er macht eine bedeutungsschwangere Pause und schaut mich ernst an. »Bist du bereit, den besten Pecorino Sardo deines Lebens zu probieren?« Er zeigt mit einer stolzen Geste auf den Tisch, auf dem ein riesiger Teller voll mit Pecorino und Oliven steht.

Meine Bauchröllchen kommen mir in den Sinn, am liebsten möchte ich sagen: Nein, ich bin ab sofort auf Diät. Aber dann denke ich an das Gefühl von eben im Meer und vor allem an WKK, die mir das Versprechen abgenommen haben, in ihrem Sehnsuchtsland nichts, aber auch gar nichts an kulinarischen Genüssen auszulassen.

Ich schaue ihn genauso ernst an wie er mich und sage: »Sì, Giancarlo, ich bin bereit. Ich ziehe mich nur noch schnell um.«

Über die Veranda husche ich zu meinem kleinen Zimmer. Die Sonne ist schon kurz davor, unterzugehen und mich mit diesem Schauspiel zu betören. Für einen Moment setze ich mich auf das Bett und genieße das Farbenspiel am Himmel. Dabei fällt mein Blick auf das Handy, das ich vorhin dort liegen gelassen habe. Ich habe ja Bruno noch gar nicht geantwortet … Obwohl ich es eilig habe, zu Lilo, Lorenzo und Giancarlo zurückzukehren, schreibe ich ihm noch schnell zurück.

Das sind ja Neuigkeiten! Gern begleite ich
Basket, und gern können wir dazu telefonieren.
Morgen passt. Willst Du Dich einfach melden,
wenn Du Zeit hast?
Ich hab ja keine Termine. 😉
Liebe Grüße aus der schönsten Bucht der Welt –
Du hast nicht zu viel versprochen,
Marlene

Als ich wieder zum Tisch komme, sitzt nur noch Giancarlo dort. Lorenzo steht hinter der Bar, und Lilo läuft zwischen den anderen, inzwischen voll besetzen Tischen hin und her, bis sie schließlich auch an unserem vorbeikommt.

»Ich hatte eigentlich Isabella für heute Abend im Service eingeplant, aber sie hatte einen familiären Notfall. Ein paar ihrer Hühner sind ausgebrochen, die sie nun wieder einfangen muss, bevor es Nacht wird. Die werden sonst von den Füchsen vernascht. Deshalb muss ich heute kellnern, aber dafür machen wir uns morgen einen schönen Abend, okay?« Sie bindet sich ihre Haare unordentlich in einem hohen Dutt zusammen. »Wäre es in Ordnung, wenn Giancarlo dir heute Abend beim Essen Gesellschaft leistet? Und noch viel wichtiger: Was möchtest du essen? Ich empfehle dir Spaghetti Vongole. Was sagst du?«

»Ich esse zwar kein Fleisch, aber bei Muscheln und Fisch mache ich manchmal eine Ausnahme. Da bin ich gerne dabei.«

»Ich auch. Und naturalmente eine Flasche Vino«, meldet sich Giancarlo zu Wort.

»Naturalmente, Giancarlo. Ich such euch einen guten Rosso aus.«

Lilo macht auf dem Absatz kehrt, läuft an Lorenzo vorbei, der gerade neben einer Steckdose kniet, um die nostalgischen bunten Lichterketten einzustöpseln, und tätschelt ihm liebevoll den Po. Eine Geste, so zärtlich und so selbstverständlich, dass mir ganz warm ums Herz wird.

»Und? Bist du bereit für l'ultimativa pecorino-esperienza?« Giancarlo lässt seine buschigen Augenbrauen auf und ab tanzen.

»Ja. Total bereit.«

Er spießt ein Stück Käse und eine Olive auf eine Gabel und hält sie mir vor den Mund. Soll ich da jetzt abbeißen? Oder die Gabel in die Hand nehmen? Das ist mir alles ein bisschen zu kompliziert und zu intim für gerade eben erst kennengelernt.

Ich reiße ihm ein bisschen barsch die Gabel aus der Hand, sage »Grazie« und stecke mir den Bissen in den Mund. Der Pecorino ist sehr würzig und gleichzeitig irgendwie auch herrlich mild. Die Olive hat genau die richtige Salzigkeit und ist weder zu weich noch zu fest. Mit geschlossenen Augen genieße ich die Komposition und sage: »Das ist wirklich ein ausgezeichneter Pecorino. Und dann auch noch die Oliven. Das schmeckt echt unglaublich lecker!«

»Mille grazie.« Giancarlo lacht und deutet eine kleine Verbeugung an. »Diese Oliven sind von meiner Nonna. Sie ist sehr alt, aber im Garten macht sie immer noch alles selbst. Und die Olivenbäume sind noch viel, viel älter als meine Nonna. Mehr als vierhundert Jahre.«

»Hier ist schon mal euer Rotwein, ein bisschen Pane, Olio und Sale Sardo.« Lilo ist mit einem großen Brotkorb, kleinen Schüsselchen mit Olivenöl und Salz und dem Rotwein zurück. Sie öffnet die Flasche und riecht an dem Korken. »Mmh. Molto buono.«

Dann gießt sie uns den sehr dunklen Wein in die Gläser. Sie selbst hat sich auch ein Glas mitgebracht und füllt auch ihres mit einem Schluck Wein.

»Salute.« Sie hält mir ihr Glas hin, damit ich mit ihr anstoßen kann. »Es ist total unwirklich, dich hier zu haben, Marli. Und einfach nur schön. Ich bin so froh! Auf deinen Urlaub!«

»Vielen Dank, dass ich hier sein darf.« Mein Ton ist fast schon feierlich.

»Und was ist mit mir?«

Lilo und ich wenden uns lachend Giancarlo zu und rufen gleichzeitig: »Salute!«

Die Gläser klirren, und der Wein, der mir gleich darauf die Kehle herunterrinnt, ist so samtig und vollmundig wie ein verlockendes Versprechen.

Mille grazie!
Fürs Eintauchen, für den Sand unter meinen Füßen,
für die Brandung, die mich sanft in den Schlaf rauscht,
für Lilos Verzeihen, für die Entscheidung, hierherzufahren,
für diese magische Bucht, für die bunten Lichterketten
und die Kerzen, die den Abend weichgezeichnet haben
und mich an Hausboot mit Sophia Loren erinnerten,
für die sensationellen Spaghetti Vongole,
für den leckersten Rotwein, den ich je getrunken habe,
für den lustigen, so leichten Abend, der mit einem
eisgekühlten, zitronig-zuckrigen Limoncello und
Volare von Domenico Modugno endete,
und natürlich für Lorenzos unschlagbare Musikauswahl.
Das hat Spaß gemacht.

Bunte Lichterketten

Wieso muss ich erst auf Sardinien durch Wellen tauchen, um zu erkennen, dass es ungesund ist, so viel Zeit hinterm Schreibtisch zu verbringen? Hier draußen spielt das wahre Leben. Hier draußen bin ich frei. Einfach mal ins Leben eintauchen? Genau! Das werde ich jetzt tun!

Das sind meine ersten Gedanken, als ich die Augen aufschlage, vor dem Fenster die Möwen kreischen höre und das Meer mich zu sich ruft. Normalerweise sind der Griff zum Telefon, das Checken der *Wolke Sieben*-Seite, der Nachrichten, des Insta-Accounts, der Mailbox meine ersten To-dos am Morgen. Aber das da draußen ist gerade so viel spannender als alles, was mein Handy für mich parat haben könnte.

Die kühle Nachtluft hat mein Zimmer erfrischt. Ich ziehe mir schnell die Strickjacke über mein Schlafshirt und gehe mir im Gäste-WC die Zähne putzen. Vor der Tür meines Zimmers finde ich einen Thermobecher, versehen mit einem Zettel. Daneben liegt eine kleine, faltbare Strandmatte.

Ich hoffe, Du hast gut geschlafen! Lorenzo und ich sind ganz früh zum Markt gefahren und machen noch ein paar Erledigungen. Unsere Köchin Paula macht Dir gern was zu es-

sen. Isabella schmeißt die Bar. Beide sind ab 10 h da. Wir sind erst am Abend zurück, und dann machen wir beide einen kleinen Ausflug. Aber wohin, wird noch nicht verraten.
Una sorpresa!
Bacio, Lilo

PS Der Kaffee trinkt sich am besten auf der Matte ganz nah am Meer.

Nachdem ich mich frisch gemacht habe, greife ich mir Matte und Becher und laufe runter zum Wasser.

Von oben ertönt plötzlich ein mir unbekannter Laut. Ich schaue nach oben und entdecke über mir einen großen Vogel, in seinem Rücken die Sonne, deren Strahlen ihm ein heiliges Leuchten verleihen.

»Na, willst du mich zu meinem Morgen-Kaffee-Spot begleiten?« BirdNerd78 wüsste jetzt wahrscheinlich, was das für einer ist. Ich habe keine Ahnung. Der Vogel gibt noch mal einen Laut von sich und lässt sich dann vom Wind in Richtung Steilklippe tragen, wo er einige Meter über der Hütte hinter einer Wurzel in der Klippenwand verschwindet. »Du wohnst also hier«, sage ich und freue mich, dass ich einen weiteren Buchtbewohner kennengelernt habe.

Am Wasser angekommen, lasse ich meine Füße von den Ausläufern der Wellen umspülen, bis ich einige Zentimeter in den Sand eingesunken bin.

Wie befreiend der Anblick der unendlichen Weite und was für ein wunderbarer, entspannter Abend gestern. Ich habe kein einziges Mal an die Arbeit gedacht.

Vor allem nicht, als ich allen Bauchröllchen zum Trotz auch noch Paulas fantastisches Tiramisu verdrückt habe, und noch weniger, als Giancarlo angeboten hat, mir an einem der nächsten Tage die Insel zu zeigen. Der erste Gedanke war: *Nein, das mache ich natürlich nicht.* Aber Lilo hat einfach für mich entschieden: »Was für eine tolle Idee! Wer könnte Marli die Insel besser zeigen als du?« Sie hat mir mit dem Ellbogen einen leichten Stoß in die Seite verpasst und mir, während Lorenzo und Giancarlo über die perfekte Tomate diskutierten, ins Ohr geflüstert: »Ein kleines Abenteuer. Wo du jetzt schon mal hier bist. Das wird dir guttun! Und ein Sarde ist immer eine gute Wahl. Du musst ihn ja nicht gleich heiraten. Außerdem hat er genau das richtige Auto, um dir die Insel zu zeigen. So Klischee!« Aber was für ein Auto er hat, hat sie mir dann nicht verraten. »Sorpresa. Auch das wird dir guttun.«

Ich setze mich auf die Matte in den trockenen Sand, das Meer zum Greifen nah.

Irgendwie ist es schön, dass jemand, den ich in Hamburg kenne, weiß, wie unglaublich schön es hier ist. Ich zücke mein Handy und mache ein Foto vom Thermosbecher vor dem Meer. Ohne lang nachzudenken, schicke ich es an Bruno.

Und Du so?
Hab einen schönen Tag!

Zurück bei der Strandbar, gehe ich hinter den Tresen und mache mir mit der riesigen Espressomaschine noch einen

Kaffee. Gut, dass ich während meines Studiums in einem Café gearbeitet habe. Dieses dampfende Monstrum macht mir keine Angst. Der Espresso fließt cremig in die Tasse. Lilo hat mir sogar Hafermilch in den Kühlschrank gestellt. Sie ist echt ein Schatz.

Mit dem Kaffee gehe ich wieder in mein Zimmer und mache es mir auf dem Bett gemütlich. Ich bin neugierig, ob es mittlerweile eine Antwort von GreenFreak gibt.

Handy gezückt, Tablet aufgeklappt, und los geht's.

Ganz oben im Posteingang ist eine Nachricht von Eddie und Gabriella: »Mach gefälligst den Computer und das Handy aus! Dafür bist du nicht nach Sardinien gefahren!! Hier läuft alles super!!!«

Lieb von den beiden, und sie haben ja recht. Nachdem ich die Mails aber doch schnell quergelesen und mich darüber gefreut habe, dass auf Gabriella und Eddie und das ganze Team Verlass ist, schaue ich auf Annies *Wolke-Sieben*-Profil vorbei. GreenFreak hat geantwortet. Zwei Mal sogar. Ich bin ganz vorfreudig und aufgeregt, als ich seine erste Nachricht öffne.

Resolut drücke ich auf den Aus-Knopf des Tablets. Nein! Nein und noch mal nein! Solchen Schwärmereien habe ich doch abgeschworen. Und mein Männerembargo werde ich sicher nicht für jemanden brechen, der eigentlich für Annie bestimmt ist. Das ist total bescheuert und unangemessen. Die romantische Bucht und dieses unbeschwerte Lebensgefühl müssen mir ein bisschen zu sehr zu Kopf gestiegen sein.

Nach dieser Selbst-Standpauke stehen meine Gefühle

wieder in Reih und Glied, und es kann weitergehen. Ich entsperre das Tablet und lese.

Liebe Annie,
was für ein Zufall, dass ausgerechnet Milos zu Deinen Lieblingsinseln zählt. Ich LIEBE Griechenland, und die Insel mag ich auch sehr.

Für Taylor Swift kann ich mich leider nicht erwärmen, aber ich mag auch Pop und Hip-Hop. Ich bin gern bereit, Dir ein Mix Tape für deine zukünftigen Choreos zusammenzustellen. ☺ Womit kann ich Dir beweisen, dass ich Deiner Hip-Hop-Performances würdig bin?

Das Highlight meiner Plattensammlung ist übrigens eine signierte Erstauflage der *Violator* von Depeche Mode. Da ist *Enjoy the Silence* drauf, und das ist wirklich einer meiner absoluten Lieblingssongs.

Auf eine einsame Insel würde ich aber das Album *Closing Time* von Tom Waits mitnehmen. Die Platte ist genial. Falls Du sie nicht kennst, solltest Du sie dir unbedingt anhören. Vor allem Song Nummer zwei. Poesie, Romantik, Melodie – einer der besten Songs, die je geschrieben wurden. Kennst Du auch dieses Gefühl, wenn man sich einen Song »erhört« und ihn dann irgendwann so gut kennt wie seine Heimatstadt? Die ist in meinem Fall übrigens dieselbe wie Deine: Hamburg. Der Umschlagplatz meines Ichs.

Einer meiner Lieblingsplätze in Hamburg ist der Fischmarkt. Warst Du schon mal in der Bar Liberté? Die ist toll.

Du fragst Dich jetzt bestimmt, warum ich Dich nicht frage, ob wir uns da mal treffen wollen ... Nun, ich dachte, wenn es um ein Date geht, warte ich lieber darauf, dass Du den ersten Move machst. Wegen Deiner Verletzung und so … Aber ich möchte Dich auf jeden Fall wissen lassen, dass ich mich sehr freuen würde, Dich bald mal zu treffen. Vielleicht geht es Dir ja auch so. Ich würde nämlich gern mehr über Schrödingers Katze und die Protonen-Power von violettem Licht erfahren.

Hab einen schönen Tag,
GreenFreak

PS Natürlich habe ich *Willkommen im Jetzt* von Eckhart Tolle gelesen, und ja, ich finde auch, dass jeder dieses Buch lesen sollte.

Ich bezweifle, dass Annie den Song von Tom Waits kennt. Aber ich, ich kenne ihn, und es ist wirklich einer der besten Songs, die je geschrieben wurden: *I Hope that I Don't Fall in Love with You*. Das sollte ich mir vielleicht mal hinter die Ohren schreiben …

Der Umschlagplatz meines Ichs – so eine schöne Formulierung. Und die *Bar Liberté* – so ein schöner Platz. Er will mir ein Mix Tape zusammenstellen und fragt nach einem Date. Und er würde sich sogar mit Eddie gut verstehen. Der *liebt* Depeche Mode.

Marlene! Weder das Mix Tape noch die Date-Einladung sind für dich! Die Nachricht ist für Annie. Für A-N-N-I-E! Du bist doch sonst nicht so begriffsstutzig. Mein rationaler Verstand hat glücklicherweise wieder die Oberhand gewonnen und weist die alberne Schwärmerei in die Schranken. Ist ja auch völlig bescheuert!

Schuld daran sind nur der Rotwein, die bunten Lichterketten und der schnulzige Italo-Pop. Ganz bestimmt! Anders kann ich mir nicht erklären, warum ich mich so sehr von GreenFreaks Nachrichten angesprochen fühle.

Mein Telefon klingelt.

»Hallo, Bruno.«

»Hi, Marlene. Ich wollte nur mal hören, ob das mit der freundlichen Anrede eigentlich nur für mich gilt?«

»Was?«, frage ich verwirrt. Ich bin in Gedanken immer noch bei Lieblingssongs und Date-Anfragen.

»Die freundliche Anrede. Du weißt schon, ›Liebe Marlene, lieber Bruno‹. Ich dachte, du legst so viel Wert darauf.«

Hatte ich in meiner letzten Nachricht etwa die Anrede vergessen? »Also, wenn ich …«

»Nur ein Spaß! Kein Problem. Ich versteh, wenn du im Urlaub keine Zeit hast, höflich zu sein.«

Ich höre ihn durchs Telefon grinsen.

»Hast du dich denn schon gut eingewöhnt?«

»Ja, es ist wirklich herrlich hier.«

»Das freut mich! Und schon Ichnusa getrunken?«

»Was?«

»Na, das Bier.«

Ich bin immer noch nicht bei der Sache. »Nein, noch nicht. Aber heute. Ganz bestimmt.«

»Schön. Und? Was hast du noch so vor in den nächsten Tagen?«, fragt er lässig.

Ist das hier ein Small-Talk-Telefonat? Ich bin ein bisschen irritiert von seiner Redseligkeit.

»Äh ... also, es ist eigentlich noch gar nichts geplant. Deine Flamingos will ich mir unbedingt anschauen. Vielleicht mache ich das auch, wenn ich mit Giancarlo unterwegs bin.« Die Idee ist mir gerade erst gekommen.

Kurze Stille am anderen Ende der Leitung. »Mit wem?«

»Giancarlo. Ein Freund von Lilo, der total leckeren Pecorino herstellt. Er hat angeboten, mir die Insel zu zeigen.«

»Ach so.« Bruno räuspert sich. »Na dann viel Spaß.«

»Danke.«

»Ja, ähm, okay, jetzt mal back to business: Ich habe den NDR-Leuten noch nicht Bescheid gegeben, dass du mit in die Show kommst. Ich dachte, es ist ganz gut, wenn du noch mal eine Nacht darüber schlafen kannst. Hast du vielleicht mittlerweile deine Meinung geändert?«

Diese Feinfühligkeit hätte ich ihm gar nicht zugetraut. Andererseits ist er ja der Manager eines Künstlers. Da gehört Einfühlungsvermögen wahrscheinlich zum Job-Profil.

»Nee, wieso denn? Ich bin dabei. Wirke ich auf dich etwa wie jemand, der ständig seine Meinung ändert?«

»Nein, gar nicht. Aber so ein Fernsehauftritt ist ja noch mal was anderes als ein Print-Interview. Ich hatte einfach das Gefühl, dass du ... ich wollte dich einfach nicht drängen. Aber wenn du dir jetzt sicher bist, freu ich mich, dass du mitkommst.«

»Ich muss zugeben, dass ich ganz schön Respekt davor habe. Aber wer nicht wagt, der nicht gewinnt, nicht wahr?« Ich lache ein bisschen unsicher. »Du kannst den Leuten von der Talkshow einfach Gabriellas Kontakt geben, und die organisiert dann alles. Und wir können, wenn ich wieder da bin, über die Details sprechen. Im Moment ist geplant, dass ich am Abend meiner Rückkehr mit Sassy zu WKK auf den Kahn gehe. Vielleicht hast du ja auch Lust, zu kommen?«

Hoppla. Jetzt habe ich mich gerade mal schnell selbst überholt.

»Super Idee. Das passt. Dann können wir ja alles Weitere besprechen, wenn Du zurück bist. Hab noch eine gute Zeit auf Sardinien, und viel Spaß mit deinem Käse-Kavalier.«

»Giancarlo ist nicht *mein* Käse-Kavalier. Ich habe überhaupt kein Interesse an … ach was … so ein Unfug. Ciao, Bruno. Wir hören uns.«

Bevor ich auflege, höre ich ihn noch lachen. Er kann es anscheinend doch nicht lassen, mich zu ärgern.

Zurück zu jemandem, der weiß, wie man auf charmante Art und Weise humorvoll ist.

Hi, Annie, ich noch mal,
mir ist aufgefallen, dass ich in meiner letzten Nachricht einige Deiner Fragen gar nicht beantwortet habe. ☺ Ich wohne in Altona, ich will nicht leben ohne das leckere Essen von *o-ren ishii*, eiskalte Coke und Schmetterlinge im Bauch. Ich bin vernarrt in Risse in Betonwänden und finde es wunderschön, wenn ein Gespräch eine Melodie hat.
Wie würde Dich eigentlich Deine beste Freundin beschreiben?
Liebe Grüße von der Elbe, GF

Ach, komm. Ein Gitarrenlehrer in Altona, der Brunnen in Afrika baut und so hübsche Sätze formuliert? So einer würde eh nicht zu mir passen ... Ich schlage mir die Hände vors Gesicht und lasse sie seufzend daran heruntergleiten.

Eine passable Antwort an GreenFreak kann ich gerade nicht verfassen. Also schreibe ich erst einmal an Annie und frage sie, ob sie sich demnächst mit ihm treffen will. Ich hoffe, dass sie schnell ein Date mit ihm vereinbart. Denn dann bin ich aus dieser Gleichung raus, und die beiden schauen allein, wie es für sie weitergeht.

Bevor ich zu einem kleinen Strandspaziergang aufbreche, gehe ich noch in die Bar. Einige Gäste trinken frisch gepressten Orangensaft und essen Tramezzini. Der Geruch von Rührei steigt mir in die Nase, und mein Magen knurrt schon wieder.

Isabella, die anscheinend alle ihre Hühner wieder eingefangen hat, steht hinter der Bar und poliert schwungvoll die Weingläser.

»Ciao, Isabella.«

»Ciao, Marlene. Caffè e Fruhstucke?« Sie lacht, als sie mein überraschtes Gesicht sieht.

»Du sprichst auch Deutsch?«

»Eine biesken. Lilo machte Unterricht.«

Ich setze mich auf einen der hohen Hocker an der Theke. Wenig später habe ich einen riesigen Teller mit Rührei, Tomaten, Oliven, Ziegenkäse und frisch gebackenem Ciabatta vor mir stehen. Daneben ein Tässchen feinsten Espressos und ein frisch gepresster Orangensaft.

Während ich das Frühstück genieße, kommt mir noch einmal das Telefonat mit Bruno in den Sinn. Habe ich mir das eingebildet, oder hat er irgendwie genervt geklungen, als ich ihm von meinem Trip mit Giancarlo erzählt habe? Die Flamingos können doch kein Geheimtipp gewesen sein, den ein Einheimischer nicht kennt.

Das Rührei ist köstlich. Ich esse alles auf und habe noch nicht einmal ein schlechtes Gewissen. Obwohl ein Fernsehauftritt kurz bevorsteht. Dünn sein kann ich auch noch, wenn ich tot bin. Also, was soll's. Ich kann es zwar immer noch nicht so richtig glauben, aber ich habe Urlaub. URLAUB! Da kann man sich auch mal was gönnen. Fast bin ich versucht, Isabella zu bitten, mir ein Glas Prosecco einzuschenken, aber das lass ich dann doch lieber sein. Ich will ja noch zu einer kleinen Strandwanderung aufbrechen, bevor es zu heiß wird.

Nachdem ich mit dem letzten Stück Brot auch noch den fruchtigen Saft der Tomaten aufgewischt habe, verabschiede ich mich von Isabella und mache mich auf den Weg. Wohin? Keine Ahnung, einfach am Meer entlang. So weit mich meine Füße tragen.

Negroni zum Nachtisch

»Entschuldige, dass wir den ganzen Tag unterwegs waren, aber wir hatten diese Termine mit den Lieferanten schon vor Wochen ausgemacht.« Lilo reibt sich mit den Händen das Gesicht. »Und? Hast du dich schon ein bisschen ausgeruht? Du hast doch wohl nicht gearbeitet, oder? Hast du dich mit Isabella bekannt gemacht? Hat Paula dir was Leckeres zu essen zubereitet? Hast du schon die Foxys kennengelernt?« Sie holt Luft und nimmt eine Flasche Ichnusa von Isabella entgegen.

»Mach dir bitte keine Gedanken. Ich erwarte überhaupt nicht von dir, dass du dich um mich kümmerst.« Isabella reicht mir auch eine Flasche und stellt noch ein paar schwarze Oliven auf den Tisch. »Und mein Tag war ganz, ganz wunderbar. Paula und Isabella haben mir jeden Wunsch von den Lippen abgelesen, und ich war ewig lang an der Küste spazieren.«

»Wo bist du denn langgegangen? Und hat es dir gefallen?« Wir stoßen an. »Auf deinen ersten Urlaubstag. Salute.«

Bruno hat nicht zu viel versprochen. Das Bier ist wirklich unglaublich lecker.

»Es war traumhaft. Ich bin am Meer entlang und oben

an der Steilklippe wieder zurück. Und ich habe sogar zwei Menschen kennenlernt. Na ja, kennengelernt ist wohl etwas übertrieben.« Ich schmunzele, als ich wieder an die schöne Begegnung am Vormittag denke. »Auf der Hälfte des Rückwegs bin ich auf einen schmalen Trampelpfad abgebogen und habe ein traumhaftes, kleines Bauernhaus entdeckt, vor dem eine klitzekleine Omi auf ihrer verwitterten Bank saß und mich freundlich angestrahlt hat. Dann kam ihr Mann aus dem Haus gehumpelt und hat ihr ein Küsschen gegeben, sie an die Hand genommen und ist mit ihr zusammen in den Garten gegangen. Danach war ich ganz beseelt und habe gedacht, ob ich mir nicht vielleicht doch meine Lizenz zum Verlieben von Don Juanita zurückholen soll.«

Nanu? Wie komme ich denn dazu, diesen Gedanken einfach so auszusprechen?

Mit einem Zahnstocher spießt Lilo drei Oliven auf und lässt dabei ihre zarten goldenen Armreifen aneinanderklimpern.

»Was redest du denn da? Eine Lizenz zum Verlieben? Diese Don Juanita hört sich ja nicht wie jemand sehr Freudvolles an.«

Ich ärgere mich, dass ich überhaupt davon angefangen habe, und will lieber nicht weiter darüber reden. »Wer sind eigentlich die Foxys?«

»Die Foxys sind unser Eleonorfalkenpaar, das in der Felswand gleich über der Bar nistet.« Sie schaut mich durchdringend an. »Vielleicht schaffe ich es ja, dich in den nächsten Tagen davon zu überzeugen, dass Verliebtsein, mal abgesehen von italienischem Gelato, einfach das Allerbeste auf der

Welt ist. Sozusagen ein Geburtsrecht, für das man ganz sicher keine Lizenz braucht.«

Mir fällt wieder ein, dass sie auch früher schon immer genau wusste, was in mir vorging, obwohl ich mich gern der Illusion hingab, eine Meisterin im Verschleiern meiner Gefühle zu sein. Jetzt zieht sie die linke Augenbraue hoch und lacht mich aus, weil sie anscheinend nichts als Abwehr in meinem Gesicht sieht. »Keine Sorge, nicht jetzt, nicht jetzt! Jetzt fahren wir erst mal zu deiner Sorpresa. Und? Bist du bereit?«

»Ja, und du? Bist du nicht zu müde? Ihr hattet doch bestimmt einen sehr anstrengenden Tag?«

»Es ist gar keine so große Sache. Wir fahren nur Pizza essen, aber es ist die beste Pizza der Insel. Krustiger Boden, perfekte Tomatensauce, fabelhafter Mozzarella, ein bisschen Basilico. Du wirst es lieben.«

Als wir in Alghero, der Stadt mit der berühmten und imposanten Stadtmauer, angekommen sind, fährt sie in den kleinen Gassen umher, als wäre sie nie woanders umhergefahren.

»Hat sich Giancarlo eigentlich schon bei dir gemeldet, wegen des Ausflugs?«

»Ja, wir sind für Donnerstag verabredet.«

»Wie schön!«

»Hältst du das wirklich für eine gute Idee? Nicht, dass er sich davon irgendwas verspricht.«

»Sardinien und ich haben es anscheinend bisher noch nicht geschafft, dich auch nur ansatzweise zu italienisieren.

Natürlich verspricht er sich etwas davon! Du bist eine attraktive, erfolgreiche, interessante junge Frau, und er ist ein gut aussehender, erfolgreicher, interessierter junger Mann. Aber nur weil du mit ihm einen Tag durch die Gegend fährst, bist du ihm noch längst nicht zu irgendwas verpflichtet. Es ist ein nettes Angebot, und schau doch einfach mal, was passiert. Wie wäre das?« Sie blickt mich kurz an, bevor sie wieder die Straße fixiert.

»Nicht so gut«, gebe ich zu.

»Wie meinst du das?«

Ich sehe ihr an, dass sie keine Ahnung hat, was mein Problem ist.

»Ich weiß lieber im Vorhinein, was mich erwartet.«

»Oje. Das hört sich aber nach einem ziemlich langweiligen Leben an! Willst du dich wirklich den Überraschungen, dem Schönsten im Leben, entziehen, nur weil die Gefahr bestehen könnte, hin und wieder mal auf die Nase zu fallen?«

»Ja«, sage ich trotzig.

»Das glaube ich dir nicht.«

Ich hatte ganz vergessen, dass auch sie ziemlich trotzig sein kann.

»Sag mal, hast du hier mal gewohnt?«, versuche ich das Thema zu wechseln.

»Ja, ich hatte hier mal einen Freund. Er war aber nicht der Richtige.«

An einer Kreuzung hält sie an, hupt kurz und biegt dann mit quietschenden Reifen rechts ab.

»Dann kennst du das ja auch«, stelle ich fest.

»Ja, aber ich hätte Franco niemals erlaubt, mein Liebesleben für immer zu ruinieren. Wieso sollte ich jemandem, der gar nicht mehr in meinem Leben ist, so viel Macht einräumen? Das wäre schlichtweg Wahnsinn.«

»Genau das hat meine Therapeutin auch gesagt«, gebe ich zu und wundere mich darüber, dass diese Aussage hier und von Lilo plötzlich so viel mehr Sinn ergibt.

»Dann ist sie eine kluge Frau.« Sie bremst so heftig und abrupt, dass ich in meinem Sitz nach vorn schnelle.

»Scusa. Bist du bereit für die beste Pizza deines Lebens?«

»Naturalmente!«

Als ich sehe, wie schräg und halb auf dem Bordstein stehend Lilo das kleine Auto geparkt hat, muss ich lachen. »Im Gegensatz zu mir bist du schon voll und ganz italienisiert. Willst du das Auto echt so stehen lassen?«

»Naturalmente! Wir bleiben ja nicht die ganze Nacht.«

Auf der Rückfahrt schlafe ich satt und zufrieden ein und erwache erst, als Lilo mich sanft rüttelt. »Wir sind da, Dornröschen. Schaffst du es alleine runter zur Bar, oder soll ich dich begleiten?«

»Nein, das schaff ich schon. Vielen Dank für den schönen Abend.« Ich steige aus und schlage die Beifahrertür hinter mir zu.

Lilo beugt sich zum Beifahrerfenster und sagt: »Ich habe den Abend auch sehr genossen. Und weißt du was? Ich denke, du solltest dich unbedingt mal wieder verlieben. Ciao, a domani.«

»A domani«, flüstere ich dem Auto hinterher.

Langsam gehe ich zur Treppe, die zum Strand hinunterführt. Über mir ein klarer, glitzernder Sternenhimmel, vor mir das weite Meer. Ich setze mich noch einen Moment auf die oberste Stufe der Treppe und schaue auf den Strand hinab. Aus der Ferne sehe ich die Bar mit der romantischen Beleuchtung und freue mich schon jetzt, dass ich gleich in ein Bett schlüpfe, von dem aus ich morgen früh beim Aufwachen direkt auf die Wellen blicken kann. Karmen hat es ja immer gesagt: Natur um sich herum zu haben, verändert einen.

Vielleicht kann ich endlich fühlen, was auch Frau Kantenkranz mir klarmachen wollte, weil ich nicht in meinem gewohnten Umfeld bin. Weil ich nicht in dem Umfeld bin, in dem mir das Herz gebrochen wurde und in dem ich darüber hinwegkommen musste. Hier bin ich schwerelos, meine Ordnung ist aufgehoben, und meine Karten werden neu gemischt.

Für die Foxys, für die klitzekleine Omi mit den schlohweißen Haaren und dem gütigen Lächeln, für das liebevolle Küsschen ihres Mannes, für seine Hand in ihrer, die ein Beweis dafür ist, dass es Happy Ends tatsächlich gibt.
Für die beste Pizza der Welt auf der Stadtmauer von Alghero, während über dem Meer die Sonne unterging und der Himmel dieselbe Farbe hatte wie der Negroni zum Nachtisch.
Für das weiche Licht in italienischen Straßenlaternen, für die salzige Luft und für GreenFreaks schöne Nachrichten, auch wenn sie nicht für mich bestimmt sind.
Irgendwie ist Hamburg auch der Umschlagplatz meines Ichs, und trotzdem tut es gerade sehr gut, nicht dort zu sein.
Ich hatte heute wirklich einen ganz wundervollen Tag!!

Delfino Rosso

Liebe Marlene,
mit dem Foto, das Du mir geschickt hast, hast Du echt was angerichtet. Ich habe so Bock auf Pizza bekommen, dass ich am liebsten gleich in den Flieger nach Sardinien steigen würde. Wie ich sehe, wart Ihr nicht in meinem Lieblingsladen, bei Le 100 Pizze Dv. Da musst Du unbedingt auch noch hin. Das ist wirklich die allerbeste Pizza. Aber danach kannst Du in Hamburg nie wieder eine essen – nur damit Du Bescheid weißt.
Die NDR Talk Show hat sich schon mit Gabriella in Verbindung gesetzt, und Basket freut sich, dass Du ihn begleitest.
Bella giornata, Bruno

Ich schmunzele, als ich Brunos Nachricht lese, und schmecke noch mal die leckere Pizza von gestern Abend auf der Zunge. Wie jeden Morgen, seit ich hier bin, gehe ich auch heute wieder mit einem Thermobecher voll frischen Kaffees direkt ans Meer. Und wie jeden Morgen begrüßt mich auch heute wieder einer der Foxys und fliegt ein Weilchen hinter mir her. Gestern haben mich sogar beide ein Stück begleitet. Und zum Abschied, bevor sie wieder in Richtung Felswand abgedreht sind, haben sie einen kleinen Schrei ausgestoßen.

Die Temperaturen sind, seit ich vor vier Tagen auf Sardinien angekommen bin, stetig angestiegen, und die Luft, die bisher morgens immer noch angenehm kühl und erfrischend war, weht mir jetzt schon heiß entgegen. Lilo hat mir erklärt, dass in den nächsten Tagen der Mezzogiorno das Inselklima beherrschen wird. Ein seltener Wind, der aus Afrika kommt und im Sommer trockene Hitze auf die Insel bringt, die wochenlang anhält. Wann GreenFreak wohl immer nach Afrika fährt?

Das werde ich wohl nie erfahren. Meine Zeit mit GreenFreak wird bald vorbei sein. Annie hat mir mitgeteilt, dass sie sich mit ihm treffen möchte.

Und weil ein Gefühl, das man auf Teufel komm raus verdrängen will, sowieso nur immer stärker wird, habe ich mir in den letzten Tagen einfach erlaubt, meiner Schwärmerei für ihn nachzugeben. Ich habe mir vorgestellt, wie es wäre, heute mit GreenFreak statt mit Giancarlo Sardinien zu erkunden. Beim Lesen des Reiseführers bin ich in Gedanken mit ihm im hiesigen Supramonte-Gebirge wandern gegangen, habe mit ihm die von Bruno empfohlenen Flamingos beobachtet, und als absolutes Highlight haben wir vor Sonnenaufgang ein Schlauchboot gemietet, um die Grotten am Golf von Oristano zu erkunden. Am Ende unseres Ausflugs wussten wir fast alles übereinander und hatten schon hundertmal gemeinsam *Closing Time* angehört, ohne der Platte müde zu werden. Vor allem nicht des zweiten Songs.

Es war mehr als deutlich: Da war etwas, ganz dicht an meinem Herzen …

Nichtsdestotrotz habe ich auf GreenFreaks Date-Anfrage natürlich eine Antwort für Annie formuliert.

Nun werden die beiden also ein romantisches Date miteinander haben, und wenn sie sich nicht total unsympathisch finden, werden sie sich bestimmt ineinander verlieben. Die Wahrscheinlichkeit, dass das passiert, ist hoch. Meiner Meinung nach passen sie sehr gut zusammen. Darüber sollte ich mich freuen, ich weiß. Ich hatte doch für Annie nur den Besten gewollt.

Am äußeren Rand der Bucht setze ich mich auf den kleinen Felsen, der in den letzten Tagen zu meinem Lieblingsplatz geworden ist. Der Mezzogiorno streicht warm über mein Gesicht. Vielleicht ist meine Träumerei doch gar nicht so unprofessionell und auch nicht so viel anders als die vielen Träumereien, in die ich mich bei meinen anderen Ghostwriting-Aufträgen schon immer habe fallen lassen. Wie hat es Eddie mal so schön gesagt? »Deine grenzenlose Empathie und deine sensiblen Antennen sind Fluch und Segen zugleich. Fluch, weil dir immer alles viel weher tut als den Menschen, deren emotionale Antennen verkümmert sind, so wie meine«, er lachte, »und Segen, weil du dadurch sogar antizipierst, wie jemand auf das reagiert, was du sagst, schreibst oder tust. Und das ist für unsere Firma und deine Arbeit ganz großartig. Und vielleicht ist es ja auch manchmal für dich ganz großartig.«

Für Annie wollte ich meinen Job ganz besonders gut machen. Mit meinen Nachrichten wollte ich schließlich auch indirekt herausfinden, was an ihrem potenziellen neuen Freund so dran ist, und so habe ich mich beim Texten noch mehr geöffnet als sonst. Vielleicht ein bisschen zu viel. Aber ich rufe GreenFreak ja schließlich nicht an, um mich als Co-Autorin von Annies Nachrichten zu outen und ihn zu fragen, ob er nicht viel lieber mit mir in die *Bar Liberté* gehen würde.

Bestimmt wird mich Giancarlo von meinem absurden Phantom-Trennungsschmerz ablenken. Lilo hat recht. Was kann mir schon passieren? Es ist nur ein kleines Abenteuer. Und Herzen werden heute sicher nicht gebrochen. Ich finde Giancarlo ja noch nicht mal besonders attraktiv. Oder doch? Kann man eigentlich damit aus der Übung kommen, jemanden attraktiv zu finden?

»Und, freust du dich schon?« Lilo sitzt an der Theke. Vor sich einen Espresso.

»Ganz ehrlich?« Ich setze mich zu ihr.

Sie nickt.

»Ich weiß es nicht.«

»Aha. Willst du einen Cappuccino?«

»Was für eine Frage.«

Lilo steht auf, geht hinter den Tresen, betätigt die laute Mahlmaschine und tampert gekonnt den Espresso im Siebträger. Dann läuft auch schon der Kaffee durch, während sie die Hafermilch aufschäumt.

»Ich finde ja, Sardegna hat bei dir schon Wunder bewirkt. In wenigen Tagen bist du aufgeblüht. Und jetzt machst du dir einfach einen schönen Tag mit einem charmanten Verehrer. Ich wünschte wirklich, du würdest das alles nicht so ernst nehmen.« Sie reicht mir den Cappuccino in einer kleinen braunen Tasse. »In zwei Tagen bist du schon wieder in Hamburgo, jetzt gönn dir noch mal ein bisschen dolce vita.«

»Du hast leicht reden. Ich habe quasi überhaupt keine Erfahrung damit, wie man sich als erwachsene Frau bei einem Date verhält. Besi war ja mein erster und einziger Freund …«

»Mach dir keinen Kopf.« Lilo kommt hinter dem Tresen hervor und setzt sich wieder zu mir. »Du kannst dich da ganz einfach auf deine Intuition verlassen. Ich bin mir sicher, dass ihr viel Spaß haben werdet. Und im Gegensatz zu dir hat Giancarlo jede Menge Erfahrung mit Dates. Er weiß sicherlich, was er zu tun hat.« Sie lacht, als sie meinen panischen Gesichtsausdruck sieht. »Das war nur ein Spaß! Um dich locker zu machen. Du musst dir keine Sorgen machen. Giancarlo ist der perfekte Gentleman. Und du, du hör auf deinen Bauch und versuch, einfach mal zu genießen. So wie ich das sehe, hast du dir nach den letzten drei Jahren ein bisschen Genuss verdient.«

»Ciao, ihr beiden«, Giancarlo kommt mit einem Strahlen im Gesicht und einem Korb voller Gemüse in die Bar gelaufen und begrüßt Lilo und mich mit Küsschen links, Küsschen rechts.

»Das ist für dich, Lilo.« Er übergibt ihr den Korb und wendet sich mir zu. »Und? Bist du bereit für einen Tag divertimento mit – wie sagt man noch gleich auf Deutsch – vielen guten Aussichten?« Er lässt wieder seine dichten Augenbrauen tanzen, und mir fällt auf, dass er gar keine dunkelbraunen, sondern graue Augen hat. Ich muss lachen, als er mir seinen Arm anbietet, sage »Sì!« und hake mich bei ihm unter.

Wir verabschieden uns von Lilo und machen uns auf den Weg über den Strand zum Parkplatz. Es ist noch nicht einmal elf Uhr, und die Luft über dem Sand flirrt schon.

»Das ist dein Auto?«

Lilo hatte mich ja gewarnt. Das knallrote Alfa-Romeo-Cabrio sieht so aus, als hätte Giancarlo es aus einem italienischen Filmklassiker geklaut.

»Sì! Warum lachst du?«

»Na ja. Weil es so wahnsinnig italienisch ist.«

Giancarlo zuckt nur mit den Schultern und öffnet mir die Beifahrertür. »Wir sind ja auch in Italien. Andiamo?«

»Andiamo!«, sage ich und denke an meine Handbremse, die ich in dem Moment, als er sich neben mich setzt und Gas gibt, noch ein bisschen weiter löse.

Während wir auf der Landstraße die Küste entlanggondeln, studiere ich Giancarlos markantes Gesicht. Der Dreitagebart, den er sich seit unserem ersten Treffen hat stehen lassen, sieht gut an ihm aus. In meinen Liebesromanen würde die selbstbewusste Heldin in einer Pause am Auto lehnend ihre Hände um seine bärtigen Wangen schließen und ihn leidenschaftlich küssen. Wie sich das wohl anfühlen würde …?

Huch? Gerade stelle ich mir noch vor, wie ich mit Green-

Freak die alten Hirtenpfade der Insel erkunde, und im nächsten Moment denke ich über heiße Küsse mit einem Italiener nach? Vom dreijährigen Zölibat zu gleich *zwei* parallel daherfantasierten Liebschaften?

Lilo muss mir heimlich ein Liebeselixier eingeflößt haben.

Der Fahrtwind verwirbelt meine Haare, und ich bändige sie unter einem Seidentuch. Es passt in seinen gelben und braunen Tönen farbig gut zu dem cognacfarbenen, leichten Blusenkleid, das ich heute trage. Ich fühle mich gar nicht so fehl am Platz, neben diesem Italiener in diesem Cabriolet. Mein Blick wandert wieder aufs Meer. Wo wir wohl hinfahren? Was es wohl zu essen gibt? Wie er mich wohl findet? Was er wohl gerade denkt? Wahrscheinlich denkt er gerade gar nichts. Und ich? Ich denke alles.

»È bello, vero?« Giancarlo zeigt mit der rechten Hand in Richtung Meer.

»Ja, es ist wirklich wunderschön hier. Du lebst gern hier, oder, Giancarlo?«

»Sì. Sardegna ist meine große Liebe. Und natürlich Pecorino!« Er lacht, und auch ich muss lachen.

»Natürlich.«

»Ich zeige dir heute nicht Kloster und Kirchen, oder wie sagt man noch auf Deutsch – typische Sehenswürdigkeiten. Wir genießen heute la bella isola sarda mit belle viste, gutem Essen und il mare, va bene? Ich verrate dir meine Lieblingsplätze in der Nähe, wir essen eine Kleinigkeit im Ristorante von meinem Freund Alfredo, und danach fahren wir mit dem Boot zurück zu Lilos Strand.«

»Aber was ist denn dann mit deinem Auto?«

Er lacht.

»Was? Warum lachst du?«, frage ich ihn etwas empört.

»Weil diese Frage so – wie hast du vorhin gesagt – so wahnsinnig deutsch ist!«

Der Tag vergeht wie im Flug mit Giancarlo als Chauffeur, der entspannt und unbekümmert mit mir über die Insel braust und mir an der wilden Westküste eine versteckte Bucht nach der anderen zeigt. Dabei unterhalten wir uns ganz zwanglos über alles und nichts. Über Pecorino, Kühe, Schafe, Esel, Olivenöl, seine Firma, meine Firma, über Musica und über unsere Kindheiten, die unterschiedlicher nicht hätten sein können. Ich frage ihn nach seinen Eltern, die so liebevoll klingen, als hätte er sie sich ausgedacht, und er erzählt von seiner Nonna, die er sehr bewundert, weil sie eine so starke und unabhängige Frau ist. Ich erzähle von meinem extravaganten Eddie und meiner verrückten Sassy, weil ich keine bewundernswerte Nonna und keine liebevollen Eltern habe und er Lilo ja schon kennt.

An einem der kleinen, versteckten Strände sehen wir Delfine am Horizont, woraufhin ich so aus dem Häuschen bin, dass er mich für den Rest des Tages nur noch *delfino rosso* nennt.

Vor einer besonders hübschen Kulisse – das rote Cabrio zwischen den malerischen Felsen, dahinter das Meer – macht Giancarlo mit meinem Handy ein Foto von mir. Ich sehe darauf entspannt und fröhlich aus und muss an meine Unterhaltung mit Bruno bei *Mazotzkis* denken. Er hatte mir ja gesagt, dass Sardinien diese Wirkung auf einen hat. Und so schicke ich ihm das Bild und schreibe dazu:

Lieber Bruno,
ich gebe es nur ungern zu, aber Du hast wieder einmal recht gehabt: Sardinien macht entspannt und fröhlich, und Ichnusa ist das leckerste Bier der Welt! Ich hab bestimmt schon zehn Liter davon getrunken . Und ich habe gerade Delfine gesehen und wollte nun gern wissen, ob Du hier auch schon einmal welche gesehen hast.
Liebe Grüße, Marlene

PS Delfin sticht Flamingo, würd ich sagen. Letztere werde ich wohl leider nicht mehr besuchen, aber die bleiben mir ja dann noch fürs nächste Mal.

Dann geht es weiter, und der warme Fahrtwind strömt im Cabrio über uns hinweg. Ein heißer Sommertag auf einer italienischen Insel mit jemandem, der einen an seiner Heimat teilhaben lässt und einem seine geheimen Lieblingsplätze zeigt. So einen Tag sollte jeder Mensch einmal erleben dürfen. Denn so ein Tag ist leicht und wahrhaftiges Dolcefarniente. Ich muss nichts tun und bekomme doch so viel. Die Schönheit der Natur und alles, was mir hier geboten wird, umhüllen mich mit seidigem Glück.

Im Hafen von Bosa essen wir in Alfredos Trattoria unter

weißen Sonnenschirmen Meeresfrüchte mit Safran-Fregola, der typischen sardischen Pasta, und trinken eine ganze Flasche Weißwein, bevor wir auf Giancarlos Boot steigen und in Richtung Falkenstrand zurückbrausen. Nur einmal kurz nehme ich mein Handy zur Hand, um ein paar Fotos von der atemberaubenden Kulisse zu machen, und sehe dabei Brunos Antwort.

> Liebe Marlene,
> mir war gar nicht klar, dass wir Sardinien-Quartett spielen. 😄 Aber ich gebe Dir recht. Delfin sticht Flamingo. Auf Sardinien habe ich noch nie welche gesehen. Du hast mir also jetzt mindestens ein Sardinien-Erlebnis voraus. Wobei … ich bin ja auch noch nie mit einem einheimischen Galan über die Insel gefahren .
> Liebe Grüße,
> Bruno
>
> PS Sardinien steht Dir!

Irgendwann ankern wir und genießen einmal mehr die Aussicht. Die Insel mit ihren schroffen Felsen, den weichen, sandigen Einbuchtungen und dem lichtdurchfluteten türkisfarbenen Meer vom Wasser aus zu sehen, geht mir unter die Haut. Und ich denke, das hier würde Bruno bestimmt auch gefallen.

Für den so schönen und unvergesslichen Tag mit Giancarlo, für die Tour auf dem Boot, für den kleinen Abstecher zum Capo Caccia, das vom Wasser aus unbeschreiblich eindrucksvoll ist.
Für den Sprung vom Boot ins erfrischende Nass und für das Trocknen an Bord in der heißen Nachmittagssonne.
Für den eisgekühlten Prosecco, während wir in Lilos Bucht vor Anker lagen und den Sonnenuntergang genossen haben. Dafür, dass mir spätestens da klar war, dass Giancarlo und ich nicht mehr sein würden als gute Freunde, für die lustige Fahrt mit dem Motorboot zurück zum Falkenstrand und für seinen unaufdringlichen Abschied.
Dafür, dass ich an diesem Tag wirklich verstanden und gelebt habe, dass auch die positiven Dinge nicht planbar sind und dass man sich der besten Momente beraubt, wenn man sich dem Leben nicht einfach mal hingibt.
Für die letzten beiden Tage auf der Insel, an denen ich nichts gemacht habe, außer mich wohlzufühlen, viel zu essen, in der Sonne zu liegen und einfach nur aufs Meer zu schauen.
Für den letzten Abend, den Lilo, Lorenzo, Giancarlo, Isabella, Paula und ich bis in die Morgenstunden Wein trinkend und philosophierend unterm Sternenzelt verbracht haben.
Dafür, dass ich nicht zu hart zu mir bin, weil ich GreenFreak ein bisschen zu toll finde, und dass mein Herz anscheinend doch nicht aus Stein ist.

Ich habe mich in dieser Woche bei Lilo tatsächlich neu verliebt.
In das Leben, in Sardinien und in mich.
Und auch ein bisschen in die Liebe, die ja in all dem zu finden ist.

Auf Herz und Nieren

»Und? Wie war's? Du hast dich ja erstaunlich wenig gemeldet! Ich war fast schon ein bisschen sauer, wie wenig du mich vermisst hast.« Sassy nimmt mich in die Arme, und ich freue mich tierisch, sie zu sehen. Wie toll, dass sie sich die Zeit genommen hat, mich vom Flughafen abzuholen.

»Tut mir leid, aber alle haben gesagt, ich bräuchte dringend mal Abstand von allem. Also habe ich mal Abstand von allem genommen und wirklich Urlaub gemacht.«

Wie nach meiner Ankunft auf Sardinien fühle ich mich auch hier in Hamburg, wo doch seit Ewigkeiten mein Zuhause ist, erst mal völlig fehl am Platz. Eine Woche kann ziemlich lang sein und wie eine neue Realität wirken, wenn man so viele schöne Dinge erlebt.

»Ich sag's ja, du bist und bleibst ein kleines Schweinchen!« Sie lacht und drückt mich noch einmal ganz fest. »Und, hast du dir den feschen Pecorino-Prinzen gleich mitgebracht?«

»Na klar, der wird gerade noch verzollt«, grinse ich sie an.

»Wer bist du, und was hast du mit meiner Freundin gemacht? Du bist ja richtig witzig geworden. Wenn Italien das mit dir anstellt, darfst du öfter mal nach Sardinien fahren.« Sassy schnappt sich meinen riesigen Koffer, der um einige sardische Leckereien schwerer wieder mit nach Hamburg gekommen ist. »Außerdem siehst du mega aus. Diese leichte Bräune zu deinen roten Haaren und die Sommersprossen. Du leuchtest!«

Und noch bevor ich »Ach, komm. Jetzt werde ich gleich rot« sagen kann, bleibt sie plötzlich stehen und schaut mich durchdringend an. »Hast du etwa Sex gehabt? Mit dem Pecorino-Prinzen? Läuft da etwa wirklich was?!«

»Nein! Das war doch nur ein Witz!«

Wir gehen zum Parkdeck, wo Sassy zugibt, dass sie wieder einmal vergessen hat, wo sie ihr Auto abgestellt hat.

Eine halbe Stunde später sitzen wir endlich in ihrem klapprigen Fiesta und fahren in Richtung Sankt Pauli. Natürlich nieselt es, und im Gegensatz zu meiner Annahme, den Hamburger Sommer gegen die sardische Hitze sicher als angenehm zu empfinden, fröstele ich sogar ein wenig.

»Willst du gleich ins Büro oder erst mal nach Hause?«, fragt Sassy und wechselt die Spur.

»Lieber erst mal nach Hause. Ich war vor meinem Abflug noch ein letztes Mal im Meer baden und habe danach nicht mehr geduscht.«

»Noch mal: Wer bist du, und was hast du mit meiner Freundin gemacht? Nicht geduscht, nachdem du im Meer baden warst? Das ist aber sehr, sehr unmarlich!« Sie schüttelt ungläubig den Kopf und fügt hinzu: »Da sagt man dir *ein Mal*, du sollst dich locker machen, und dann machst du das auch noch! Skandal! Ich muss Eddie und Gabriella warnen – wir haben hier akuten Schweinchenalarm!« Sie kichert und kneift mich in den Oberschenkel. »Die beiden haben mir berichtet, dass du auch gar nichts in deinen Mails gemacht hast. Du hast also wirklich auf uns alle gehört?«

»Ja. Außer Annies Texte zu schreiben und mit Bruno wegen der Talkshow zu telefonieren, habe ich nicht gearbeitet. Ansonsten habe ich Dolcefarniente praktiziert, das inkludiert allerdings auch den Sex.«

»Was? Du hattest also doch Sex?« Es fehlt nicht viel, und Sassy wäre bei der Ampel um ein Haar dem Vordermann hinten drauf gefahren.

»Nein – Dolcefarniente heißt: das süße Nichtstun. Also süßes Nichtstun auch im Bereich Sex«, erkläre ich ihr wahrheitsgemäß.

»Jetzt habe ich fast einen Herzinfarkt bekommen. Aber ein Date hattest du, richtig?« Sie lässt den Motor beim Anfahren aufheulen.

»Ja, und was für eins.« Ich erinnere mich wieder und so gerne an den warmen, schönen Tag mit Giancarlo, der romantischer nicht hätte sein können. »Nur dieses Kribbeln im Nacken, die Gänsehaut, das hat gefehlt. Aber wenn Dates immer so sind, dann würde ich sagen, ich mach da jetzt mit.«

»Wo machst du mit?«

»Meine Güte, Sassy, auf wie vielen Leitungen stehst du denn rum? Beim Daten. Ich mache beim Daten mit.«

»Waaaas?!« Der Scheibenwischer quietscht über das Glas der Frontscheibe, weil sie ihn wie immer viel zu schnell eingestellt hat. »Willst du dich etwa bei *Wolke Sieben* anmelden?

Das wird Gabriella bestimmt PR-mäßig ausschlachten wollen. Wie toll!«

»Wenn ich mich anmelde, dann würde ich das anonym machen, so wie Basket.«

»Hauptsache, du datest. Alles andere ist mir ziemlich wurscht. Und was hat es mit der Talkshow auf sich?« Sie biegt in die Gärtnerstraße ab. »Und hat Basket eigentlich schon jemanden kennengelernt über *WoSi*? Du hast doch sicher Insiderinfos, die du unbedingt mit deiner äußerst diskreten Freundin Sasuko teilen möchtest?«

»Bruno hat mir bei unserem Mittagessen erzählt, dass er sich schon mit jemandem schreibt und sehr begeistert ist. Ich konnte mir gerade noch verkneifen, ihn zu fragen, wer die Auserwählte ist.«

»Meinst du, Bruno hätte dir das erzählt?«

»Weiß nicht. Vielleicht.«

»Was soll das denn bedeuten? Verschweigst du mir vielleicht etwas?«

»Gar nicht«, lache ich. »Ich wollte dich nur ein bisschen auf den Arm nehmen. Aber was ich dir tatsächlich noch nicht erzählt habe, ist, dass Bruno und ich uns seit unserem Mittagessen ganz gut verstehen. Und er war sogar richtig nett, hat mir Tipps für Sardinien gegeben und so.«

»Plötzlich ist er also nett, ja? Interesting!« Sie trommelt mit den Fingern auf das Lenkrad. »Mal was ganz anderes: Steht eigentlich der Plan noch, dass wir heut Abend zu WKK gehen?«

»Ja, unbedingt. Ich freu mich schon wie wild darauf.«

»Wie wild also. Aha ...«

flüstere ein »Ja« zurück und lächele sie glücklich an, als wir uns aus der Umarmung lösen.

»Und, hast du uns auch was Gutes miitgebracht?« Wasili reibt sich die Hände und blickt an mir vorbei auf mein großmütterliches Accessoire.

»Na klar.« Ich rolle den Hackenporsche in Richtung Bootsmitte, wo der bereits gedeckte Tisch steht, und entlade die sardischen Schätze. »Ist Bruno noch gar nicht da? Der wollte heute Abend eigentlich auch kommen.«

»Du hörst dich ja richtig enttäuscht an. Reichen wir dir etwa nicht?» Eddie stupst mich in die Seite und legt seinen Arm um meine Schulter.

»Natürlich reicht ihr mir. Ich mein ja nur, weil wir doch über die Talkshow sprechen wollten und weil ich für ihn und für dich, Wasili, Ichnusa mitgebracht habe.«

»Die beiden sind jetzt nämlich ganz dicke Bier-Buddies, nur damit ihr's wisst. Schreiben sich Nachrichten und telefonieren und so.« Sassy lacht mich aus, als ich genervt mit den Augen rolle.

»Kaum ist man wieder da, wird man schon wieder von allen Seiten auf den Arm genommen. Ich weiß schon, warum ich Sardinien so erholsam fand!«

»Siehst du, Eddie, ich hab's dir doch gesagt. Schweinchen mit Größenwahn!«

»Ihr seid blöd.« Ich muss lachen. Es ist so schön, wieder hier zu sein. »Ich hab auch noch andere Sachen mitgebracht. Oliven, zwei ganze Laibe Pecorino Sardo, Hirtenbrot in verschiedenen Ausführungen, Olivenöl von Lilos Freund und Antipasti von der Nonna von Giancarlo. Was sagt ihr nun?«

»Ganz toll! Aber wir haben auch eine Überraschung für dich!«, ruft Knorke.

»Und was?« Jetzt bin ich aber neugierig.

»Hallo zusammen.«

Er ist also doch gekommen.

»Hallo, Bruno. Du kommst ja genau rechtzeitig. Wir wollten Marli gerade unsere Überraschung zeigen.«

Sassy kommt mit einem Brettchen voller Pecorino-Scheiben angelaufen und hält sie Bruno hin.

»Pecorino?«

»Nee. Danke, Pecorino ist nicht so mein Ding«, sagt er ganz trocken und wendet sich wieder mir zu.

Wir schütteln uns die Hände, obwohl das gar nicht nötig ist, und es kommt mir total seltsam vor, ihn so förmlich zu begrüßen. Dadurch, dass wir uns während der letzten Woche so oft geschrieben haben, ist es fast ein bisschen so, als wäre er mit mir auf Sardinien gewesen.

»Ich hab dir Bier mitgebracht!«, rufe ich etwas nervös und definitiv zu laut, weil keiner was sagt und alle uns beobachten.

»Danke. Dann mal her damit.« Bruno scheint sich nicht daran zu stören, dass wir im Mittelpunkt der Aufmerksamkeit stehen.

Ich reiche ihm eine der braunen Flaschen mit dem hübschen Etikett. »Das ist ja jetzt wirklich genau das Richtige nach dem Tag!«, freut er sich.

»Hattest du Stress, Bruno?«, fragt Karmen, wieder ganz die Samtpfote.

»Ja, das Konzert in Bremen wurde wegen eines Wasserschadens abgesagt, da gab es dann natürlich einiges zu regeln. Aber was soll's, Schwamm drüber. Am Wochenende haben wir übrigens Heimspiel auf dem Kiez im *Docks*. Kommt doch auch alle und bringt am besten die ganze *Wolke-Sieben*-Belegschaft mit! Ich besorg euch Tickets. Was sagt ihr?« Er blickt in die Runde, und alle sind natürlich total begeistert.

»Jetzt, da Marlene und du so dicke seid, dürfen wir bestimmt auch backstage, und ich kann meinen Freund mitbringen, oder?« Sassy hat wirklich ein Händchen dafür, mich in Verlegenheit zu bringen.

»Na klar«, lächelt er und wendet sich mir zu: »Schick du mir doch einfach 'ne Mail mit den Namen der Leute, die kommen wollen. Ich schreib euch dann alle auf die Gästeliste.«

»Aber nicht, dass das dann so läuft wie beim letzten Mal und euer reizender Securitymann uns nicht reinlässt«, fordert Sassy.

»Keine Sorge. Ich kümmere mich drum. Versprochen.«

Ich habe gerade ganz andere Bedenken. »Vielleicht sollten wir noch was zu essen bestellen, ich glaube, meine Mitbringsel reichen nicht, um uns alle vernünftig satt zu kriegen, oder?«

»Wir brauchen niix bestellen.« Wasili deutet in Richtung Laube. »Überraschung macht Essen.«

Ich habe mich schon die ganze Zeit gewundert, warum es hier so nach Rauch riecht. Jetzt sehe ich es. Neben der Laube steht ein kleiner, gemauerter Steinofen mit einer gusseisernen Tür und einem Schornstein, aus dem gleichmäßiger Rauch aufsteigt.

»Bruno hat gemeint, dass es doch schön wäre, dir und uns ein bisschen Italien auf den Kahn zu holen. Und weil du doch auch so gern Pizza isst, haben wir auf die Schnelle einen Pizzaofen gebaut. Viva la Pizza! Damit du Sardinien nicht so vermisst. Und wir haben auch was davon.« Knorke reibt sich freudig die Hände.

»Wann hast du das denn noch gemacht?«, frage ich Bruno perplex.

»Ich war letzte Woche zwischen zwei Konzerten kurz hier und hab den dreien geholfen. Wir dachten, du freust dich vielleicht«, sagt er so lapidar, als würde es sich bei dem Pizzaofen nur um ein Bund Radieschen handeln.

»Der Junge sieht gut aus *und* ist handwerklich begabt. Ein Wunder, dass du noch Single bist, Bruno-Schätzchen. Nur damit du Bescheid weißt, ich wäre jederzeit für ein Date mit dir zu haben«, fügt Karmen augenzwinkernd hinzu, bevor sie in Richtung Pizzaofen marschiert.

»Und? Gibt's hier jetzt bald mal was zum Einschmeißen?«, ruft Eddie erwartungsfroh. »Ich hab Hunger wie 'n Elch!«

»Setzt euch doch einfach alle und fangt an. Karmen und ich bereiten schon mal die erste Pizza vor«, sagt Knorke und geht zu Karmen, die schon fachkundig das Nudelholz schwingt und den Teig ausrollt.

Die anderen sind so gespannt auf die erste Pizza, dass sie sich nicht setzen, sondern Karmen hinterher zum Ofen pilgern.

»Hattest du einen guten Rückflug?«, fragt Bruno, der noch immer neben mir steht.

»Ja, hat alles super geklappt.«

»Und hatte ich dir von Sardinien zu viel versprochen?«, fragt er lächelnd.

»Nein. Du hattest absolut recht: Die Insel ist wirklich der Hammer. Und als Giancarlo mir bei unserem Bootstrip noch das Capo Caccia vom Wasser aus gezeigt hat, war ich endgültig hin und weg. Das würde dir bestimmt auch gefallen. Oder kennst du das schon?«

Er verschränkt die Arme vor der Brust und runzelt ein wenig die Stirn. »Nee, noch nicht. Dieser Giancarlo hatte bestimmt noch jede Menge anderer toller Insidertipps für dich, oder?«

»Ja, der Tag mit ihm war echt super. Das ist schon toll, wenn man mit jemandem durch die Gegend fahren kann, der sich vor Ort so gut auskennt.« Ich lächle bei der Erinnerung daran.

»Wie schön.« Bruno trinkt einen langen Schluck aus seiner Bierflasche. »Und? Die Talkshow? Hast du schon in die Unterlagen schauen können, die der Redaktionsassistent geschickt hat?«

Der plötzliche Themenwechsel trifft mich unvorbereitet. »Äh. Nein. Ich bin ja vorhin erst gelandet. Aber ich bin mir sicher, Gabriella hat schon alles perfekt organisiert. Denkst du, Basket und ich sollten uns vorher noch mal treffen?«

»Ja, unbedingt. Wie wär's denn am Sonntag nach dem Konzert?«

Eddie kommt auf uns zu und beißt genussvoll in ein riesiges Stück Pizza. »Da mauert man sich hier drei Tage die Finger wund, und du bewunderst noch nicht mal den Ofen? Kommt, Kinners. Die beste Pizza von ganz Hamburg wird kalt.«

Bruno und ich folgen seiner Einladung und gehen zu den anderen. Am Ofen angekommen, drückt Karmen Bruno gleich das Nudelholz in die Hand und weist ihn streng an, wie er den Teig auszurollen hat. Er macht das ziemlich gut. Karmens Anleitungen sind eigentlich vollkommen überflüssig.

»Na, Schwesterherz?«, schmatzt Eddie mich an und grinst dabei bis über beide Ohren. »Kriegen wir ab jetzt sardischen Pecorino frei Haus von deinem Urlaubsflirt?«

Ich boxe ihn in den Oberarm, und er jault auf. »Willst du mich umbringen?«

»Hast du wirklich den Ofen mitgebaut?«

»Nee. Aber ich hab mit 'nem Bier danebengesessen und kluge Ratschläge gegeben.«

»Mensch, Eddie. Du bist echt unmöglich.«

»Man wird ja wohl noch mal 'nen Scherz machen dürfen. Ich dachte, du wärst in Italien so locker geworden?« Anstatt eine Antwort abzuwarten, legt er den Arm um mich und flüstert: »Ist doch irgendwie spannend, dass dieser Bruno dir mal eben 'nen Pizzaofen baut, findest du nicht? Glaubst du, ich muss den mal auf Herz und Nieren prüfen? So ganz der große Bruder?«

»Prüf du mal lieber deine eigenen Pappenheimer. Da ist überhaupt nichts Spannendes dran. Er liebt Pizza und hat für WKK und für sich selbst einen Ofen gebaut. Und basta!«

»Ich mein ja nur, ich mein ja nur«, sagt Eddie mit einem schelmischen Grinsen.

So schön Sardinien auch war, ich freu mich, wieder zu Hause zu sein!
Und leckere Pizza gibt es hier ja jetzt auch ...

Astrein

Liebe Annie,
Du glaubst wirklich, dass es unmöglich wäre, Dir ein paar Griffe beizubringen?
Challenge accepted – jeder Mensch ist musikalisch, und jeder Mensch kann Gitarre spielen lernen!!
Ich bin schon richtig gespannt, ob Du Dir was von mir sagen lässt … ☺
Ich freu mich tierisch, dass Du Lust hast, mich in echt zu treffen. Bar Liberté 20 Uhr find ich super, allerdings geht es bei mir nächsten Mittwoch nicht. Wie wäre es Mittwoch in zwei Wochen? Das Mix Tape mach ich Dir bis dahin auch fertig. Wir können ja vorher auch noch mal schreiben? Das fänd ich schön!
Lieben Gruß, GF

Lieber GreenFreak,
ich habe Dich gewarnt! Wenn Du an mir als Gitarrenschülerin verzweifelst und Deine Karriere als Gitarrenlehrer sofort nach meiner

ersten Stunde an den Nagel hängen willst, ist
das nicht meine Schuld! ☺ Das mit dem
Mir-etwas-sagen-Lassen kann ich ja noch ein
bisschen üben, bis es so weit ist. ☺
Zwei Wochen drauf ist auch gut.
Was ist unser Erkennungszeichen? Eine
Postkarte vom Hafen? Ein Anker-Tattoo auf
dem Handgelenk? Oder tragen wir einfach Grün
von Kopf bis Fuß?
Wie auch immer, ich freu mich drauf – auch auf
das Mix-Tape.
Liebe Grüße – heute aus der Uni beim Forschen,
Annie

Liebe Annie,
jetzt kann ich doch schon am kommenden Mittwoch. Geht das bei Dir noch? Würde mich freuen, und auch wenn das jetzt vielleicht nicht supercool kommt, ich schreib's trotzdem: Ich kann's kaum erwarten!
Liebe Grüße – heute aus einem irre langsamen Bus irgendwo im Nirgendwo, GF

PS Natürlich ziehen wir uns beide ganz in Grün an. ☺ Oder doch lieber nicht? Mir steht gar kein Grün. Was hältst Du davon, wenn ich einen Tisch auf GreenFreak reserviere, und dann kannst Du beim Barmann danach fragen?

Lieber GF,
ja, das geht noch!
Ich find's supercool, wenn jemand sagt und schreibt, was ihm durchs Herz geht, ohne es vorher vom Verstand in Form schneiden zu lassen.
Ich kann's auch kaum erwarten!
Liebe Grüße – immer noch aus der Uni,
Annie

PS Puh. Glück gehabt. Mir steht auch kein Grün.
Gute Idee. Einverstanden.

Liebe Annie,
okay, dann bis übermorgen.
LGGF

Ja! Dann bis übermorgen.

Ich lese mir den Verlauf der letzten Nachrichten nun schon zum dritten Mal durch und starre dabei eigentlich nur durch die Worte hindurch. Annie hat bei den letzten zwei Nachrichten gleich geantwortet, ohne auf meine Vorschläge zu warten. Ich war bestürzt. Völlig lächerlich natürlich, denn es ist ja ihre Kommunikation, nicht meine. Und dann war ich beeindruckt. Wer so etwas Schönes schreiben kann wie: … *was ihm durchs Herz geht, ohne es vorher vom Verstand in Form schneiden zu lassen …*, hat meine Hilfe eigentlich nie gebraucht. Jetzt tue ich mich schwer, GreenFreak und diese

Romanze, die mir genauso wenig gehört wie die Kommunikation dazu, einfach so loszulassen.

Sardinien ist schuld! Ich habe ihn ja mitgenommen auf die Insel, an den Strand, in eine Auszeit, die meine so klar definierten Grenzen verwischt hat. Eine Auszeit, die mich aus der Deckung gelockt hat.

Nun treffen sich die beiden heute Abend, und ich bin endgültig raus aus der Nummer. Mein Gefühl sagt, dass sie sich mögen werden, und mit solchen Intuitionen liege ich selten falsch.

Was ich nun brauche, ist Ablenkung.

7 Uhr Mexiko/NF, simse ich Sassy. Ob unser Codewort NF, das für *Notfall* steht, doch etwas übertrieben ist? Ich schicke noch schnell ein *Keine Sorge, nichts Schlimmes* hinterher und bekomme von ihr wenige Sekunden später ein Daumen-hoch-Emoji. Ich bin erleichtert, dass sie Zeit hat und wir meinen Quatsch in Margaritas ertränken können.

Gabriella, Dani, Eddie und das ganze Team haben während meiner Abwesenheit einen tollen Job gemacht. Natürlich gab es für mich gestern und heute einiges aufzuarbeiten, aber das Team hat die Promo mit Basket einwandfrei durchgezogen. Jede noch so kleine Gelegenheit wurde optimal genutzt, um uns mit der gesteigerten Aufmerksamkeit nachhaltig als ernst zu nehmende Konkurrenz für die etablierten Dating-Websites zu platzieren. Mich haben nach meiner Rückkehr also nur erfreuliche Nachrichten erwartet. Inklusive der Info von Dani, dass sie sich gern intensiver mit dem Thema Ghostwriting befassen würde. Das freute mich sehr. Dani hatte Lust, unter meiner Supervision gleich ein paar neue Klientinnen zu übernehmen, was mich noch mehr freute. Nach der emotionalen Involviertheit bei dem letzten Auftrag sträubte sich gerade jede Faser meines Körpers dagegen, einen neuen anzunehmen. Und wir haben in der letzten Woche viele bekommen.

Als das Telefon klingelt, nehme ich den Hörer ab. »Branko ist hier. Soll er in dein Büro kommen?«

»Ja, das wäre toll, Jerry. Und machst du uns bitte einen Cappuccino?« Ich bin gespannt, ob er uns auch wirklich einen Cappuccino bringt und mich nicht wieder mit einem Vanilla Latte überrascht.

»Na klar, Boss. Die Serviceleute haben die Kaffeemaschine ja schon längst repariert.«

»Ich weiß, Jerry, ich weiß.«

Branko steckt den Kopf durch die Tür. Wie schön, diesen Schrank von einem Mann mal wiederzusehen.

»Hi, Branko. Wie geht's dir? Ich habe dich vorgestern auf dem Kahn vermisst. Knorke meinte, du wolltest eigentlich auch kommen.«

»Hi, Marlene. Das stimmt. Aber es gab ein großes Tohuwabohu in einem meiner Häuser im Treppenviertel. In dem schönen hellblauen mit dem bunten Garten. Weißt du, welches?« Branko hält kurz inne und fährt fort, als ich den Kopf schüttele. »Du wirst es nicht glauben. Die Nachbarn haben sich wegen des Lärms bei der Polizei beschwert. Die ist da hin, aber keiner macht die Tür auf. Dann haben die mich angerufen. Die wissen ja, wem das Haus gehört. Ich klopfe, rufe den Namen. Keine Antwort. Ich klopfe noch mal, rufe den Namen. Wieder keine Antwort.«

Jerry, ein großer Branko-Fan, seit dieser ihn mal davor bewahrt hat, in einer Seitengasse vom Kiez schlimm vermöbelt zu werden, kommt zur Tür herein und überreicht uns strahlend je einen Cappuccino.

»Wo war ich stehen geblieben? Ach ja. Dann schließ ich also die Tür zu der Bude auf, und mir fliegen Dutzende von Papageien entgegen. Nicht die kleinen. Die großen. Diese Aras in Rot und Grün. Die zwei Polizisten und ich, wir ducken uns und wissen gar nicht, was wir machen sollen. Und dann sind auch schon alle Aras weg, und drinnen liegt die alte Marten mit den weißen Haaren in einem ihrer bunten Kimonos tot auf dem Afghanen. So als hätte sie sich da wie ein Kunstwerk inszeniert. WAHN-SINN! Fast schade, dass ich keine Fotos machen konnte von dem ganzen Zirkus. Das war eine Show! Ich sag's dir. Die Frau hatte nachhaltig nicht mehr alle Dielen im Lot.«

Ich bin entsetzt. »Das muss doch verboten sein! Die armen Aras!!«

»Das ist so was von verboten. Aber das war der alten Schachtel völlig wurscht. Ich hätte es wissen müssen, dass die in dem Haus irgendeinen Unfug anstellt. Die war schon immer total extravagant und überkandidelt. Hättest du gedacht, dass Aras so einen Lärm machen, dass die Nachbarn die Polizei rufen?« Er streicht sich mit der tätowierten Hand über die Glatze. »Egal. Was ich dich eigentlich fragen wollte ...«

»Ja?« Ich bin gespannt, was jetzt kommt. Bei Branko weiß man nie.

»Ich würde gerne meine Lebensgeschichte aufschreiben.

Die Idee kam mir, als ich die alte Marten da so adrett und tot auf dem Teppich rumliegen sah.« Er pausiert und atmet tief. »Geschichten und Geld hab ich wie Heu. Aber schreiben kann ich nicht. Und da dachte ich, vielleicht hast du Lust, für den alten Branko in die Tasten zu hauen.«

»Das heißt, du würdest mir alles erzählen, was du bisher erlebt hast?« Ich lasse meine Augenbrauen auf und ab tanzen, wie Giancarlo es immer macht. »Wirklich *alles*?«

»Ja, Hauptsache, einer schreibt's auf, und ich habe das Gefühl, du bist genau die Richtige dafür.«

»Ich habe eine Bedingung«, sage ich ganz ernst.

»Wer kann dir schon was abschlagen?« Branko lächelt und zeigt dabei seinen silbernen Eckzahn.

»Ich will wissen, was es mit dem *Louie* auf sich hat.«

Branko schaut mich verständnislos an.

»Als wir den Mietvertrag fürs Büro gemacht haben, hast du gesagt, ich solle hier ruhig mal *meinen Louie machen*, und als ich dich fragte, was das bedeutet, sagtest du, das würdest du mir erklären, wenn ich groß bin.« Ich verschränke die Arme vor der Brust und lehne mich in meinem Stuhl zurück. »Nun, ich glaube, wenn ich deine Memoiren schreiben kann, dann bin ich groß genug.«

»Da sagst du was, da sagst du was.« Er lächelt. »Also schön.« Auch er lehnt sich in seinem Stuhl zurück und fängt an zu erzählen. »Mit sechzehn bin ich ins Milieu gekommen und habe für einen Mann namens Louie Zapp schwarz gebrannten Schnaps ausgefahren. An alle halbseidenen Kneipen auf dem Kiez. Ich habe schnell gecheckt, dass ich mehr verdiene, wenn ich den Schnaps ein bisschen strecke und einfach ein paar Flaschen mehr verkaufe. Den Gewinn für die extra Flaschen habe ich natürlich nicht an Louie weitergegeben. So habe ich mir ein schönes Sümmchen nebenbei verdient.« Er schaut versonnen ins Nichts und reibt sich sein Kinn. »Irgendwann hat mich Fanni, eine echte Kiez-Legende, die selbst hin und wieder gern mal 'n Lüttn zur Brust genommen hat, zur Rede gestellt. Der Doppelkorn kam ihr verdächtig dünn vor. Ich gab zu, den Schnaps verdünnt zu haben, und da sagte sie: ›Den Louie mach ma schön woanders, aber nicht bei mir.‹ Es stellte sich nämlich heraus, dass Louie selbst auch so mit seinem Geschäft angefangen hatte. Und auch ihm hatte sie diese Flausen schnell ausgetrieben. Irgendwie ist *den Louie machen* dann einer von unseren Schnacks geworden und kann im Grunde alles heißen, aber meistens bedeutet es *sein eigenes Ding machen*.«

»Ich nehme mal an, dass das eher eine deiner harmloseren Geschichten ist, korrekt?«

»Korrekt.« Er beugt sich leicht vor und hält mir seine Hand hin. »Was sagst du, haben wir 'nen Deal?«

Mein Herz sagt: *Jaaa, unbedingt!* Mein Verstand sagt: *Nein, dafür hast du doch gar keine Zeit!* Aber ablehnen will ich jetzt auch nicht gleich. Schließlich ist das eine unheimlich spannende Aufgabe. Wer will nicht alles über Branko wissen?

»Darf ich darüber nachdenken?«

»Natürlich. Aber nicht zu lange. Das Buch soll ja schließlich noch rauskommen, bevor es mir so geht wie der verrückten Marten.«

»Ich sage dir in den nächsten Tagen Bescheid.«

»Alles klar, Marlene. Sehen wir uns auf Baskets Konzert am Samstag?«

»Ach ja!« Mir fällt ein, dass Branko ja auch Basket und Bruno kennt und sogar so was wie der Vermieter von Letzterem ist. »Ja, das ganze *WoSi*-Team ist dabei.«

»Schön. Dann warte ich auf deinen Anruf und freue mich auf deine Zusage.« Er stemmt sich aus dem Stuhl.

»Jetzt habe ich doch noch eine Frage, Branko.«

»Dann schieß mal los.«

»Was hältst du eigentlich von Bruno?«

»Bruno Buchenwald? Das ist 'n prima Kerl. 'n richtig guter Kumpel. Das ist einer von der Sorte, die du mitten in der Nacht anrufen kannst, wenn du 'n Problem hast. Für den leg ich meine Hand ins Feuer.«

»Aha.« So einen guten Leumund, und dann auch noch von Branko, habe ich nicht erwartet.

Branko sieht mir meine Zweifel an. »Glaub mir. Ich hab 'ne gute Menschenkenntnis und rieche Abschaum kilometerweit gegen den Wind. Sogar noch im dichtesten Schneegestöber. Bruno ist definitiv einer von den Guten. Der hat auch schon so einiges hinter sich. Wenn du wüsstest, wie wir uns kennengelernt haben ...« Branko blickt aus dem Fenster in den Innenhof und lächelt vor sich hin. »Jaja. Die guten alten Zeiten. Aber das erzähl ich dir erst, wenn du dich für meine Memoiren entschieden hast. Eins kann ich dir aber noch zu Bruno sagen: Wenn der nicht astrein wäre, hätte ich ihn niemals zu WKKs Nachbarn gemacht.«

Er drückt die Türklinke runter. »Du überlegst dir das mit dem Buch?«

»Ja.« Gedankenverloren tippe ich mir mit einem Kugelschreiber gegen die Wange.

Nichts als Ausrufezeichen

Punkt sieben sitze ich auf der Bierbank vor der *Taqueria Mexiko Straße* und habe mir schon die erste Margarita bestellt. Hier ist die ganz besonders lecker; und das Salz am Glasrand ist pink. Seit meiner Rückkehr sind die Temperaturen stetig angestiegen. Die sardische Sommerhitze ist mir wohl bis nach Hamburg gefolgt. Eine leichte Brise weht von der Elbe her durch die Detlev-Bremer-Straße, und die Gerüche, die aus Sassys und meinem Lieblingslokal kommen, lassen mir das Wasser im Mund zusammenlaufen.

»Na, du hübscher Notfall?« Sassy lässt ihren Rucksack schwungvoll auf die Bank mir gegenüber krachen und setzt sich daneben. »Was ist los? Und wieso hast du mir noch keine Margarita bestellt? Bist du verrückt geworden?« Sie winkt der Bedienung, zeigt auf mein Getränk und hält den Zeigefinger hoch. »Schieß los! Was ist passiert?«

Jetzt komme ich mir plötzlich ganz blöd vor. Ein Notfall ist wirklich etwas anderes. Anstatt etwas zu sagen, trinke ich lieber noch ein bisschen Margarita. »Ich wollte dich einfach sehen.« Mir ist es peinlich, zuzugeben, dass ich traurig bin, weil eine unserer Klientinnen mit einem unserer Klienten ausgeht.

Die Kellnerin kommt an unseren Tisch und stellt die Margarita vor Sassy ab, die mir natürlich kein Wort glaubt. »Aha. Na dann: Hier bin ich. Prost.« Sie beugt sich über die Karte und fragt: »Hast du schon überlegt, welche Tacos wir nehmen?«

Ich kann nicht glauben, dass sie mir die Flunkerei durchgehen lässt, und platze gerade deshalb dann doch mit der Wahrheit heraus.

»Ich habe dir doch von meiner Klientin Annie erzählt. Die, für die ich ghostwrite. Sie geht heute mit einem unserer Klienten aus. Er nennt sich GreenFreak, ist total schlau, lustig und Gitarrenlehrer in Altona. Und ich bin völlig beknackterweise traurig darüber. Ich habe mir auf Sardinien die ganze Zeit vorgestellt, wie es wohl wäre, mit *ihm* die Insel zu erkunden. Da siehst du mal, was so ein Urlaub aus mir macht!« Ich seufze gequält. »Ich fühl mich mies.«

»So ist es schon besser. Immer schön raus mit der Wahrheit. Darauf prost.«

»Prost«, sage ich niedergeschlagen und von mir selbst genervt.

»Weißt du was? Ich finde, du solltest stolz auf dich sein. Ich bin es jedenfalls und Eddie bestimmt auch. Und Frau Kantenkranz sowieso.« Sie schaut mich aufmunternd an.

»Warum stolz auf mich?«

»Na ja, du hast Urlaub gemacht, hast einen ganzen Tag mit einem heißen Italiener verbracht, und jetzt bist du auch noch traurig, weil du jemanden ein bisschen an dein Herz gelassen hast.« Sie legt den Kopf schief. »Zwar ist das jemand – genau wie der Italiener übrigens –, der dir nicht wirklich aus der Nähe gefährlich werden kann, aber wenn man an Höhenangst leidet, besteigt man ja auch nicht gleich den Mount Everest. Du hast zumindest schon mal einen Blick auf das Basislager geworfen, das ist doch toll!« Sie winkt der Kellnerin, deutet auf ihren Drink und hält dieses Mal zwei Finger hoch.

»Hmm«, murmele ich und leere mein Margarita-Glas.

»Siehst du denn nicht, wie großartig es ist, dass du überhaupt zulässt, etwas zu fühlen?« Dass das nur eine rhetorische Frage ist, kann ich an Sassys Begeisterung sehen. »Das ist kein Notfall, das ist ein Grund zum Feiern!« Wie aufs Stichwort bringt die Kellnerin die nächste Runde. Sassy hebt ihr neues Glas und wartet darauf, dass ich es ihr gleichtue. »Auf dein Herz und auf die Liebe! Komm schon, du willst es doch auch! Trink mit mir auf die Liebe!«

»Vielleicht hast du recht.«

»Natürlich habe ich recht! Prost, Marlene. GreenFreak ist nur der Anfang. Andere Mütter haben auch noch schöne Gitarrenlehrersöhne.«

»Na gut. Auf die Liebe!« Ich streiche mir die Haare hinter die Ohren. »Du, ich bin schon ganz schön benebelt. Wollen wir mal was zu essen bestellen?«

»Na klar. Was darf's denn sein, Miss Lover-Lover?«

»Ach Mann, Sassy, du musst es immer gleich übertreiben.«

»Selber: Ach Mann! Du verdirbst mir immer den ganzen Spaß! Ich bin hier völlig euphorisch, weil sich dein Herzenszustand auf dem Feel-good-Barometer endlich wieder im normalen Bereich einpendelt, und du willst mir diesen

Moment gleich wieder versauen!« Sie tut so, als würde sie schmollen, aber ich weiß genau, dass die Möglichkeit, dass ich mich der Liebe wieder ein Stück öffnen könnte, ihre gute Laune auf Höhenflüge schickt.

»Na gut«, lenke ich ein. »Miss Lover-Lover hätte gern erst mal die Guacamole clásico, dann den Taco mit Getreide-Chorizo und Austernpilzen, den mit schwarzen Bohnen und Kürbis und den mit geröstetem Blumenkohl und Chili-Kichererbsen.«

»Ich nehme haargenau das Gleiche.« Sassy winkt der Kellnerin.

»Boah. Das war lecker.« Sassy wischt sich den Mund mit der Serviette ab. »Und? Was machen wir jetzt?«

»Nach Hause will ich noch nicht.«

»Unter der Woche, neun Uhr, und du willst noch nicht ins Bett?«, neckt mich Sassy.

»Haha.«

»Ich habe eine ganz fantastische Idee, was wir jetzt unternehmen. Wir gehen ins *Eckpoint Charlie*. Da spielen mittwochs immer unbekannte, aber manchmal richtig gute Singer-Songwriter. Hast du Lust?«

»Ich habe eine bessere Idee. Wir gehen in die *Bar Liberté* und crashen Annies Date, indem wir GreenFreak erzählen, dass eigentlich ich seine Auserwählte sein sollte.« Ich reiße den Mund auf und rolle ein bisschen wahnsinnig mit den Augen.

»Marli!«, gespieltes Entsetzen bei meiner Freundin. »Du bist ja völlig vogelwild!« Sie bedeutet der Kellnerin, die

Rechnung zu bringen. »Das machen wir ein andermal, okay?«

»Na gut«, stimme ich lachend zu.

Wir bezahlen und verlassen unseren Sitzplatz vor der Taqueria, und Sassy hakt sich bei mir unter.

»Branko hat mich übrigens gefragt, ob ich seine Memoiren schreiben würde.«

Sassy bleibt abrupt stehen. »Was? Echt? Das ist ja geil! Und machst du's? Das musst du machen!«, bestürmt sie mich. »Das wird auf jeden Fall ein Bestseller! Die Memoiren einer Kiez-Legende! Dann seid ihr bald berühmt, Branko und du!«

Ich muss lachen, denn wenn meine Freundin mich auch nur ein bisschen kennt, weiß sie, dass ich darauf nun überhaupt nicht scharf bin. »Für meinen Geschmack bin ich schon berühmt genug.«

»Und? Machst du's?«

»Ich weiß noch nicht.«

»Und was sagt dein gerade erwachtes Herz?«

»Es sagt Ja.«

»Na dann! Du weiß ja, was man sagt: Don't disappoint a woken heart!«

»Und wie läuft es mit deinem Herzblatt?«, frage ich Sassy, um vom Thema abzulenken.

»Echt gut! Der Besuch bei seinen Eltern war toll. Die sind ganz locker und haben sich wirklich gefreut, mich kennenzulernen. Ich habe mich sehr willkommen gefühlt. Das war schön.«

»Das freut mich für dich. Und ist der Wal-Doc auch weiterhin interessant und charming?«

»Ja, und auch echt ein guter Freund. Er steht voll hinter mir und ist immer für jeden meiner Blödsinne zu haben.« Sie lächelt glücklich.

»Echt? Er wäre also auch damit einverstanden, wenn du mit Krazonka und Lady Marmelade nach Sardinien fährst und Lilos Bar übernimmst?« Jetzt necke ich sie ein bisschen.

»Haha, sehr witzig, Marlene.«

»Sorry, ich wollte auch mal einen Witz machen. Und wer ist eigentlich Lady Marmelade?«

»Lady Marmelade heißt eigentlich Jasmin und ist ein Showgirl. Sie ist steinalt, singt schrecklich laut und raucht extralange Zigaretten durch eine extralange Zigarettenspitze. Sie hat viele Jahre in New York gelebt und ist erst vor vier Jahren wieder nach Deutschland gekommen. Eine Diva, wie sie im Buche steht.« Sassy tut so, als würde sie rauchen, rümpft die Nase und spitzt den Mund. »*Drrrrrreadful! The Germans! Einfach drrrreadful!* Sie ist echt herrlich! Du wirst sie auf jeden Fall lieben! Schau an, da sind wir schon.«

Sie drückt die Tür vom *Eckpoint Charlie* auf, und wir gehen die paar Treppenstufen hinunter. Uns empfangen leises Stimmengewirr, *Common People* von Pulp und stickige Luft. In dem überschaubaren, fensterlosen Raum ist es dunkel, und meine Augen gewöhnen sich nur langsam daran. Auf den runden Tischen, die alle besetzt sind, stehen gedimmte, altmodische Schirmlampen. Die Wände wurden mit alten Konzertpostern tapeziert. Wir steuern den Tresen am anderen Ende des Raumes an, den wir mit wenigen Schritten durchquert haben. Einige Lichter sind auf die überschaubare Bühne gerichtet, aber sie ist abgesehen von einem Hocker und zwei Mikros leer.

»Ach, schade. Ist die Show schon vorbei?«, fragt Sassy den Barkeeper, der den Kopf schüttelt und meint: »Nur 'ne kleine Pause. Geht gleich weiter.« Er reicht uns zwei kleine Schnapsgläser. »Die gehen aufs Haus, wenn ihr bleibt.«

»Das lassen wir uns nicht zweimal sagen.« Sassy prostet mir und dem Barkeeper zu, und schon ist der Schnaps weg. »Ui. Das ist aber ein guter Kümmel. Danke, Mann. Wie heißt du?«

»Charlie.«

»Das ist also dein Laden?«

Der Barkeeper nickt.

»Ich bin Sassy, das ist Marlene. Und? Bist du Single? So wie meine Freundin hier?«

Meine Güte, einmal angezündet, ist Sassy nicht mehr auszukriegen. Sie macht es sich auf dem Barhocker bequem, während ich mir mal wieder wünsche, ich wäre unsichtbar.

»Nein, ich habe eine Freundin. Aber ich sag Bescheid, falls sich das im Laufe des Abends ändern sollte.« Er grinst und verschwindet durch die Schwingtür in seinem Rücken.

»Mensch, Sassy«, zische ich und setze mich neben sie, »du bist unmöglich.« Wie oft habe ich diesen Satz in unserer zehnjährigen Freundschaft eigentlich schon gesagt?

»Wir nehmen noch zwei Pils, bitte«, rufe ich Charlie zu, als der mit einem Stapel frischer Geschirrtücher zurückkommt. Charlie nickt, holt zwei Biere aus dem Kühlschrank und deutet, während er sie mir über den Tresen reicht, auf die Bühne. »Weiter geht's.«

Ich wende meine Aufmerksamkeit der Bühne zu, wo sich der nächste Sänger bereit macht, und mir stockt der Atem. »Ist das nicht ...«

»... Bruno Buchenwald?«, beendet Sassy meine Frage, ebenfalls sehr erstaunt.

»Japp«, mischt sich Charlie ein, der ja nicht wissen kann, dass das eine Feststellung und keine Frage war.

Bevor Sassy und ich unsere Münder wieder zuklappen, nimmt der leibhaftige Bruno Buchenwald mit einer schwarzen Gitarre in der Hand auf dem Hocker Platz.

Wie er die Gitarre nimmt, sie auf sein Bein legt und die beiden Mikros, eins für die Gitarre, eins für seinen Gesang, noch ein bisschen zurechtdreht. Wie er sich die blonden Haare, die ihm immer wieder ins Gesicht fallen, hinter die Ohren streicht, wie er einen Schluck Bier aus der Flasche trinkt, wie er ein bisschen auf dem Hocker hin und her rutscht. Wie er die Finger auf den Saiten anordnet und kurz »Hi« sagt, wie er schließlich anfängt, zu spielen. Das Picking perfekt und weich. All das passiert für mich wie in Zeitlupe.

»Oh«, entfährt es mir, als die ersten Töne durch die Luft schwirren. Bruno Buchenwald auf einer Bühne auf dem Kiez, singend und Gitarre spielend? Das hatte ich nicht kommen sehen.

»Wow.« Sassy verbalisiert ihre Überraschung erst, als er auch noch anfängt zu singen. »Der ist gut. Und der hat das bestimmt selbst geschrieben.«

Diese Erkenntnis wird von Charlie mit einem erneuten »Japp« bestätigt.

Mein erster Schock, ihn hier und auf der Bühne zu sehen, lässt nach, und ich raune Sassy zu: »Komm, lass uns schnell verschwinden, bevor er uns sieht. Es wäre mir total peinlich, wenn er denken würde, dass wir seinetwegen hierhergekommen sind. Ich habe keine Lust, dass es so aussieht, als würde ich ihn stalken.«

»Neee! Auf gar keinen Fall gehen wir jetzt. Ich will das sehen.« Sie ruckelt sich auf dem Barhocker gemütlich zurecht und verfolgt aufmerksam Bruno Buchenwalds Performance.

Meine Befürchtung, dass er uns sieht, ist völlig unbegründet. Er ist in seine Musik versunken und wirkt dabei total natürlich, gänzlich unprätentiös. So viel Gefühl und diesen männlichen, aber dennoch verletzlichen Sound habe ich ihm genauso wenig zugetraut, wie einen Pizzaofen bauen zu können. Ich muss zugeben, der Typ ist immer für eine Überraschung gut.

»Oh Mann, textemäßig kann der Basket ja locker das Wasser reichen. Das ist richtig schön.« Sassy kann das alles anscheinend sehr viel schneller aufnehmen und verarbeiten als ich.

Als das Lied zu Ende ist, klatschen die Zuschauer begeistert. Einer ruft »Woohoo! Bruno! Echt klasse!«, und Bruno lächelt in den Raum. Entspannt stimmt er kurz seine Gitarre nach, während er sich ans Publikum richtet. »Danke. Den nächsten Song widme ich den Verletzungen und den Verletzten der Liebe.« Und schon spielt er weiter, und ich stupse Sassy in die Seite.

Sie grinst, sagt: »Sachen gibt's, die gibt's gar nicht«, und stupst mich mit ihrem viel zu spitzen Ellbogen zurück.

Bei diesem Song klingt seine Stimme noch einen Tick wärmer und emotionaler.

Endlich kann ich auch den Worten folgen, weil mein Gehirn nicht mehr versucht, zu verstehen, was Bruno Buchenwald auf einer Bühne in genau der Spelunke mitten auf dem Kiez macht, in die ich ausgerechnet heute das erste Mal hineingelaufen bin.

Du willst, dass dich da draußen alle lieben
Willst vor der Sonne Pirouetten fliegen
Was du suchst, kann ich dir nicht geben
Bin eher Hafen, nicht die Startbahn, und
Mag nun mal auch Regen

Deine Wünsche, mein Befehl
Kopfüber, blindlings, wie ein Narr
So was passiert mir nicht noch mal
Ich komme besser ganz alleine klar
Ich dachte, das mit uns wär wirklich was
Aber es war nur ein Sturm im Wasserglas

Als er beim Refrain angekommen ist, schließt er die Augen, schlägt den begleitenden Akkord nur einmal an und singt glasklar ins Mikrofon.

Und jetzt bist du weg, weit weg
Hinterlässt mein Herz mit einem Leck
Das macht mich stärker – ganz bestimmt
Und jetzt bist du weit, weit weg
Weiß nicht, wo ich auf unserem Weg geblieben bin
Ich find mich wieder – ganz bestimmt

Der gefühlvolle, dabei aber sehr unschmalzige Refrain trifft mich mit voller Wucht und haut mich fast vom Stuhl. *Genauso* ist es mir damals gegangen. Ich bin wie gebannt und halte den Atem an, während Bruno weitersingt.

»Oh, Mann, dem ist ja auch mal krass das Herz gebrochen worden.« Sassy klatscht euphorisch, als die letzten Töne verklingen, obwohl sie klatschen eigentlich hasst. Die Bühne lässt sie keinen Moment aus den Augen.

»Ja«, sage ich ganz leise. Am liebsten würde ich direkt zur Bühne laufen und ihm sagen, dass ich genau weiß, wie er sich gefühlt hat, und dass es mir leidtut, dass er auch so etwas erlebt hat. Andererseits ist das ja vielleicht auch nur ausgedacht. Ich bin skeptisch.

»Naaa, biste skeptisch?«, kichert Sassy in mein Ohr. »Ich seh's dir doch an der Nasenspitze an.«

»Vielleicht hat er das gar nicht selbst erlebt«, flüstere ich zurück.

»Dann wäre er ein echt guter Schauspieler. Ich glaube, der ist wirklich mal schlimm auf die Schnauze geflogen mit der Liebe.« Sie dreht sich zu mir und guckt mich durchdringend an. »Sieh an, sieh an. Neben Sardinien und einer anscheinend sehr großen Liebe zu Pizza und Klopsen habt ihr also noch viel mehr gemeinsam.«

»Wer ist denn nicht schon mal mit der Liebe auf die Schnauze geflogen?«, frage ich abwehrend.

»Meine Rede, meine Rede. Wie gut, dass wir vorhin auf die Liebe angestoßen haben. Karmen meinte doch, der sei Single, der Bruno Buchenwald, oder hab ich da was falsch verstanden?«

»Jetzt hör aber auf.«

Und doch denke ich kurz an seinen weichen Sweater auf meiner Haut und habe den Geruch von Zitrone, Rosmarin und ihm in meiner Nase.

»Interesting ...«

Sie trommelt mit dem Ring an ihrem Daumen gegen die Bierflasche und sagt sonst aber nichts mehr.

»Noch 'n Schnäpschen, die Damen?« Charlie lehnt sich über den Tresen.

»Na klar. Da sind wir dabei.«

Die Nebelmaschine fängt an zu zischen und dampft die Bühne so sehr ein, dass man Bruno Buchenwald und seine Gitarre nur noch schemenhaft erkennt.

Bruno nimmt es mit Humor. »Da ist wohl einem an der Technik der Finger ausgerutscht. Ich hätte dich schon nicht vergessen, Klaus. Einen herzlichen Applaus für Klaus!« Alle klatschen. »Nun der letzte Song für heute Abend. Ein Lied über Hamburg.«

Wieder lässt er seine Finger über die Gitarre tanzen, und ich bin schwer beeindruckt.

Du bist mein Dorf und meine Weltstadt
Ich zieh gern durch deine Gassen
Noch im allergrößten Jubel
Bleibst du irgendwie gelassen
Und wenn die Wellen sich an dir brechen
Bleibst du cool, du kennst das ja
Hör ich die Leute von dir sprechen
Denk ich an meinen Ankerplatz

Klaus lässt noch mal die Nebelmaschine zischen, als Bruno von den *Nebeln auf der Elbe – so geheimnisvoll und schön* singt. Und als er den Sternen über Hamburg einen Vers widmet, ist Klaus so geistesgegenwärtig, das Bühnenlicht noch weiter zu dimmen und per sich drehender Discokugel ein paar Sterne über die Wände tanzen zu lassen.

Das Lied kommt mir so bekannt vor, als hätte ich es schon hundert Mal gehört. Es ist perfekt, und ich bin traurig, als die letzten Töne verklungen sind. Ich frage mich, wieso das nicht im Radio läuft. Ganz Hamburg sollte es hören. Und dann fällt mir wieder ein, dass Brunos Set ja jetzt zu Ende ist und er wahrscheinlich danach als Erstes an die Bar kommt.

»Sassy, können wir jetzt bitte gehen?« Ich krame eilig das Portemonnaie aus meiner Handtasche.

Aber Sassy bleibt seelenruhig sitzen. »Oh nein, meine Liebe! Wir wollen dem Herrn Buchenwald doch Guten Tag sagen. Das wäre ja sonst sehr unhöflich.«

Ich gebe auf und entscheide mich für das Nächstbessere. »Ich geh mal kurz aufs Klo.«

»Feigling.«

Ich zucke mit den Schultern und gehe in Richtung Toilette. Mir ist es peinlich, an der Bar zu sitzen, wenn Bruno nach seinem Konzert da auftaucht. Das sieht ja so aus, als wären wir seine sich nach ihm verzehrenden Groupies, die extra zu seinem Gig gekommen sind.

In der spärlich beleuchteten, schwarz gekachelten Toilette hängt ein alter, roter Kaugummiautomat. Wie habe ich die Dinger früher geliebt. Aus meiner Hosentasche fische ich fünfzig Cent und drehe an dem Hebel. Ein Plastikei fällt in die Ausgabe. Ich nehme es heraus, öffne das Ei, und darin liegt ein Lederarmband mit einem kleinen roten Plastikherz. So viel also zum aufgewachten Herzen ... Ich lege das Armband zurück in das Ei, lasse es in meiner Handtasche verschwinden, drehe mich um und schaue lange in den Spiegel.

Mein innerer Eddie schaut zurück und sagt: »Der könnte dir gefährlich werden. Nach dem Auftritt eben ist dir das jetzt wohl auch endlich mal klar!«

Natürlich sehe ich Sassy mit Bruno schwatzend an der Bar lehnen, als ich von der Toilette zurückkomme. Natürlich zeigt sie auf mich, als ich mich den beiden nähere, und natürlich hat sie noch ein Bier für mich bestellt.

Ich gebe mir einen Ruck und sage: »Tolles Konzert eben. Das war echt schön.«

»Ich freu mich, dass es euch gefallen hat.«

»Ja, total. Und deine Texte. Wow, so cool und emotional und auf den Punkt.« Sassy sprudelt drauflos. »Du kannst ja auch megagut Gitarre spielen. Seit wann spielst du denn?

Und wie kommst du zu deinen Auftritten? Ach, wahrscheinlich kennst du eh ganz Ham… oh, warte mal …« Sie hält mitten im Satz inne, greift nach ihrem Rucksack und hält ihn sich ans Ohr. »Sorry. Telefon.« Sie holt das Telefon hervor und geht ran. »Oh. Echt? Das ist ja doof. Na klar.« Dann legt sie auf, richtet sich an uns beide und sagt: »Tut mir leid, aber ich muss los. Mein Freund braucht meine Hilfe bei etwas, das sich nicht aufschieben lässt. Sozusagen ein *echter* Notfall. Bruno, es war schön, dich und deine Musik etwas besser kennenzulernen. Marlene, wir hören uns morgen, ja? Tschüss!«

Und schon ist sie halb durch den Raum, bei der Treppe, durch die Tür und verschwunden. Das kann ja wohl nicht wahr sein! Ich weiß genau, dass Sassys Handy ausgeschaltet war. Sassy traut dem Flugmodus nicht und findet es unmöglich, wenn Handys bei Konzerten, in Restaurants oder im Kino klingeln. Deshalb stellt sie es immer komplett aus.

»Was war das denn?«, fragt Bruno und grinst.

»Das weiß ich auch nicht so genau«, erwidere ich, weiß aber, dass das gar nicht stimmt und dass meine unglaubliche Freundin gerade einen Notfall vorgetäuscht hat, um mich mit Bruno allein in dieser Kneipe stehen zu lassen.

»Ich will dich nicht aufhalten. Du hast ja nach so einer Show bestimmt wahnsinnig viel zu tun. Autogramme geben, Merch verkaufen, Backstage-Partys schmeißen, mit Groupies quatschen …«

Er lächelt und trinkt den letzten Schluck von seinem Bier. »Eigentlich habe ich nur vor, eine zu rauchen, und ich würde mich freuen, wenn du mir Gesellschaft leistest.« Er stellt die leere Flasche auf dem Bartresen ab. »So eine Woche Urlaub steht dir wirklich gut, Marlene. In echt siehst du noch toller aus als auf dem Foto, das du mir geschickt hast.«

Er schaut mir direkt in die Augen, und mir stockt der Atem. Das hier ist schon lange ein Flirt! Ich war bisher nur zu feige, es zuzugeben.

Er greift nach seiner Gitarrentasche, die neben ihm an der Bar lehnt, und reicht sie Charlie. »Kann ich die erst mal hierlassen und später abholen?«

»Na klar, Mann.«

»Danke, Charlie.«

Bruno dreht sich wieder zu mir und fragt: »Kommst du mit auf eine Zigarette?«

»Ich wusste gar nicht, dass du rauchst.«

»Nur eine einzige nach jedem Auftritt. Ansonsten habe ich mir das Rauchen abgewöhnt.« Er setzt sich in Bewegung.

»Und das funktioniert?«

»Ja, aber es ist auch immer wieder ein Test.«

»Was testest du denn damit?«

»Meine Willensstärke.«

»Rauchen passt überhaupt nicht zu dir«, entscheide ich. »Aber das mit dem Testen der Willensstärke schon.«

»Du weißt also, was zu mir passt?« Ihn scheinen meine Beobachtungen zu amüsieren.

Schon sind wir an der Tür der Bar angekommen. Er stößt sie auf, und wir stehen draußen. Im Hintergrund der Abendsound des Kiezes. Die frische, immer noch warme Luft flutet meine Lunge. Die Sonne ist längst untergegangen, und der Himmel bereitet sich auf die Nacht vor. Das Licht der Straßenlaternen blendet mich nach der Dunkelheit der Kneipe ein wenig.

Bruno scheint die frische Luft genauso zu genießen wie ich. Er nimmt sich eine filterlose Zigarette aus der Packung, steckt sie an und lehnt sich an die Hauswand. »Ich nehme an, du willst keine, oder?«

»Nein, danke. Auf gar keinen Fall.«

»Das passt auch gar nicht zu dir«, sagt er lächelnd.

Ich stehe unschlüssig neben ihm, weiß nicht, ob es mir zusteht, ihn etwas sehr Persönliches zu fragen, traue mich dann aber doch. »Du machst echt gute Musik. Wieso bist du eigentlich nur Baskets Manager?«

»Nur ist gut.«

»Ich wollte dich nicht beleidigen.«

»Ist schon okay. Die Antwort auf deine Frage ist leicht: Er ist tausendmal besser als ich, und die Leute lieben ihn. Wir sind seit Ewigkeiten befreundet, er wollte immer mit seiner Musik groß rauskommen, wollte auf die großen Bühnen. Er ist eine Rampensau. Ich eher nicht. Ich bin der Mann für den Hintergrund. Und da ich viel besser darin bin, sich bietende Möglichkeiten zu entdecken und zu nutzen, als Musik zu machen, sind Basket und ich das ideale Team.«

»Aber es ist schade um deine Musik.«

»Das sehe ich nicht so. Die gibt es ja trotzdem.«

»Stimmt.«

Nicht viele Menschen, die etwas sehr gut können, geben zu, dass andere darin noch besser sind. Das mag ich.

»Wie bist du denn zur Musik gekommen?«

»Meine ältere Schwester hat Klavier gespielt. Ich habe

sie dafür bewundert und wollte auch unbedingt ein Instrument lernen. Ich fand die Klänge, die aus diesem riesigen Tastenkasten herauskamen, zwar toll, aber irgendwie fand ich das Klavier an sich Furcht einflößend und unpraktisch.« Er schmunzelt bei der Erinnerung, zieht noch mal an seiner Zigarette und pustet den Rauch gen Himmel. »Ich wollte gern ein Instrument spielen, das man überall mit hinnehmen kann. Also habe ich mich für die Gitarre entschieden.«

»Wann hast du angefangen zu spielen?«

»Als ich sechs geworden bin, haben meine Eltern nachgegeben. Ich habe einen Vertrag entworfen, in dem stand, dass ich jeden Tag üben würde. Da konnten sie nicht mehr Nein sagen. Und du? Spielst du auch ein Instrument?«

Ich verschlucke mich fast und muss ein bisschen husten. Er kann ja nicht wissen, dass ich durch die Karriere meiner Eltern nicht das Geringste mit Musik zu tun haben wollte.

»Alles okay? Habe ich etwas Falsches gesagt?«

»Nein, gar nicht. Ich ... « So richtig will ich ihm nicht von meinen Eltern erzählen, tue es dann aber doch. »Meine Eltern sind auch in der Musikbranche. Sie schreiben Schlager. Kennst du *Einmal mit dir in Richtung Süden* oder *Ein heller Stern weist mir den Weg*?«

»Äh, natürlich.«

»Die sind von meinen Eltern.«

»Ach, komm. Du spinnst doch. Wenn ich mich nicht irre, haben Gabi Gustavo und Peter Martini für die Songs goldene Schallplatten bekommen!«

Damit hat er nicht gerechnet. Das erste Mal, seit wir uns kennen, konnte *ich* ihn überraschen.

»So sieht's aus. Als Kind findet man das nur alles nicht so wahnsinnig aufregend, sondern wünscht sich eher, dass die Eltern einem eine Gutenachtgeschichte vorlesen. Aber dafür war leider zwischen all den goldenen Schallplatten kein Platz. Mein Bruder Eddie und ich waren immer nur der Klotz am Bein auf dem Weg zum nächsten Hit.« Ich seufze, versuche, die altbekannte Schwere, die immer mit den Erinnerungen an meine Kindheit einhergeht, abzuschütteln. »Ich bin froh, dass ich Musik mittlerweile einfach genießen kann, ohne mich dabei ständig seltsam zu fühlen.«

Ich habe es geschafft, ihn mit meiner Offenheit erneut zu überraschen, das sehe ich. Er weiß nicht, was er sagen soll.

Schließlich sagt er doch etwas. »Menschen können echt scheiße sein. Aber wahrscheinlich haben sie es so gut gemacht, wie sie es eben konnten.«

Ich seufze, nicke und denke, dass in dieser Erkenntnis viel Weisheit steckt. Wahrscheinlich kann man nur wirklich verzeihen, wenn man das verstanden hat.

»Ich hab 'ne gute Idee. Wir ertränken unseren Weltschmerz mit Bier und Blick auf die Elbe. Was hältst du davon?« Er stößt sich von der Wand ab und drückt die Zigarette in dem Aschenbecher neben der Eingangstür aus.

»Was ist denn dein Weltschmerz?« Ich weiß, dass ich mich auf seinen Vorschlag einlassen werde, und hoffe, dass ich mir dabei nicht die Finger verbrenne. Ich will wissen, ob mein innerer Eddie recht hat.

»Ach, nicht der Rede wert. Wollen wir uns ein Fahrrad

mieten? Ich weiß einen guten Ort, wo wir was trinken gehen können, aber das ist zu Fuß ein bisschen weit.«

»Ich schütte dir hier mein Herz aus, und jetzt zierst du dich, auch selbst ein wenig aus dem Nähkästchen zu plaudern? Das ist nicht fair!«

»Ich erzähl dir alles, was du wissen willst, aber erst, wenn wir dabei auf die Elbe schauen und ein eisgekühltes Bier in der Hand haben. Einverstanden?«

»Alles, was ich wissen will?«

Wir gehen langsam nebeneinanderher in Richtung Reeperbahn. Als uns eine Gruppe betrunkener Touris entgegenkommt, sind wir so ins Gespräch vertieft, dass ich einen Tick zu spät ausweiche, Schlagseite bekomme und ihn anremple. Er sagt »Hoppla« und bewahrt mich vorm Fallen, indem er meinem Körpergewicht einfach standhält. Die Berührung seines Oberarms an meinem brennt sich durch meine Jeansjacke, durch mein Shirt bis auf meine Haut. Dieses Brennen habe ich bei Giancarlo nicht gespürt. Dieses Brennen ist mir über die Jahre bei Besi abhandengekommen. Dieses Brennen geht mir bis ins Mark. Und zur Sicherheit halte ich ein bisschen mehr Abstand, während wir weitergehen.

Als er an der Fahrrad-Mietstation seinen Code eingibt, sage ich: »Danke, dass du WKK bei dem Pizzaofen geholfen hast. Knorke ist ja richtig besessen davon, die allerbeste Pizza hinzukriegen. Den Pecorino, den ich mitgebracht habe, hat er komplett konfisziert. Er meinte, dass das der beste Käse überhaupt für seine Pizza sei. Und dass wir den unbedingt im großen Stil nach Deutschland importieren müssen.«

»Hier dein Fahrrad.« Bruno schiebt den Drahtesel auf mich zu, und ich ergreife den Lenker. »Na klar helfe ich den dreien. Die sind toll, und die haben immer 'ne irre Geschichte parat. Genau wie Branko.«

Mir wird bewusst, dass wir neben Sardinien, gebrochenen Herzen und der Liebe zu Klopsen und Pizza auch noch ganz schön viele Menschen gemeinsam haben.

»Auf geht's?«

»Auf geht's!«

Wir schwingen uns auf die Räder und fahren in Richtung Fischmarkt. Der Wind auf meiner Haut, in meinen Haaren, nicht mal einen Meter vor mir Bruno Buchenwald. Wir fahren in dieselbe Richtung. Schon komisch, wie schnell sich Dinge ändern können. In einem Augenblick würdest du jemanden am liebsten zum Mond schießen, und im nächsten radelst du mit diesem Jemand durch einen lauen Sommerabend.

Nichts ist sicher, nichts in Stein gemeißelt. Alles verändert sich ständig. Und das kann ja auch gut sein.

Wir fahren bergab in Richtung Elbe. Und während der Fahrtwind meine Haare verwirbelt und die Jeansjacke an meinem Rücken aufbläht, begebe ich mich für ein Weilchen in den Leerlauf.

Ich sehe seinen Rücken, sehe, wie er im immer gleichen Rhythmus in die Pedale tritt, wie er sich hin und wieder nach mir umschaut, um zu überprüfen, ob ich noch da bin. Das fühlt sich seltsam an. Seltsam nah. So als würden wir ständig zusammen auf unseren Fahrrädern irgendwo hinfahren.

Wir sausen den Pepermölenbek hinab und biegen unten am Fischmarkt rechts auf die Große Elbstraße. Hinter der imposanten Fischauktionshalle mit ihrer backsteinigen Schönheit und den gusseisernen Toren, auf denen kleine rosafarbene Fische prangen, liegt die *Bar Liberté*. Auf einem schwimmenden Anleger im Wasser. Wenn Schiffe vorüberfahren oder anlanden, dann wackelt man auf seinen Stühlen ein wenig und hat das Gefühl, man fährt selbst gleich los. Zu einem neuen Abenteuer. Ich werde ein bisschen langsamer, stelle mir vor, wie Annie und GreenFreak gerade auf dem Anleger sitzen und aufs Wasser schauen. Vorhin war ich noch traurig, dass ich nicht an Annies Stelle bin, und plötzlich ist das gar nicht mehr so schlimm.

Alles klar?«, ruft Bruno mir von vorn zu.

»Ja!«, antworte ich und trete wieder schneller.

Er zeigt auf das *Hafenklang* auf der rechten Straßenseite, das wir jetzt passieren. »Warst du da schon mal?«

»Nee, die spielen doch nur Rock und Punk und so, oder?«

»Manchmal aber auch andere Sachen. Basket ist da auch schon mal aufgetreten. Wir haben da die Veröffentlichung seiner ersten Platte gefeiert. Das ist ein cooler Laden.«

»Wohin fahren wir eigentlich?«

»Das wirst du gleich sehen.« Er wird schneller, und ich muss mich anstrengen, um mit seinem Tempo mitzuhalten.

Für einen Abend unter der Woche sind viele Menschen unterwegs. Sie stehen und sitzen in bodenlangen, bunten

Sommerkleidern, in hellen Hosen und luftigen Shirts auf den Terrassen der vielen Lokale, die über die Große Elbstraße hinweg verteilt liegen. Sie haben zu rote Haut vom heißen Tag und tragen Sonnenbrillen in den Haaren, obwohl es schon längst zu dunkel für Sonnenbrillen ist. Sie reden oder schweigen miteinander. Manche halten sich an ihren Getränken fest, als hätten sie Angst davor, unterzugehen. Manche lachen laut und werfen die Köpfe zurück. Manche lehnen einfach nur aneinander. Manche schauen uns hinterher. Ich kann es spüren.

Wir lassen *Hummer Pedersen* hinter uns und passieren das *Au Quai*. Wie immer, wenn ich hier bin, staune ich über das kastige Seniorenheim, das mich an den Geldspeicher von Dagobert Duck erinnert, und über die modernen Glasklötze, in denen tagsüber Musiklabels entscheiden, ob solche Songs wie die von Bruno es wert sind, vermarktet zu werden.

»Hast du deine Songs eigentlich mal Baskets Label angeboten?«, rufe ich nach vorn.

Rechts von uns taucht der urige Charme Övelgönnes auf, der in so starkem Kontrast zu den modernen Bauten auf der linken Seite steht, dass es mir jedes Mal ein bisschen die Sprache verschlägt. Die teils reetgedeckten, hübschen Häuschen auf der rechten Seite der Straße, die Bepflanzung der Laternen mit pink-rot-gelben Arrangements sind ein sanftes Anschauerlebnis und stehen in krassem Gegensatz zu der Harschheit der Bürokomplexe. Ich liebe dieses Ende von Hamburg, das später im Treppenviertel seine Vollendung findet, muss an Brankos weißhaarige, verrückte und tote Mieterin denken und dann wieder an sein Angebot.

»Was hast du gesagt?« Er lässt sich etwas zurückfallen und fährt neben mir.

»Ob du deinen Hamburg-Song mal Baskets Label vorgespielt hast?« Ich erschrecke mich, weil ich die Frage wieder genauso laut gerufen habe wie eben, obwohl das natürlich überhaupt nicht nötig ist, weil Bruno ja jetzt direkt neben mir fährt.

»So, hier sind wir«, sagt er, anstatt mir eine Antwort zu geben, und steigt von seinem Rad. Ich tue es ihm gleich. Wir schließen die Räder wieder ab, und er zeigt auf den antiken Dampf-Eisbrecher *Stettin*, der wie ein dicker Wal friedlich im Wasser liegt. »Da gehen wir rauf.«

»Auf den Eisbrecher?«, frage ich ungläubig.

»Auf den Eisbrecher.«

»Aber da ist doch niemand.«

»Das ist ja gerade das Gute.«

»Das dürfen wir doch gar nicht. Soweit ich weiß, gehört der einem Verein.« Die rechtwinklige Marlene ist zurück.

»Ja, aber wir dürfen. Ich helfe hier ab und an bei der Instandhaltung und habe einen Schlüssel. Also, bist du dabei?«

Auch wenn es nur für einen Abend ist, will ich mal wissen, wie es ist, eine mutige und abenteuerlustige Version von mir selbst zu sein. Und so nicke ich und gehe hinter ihm her. Durch das entriegelte Tor, über die Gangway und an Deck.

Ein bisschen komisch kommt mir das Ganze schon vor, fast ein bisschen zu gut, um wahr zu sein.

»Ich bin gleich wieder da.« Er verschwindet im Inneren

des Schiffs und kommt mit zwei Bieren zurück. Er deutet auf das Heck. »Von da haben wir den besten Blick auf den Hafen.«

Wir setzen uns auf das Holzdeck. An der Reling hängen ein paar Lampen, die unseren Platz ein wenig erhellen. Vor uns ein unbeschreiblicher Ausblick auf den auch nachts betriebsamen Hafen, auf das dunkle, unendlich tief wirkende Wasser, auf die imposante, atmosphärisch beleuchtete Elbphilharmonie, auf die vielen Lichter der Stadt. Über uns der mittlerweile dunkelblaue Himmel. Die ersten Sterne sind zu sehen. Es kommt mir vor, als wären wir der Mittelpunkt von allem.

Er öffnet die Bierflaschen gekonnt an einem Stahlpoller, steckt die Kronkorken ein und reicht mir eine Flasche.

»Prost.«

»Prost«. Ich nehme einen Schluck, stelle die Flasche neben mich, ziehe die Füße an und schlinge die Arme um die Beine. »Also? Hast du, oder hast du nicht?« So leicht gebe ich nicht auf.

»Habe ich was?«, fragt er.

»Deine Songs bei Baskets Label eingereicht, oder wie auch immer man das nennt?«

»Nein.«

»Warum nicht?«

»Weil die persönlich sind«, antwortet er bestimmt.

»Aber du trittst doch auch damit auf.« Ich insistiere, obwohl ich spüre, dass er nicht so richtig darüber reden will.

»Ja, aber das ist was anderes. Sobald man die Songs downloaden kann oder sie im Radio laufen, gehören sie mir nicht mehr. Aber jetzt tun sie das, und das soll auch so bleiben.« Er wirkt fast ein bisschen trotzig.

»Aber wäre es nicht toll, etwas so Schönes wie zum Beispiel deinen Song über Hamburg oder den über deinen Liebeskummer mit der Welt zu teilen? Ich könnte mir vorstellen, dass viele Menschen etwas davon haben. Einen beglückenden Moment, ein Sich-verstanden-Fühlen. Lilo sagt immer: ›Deine Talente sind Geschenke für deine Mitmenschen‹.«

»Hmm. So habe ich das noch gar nicht gesehen. Vielleicht.« Er trinkt einen weiteren Schluck Bier. »Hattest du eine gute Zeit mit Lilo?«

Das Thema ist anscheinend beendet.

»Ja, ich hatte sie jahrelang nicht gesehen. Und es war total schön, unsere Verbindung wieder aufleben zu lassen. Apropos Verbindung: Sag mal, findest du es nicht auch merkwürdig, dass wir uns ständig über den Weg laufen? Als Sassy und ich dich und Karl bei *Mazotzkis* getroffen haben, war ich schon drauf und dran, eine einstweilige Verfügung gegen dich zu erwirken.«

»Was?« Er guckt mich amüsiert an. »Warum das denn?«

»Ich müsste eigentlich davon ausgehen, dass du mich stalkst.« Jetzt muss ich auch ein bisschen lachen.

»Wir laufen uns doch gar nicht ständig über den Weg.«

»Doch. Erst lauerst du mir bei *Wolke Sieben* auf, dann überraschst du mich an meinem Geburtstag auf WKKs Kahn und wohnst auch noch da. Ein paar Tage später tauchst du bei *Mazotzkis* auf, Sardinien kennst du wie deine Westentasche, und schließlich trittst du auch noch in der Bar auf, in die ich heute Abend das erste Mal in meinem Leben einen Fuß gesetzt habe. Das sind definitiv zu viele Zufälle in zu kurzer Zeit.«

Er lacht und sagt: »Stimmt. Ist mir gar nicht aufgefallen. Ich hab mich einfach immer nur gefreut, dich zu sehen.«

»Echt?«

»Echt.«

Mehr sagt er nicht, sondern schaut mir nur einen Tick zu lang in die Augen, bevor er seinen Blick wieder aufs Wasser richtet.

Ich werde nervös, weil mir bei dem Blick auch das Brennen unserer zufälligen Berührung wieder einfällt. Ich fasse mir unwillkürlich an die Stelle an meinem Oberarm und posaune die nächstbeste Frage raus, die mir einfällt, um das Zu-lange-in-die-Augen-Schauen wieder zu entschärfen. »Und? Was ist nun dein Weltschmerz?«

»Mir wurde ein paarmal schlimm das Herz gebrochen. Zuletzt ungefähr vor einem Jahr. In voller Fahrt mit zweihundert Sachen gegen eine Betonwand. So hat es sich zumindest angefühlt.« Er greift nach seiner Flasche und trinkt sie aus.

»Das tut mir leid. Darüber war dann also der eine Song«, stelle ich mehr fest, als dass ich frage, und er nickt.

»Ich war so in sie verliebt, habe ihr mein Herz auf dem Silbertablett präsentiert. Aber ihr hat das einfach nicht gereicht. Sie brauchte immer die Bestätigung von außen. Dieser ganze Social-Media-Influencer-Scheiß. Sie war richtig süchtig danach und konnte einfach nicht sehen, wie oberflächlich und unwichtig das ist. Dass das echte Leben doch zwischen uns stattfindet mit Gesprächen, Erlebnissen, Gefühlen. Ich habe mich immer nur gefragt: Wie kann eine Frau, die so schlau ist, so falsche Prioritäten setzen? Es hatte einfach keinen Sinn. Ich hatte am Anfang wirklich gedacht, dass das was mit uns werden könnte. Aber hey, das passiert auch den Besten unter uns, richtig?« Er lächelt tapfer, rappelt sich auf und sagt: »Ich hol uns noch ein Bier.«

»Hey«, rufe ich ihm hinterher. »Danke, dass du mir das erzählt hast.«

»Wenn man über seine Verletzungen spricht, können sie besser heilen.« Er verschwindet im Inneren des Schiffes.

Sein letzter Satz kommt mir irgendwie bekannt vor. Hatte GreenFreak nicht auch so etwas in einer seiner Nachrichten geschrieben? Doch bevor ich weiter darüber nachdenken kann, biept mein Handy.

Unnnnnnd?, schreibt Sassy.

Aber ich habe keine Zeit, ihr zu antworten und sie für ihren lügenbaronigen Abgang zu beschimpfen, denn da ist er auch schon wieder zurück.

»Und du?«, fragt er. »Auch schon mal vor die Wand gefahren?«

Er kennt also die Pressemitteilung von Gabriella nicht, in der kurz und knapp erklärt wird, warum es *Wolke Sieben* überhaupt gibt.

»Ja. Und wie.«

Schon auf Sardinien habe ich bemerkt, dass ich mittlerweile darüber reden kann, ohne mich dabei schockgefrostet und deprimiert zu fühlen. Es tut einfach nicht mehr so weh. Frau Kantenkranz hat einen guten Job gemacht. Die Trennung ist zu einer Geschichte geworden. Die Geschichte gehört zwar noch zu mir, aber ich habe mich von ihrem Blei befreit.

Als ich jetzt also Bruno ganz sachlich die groben Eckpunkte meiner Lebensexplosion erzähle, bekommt er immer größere Augen. »Und als du dann auch noch den Job verloren hast, hast du einfach *Wolke Sieben* aus dem Boden gestampft?«

»Na ja, so einfach war das nicht.« Ich muss schmunzeln, weil mir letztens auf einer Party jemand gesagt hat, dass ich ja wahnsinniges Glück mit dem Erfolg meiner Firma gehabt hätte. Ich habe mir verkniffen, darauf zu antworten, dass das kein Glück, sondern sehr viel hingebungsvolle Arbeit war.

»Das war mir gar nicht klar. Du bist ja die totale Kämpferin! Und megamutig bist du auch!« Er mustert mich anerkennend von der Seite.

Nun muss ich lachen. »Du klingst mir ein bisschen zu überrascht.«

»Ich muss zugeben, das hätte ich dir nicht zugetraut!«

»Was hättest du mir nicht zugetraut?«

»Na ja, dass dein ganzes Leben in die Luft fliegt und du dann praktisch im gleichen Atemzug eine Firma gründest, die so viel mehr ist als eine einfache Dating-Agentur.« Er zieht beeindruckt die Mundwinkel runter und schiebt die Unterlippe vor. »Respekt!«

»Und was hättest du mir zugetraut?« Jetzt bin ich aber gespannt.

»Ganz ehrlich?«

»Ganz ehrlich.«

»Okay, du hast es so gewollt.« Er schaut verschmitzt und sagt: »Zuerst, bevor ich dich das erste Mal getroffen habe, hätte ich dir zugetraut, dass du eine eiskalte Business-Lady bist, die erkannt hat, dass die Menschen sich heutzutage nach einem Sinn hinter einem Produkt sehnen, und die das schamlos mit ihrer Geschäftsidee ausnutzt.« Er pausiert und wartet kurz auf meine Reaktion.

»Frechheit!«, schnaube ich mit gespielter Empörung, bin aber schon neugierig, was er sich als Nächstes ausdenkt.

»Dann, als ich dich in eurem Büro hab tanzen sehen, bei unserem ersten Treffen, habe ich dir zugetraut, dass du gar nicht die echte Geschäftsführerin, sondern nur das Pretty Face für die Pressewirksamkeit und außerdem eine ziemliche Schnapsdrossel bist.«

Ihm gefällt es sehr, mich aufzuziehen, denn mein »Woah, du bist echt dreist!« übergeht er einfach, um noch eine weitere seiner Beobachtungen zu meiner Person mit mir zu teilen.

»Und nachdem ich dich dann durch unsere Textnachrichten und durch Erzählungen von Mazotzkis, Branko und WKK etwas näher kennengelernt habe, habe ich dir zugetraut, dass du tatsächlich der loyale, liebevolle, kreative und empathische Mensch bist, für den dich alle halten. Obwohl du ja zu mir ziemlich kratzbürstig warst.« Er lehnt sich zurück, stützt sich dabei auf die Unterarme und lächelt mich an. »Ich glaube, ich habe noch nie so viele gute, ziemlich schräge Leute so viel positives Zeug über jemanden erzählen hören.«

Mein bereits zurechtgelegtes »Das kann ja wohl nicht angehen!« bleibt mir im Hals stecken. Ich habe nicht damit gerechnet, wie viel mir seine Worte bedeuten. Dass sie in mir den Wunsch wecken, ihm zu beweisen, dass ich wirklich ein loyaler, liebevoller, kreativer und empathischer Mensch bin. Schnell sage ich: »Ich? Kratzbürstig? Das kann ich mir beim besten Willen nicht vorstellen. Du warst doch die Kratzbürste. Oder besser Mister Distance. Soll ich dir mal sagen, was ich dir zugetraut habe?«

»Schieß los.« Er lässt sich darauf ein.

Jetzt lächle ich ein bisschen keck und hoffe, dass er mir nicht übel nimmt, was ich ihm gleich an den Kopf werfen werde. »Ich habe dir zugetraut, dass du ein arroganter Surfer-Boy bist, der sich vorgenommen hat, Charlie Hunnam zu imitieren, anstatt für Basket einen vernünftigen Job zu machen. Jemand, der keine Ahnung von korrektem Kommunikationsverhalten bei Business-Mails hat und dem es wichtiger ist, einen Videoregisseur zu beeindrucken, als höflich zu einer Geschäftspartnerin zu sein.«

»Autsch.« Er fasst sich theatralisch an sein Herz. »Noch was?«

»Die gemeineren Sachen hebe ich mir für später auf. Ich will ja schließlich nicht, dass du gleich anfängst zu heulen.« Ich spüre, dass meine Wangen glühen.

Eine kleine Pause entsteht, die aber gar nicht seltsam ist.

»Wir sind ja auf dem Kahn überhaupt nicht dazu gekommen, über die Talkshow zu sprechen. Und? Hast du dich schon mit dem Gedanken angefreundet, bald deutschlandweit auf den Mattscheiben zu sehen zu sein?«

»Ehrlich?«

»Auf jeden Fall!«

»Nein«, gebe ich etwas verzagt zu. »Ich weiß, für *Wolke Sieben* ist das toll, aber ich mach mir jetzt schon in die Hosen, wenn ich nur daran denke.«

»Das habe ich mir gedacht. Als du *Wolke Sieben* gegründet hast, bist du wahrscheinlich nicht unbedingt davon ausgegangen, dass du inspirierende Reden halten, Preise entgegennehmen und im Fernsehen über deine Firma reden würdest, oder?«

»Genau.« Wie angenehm, dass mal jemand nicht gleich sagt: *Ach, Marlene. Was hast du denn? Das ist doch eine tolle Chance! Das wird super!*

»Ich wirke vielleicht wie eine toughe Karrierefrau, aber das heißt noch lange nicht, dass ich mich bei allen neuen Herausforderungen, die mein Job so mit sich bringt, sofort wohl damit fühle«, vertraue ich mich ihm an und bin erstaunt, wie leicht mir das fällt.

»Das kann ich gut nachvollziehen«, sagt er ganz ungewohnt ernst.

»Ich fand die Idee von *Wolke Sieben* gerade so passend für mich, weil ich *nicht* im Mittelpunkt stehen wollte. Hinterm Bildschirm, da gefällt es mir.«

»Da hat das Leben wohl was anderes mit dir vor. Hast du schon mal darüber nachgedacht, dass du durch dein Tun ja auch eine Inspiration und ein Vorbild für andere bist? Und wenn du diese Vorbildfunktion nicht von selbst annimmst, dann zwingt dich das Leben eben dazu. Du weißt ja, was man in so einem Fall sagt, oder?«

»Nee, was denn?«, frage ich neugierig.

»Stell dich deinen Herausforderungen, sonst stellen sie dich.«

»Das ist gut. Und wahrscheinlich auch ziemlich wahr. Von wem ist das denn?«

»Von mir.« Er lacht. »Sag mal, wirst du Brankos Memoiren schreiben? Dahinter kannste dich ja gut verstecken.«

»Branko hat dir erzählt, dass er mich gefragt hat?« So gut kennen die beiden sich also.

»Ja. Er wollte wissen, was ich von dem Projekt halte.«

»Und was hältst du von dem Projekt?« Ich bin gespannt, was seine Einschätzung ist.

»Ich finde es super, und an deiner Stelle würde ich es machen!« Wie um seinen Worten Nachdruck zu verleihen, steht er auf.

»Und woher kennt ihr euch, Branko und du?« Die Frage brennt mir, schon seit Branko bei mir im Büro war, unter den Nägeln.

»Das hast du ihn bestimmt auch schon gefragt, oder?«

»Vielleicht.«

»Und was hat er gesagt?«, fragt er mich grinsend. Er zieht eine Wollmütze aus seiner Jacke und setzt sie sich auf.

»Dass er sich die Geschichte aufhebt, bis ich mich für seine Memoiren entschieden habe.«

»Und hast du?«

»Was?«

»Na, dich entschieden.«

»Nein.«

»Dann kann ich dir die Geschichte auch nicht erzählen. Das wäre unehrenhaft.«

»Unehrenhaft also. Soso.«

Er lacht. »Das klingt ja bei dir fast, als wäre das eine Überraschung!«

»Ist es ja auch.« Ich grinse ihn ein bisschen frech an.

Er rückt noch mal seine Mütze zurecht und sagt: »Ich hol uns noch was zu trinken und ein paar Decken.«

»Gibt es hier auch eine Toilette?«

»Ja, da hinten ist so eine Art Toilettenhäuschen.« Er zeigt zum Bug des Schiffes.

Als ich von der Toilette wiederkomme, hat er am Heck des Schiffes eine Isomatte mit ein paar Decken darauf ausgelegt. Ich setze mich zu ihm und schlinge mir eine der Decken um den Körper. Erst jetzt fällt mir auf, dass von der Wasseroberfläche eine ziemliche Kälte ausgeht, und ich fröstele ein bisschen.

»Möchtest du lieber gehen?«, fragt er.

»Eigentlich nicht.«

»Schön. Ich nämlich auch nicht. Sag mir Bescheid, wenn dir zu kalt wird. Es gibt noch mehr Decken.«

»Okay.«

»Weißt du, du hast großes Glück.« Auch er schlingt sich eine Decke um den Rücken.

»Ach ja? Warum?«

»Na ja, erstens, weil ich noch zwei Flaschen Ichnusa Non Filtrata hier deponiert habe. Für einen ganz besonderen Anlass.« Er präsentiert mir stolz die Flaschen. »Und zweitens, weil dieser besondere Anlass darin besteht, dass die Erde gerade die Umlaufbahn des Kometen Swift-Tuttle streift und sich sozusagen in einem Meteoritenschauer befindet. Wenn wir uns also jetzt zurücklehnen und in den Himmel schauen, werden wir jede Menge Sternschnuppen sehen können, und du kannst dir alles wünschen, was du willst.«

»Was du alles weißt.« Ich sage das extra ein bisschen spöttisch, um zu verschleiern, dass ich die Vorstellung von uns beiden hier auf dem Eisbrecher unter einem Sternschnuppenhimmel ziemlich romantisch finde. Irgendwie unglaublich, dass das Universum, oder welche Kraft auch immer die Welt zusammenhält, uns in dieser Nacht auf diesem Schiff ein wenig Zeit zusammen verbringen lässt.

»Ich finde das Universum total faszinierend«, sagt er dann auch noch, bevor er mir das eisgekühlte sardische Bier hinhält und wir beide gleichzeitig den ersten Schluck des hopfig-nussigen Tropfens genießen, der mir auf Sardinien besser geschmeckt hat als jeder Wein.

Auf dem Rücken nebeneinander liegend springen wir von einem Thema zum nächsten, zeichnen Psychogramme unserer Familien, unserer Freunde, tasten uns langsam dabei vor, was wir mit dem anderen teilen wollen und können. Wir amüsieren uns über unsere Träume und entdecken, welche Serien, Filme, Länder, welche Musik wir mögen. Ich erkläre ihm, warum mir guter Kaffee so wichtig ist und dass ich niemals wieder schlechten Filterkaffee trinken würde. Und immer wieder versuche ich, ihm zu entlocken, wie Branko und er sich kennengelernt haben. Aber er beruft sich weiter auf seinen Ehrenkodex.

Ich enthülle, dass ich auf historische Liebesromane stehe, und er bekennt, dass er bei Happy Ends in Liebesfilmen immer Tränen in den Augen hat. Ich erzähle ihm von dem uralten Liebespaar auf Sardinien, das immer noch so süß zueinander ist. Und er berichtet mir von seinem ersten Trip auf die Insel und schwärmt so sehr, dass ich fast schon das Meer riechen kann.

Ich beschreibe einige der tollsten Liebesgeschichten, die durch *Wolke Sieben* entstanden sind, und er berichtet mir von Baskets Tour und zählt auf, wie viele Dinge bei Konzertveranstaltungen schiefgehen können. Wir stellen fest, dass wir unsere Jobs gerne mögen und mit der Zeit immer besser darin werden. Und dass wir gespannt aufs Leben sind.

Es macht Spaß, sich mit ihm zu unterhalten. Es ist leicht und tiefgründig zugleich. Ich muss lachen, als er mich fragt, wer eigentlich dieser Charlie Hardman sei, und zwischendurch schweigen wir lange, ohne dass es mir seltsam vorkommt. Wir schauen in den schwarzblauen, glitzernden Himmel, zählen die Sternschnuppen, die über unseren Köpfen aufblitzen und wieder verschwinden, und ich vergesse ganz, mir irgendetwas zu wünschen, weil ich in diesem Moment einfach wunschlos glücklich bin. Ich weiß, dass seine Hand direkt neben meiner liegt. Sie ist zum Greifen nah, und ich spüre das Verlangen, sie in meine zu nehmen, von ihm an seine Seite, in seine Arme gezogen zu werden.

Die Nacht ist lang, und doch auch wieder nicht. Die Sternschnuppen versiegen, die Sterne verschwinden, die

Möwen erwachen und kreisen über unseren Köpfen, während die Sonne schüchtern den kalten Himmel küsst. Ein pastelliges Rosarot breitet sich um uns herum aus.

Bald kommen die Leute vom Verein auf die *Stettin*, um diesen wunderschönen Eisbrecher für die Besucher vorzubereiten, die ein Stück ihres Tages auf unserem nächtlichen Versteck verbringen werden und nicht ahnen, dass hier zwei Menschen ein paar Stunden lang das Universum und das Leben bestaunt und sich dabei ein wenig besser kennengelernt haben.

Er will mich nach Hause bringen. Ich bin einverstanden. Wir legen die Decken und die Matte zusammen, verstauen sie im Schiff. Wir lassen die Gangway hinter uns, ignorieren die Fahrräder. Zu Fuß und sehr langsam treten wir den Weg zurück in die wirkliche Welt an. Wir wollen wohl beide nicht, dass die Nacht zu Ende geht.

Ein paar Jogger kommen uns entgegen, die vor ihrer Arbeit den Elbstrand ansteuern. Ein paar Autotüren werden auf- und zugeschlagen. Die ersten Menschen, die in ihre Autos steigen und in Richtung Alltag fahren.

So wie schon die ganze Nacht ist auch auf dem Weg nach Hause seine Hand ganz in der Nähe von meiner. Ein, zwei Mal nur ganz kurz, nur ganz leicht berühren sich unsere Handrücken, und die Gänsehaut an meinem Körper ist unmissverständlich.

Wir machen einen Abstecher zu *BrewDogs*. Er kauft uns zwei riesige Thermobecher voll mit ganz viel Caffè Latte. Und plötzlich sind wir bei der Taqueria angelangt, wo mein

Abend vor mehr als zwölf Stunden begann. Das kommt mir eigenartig vor. Fast wie ein anderes Leben.

Wenig später sind wir schon an meiner Haustür angekommen. Er sieht, dass ich mit dem Becher in der Hand schlecht nach meinem Schlüssel kramen kann, sagt: »Ich halte das für dich,« und nimmt mir den Becher ab.

Wie er da steht im Morgenlicht vor meiner Haustür mit zwei Bechern Kaffee in der Hand. Wie er die letzten Stunden zu mir war. Wie er mich anlächelt, als wüsste er genau, wie das hier weitergeht. Wie seltsam ich es finde, dass ich diese Szene schon so oft auf der Leinwand gesehen, aber bis heute noch nie selbst erlebt und darum keinen blassen Schimmer habe, was jetzt zu tun ist.

Ich sage: »Vielen Dank für den schönen Abend« und nehme den Thermobecher entgegen, als ich die Tür schon ein bisschen geöffnet habe. Ich weiß nicht, wo dieser Abend, diese Nacht noch hinführen kann und darf. Ich will nicht in seine Augen schauen und darin vielleicht Fragezeichen vorfinden, wo ich doch nichts als Ausrufezeichen sehen will.

»Ich danke dir. Du bist viel netter, als ich dachte«, sagt er und lächelt mich an, macht aber keine Anstalten, mir näher zu kommen. Ist das normal? Nach so einer Nacht? Nach so viel Sternschnuppen und seinem letzten Ichnusa?

»Eine Frage habe ich noch«, sagt er, vom vielen Reden ein bisschen heiser.

»Ja?«

»Hast du Lust auf ein richtiges Date? Vielleicht am Freitag? Ich würde dich gern zum Essen einladen.«

»Das wäre schön.« Euphorischer Aufruhr in meinem Inneren.

»Ich schreib dir nachher, wann und wo, okay?«

Ich nicke und drücke die Tür auf. »Gute Nacht. Oder besser Guten Morgen.«

»Guten Morgen, Marlene. Und vielen Dank für diese schöne Nacht.«

Kleine Steinchen

Für diesen Abend, für diese Nacht, für das heiße Brennen auf meinem Oberarm, die unmissverständliche, schon so lange nicht mehr gespürte Gänsehaut, für die vielen Sternschnuppen, jede anders, in sich so vollkommen, für die schönen Lieder von Bruno, fürs Kontrolleverlieren, für ein Date in zwei Tagen, nein, einem Tag, für …

… Oje! Halb zehn? Ich muss ins Büro!

Ich lasse erst den Stift, dann meine Klamotten fallen und springe unter die Dusche. Schnell, schnell, schnell! Abtrocknen, Turban um die Haare schlingen, Schluck Kaffee trinken. Unglaublich, dass ich so voller Energie bin, obwohl ich in der letzten Nacht keine Sekunde geschlafen habe. Das Radio läuft, und als Lizzos *Juice* aus den Boxen schallt, drehe ich die Anlage voll auf und kann nicht anders, als meine anderen Morgen-To-dos nackt durch die Wohnung tanzend zu erledigen. Ja, nackt! Warum? Weil ich es kann. Weil es sich gut und lebendig anfühlt. Weil heute ein guter Tag zum Nackt-durch-die-Wohnung-Tanzen ist. Weil ich von oben bis unten und von links nach rechts total glücklich und aufgeregt bin.

Lizzo wird von Dua Lipa abgelöst, und ich lege zum Takt von *Pretty Please* ein leichtes Make-up auf und knete mir die Haare in Form. Ich greife zu meinem Telefon, um die Wetter-App zu checken, und sehe Brunos Nachricht:

Guten Morgen, liebe Marlene,
ich hoffe, der Schlafmangel setzt Dir nicht zu sehr zu. Ich hatte eine tolle Nacht und hoffe, dass es dabei bleibt, dass wir uns am Freitag sehen. Passt Dir 20 Uhr? Ich hole Dich dann ab.
Bis dahin, Bruno.

Am liebsten würde ich schreiben: *Lass uns nicht so lange warten, lass uns jetzt gleich da weitermachen, wo wir eben aufgehört haben.* Aber die professionelle, rechtwinkelige Marlene, die ich ja trotz aller Nackttanzerei auch noch bin, rät mir strikt davon ab. Also schreibe ich:

Hi, lieber Bruno,
mir geht es sehr gut, vielen Dank, dass Du fragst. Für Müdigkeit habe ich als eiskalte

Business-Lady ja gar keine Zeit ☺ ich hatte
auch eine tolle Nacht und freue mich darauf,
Dich am Freitag um 20 h wiederzusehen.

Gerade als ich zur Wetter-App wechseln will, ruft Sassy an. Ich drehe die Musik leise und klemme mir das Telefon zwischen Ohr und Schulter. »Bevor du etwas sagst, wie wird das Wetter heute?«

»Genauso heiß, wie deine Nacht hoffentlich war!« Sie lacht laut ins Telefon und fragt: »Uuuuuund? Was ist passiert?«

Ich stehe vor dem Kleiderschrank und durchforste meine doch sehr spärliche Sommerkleider-Auswahl. Für Freitagabend brauche ich dringend ein neues Kleid.

»Was meinst du?«, spanne ich sie auf die Folter. Jemand, der mich einfach so sitzen lässt, muss jetzt auch ein bisschen zappeln.

»Marlene, spuck's schon aus! Oder willst du, dass ich Krazonka und die Marmeladenlady in die Rollstühle schmeiße und dich im Büro zur Rede stelle?«

»Ich bin noch gar nicht im Büro«, sage ich genüsslich und höre durch das Telefon, wie meine Freundin einen Herzinfarkt bekommt.

»Waaaaas? Bist du bei ihm? Seid ihr echt im Bett gelandet? Und wie war dein erstes Mal nach so langer Zeit? Oh, mein Gott, ist das aufregend! Ich pack die beiden doch in die Rollstühle und komm vorbei. So was können wir doch nicht am Telefon besprechen!« Sie schnappt nach Luft, und aus dem Hintergrund höre ich Herrn Krazonka rufen: »Wer ist mit wem im Bett gelandet?«, was Sassy mit einem resoluten »Psssst!« im Keim erstickt.

»Also was jetzt?«, schnauft Sassy. »Krieg ich jetzt vielleicht mal ein paar Antworten?«

»Nein, ich bin nicht bei ihm, und wir sind nicht im Bett gelandet.«

»Och, wie schade«, mault sie enttäuscht.

»Aber es ist etwas viel Besseres passiert.« Ich schnappe mir ein blau-weiß gestreiftes Oversized-Blusenkleid, manövriere meinen Körper trotz Telefon am Ohr hinein und schlüpfe in meine weißen Arizona-Birkenstocks.

»Besser, als mit Bruno Buchenwald im Bett zu landen? Kann ich mir nicht vorstellen!«

Während ich ihr dann aber die vergangene Nacht umreiße, ändert sie ihre Meinung. Sie gibt ungläubige Laute von sich, sagt kichernd: »So ein Schelm«, fragt einfühlsam: »Ein Brennen am Arm, ein Kribbeln im Nacken?«, schreit übermütig: »Auf einem Eisbrecher? Das ist ja so was von symbolisch!«, und seufzt schließlich theatralisch: »Ein richtiges Date«, als ich ihr zu guter Letzt von unserem Abschied vor meiner Tür erzähle.

»Meine Süße, das hört sich nach einem aufregenden Abenteuer an. Ich freu mich so für dich!«

»Danke! Ich bin auch ganz aufgeregt. Aber jetzt muss ich los, und vorher muss ich mich noch einmal kurz konzentrieren und mir überlegen, was ich noch zur Arbeit mitnehmen muss.«

»Okay. Ich rufe dich nachher noch mal an, um zu besprechen, was du Freitag anziehst.«

Es ist schön, dass meine Freundin genauso aufgeregt ist wie ich und auch schon darüber nachdenkt, welche Klamotte zu meinem Date passt.

Wir legen auf, und ich bin immer noch ganz durcheinander. Die vergangene Nacht hat mich berauscht. Ich will mehr von dieser aufgeladenen Spannung zwischen uns, mehr von seinen nur für mich bestimmten Gesten und mehr als zufällige Berührungen.

Zwei Mal muss ich noch die drei Stockwerke zu meiner Wohnung zurücklaufen, bevor ich mich endlich auf den Weg ins Büro begeben kann. Irgendetwas habe ich jedes Mal vergessen. Denn in Gedanken bin ich immer noch auf dem Eisbrecher, halte aber dieses Mal seine Hand und liege in seinen Armen.

Während ich mit Sassy telefoniert habe, hat Jerry mir eine Nachricht hinterlassen.

»Wo bleibst du? Dein Zehn-Uhr-dreißig-Termin sitzt jetzt schon eine halbe Stunde hier herum.«

Shit. Den hatte ich ganz vergessen. Ein Typ namens Martin Schnell wollte unbedingt, dass ich seinen Ghostwriting-Auftrag übernehme. Er hatte darauf bestanden und geschrieben, dass er gern eine Frau haben würde, die ihm beim Verfassen der Nachrichten hilft. Für die weibliche Perspektive. Ich rufe Jerry zurück und sage ihm, dass er Herrn Schnell schon einmal in mein Büro führen und mit einem Kaffee versorgen soll und dass ich gleich da sein werde.

Natürlich tut es mir leid, dass ich den Termin vergessen habe, aber in diesem Moment ist mir das gleichzeitig auch völlig wurscht. Ich hatte vergessen, warum sich Kinder manchmal hüpfend und lachend und rennend fortbewegen. Jetzt weiß ich es wieder. Aus Spaß am Leben, aus purer Freude.

Ich rufe beim *Elbgold* an, bestelle für das gesamte Team Croissants, Muffins und Franzbrötchen für ein spätes Frühstück und beschließe, heute allen mal wieder zu sagen, wie toll sie ihre Jobs bei *Wolke Sieben* machen. Außerdem werde ich eine Eismaschine fürs Büro kaufen und mich für einen Italienisch-Kurs anmelden.

Und Brankos Memoir? Das schreibt sich bei meiner Energie doch ganz von selbst. Gabriella, Eddie und Dani haben ihre Sache als meine Vertretung ja ziemlich gut gemacht. Bestimmt sind sie damit einverstanden, dass ich das in Zukunft öfter ausnutzen werde, um mir mehr Zeit für mich selbst zu nehmen und vielleicht ja sogar bald mal wieder nach Sardinien zu fahren. Ich habe ja noch fast gar nichts von der Insel gesehen, und das kleine Bed & Breakfast *La Antica Locanda*, von dem Bruno so geschwärmt hat, klingt wie das optimale Refugium, um Brankos Geschichten in einem Buch zusammenzufassen. Und vielleicht hat Bruno ja sogar Lust, mich zu begleiten. Wir könnten nachmittags kleine Ausflüge unternehmen, in versteckten Buchten schwimmen, in romantischen Trattorien essen, die Flamingos bestaunen ...

Als ich beim Büro angekommen bin, ist es viertel nach elf, und Jerry kommt mir mit angespannter Miene und meiner Lieblingstasse entgegen. »Hier, Boss. Schnell. Der Name ist Programm. Der Herr sitzt schon in deinem Büro.«

»Jerry, mach doch nicht so ein Gesicht! Ich krieg das schon wieder geradegebogen. Keine Sorge!«

Jerry guckt mich ganz verstört an, weil er weiß, wie sehr ich Unpünktlichkeit verabscheue. Wahrscheinlich kann er nicht verstehen, warum ich heute damit so entspannt umgehe. Ich lasse ihn verdattert stehen und reiße mit Elan und dem charmantesten Lächeln die Tür zu meinem Büro auf. Voller Selbstvertrauen, fest davon überzeugt, auch den genervtesten Wartenden davon überzeugen zu können, meine Unpünktlichkeit zu entschuldigen und Mitglied bei *Wolke Sieben* zu werden. Ich flöte: »Hallo, Herr Schnell. Bitte entsch...«, und dann verstumme ich.

Ich bin Wile E. Coyote, der in vollem Tempo über die Klippe rennt, einen Moment in der Luft schwebt, versucht, mit den Zehen nach festem Boden zu tasten, und dann mit panisch aufgerissenen Augen in den Abgrund stürzt.

»Hallo, Marlene. Wie schön, dich zu sehen.« Er ist aufgesprungen, als ich zur Tür hereinkam, und bewegt sich jetzt zwei Schritte auf mich zu, so als wollte er mich mit Küsschen links, Küsschen rechts begrüßen. Er hat dasselbe blaue Hemd an wie damals vor dem Haus in Norderstedt.

Ich weiche zurück, und er bleibt stehen. Mein Hals ist trocken. Meine Knie sind weich. Alles Glück von eben ist im Abgrund zerschellt. Von himmelhoch jauchzend zu am Boden zerstört. Das hat er doch schon einmal mit mir gemacht.

Ich räuspere mich. »Was willst du hier?«

Ich kann förmlich spüren, wie mein vorhin noch so erwachtes Herz wieder zufriert.

»Dich zurück.« In meinem kleinen Büro trennen uns nur wenige Zentimeter. »Ich will dich zurück. Ich habe damals den schlimmsten Fehler meines Lebens gemacht, Marlene.«

Ich träume, oder? Ich muss träumen. Denn in meinen Träumen habe ich genau diese Szene schon viele Male erlebt, habe genau gewusst, was ich sagen soll. War dabei total cool und schlagfertig. Habe ihm ganz sachlich und unemotional erklärt, warum ich mich auf gar keinen Fall jemals wieder mit ihm einlassen würde.

Aber mehr als »Nein!« fällt mir in diesem Moment nicht ein. Ich zwänge mich an ihm vorbei und setze mich hinter meinen Schreibtisch, der mir als Barriere zu meinem alten Leben als viel zu schmal erscheint. Aber besser als nichts.

»Willst du nicht mal hören, was ich zu sagen habe?« Er wirkt irgendwie viel kleiner als früher. Alles an ihm, sein Gesicht, seine Hände, seine Füße, seine Statur, alles wirkt kleiner.

Ich setze mich aufrecht hin und bleibe dabei. »Eigentlich nicht, nein.«

»Aber ich habe mir vorgenommen, erst zu gehen, wenn du mich angehört hast.« Ein Flehen in seiner Stimme, mit dem er meinen alten Mitleidsnerv trifft. Ich will ihn nicht anhören, aber ich knicke ein. »Also gut, sag, was du zu sagen hast.«

Er sieht so aus, als wäre er eigentlich gar nicht darauf vorbereitet gewesen, dass ich einwillige, ihn anzuhören. Er setzt sich hin, rückt ganz weit nach vorn auf der Sitzfläche des Stuhles.

»Ähm. Ja. Was soll ich sagen?« Er räuspert sich, schaut verlegen nach unten auf den Boden. »Ich ... ähm ... Ich habe dich vermisst, Marlene. Ich habe die Welt gesehen, hab viel erlebt, bin wieder in Hamburg angekommen, habe eine neue Wohnung gefunden, einen Job, und immer hat mir was gefehlt. Und dann habe ich begriffen, dass *du* mir gefehlt hast! Nur *du*.« Er legt die Hände auf meiner Schreibtischplatte ab. »Ich habe all meinen Mut zusammennehmen müssen, um dich hier aufzusuchen. Ich bitte dich! Komm zu mir zurück! Du bist doch meine Heimat! Immer gewesen. Wir gehören einfach zusammen. Ich brauche dich!«

Zwischen seinen Worten blitzen harte Flashbacks vor meinem inneren Auge auf. Das Knirschen der kleinen Steinchen unter den Schuhsohlen der Maklerin. Das Geräusch der Hausschlüssel, die sie versehentlich aneinanderklirren lässt. Ihre und meine Schritte, wie ich ihr verloren durch die leeren Räume des Hauses folge. Die grellweiße Fassade, die beinahe blühenden Rhododendren, die Sonnenblumenkerne pickende Don Juanita, das Absagen der Hochzeit, das Ablegen des Verlobungsrings, das Isomatten-Schlaflager im Wohnzimmer des Hauses, der Verlust meines Jobs, die vielen durchweinten Nächte allein in Manolos Wohnung, die schmerzhafte Suche nach mir selbst. Drei Jahre Aufräumarbeiten an meiner Seele.

»Du hast Nerven!«, flüstere ich mit bebender Stimme. »Du kennst mich doch gar nicht. Du hast keinen blassen Schimmer, wer ich heute bin. Aber du kannst dir sicher sein, die Marli, die du vor drei Jahren verlassen hast, die bin ich nicht mehr.«

Mein innerer Eddie sagt: »Jetzt kannst du ihm endlich eine ballern, Marli. Er hat es verdient. Taucht hier einfach auf und will dich zurück. Frechheit! Beug dich rüber und schlag zu!«

Aber dafür ist mir meine Faust zu schade. Ich sage lediglich: »Wie schön, dass du herausgefunden hast, dass du mich brauchst, aber das beruht nicht auf Gegenseitigkeit! Ich brauche dich nämlich schon lange nicht mehr!«

Auch ohne Faust hat dieser Schlag gesessen. Er sackt leicht in sich zusammen.

Und wieder – der Mitleidsnerv. Etwas versöhnlicher sage ich: »Sebastian, ich bin mir sicher, dass du jemanden finden wirst, der deine Bedürfnisse erfüllt, aber ich bin es definitiv nicht. Ich wünsche dir für deine Zukunft alles erdenklich Gute, und ich verzeihe dir. Von ganzem Herzen.«

Genau wie mit meiner klaren Abfuhr hat er auch mit meiner Verzeihung nicht gerechnet. »Aber Marlene, ich …«

»Nein, Sebastian. Unser Gespräch ist jetzt beendet! Und bitte komm nicht noch mal auf die Idee, dir unter falschem Namen einen Termin geben zu lassen. In einer Sache habe ich mich nämlich nicht geändert: Ich stehe nach wie vor nicht besonders auf Überraschungen. Auf Wiedersehen.«

Ich warte, dass er sich erhebt, aber er guckt mich nur verdattert an und macht keine Anstalten zu gehen. Ich greife zum Telefonhörer: »Ja, Jerry. Könntest du bitte kommen und Herrn Schnell zum Ausgang begleiten? Das wäre toll. Danke!«

»Aber Marlene, können wir nicht einfach reden? Über damals, über heute …«

»Nein! Es ist bereits alles gesagt.«

Jerry kommt rein und sagt sehr bestimmt: »Herr Schnell. Ich begleite Sie gerne nach draußen. Bitte nach Ihnen.« Als hätte er nie etwas anderes getan, als Menschen aus meinem Büro zu eskortieren. Und er klingt dabei seltsam aristokratisch.

Ich atme den längsten Seufzer meines Lebens aus, als Sebastian das Büro endlich verlassen hat, lasse mich in meinen Stuhl sinken und starre ins Leere. Danis Name erscheint auf dem Display meines klingelnden Bürotelefons. Sie sagt: »Die Croissants sind da«, was ich in diesem Moment irgendwie wahnsinnig komisch finde. Die Croissants sind da, Sebastian war da, und mir geht es gut. Und dann bekomme ich einen Schreck, weil mir einfällt, dass ich ja morgen ein Date habe. Mit jemandem, der vielleicht auch irgendwann, wenn ich gerade gar nicht damit rechne, mit dem Vorschlaghammer mein Herz in tausend Stücke zertrümmert. Die dünne Eisschicht, die sich bei Besis Anblick wie Raureif über mein Herz gelegt hat, wird bei diesen Gedanken immer dicker. So wie damals will und werde ich mich ganz sicher nie wieder fühlen.

Dafür, dass ich mich bei seinem Auftauchen im Büro
nicht schwach und hilflos gefühlt habe.
Und dafür, dass er mich gerade noch rechtzeitig daran erinnert hat,
wie zerstörerisch die Liebe sein kann.

Don Juanita reloaded

»Bist du total wahnsinnig geworden? Du hast dem Schnuckelchen abgesagt?«, schreit Sassy durchs Telefon, als ich ihr kurz und knapp berichte, warum ich für heute Abend kein Kleid mehr brauchen werde. »Sonst rufst du mich bei jeder Kleinigkeit an! Du hast mich sogar schon einmal gefragt, welchen Nagellack du auflegen sollst! Und jetzt?« Sie schnauft wütend in den Hörer. »Bei so einer wichtigen Entscheidung lässt du dich von Dani verleugnen, stellst dein Telefon auf lautlos und meldest dich mehr als vierundzwanzig Stunden nicht? Und das alles nur, weil das olle Schreckgespenst aus deiner Vergangenheit aufgetaucht ist? Du bist echt unglaublich!«

»Na, du bist vielleicht gut! Nur? Ich war wieder voll drin im Damals und habe mich daran erinnert, wie scheiße ich mich gefühlt habe. Glaubst du etwa, das riskiere ich noch mal?«

Wie zur Bestätigung meiner Entscheidung ziehe ich das Revers des kanariengelben Blazers glatt, der zur genauso gelben Hose meines Powersuits gehört. Kleidung stärkt einem wirklich manchmal den Rücken.

»So ist das Leben, Marlene. Man riskiert, man liebt, man

hört auf zu lieben, man lacht, man weint, aber wenigstens lebt man. Du warst doch schon auf so einem guten Weg! Die Handbremse war doch schon so schön gelöst. Und nun ist sie wieder voll angezogen.« Sie seufzt frustriert.

»Du kannst da eh nix machen, Sassy. Mein Leben – meine Entscheidung!« Ich hoffe, dass das Thema jetzt beendet ist.

»Jetzt darf ich noch nicht mal was dazu sagen? Verrat mir wenigstens, was du ihm geschrieben hast.«

»Ich habe ihm die Liste mit den Namen der Leute geschickt, die morgen zum Konzert kommen wollen, und habe dazugeschrieben, dass es mir schrecklich leidtut, aber dass ich heute Abend nicht kann und auch die nächsten Wochen einen ziemlich vollen Terminkalender habe.«

»Ohgottohgottohgott! Das ist eine schlimme Abfuhr! Und was hat er geantwortet?«

»Er hat mich gefragt, ob ich mir ganz sicher bin, und geschrieben, dass er ein Spezialist im Es-langsam-angehen-Lassen ist«, gebe ich wahrheitsgemäß wieder.

»Meine Güte, Marlene! Jetzt lass dir doch nicht alles aus der Nase ziehen! Verdammt! Und was hast du auf diese wunderbare Antwort zurückgeschrieben?«

»Ich bin mir sicher! Bis bald. Gruß, Marlene«, rezitiere ich tonlos.

»Oh, nein!«, ruft sie erschrocken. »Hast du Eddie schon erzählt, was passiert ist?«

»Nein, werde ich auch nicht. Das geht ihn gar nichts an.«

»Und WKK?«

»Auch nicht. Ich geh doch nicht mit meiner privaten Kommunikation hausieren.«

»Das ist so typisch für dich, Marlene. Jetzt machst du wieder dicht.«

»Ganz ehrlich, für deine Belehrungen habe ich jetzt keine Zeit. Ich will kein Date, und fertig. Ich bin dreißig Jahre alt, leite eine Firma und muss mich für meine privaten Entscheidungen nicht rechtfertigen.«

»Aber du kommst morgen Abend schon mit uns allen zum Konzert?« Sie lässt nicht locker.

»Nein. Es ist besser, wenn ein bisschen Zeit verstreicht, bevor ich wieder auf Bruno Buchenwald treffe. Ich habe meine Balance gefunden. Liebe bringt nur alles durcheinander. Aber weißt du was? Ich habe heute Morgen eine Eismaschine fürs Büro gekauft, und Jerry kreiert schon das erste Pistazieneis. Das sind doch gute Nachrichten, oder?« Ich versuche, fröhlich zu klingen.

Aber am anderen Ende der Leitung höre ich wieder nur ihr frustriertes Stöhnen.

»Ich muss jetzt Schluss machen. Ich habe noch viel zu tun. Bis bald, Sassy.«

»Ich verstehe dich echt ni-«

Weiter kommt sie nicht, denn da habe ich schon aufgelegt.

Ich habe mir den ganzen Nachmittag, den Abend und auch noch ein Stück vom Morgen Zeit gelassen, um zu entscheiden, ob ich das Date mit Bruno wirklich absagen sollte. Ich habe es mit niemandem besprochen und mich am Ende fürs Absagen entschieden. Komisch, dass ein runder Geburtstag, ein bisschen Urlaub, ein paar emotionale Songs in einer dunklen Bar, eine Sternschnuppennacht auf einem Eisbrecher und der Sommer an sich einen plötzlich so weich machen können. Anders kann ich mir meine romantischen Entgleisungen nicht erklären. Erst das Mich-hingezogen-Fühlen zu dem potenziellen Date einer Klientin, dann der Ausflug mit Giancarlo und zu guter Letzt auch noch die Nacht mit einem Geschäftspartner auf einem Schiff. Alles völlig uncharakteristisch für mich, und wenn man es genau nimmt, auch ganz schön unprofessionell. Ein Kribbeln im Nacken – schön und gut, aber das bewahrt einen ja auch nicht vor Verletzungen. Und die kann ich in meinem Leben einfach nicht gebrauchen. Eigentlich müsste ich Sebastian einen Präsentkorb vom hiesigen Feinkosthändler schicken lassen. Als Dankeschön. Nicht nur habe ich jetzt die Gewissheit, voll und ganz über ihn hinweg zu sein, ich habe mich sogar gefragt, was ich jemals an ihm gefunden habe, UND er hat mir mit seinem komischen Ego-Auftritt auch noch weiteren Herzschmerz erspart. Ich sehe wieder völlig klar. Don Juanita ist mit dem Lieben beauftragt worden. Das hat drei Jahre lang hervorragend funktioniert. Und so wird das auch weiterhin laufen. Für nervenaufreibende Amour fous habe ich keine Zeit. Schließlich habe ich ja noch eine Firma, die es zu leiten, und Eis, das es zu kreieren gilt.

Wie auf Kommando steckt Jerry den Kopf durch die Tür. »Die Eismaschine ist fantastisch. Willst du probieren?« Er hält mir eine Waffel mit knallgrünem Pistazieneis hin und lockt mich damit hinter meinem Schreibtisch hervor.

»Natürlich will ich probieren. Was denkst du denn?« Ich

nehme die Waffel und einen kleinen Löffel entgegen. »Oh, wow! Das ist ja megalecker! Vielleicht sollten wir auch noch eine Bio-Eis-Marke ins Leben rufen.«

Eigentlich habe ich das nicht ernst gemeint, aber Jerry hält das anscheinend für eine super Idee und strahlt über das ganze Gesicht. »Au ja. Ich wäre der perfekte Eiskreateur. Das wäre genau der richtige Job für mich. Meinst du das ernst, Boss?«

»Eigentlich nicht, aber ich denke mal darüber nach. Vielleicht ist das gar keine so dumme Idee. Ich werde mich mal mit Dani darüber unterhalten.«

Jerry springt ein bisschen steif in die Luft und quiekt fröhlich: »Jippie!«

Wenigstens ihn habe ich heute glücklich gemacht. Als er keine Anstalten macht, zu gehen, frage ich freundlich: »Kann ich noch etwas für dich tun, Jerry?«

»Ja.«

»Und was, Jerry?«

»Annie ist hier.«

»Meine Klientin Annie Schmitz?« Ich löffele noch ein bisschen mehr von dem Pistazieneis.

»Ja. Sie fragt, ob du spontan Zeit für sie hast.«

»Na klar. Sie soll reinkommen.«

»Ich hol sie. Aber, Boss ...«, er beugt sich verschwörerisch zu mir und macht eine bedeutungsschwangere Pause.

»Ja, Jerry?«

»Das mit dem Eis, das ist eine tolle Idee.«

»Ich denk drüber nach. Versprochen!«

»Cool.« Er sieht begeistert aus und schwingt mit seinem Oberkörper hin und her.

»Jerry?«

»Ja, Boss?«

»Du wolltest doch Annie holen.«

»Ach ja, Boss. Ich geh gleich los.«

Eine Minute später steht Annie mit einer Waffel voller Pistazieneis vor mir und versucht, mich zu drücken, ohne meinen Hosenanzug zu bekleckern.

»Marlene. Du bist mein Wunder«, sagt sie und isst schnell ein paar Löffel Eis, bevor es anfängt, an den Seiten der Waffel herunterzulaufen. Sie strahlt.

»Du siehst sehr glücklich aus, Annie. Darf ich daraus schließen, dass dein Date mit GreenFreak am Mittwoch ein Erfolg war?« Ich muss an meinen eigenen Mittwochabend denken. Daran, dass ich neidisch auf Annies Date war. Und dass sich meine Schwärmerei für GreenFreak sofort in Luft aufgelöst hat, als ich mit Bruno Buchenwald auf dem Dampfer saß, während die Nacht zum Tag wurde. Diese Wechselhaftigkeit meiner Emotionen verdeutlicht ja nur noch ihre Unsinnigkeit.

»GreenFreak und ich hatten am Mittwoch das beste Date«, sprudelt es aus ihr hervor. »Und die *Bar Liberté* ist so schön. Ich kannte den Laden noch gar nicht.«

Ich nicke abwesend, weil ich nicht besonders erfolgreich dabei bin, die schöne Erinnerung an Bruno und mich unter dem Sternenzelt zu verunglimpfen.

»Wir waren seit Mittwoch fast die ganze Zeit zusammen.

Weißt du, er hatte überraschend ein paar Tage frei, und ich konnte mir spontan Urlaub nehmen.«

So anders können sich die Dinge zwischen zwei Menschen entwickeln. Annie ist quasi schon so gut wie bei GreenFreak eingezogen, und ich habe genau das Gegenteil getan. Irgendwie ist mir das jetzt doch ein bisschen viel, ich ziehe mich hinter meinen Schreibtisch zurück und sage: »Ach, wie schön. Das heißt, es hat richtig zwischen euch gefunkt, ja?«

»Und wie! Die Funken sind so was von geflogen! Vor allem, als wir noch bis in die Nacht auf dem Anleger saßen und den Sternschnuppenregen gesehen haben. Das war so romantisch. Hast du den zufällig auch gesehen?«

Ja, und zwar gar nicht so weit entfernt von dir. »Nein, leider nicht.«

»Schade, da hast du echt was verpasst. Auf jeden Fall war es total romantisch, und wir haben beide gleich am Donnerstag unseren *Wolke Sieben*-Status in *Herz verschenkt* geändert.«

»Das freut mich für euch.«

»Ich wollte mich einfach noch einmal persönlich bei dir bedanken, und jetzt, da du sitzt, kann ich dir auch noch das Krasseste an der ganzen Geschichte erzählen.«

Noch krasser, als schon nach dem ersten Date völlig verknallt und mit Endorphinen vollgepumpt zu sein?

»Na dann, schieß mal los.«

»GreenFreak ist Basket.« Annie guckt mich gespannt an, und ich verstehe nur Bahnhof.

»Hä?«

»Basket. Der Sänger von *Suche Platz auf Wolke Sieben*. Du weißt schon. Der, mit dem ihr die Kooperation macht.«

»Was?« Ich habe sie zwar verstanden, kann es aber noch nicht richtig fassen. Zu der offensichtlichen Überraschung sickert noch in mein Bewusstsein, dass ich mich ja genau mit diesem Typen durch Sardinien geträumt habe. Ich habe mich also zu Basket hingezogen gefühlt? Oh, mein Gott!

Annie versucht es noch einmal: »Ihr habt doch eine Kooperation mit dem Popstar Basket, oder?«

Ich winke ab und nicke. »Ja, natürlich. Entschuldige bitte, dass ich gerade so auf der Leitung stehe. Das ist ja total verrückt!« Endlich habe ich mich wieder gefangen und kann etwas Adäquates antworten.

»Ja, oder? Und Basket meinte, dass es so schön ist, dass wir uns auf diese Weise kennengelernt haben, weil ich ja, als wir uns geschrieben haben, gar nicht wusste, dass er berühmt ist.« Sie macht eine Pause und lächelt. »Ich glaube, ich hätte ihm auch gar keine Chance gegeben, wenn ich gewusst hätte, wer er wirklich ist. Ich hätte ihn bestimmt als arroganten Popstar abgestempelt, der eh nicht an etwas Ernstem interessiert ist. Ach, Marlene«, sie seufzt, »er ist echt toll.« Sie lacht mich an, fasst sich dann mit der freien Hand ins Gesicht und massiert sich die Wangen. »Seit Donnerstagmorgen grins ich eigentlich nur noch. Ich habe schon richtige Wangenkrämpfe von der ganzen Grinserei. Ist das Leben nicht schön und gleichzeitig auch total seltsam?«

Schön? Darüber lässt sich streiten. Seltsam? Auf jeden Fall!

»Das heißt also: Mission erfüllt. Dann bin ich dich ja wohl als Klientin los, was?« Auf ihre Frage gehe ich lieber nicht ein und versuche, weiter zu überspielen, wie sehr mich ihre Neuigkeiten durcheinanderbringen. GreenFreak soll Basket sein?

»Ja, Marlene. Ich glaube, das mit Basket, das wird gut. Ich habe ihm übrigens schon gebeichtet, dass du mir als Ghostwriterin zur Seite gestanden hast.«

Ich verschlucke mich an einem Stück Pistazie und huste. »Ach, echt?« Irgendwie fühle ich mich ertappt.

»Ja.«

»Und, was hat er dazu gesagt?«, frage ich nonchalant.

»Dass du echt was draufhast und er deine Firma und deinen Ghostwriting-Service weiter bewerben will. Ich soll dir überhaupt ganz liebe Grüße sagen und dass er sich freut, dich morgen beim Konzert zu sehen, und dass du auf jeden Fall, wenn möglich, einen Fotografen oder eine Fotografin und deine PR-Frau mitbringen sollst.«

»Aha.«

Meine zögerliche Reaktion deutet sie richtig.

»Du kommst doch zum Konzert, oder?«

»Eigentlich nicht.«

»Du musst! Da feiern wir! Und es ist eine super Gelegenheit für eine schöne PR-Story.«

»Ich schaue, was ich machen kann.«

Sie sieht ein, dass sie nichts weiter tun kann, um mich davon zu überzeugen, dass ich bei dem Konzert einfach nicht fehlen darf. »Tausend Dank noch mal. Nach meiner letzten Trennung habe ich echt gedacht, dass ich mich nicht so schnell wieder verlieben könnte, aber jetzt sieht die Welt schon ganz, ganz anders aus. Und dabei hast du mir geholfen! Das werde ich dir nie vergessen!«

»Das ist ja schließlich mein Job.« Ich beiße geräuschvoll in die Eiswaffel, und ein paar Brösel fallen auf meinen Schreibtisch.

»Ich muss dann mal wieder. Ich bin noch mit Basket verabredet. Er überlegt, sich auch so ein Tiny House anzuschaffen wie sein Manager, und wir wollen uns eine geeignete Fläche dafür anschauen.«

Sie steht auf, ich komme hinter meinem Schreibtisch hervor, und wir drücken uns.

»Ciao, Annie. Ich freu mich für euch. Grüß Basket ganz lieb von mir, ja?«

»Ja, mach ich. Tschüss, Marlene. Ich sag jetzt einfach mal bis morgen Abend.« Bei der Tür angekommen, dreht sie sich noch einmal um und sagt: »Das Eis ist echt mega! Ihr solltet überlegen, ob ihr das nicht verkaufen wollt.«

Als die Tür sich schon längst hinter ihr geschlossen hat, merke ich, dass ich immer noch künstlich lächle.

Ich gehe zurück hinter meinen Schreibtisch und lasse mich ermattet in den Stuhl sinken.

Dafür, dass ich mich kein einziges bisschen
zu Basket hingezogen fühle.
Dafür, dass ich selbst heute Abend kein Date habe
und so weder ein neues Kleid finden
noch mich stundenlang zurechtmachen muss.
Dafür, dass ich stattdessen das ganze Wochenende
im Jogginganzug auf dem Sofa lümmeln,
Outlander *bingewatchen und Süßigkeiten*
in mich reinstopfen kann.
Und für meine Balance.

Budder bei die Fische

»Mach die verdammte Tür auf!! Marlene, ich habe 'ne Brechstange dabei. Mit der brech ich mich zu dir in die Wohnung, wenn du nicht gleich aufmachst!« Eddie hämmert mit den Fäusten gegen meine Wohnungstür. »Ich weiß genau, dass du zu Hause bist!«

»Ich will dich nicht sehen«, rufe ich zurück. Unten muss ihn jemand reingelassen haben. Bei mir geklingelt hat er nicht.

»Sassy hat mir alles erzählt, Marlene. Du weißt, dass das mit der Brechstange stimmt. Mach jetzt gefälligst die Tür auf!«

»Mann, du nervst echt!«, schnauze ich wütend durch die geschlossene Tür. »Ich will nicht mit zum Konzert! Ich will einfach nur hier in meinem wunderschönen rosa Nicki-Jogger auf dem Sofa rumgammeln. Lass mich!«

»Mach! Die! Tür! Auf!« Er hämmert weiter.

Genervt gebe ich nach und öffne die Tür.

»Zufrieden? Jetzt ist sie auf, aber ...« Ich breche ab, weil hinter Eddie noch sein Freund Marco, WKK, Sassy, der Wal-Doc, Dani, Gabriella und Jerry stehen und mich gebannt anschauen. Alle haben sich für das Konzert aufgebrezelt, während ich mit verwuschelten Haaren, mit nur einer türkisenen Socke an meinem linken Fuß und einem riesigen Becher Kakao mit einer überdimensionierten Sahnehaube in der Hand verschlafen in meinem Flur stehe. Seit gestern Abend habe ich kein Tageslicht gesehen. Die Gardinen sind geschlossen.

»Ich weiß, das ist jetzt echt unchefinnenmäßig von mir, aber wir sind ja ausdrücklich nicht verabredet, ihr seid hier alle einfach aufgekreuzt, und deshalb: Echt jetzt? Schon mal was von Privatsphäre gehört?«

Ich will die Tür wieder zumachen, aber Eddie stellt seinen Fuß dazwischen.

»Komm schon, Marlene. Du musst mitkommen!«

»Nein. Ihr alle seid meine Vertretung. Gabriella und Eddie, ihr könnt alles mit Basket besprechen. Branko ist eh da und macht immer gute Fotos, und Dani, du schreibst die Geschichte dazu. Ihr habt das Kind geschaukelt, als ich auf Sardinien war, dann schaukelt ihr es auch jetzt.«

Eddie kommt zu mir in die Wohnung, sagt leise zu den anderen: »Ich komm gleich wieder«, so als wäre ich völlig geisteskrank, und schließt sanft die Tür hinter uns.

»Sassy hat mir erzählt, was passiert ist, Marli. Dieser Bruno klingt doch echt wie ein richtig netter Typ.«

»Ist er bestimmt auch. Aber Besi war auch nett, bis er es sich anders überlegt hat.«

»Komm mal her.« Eddie nimmt mich in seine Arme. »Oh, du bist aber flauschig. Fast wie ein rosafarbenes Plüschkaninchen.«

»Ha, ha.«

»Ich an deiner Stelle würde ja jetzt erst recht mit Bruno ausgehen.«

»Ich bin aber nicht du«, sage ich trotzig.

»Du magst dich gern in der Opferrolle, stimmt's?«, fragt Eddie herausfordernd.

Ich löse mich aus der Umarmung und trete schnell einen Schritt von meinem Bruder zurück, der mich auf diese nervtötende Art und Weise anschaut, die mir sagt: *Jetzt hab ich dich am Haken.*

Und obwohl ich genau weiß, dass das nur wieder eine seiner Strategien ist, um zu bekommen, was er will, laufe ich ihm trotzdem direkt ins Messer.

»Gar nicht!«, rufe ich empört.

»Doch!«

»Nein!«

»Doch!«

»Nein!«

»Doch!«

»Dieses Nein-doch-Spiel ist mir echt zu blöd! Ich bin froh, dass Besi aufgetaucht ist. Er hat mich daran erinnert, dass ich alleine einfach besser dran bin.«

Eddie seufzt. »Gib deinem alten Bruder mal einen Schluck Kakao.« Er muss meine Finger einzeln von dem Becher entfernen, weil ich nicht will, dass er sich in meinen sorgsam geschmiedeten Realitäts-Ausblendungs-Plan einmischt, zu dem nun mal auch mein Kakao gehört. Ich will ihm nichts abgeben. Eigentlich will ich nur, dass er endlich geht.

»Das ist aber lecker. Du hast ja sogar richtige Sahne geschlagen. Da muss ja einiges im Argen liegen. Das hast du früher nur gemacht, wenn es mal wieder mit den Alten total schlimm war. Hier riecht's übrigens total muffig.«

Nachdem er die Wohnzimmerfenster geöffnet hat, setzt er sich mit dem Kakao auf das schwarze Ledersofa. »Nun erzähl dem alten Eddie mal, was dir auf dem Herzen liegt.« Er saugt genüsslich an meinem Giraffen-Strohhalm.

»Gar nichts! Mir liegt gar nichts auf dem Herzen! Ich will einfach nur nicht zu dem Konzert!« Dabei stampfe ich bei jedem Wort mit dem Fuß auf und muss selber ein bisschen lachen, weil ich weiß, wie wahnsinnig kindisch ich mich hier gerade benehme.

»Es hat dich ganz schön erwischt, oder?«

»Nein«, sage ich sofort. Aber er hat recht. Gestern Abend habe ich mir eigentlich die ganze Zeit nur vorgestellt, wie das Date mit Bruno wohl verlaufen wäre. Dann habe ich, von *Outlander* inspiriert, von ihm geträumt, hatte das erste Mal seit Ewigkeiten unbändige Lust auf Sex und bin völlig frustriert wieder eingeschlafen. Seither dümpele ich auf dem Sofa herum und beschimpfe mich selbst für meine Dummheit, nicht sofort aus dem *Eckpoint Charlie* getürmt zu sein, als Bruno Buchenwald dort auf der Bühne erschienen ist. Noch besser wäre es gewesen, ich hätte ihn gleich am Tag des Radieschendiebstahls für immer aus meinem Leben verbannt. Denn wenn wir mal ganz ehrlich sind, hat er mir auch da schon besser gefallen, als mir lieb war. Warum sonst hat er mich von Anfang an so aus dem Konzept bringen können? Ich habe gleich instinktiv gewusst, dass er mir gefährlich werden könnte, und mein innerer Eddie, das muss ich mir wirklich mal hinter die Ohren schreiben, hat leider immer recht. Auch wenn er glücklicherweise viel dezenter ist als der echte.

Anstatt etwas zu sagen, macht der echte Eddie jetzt dieses nervige Schlürfgeräusch, wenn man mit dem Strohhalm am Boden eines leeren Glases nur noch den letzten Rest einsaugt.

»Mann, Eddie! Jetzt hast du meinen ganzen Kakao ausgetrunken!«

»So, ich spreche jetzt ein Machtwort! Du kommst mit!« Er knallt den Becher auf den Couchtisch und steht mit einem Ruck auf. »Du ziehst jetzt deine schwarzen Jeans und das orangefarbene Blüschen mit den bunten Stickereien an, dann gibt's ein bisschen Make-up und einen kleinen Dutt, und los geht's! Wenn du es nicht für mich tust, dann sei wenigstens deinen Mitarbeitern ein Vorbild! In deinem verstrahlten Hasenoutfit sollten sie dich besser nicht in Erinnerung behalten.«

»Ach, was soll's. Ist doch egal. Ich bin schließlich auch nur ein Mensch.«

»Marli, wenn du mich auch nur ein bisschen kennst, dann weißt du, dass am Ende sowieso immer genau das passiert, was ich will. Widerstand ist zwecklos. Und wenn ich dich über meiner Schulter da hintrage. Du! Kommst! Mit!«

»Ahhh!«, schnaube ich genervt, weil ich weiß, dass er recht hat und dass er meine Wohnung sowieso nicht ohne mich verlassen wird.

»Also gut. Ich gehe hin, sage zu Basket: ›Schön, dass du deine neue Liebe gefunden hast.‹ Wir machen ein paar Fotos. Ich höre mir anstandshalber ein paar Songs an. Dann gehe ich wieder. Und du schwörst mir jetzt, dass du mich dann auch gehen lässt.«

»Da seid ihr ja«, ruft Knorke begeistert, als wir aus der Haustür treten. WKK haben draußen auf uns gewartet, um gemeinsam mit uns zum *Docks* zu laufen.

»Die anderen sind schon vorgegangen.«

Wir setzen uns in Bewegung und gehen in Richtung Kiez. Wasili und Eddie unterhalten sich angeregt über Polen und dass es dort dringend mal einen Machtwechsel bräuchte, während Karmen und Knorke mich einrahmen und unterhaken.

»Was ist denn eigentlich los?«, fragt Karmen vorsichtig.

»Ach, ich will nicht drüber reden.«

»Wir wissen eh schon Bescheid. Bruno hat uns erzählt, dass du eure Verabredung abgesagt hast.« Knorke ist weniger subtil als Karmen.

»Was? So eine alte Tratschtante! Ich wusste doch, dass ich ihm nicht trauen kann.«

»Na, na, nun mal langsam mit den jungen Pferden! Er hat uns am Donnerstagfrüh frische Brötchen mitgebracht. Ich habe ihn gefragt, wo er denn herkäme, und da hat er erzählt, dass er eine wunderbare Nacht mit einer wahnsinnig tollen Frau verbracht hat. Ohne dass da was gelaufen wäre. Und als ich nachgehakt habe, wer denn diese Wahnsinnsfrau ist, hat er mir ganz schüchtern verraten, dass du das bist.«

Karmen unterbricht ihn und sagt: »Und da waren wir alle

ganz aus dem Häuschen, weil wir ja sowieso finden, dass ihr beide so richtig gut zusammenpasst. Als ihr letztens zusammen auf dem Kahn wart, hätte das sogar ein Blinder mitbekommen. Und er hat auch so ein gutes Herz wie du. Das kann man in seinen Augen sehen.«

Ich schaue sie argwöhnisch von der Seite an – meine linke Augenbraue bis zum Anschlag hochgezogen.

»Du kannst mir ruhig glauben. Ich erkenn ein Arschloch aus kilometerweiter Entfernung.« Sie lacht ihr knarziges Lachen und haut Knorke auf den Rücken.

»Und wir wissen doch alle, dass er den Pizzaofen nur für dich gebaut hat, oder?« Knorke schaut mich mit schräg gelegtem Kopf ganz sanft an.

»Warum sollte er das tun?«

»So was machen Typen halt, wenn sie bis über beide Ohren verknallt sind«, weiß Knorke.

»Ja, und von der Talkshow mal ganz zu schweigen«, mischt sich Karmen wieder ein.

»Was meinst du?«, frage ich zögernd.

»Na ja, du musst doch zugeben, dass es total nett von ihm war, seinem Kontakt bei der Talkshow vorzuschlagen, dass du auch eingeladen wirst. Wer macht schon so was?«, plappert Karmen weiter.

Ich bleibe still.

»Sie wusste nichts davon«, sagt Knorke leise zu Karmen. Die beiden sind verunsichert, ob es jetzt gut oder schlecht ist, dass sie mir Brunos Geheimnis verraten haben.

»Er dachte, dass das eine tolle Chance für *Wolke Sieben* ist, weißt du? Du musst zugeben, das ist doch echt süß.«

»Ich weiß nicht. Ich …« Mir bleiben die Worte im Hals stecken.

»Du willst einfach nicht wieder verletzt werden, richtig?«, sagt jetzt Knorke ganz untypisch einfühlsam.

Ich nicke und kämpfe mit den Tränen. Meine Gefühle fahren seit dem Abend auf dem Eisbrecher Achterbahn.

»Also, ich seh das so: Vielleicht seid ihr füreinander bestimmt, vielleicht auch nicht. Das kann niemand sicher wissen. Aber nur wenn du es ausprobierst, hast du eben auch eine Chance darauf, dass es die fabelhafteste Liebesgeschichte der Welt werden könnte.« Karmen drückt meinen Arm.

»Ich weiß nicht, ob ich für eine Vielleicht-vielleicht-auch-nicht-Wahrscheinlichkeit bereit bin.«

»Niemand ist dafür bereit, Schätzchen. Aber wer nicht wagt, der nicht gewinnt!«

Ein Angebot

Teddy, der Securitymann, erkennt mich sofort. Er tritt zur Seite, sodass wir bis zum Einlasscounter vorlaufen können. Dort sind unsere Namen auf einer Liste vermerkt, und wir bekommen sogar VIP-Bändchen für einen Bereich ganz vorn an der Bühne und für die After-Show-Party. Im Foyer riecht es nach Bier und viel zu süßem Parfüm, und ich fühle mich in meine Jugend zurückversetzt, als ich das ein oder andere Mal meine Eltern zu einem Konzert begleiten musste. Die Location ist ein bisschen abgerockt, aber dabei trotzdem oder gerade deswegen irgendwie charmant. Immer wieder schaue ich mich hektisch um, weil ich befürchte, Bruno in die Arme zu laufen. Aber wenn das passiert, dann vermutlich sowieso genau in dem Moment, in dem ich gerade nicht daran denke. Um uns herum wuseln aufgeregte Fans, die sich an den Merchandising-Ständen schon mal Shirts, Hoodies, CDs und Aufkleber anschauen, um sie nachher zielstrebig kaufen zu können. Wir gehen in den Saal, wo sich meine Augen erst mal an das schummerige Licht gewöhnen müssen. Ich habe vor, hier hinten stehen zu bleiben, aber Eddie nimmt meine Hand und zieht mich mit sich in Richtung Bühne, auf der eine Menge Instrumente, Boxen und

Mikros stehen. Als Backdrop ein riesiges Poster mit dem Schriftzug *Wolke Sieben Tour*.

Wir zeigen dem Securitymann beim VIP-Bereich unsere rosafarbenen Bändchen, und er lässt uns passieren. Dort treffen wir auf alle anderen, die vor einer Stunde noch in meinem Treppenhaus herumgestanden haben. Sie begrüßen uns mit dieser typisch aufgeheizten Energie, die entsteht, wenn sich eine Gruppe von Menschen unbändig auf etwas Besonderes freut. Es ist schön, sie alle so aufgeregt schnatternd und fröhlich zusammenstehen zu sehen. Trotzdem fühle ich mich seltsam unbeteiligt an dem Ganzen. Ich will zurück auf mein Sofa, in meinen Muff hinter den zugezogenen Gardinen. Zurück zu *Outlander*, zu Kakao mit Sahne und zurück in meine Welt, wo es okay ist, verwuschelte Haare und nur eine Socke am Fuß zu haben. Ich will in Ruhe in meinem Selbstmitleid verwahrlosen.

»Wie cool, dass du mitgekommen bist!« Dani kommt als Erstes auf mich zu und umarmt mich. »Das wird bestimmt total mega, hier direkt an der Bühne.«

»Jaaaa«, ruft Sassy und legt ihren Arm um mich. »Cool, dass Bruno so ein wahnsinnig netter Mensch ist und das möglich gemacht hat. Nicht wahr?«

»Ich hol mir mal kurz was zu trinken.« Mir ist das alles viel zu viel.

»Soll ich mitkommen?«, fragt Sassy ein bisschen erschrocken, weil ich gar nicht auf ihre kleine Spitze eingegangen bin.

»Nein, danke. Ich bin ja schon groß.« Ich drehe mich um und laufe schnell in Richtung Tresen. Ich kann spüren, wie mich Eddies und Sassys Blicke verfolgen. Bestimmt fragen sie sich jetzt, ob ich die Gelegenheit beim Schopfe packe und einfach verschwinde. Eine Möglichkeit wäre es ja ... Aber jetzt haben Eddie und Gabriella mit Branko und Basket schon den Fototermin ausgemacht.

»Was kann ich für dich tun?«, fragt der Barkeeper freundlich.

»Einen Sekt auf Eis, bitte.«

»Wird gemacht.« Er füllt die Eiswürfel mit einer kleinen Schaufel in den Becher, schenkt ihn randvoll und überreicht mir den Drink. »Bitte schön.«

»Danke.« Nachdem ich gezahlt habe, lehne ich mich an die Bar und lasse meinen Blick über die aufgeregten Teenager-Kids schweifen, die schwärmeweise, teilweise mit ihren Eltern im Schlepptau, die Halle füllen. War ich jemals so unbeschwert, vorfreudig und hibbelig? Ich glaube nicht.

»Hi, Marlene.« Annie spricht mich von der Seite an.

»Hi, Annie.«

»Du hast es also doch geschafft. Das wird Basket sehr freuen. Macht ihr die Fotos vor dem Konzert oder danach?«

»So, wie ich Eddie verstanden habe, machen wir beides.« Ich schaue auf meine Uhr. »In zehn Minuten treffen wir uns backstage.« Ich nippe an meinem Sekt. »Sorry, willst du auch was trinken?«

»Ja, gern.«

Ich ordere für Annie einen weiteren Sekt auf Eis, und wir stoßen an.

»Prost. Ich nehme mal an, du schwebst weiterhin auf

Wolke sieben?« Ich mache Luftanführungszeichen und versuche, dabei zu lächeln, aber es fällt mir schrecklich schwer.

Sie nickt und hebt ihr Glas. »Und wie! Auf dich und deine tolle Dating-Agentur! Wenn es dich nicht gäbe, dann säße ich jetzt bestimmt ganz allein auf meiner Couch und würde mir Physik-Formeln zu Gemüte führen, mir haufenweise Süßigkeiten reinpfeifen und dabei irgendeine bekloppte Serie gucken.«

Ich zucke zusammen. Sie kann ja nicht wissen, dass sie gerade meine eigentliche Planung für heute Abend beschrieben hat.

»Aber dank dir küsse ich nachher den tollsten Mann der Welt!« Sie lacht.

»Ich wünsch euch nur das Allerbeste. Auf eure Liebe!«

»Auf die Liebe generell!«

»So, ich glaube, ich geh jetzt mal wieder zu den anderen, sonst wird meine PR-Frau noch nervös.« Gabriella hat es nicht so gern, wenn man auf den letzten Drücker erscheint.

»Ich komm mit.«

Zusammen bahnen wir uns den Weg durch die Menge, und ich bekomme wieder dieses flaue Gefühl im Magen, das mich normalerweise große Menschenansammlungen meiden lässt. Glücklicherweise ist es noch nicht ganz so voll.

»Da bist du ja. Ich dachte schon, du hast 'nen Abgang gemacht!«, ruft Eddie vorwurfsvoll, als er mich entdeckt.

»Das ist Annie. Baskets neue Freundin. Eddie, mein überaus charmanter Bruder, sein Freund Marco und meine Freundin Sassy. Dani und Jerry kennst du ja schon, und das ist Gabriella, bei *Wolke Sieben* zuständig für die PR.«

»Schön, euch kennenzulernen.«

»Hi, Annie!«, rufen alle unisono.

»Marlene, wir sollten jetzt mal hinter die Bühne, ja?« Gabriella tritt einen Schritt nach vorn und zeigt auf einen Seiteneingang.

Doch bevor wir uns dorthin bewegen, taucht Sassy neben mir auf und flüstert in mein Ohr: »GreenFreak ist also Basket??? Das ist doch nicht wahr, oder?!«

»Doch«, stöhne ich und verdrehe die Augen.

Gabriella hakt sich bei mir unter und fragt: »Alles okay?«

»Ja«, antworte ich, obwohl das überhaupt nicht stimmt.

Auch an der Backstagetür lässt uns die Security anstandslos durch. Einer begleitet uns bis vor Baskets Garderobe.

»Herein«, ruft Basket, nachdem wir an die Tür geklopft haben. »Hi, Gabriella, Marlene, wie schön, euch zu sehen! Ihr wisst es bestimmt schon, oder? Dank euch bin ich verliebt!« Basket hüpft schwungvoll aus seinem Stuhl, grinst uns glücklich an und umarmt erst Gabriella und dann mich. »Ich könnte wirklich die ganze Welt umarmen. Es ist soooo schön, verliebt zu sein, oder?«

Gabriella und ich nicken brav.

»Moin, Mädels.« Aus der Garderobentoilette kommt Branko und trocknet sich die Hände an seiner Hose ab.

»Ich habe mich schon gefragt, wo du steckst«, sagt Gabriella.

»Du sei mal nicht so streng. Und du, Marlene, du schuldest mir noch eine Antwort.«

Oje, das hatte ich in meinem ganzen Elend total vergessen.

Branko sagt: »Schon gut, du hast ja noch bis Montag Zeit, dir das mit dem Buch zu überlegen, aber dann musst du dich auch wirklich entschieden haben.«

»Danke, Branko. Ich sage dir Montag Bescheid.«

»Was? Du sollst die Memoiren von Branko schreiben? Was ist das denn für eine geile Idee!« Basket ist total begeistert, und Gabriella sagt: »Das sind ja Neuigkeiten, davon wusste ich noch gar nichts.«

»Ich weiß ja selbst noch gar nicht, ob ich es machen möchte – ich habe doch mit *Wolke Sieben* schon so viel zu tun.«

»Das *musst* du machen! Das ist eine tolle Chance! Für dich persönlich, und natürlich ist das auch super für *Wolke Sieben*. Da machen wir schön Cross-Promo, und es ist ein guter Aufhänger für weitere Berichterstattung. Wir werden das schon hinkriegen.« Gabriella schaut mich zuversichtlich an.

Wieso wissen immer alle anderen besser als ich selbst, was hinzukriegen ist und was nicht?

»Also, wenn ich noch mal was dazu sagen dürfte«, mischt sich Basket ein. »Ich bin mir sicher, dass du das großartig machen wirst. Deine Textvorschläge für Annie waren super. Sie hat mir erzählt, dass sie fast nie etwas daran verändert hat, weil du ihr immer direkt aus der Seele gesprochen hast. Als ich sie endlich kennenlernen durfte, konnte ich mir fast gar nicht vorstellen, dass *du* die Texte geschrieben hast, weil sie so Annie waren. Du bist echt ein Empathie-Genie!«

Ich spüre, wie ich rot werde, und bin froh, dass keiner hier im Raum meine Gedanken lesen kann. Denn ich schäme mich gerade sehr, dass ich mir beim Texten viel zu gerne vorgestellt habe, ich selbst wäre an Annies Stelle. Und gleichzeitig bin ich erleichtert, dass es wirklich nur Baskets Textnachrichten waren, die diese Anziehungskraft auf mich ausgeübt haben.

»Wollen wir jetzt vielleicht die Fotos machen? Das Konzert soll ja bald losgehen, und wir wollen dich ja nicht komplett aus dem Flow bringen.«

»Kein Stress. Wisst ihr, was das Gute daran ist, wenn man ein Popstar ist? Die können nicht ohne einen anfangen.« Er verwuschelt seine Haare und schmunzelt. »Spaß beiseite. Lass uns gern die Fotos machen. Ich will ja auch das Publikum nicht warten lassen.«

»Was haltet ihr davon, wenn wir ein paar Fotos vor dem Backdrop auf der Bühne machen und dann vielleicht auch noch eins mit dem Publikum im Hintergrund?«, fragt Branko. »Das wäre ein schöner Kontext für die Geschichte und das Foto.«

»Super Idee!« Basket ist begeistert.

Wir laufen zu viert zur Bühne. Bruno ist merkwürdigerweise weit und breit nicht zu sehen.

Als Basket die Bühne betritt, fangen die Fans an zu schreien, zu klatschen und seinen Namen zu rufen.

Er schnappt sich ein Mikro. »Ihr Lieben, cool, dass ihr schon hier seid. Ich freu mich sehr auf unseren gemeinsamen Abend. Es geht auch gleich los. Aber erst muss ich mit Marlene hier, die die fantastische Dating-Website *Wolke*

Sieben ins Leben gerufen hat, ein Foto machen. Vielleicht könnt ihr uns anfeuern, damit das richtig gut wird. *Wolke Sieben! Wolke Sieben! Wolke Sieben!* Und jetzt ihr!« Das Publikum macht mit, und trotz des ganzen Durcheinanders in meinem Leben sind Baskets gute Laune und seine positive Energie so vereinnahmend und ansteckend, dass mir das Lächeln plötzlich nicht mehr ganz so schwerfällt. Wir platzieren uns zwischen Schlagzeug und E-Piano vor dem Backdrop und blicken in die Kamera.

»Jetzt noch mit dem Publikum im Hintergrund«, befiehlt Branko und klickt weiter, während wir ein bisschen posen.

Basket greift sich noch einmal das Mikro. »Und jetzt alle zusammen *Wolke Sieben* rufen, okay? Drei, zwei, eins!«

Und alle brüllen aus vollem Hals »*Wolke Sieben!*«, was mir einen schönen Schauer über den Rücken jagt.

Als wir die Bühne verlassen haben und Gabriella und Branko schon durch den Backstagekorridor in Richtung Saaleingang laufen, hält Basket mich zurück. »Was ich dir noch sagen wollte, Marlene.«

»Ja?« Was kann er mir jetzt, so kurz vor seinem Konzert, noch zu sagen haben?

»Annie ist echt toll. Und wir haben uns das Versprechen gegeben, immer ehrlich miteinander zu sein. Und weil du ja auch in unsere Kommunikation involviert warst, habe ich irgendwie das Gefühl, auch ehrlich mit dir sein zu müssen.« Er lacht. »Ist ja keine große Sache.« Er rauft sich die Haare, als wäre es ihm doch ein bisschen unangenehm, was er mir zu sagen hat. »Also, ich kann zwar ganz gut Songtexte schreiben, aber längere, persönliche Nachrichten ... damit tue ich mich echt schwer. Ich brauchte da auch ein bisschen Hilfe. Und deshalb hat Bruno die für mich geschrieben.«

»Hmm?« Ich verstehe nicht.

»Bruno, du weißt schon, mein Manager. Er hat die Texte geschrieben, die Annie von GreenFreak bekommen hat. Der Inhalt passt natürlich auf mich, aber die Formulierungen, der Witz und so weiter. Das war alles Bruno. Wenn man so will, habt ihr beide euch also auch hin und her geschrieben. Das ist doch echt ein verrückter Zufall! Und irgendwie auch ein bisschen romantisch, oder? Also, weil ihr ja auch in derselben Nacht wie Annie und ich so was wie ein Date hattet. Bruno war übrigens ziemlich geknickt, als du ihm gestern abgesagt hast.«

Als ich nichts sage, weil ich immer noch versuche, zu verinnerlichen, was er mir da gerade mitgeteilt hat, legt er eine Hand auf meinen Arm. »Alles okay, Marlene? Du bist ja ganz blass geworden.«

»Ja, alles okay.« Wie ferngesteuert lege ich meine Hand auf seine. »Du musst dich doch jetzt auf den Auftritt vorbereiten. Ich geh schon mal raus zu den anderen. Und wir sehen uns dann nachher, ja?« Ich atme tief durch. »Und danke für deine Ehrlichkeit und die Info. Ach, und weiß Bruno auch, dass ich die Texte für Annie verfasst habe?«

»Ja, ich hab's ihm gestern erzählt. Sicher, dass es dir gut geht? Du siehst aus wie ein Gespenst.«

»Ja, alles in Ordnung.«

Wir trennen uns, und ich gehe wie in Trance in Richtung Saal, während Basket sich zu seiner Garderobe begibt.

GreenFreak ist Basket und ist aber eigentlich auch Bruno? Das ist zu krass, um es zu begreifen.

Ich drücke die schwere Saaltür auf. Auf der anderen Seite steht Gabriella. »Ui. Du bist aber blass. Geht's dir gut?«

»Mir ist ein bisschen schwindelig«, gebe ich zu.

»Könnten wir einen Stuhl für den VIP-Bereich bekommen?«, fragt Gabriella einen der Securitys.

»Vielleicht gehe ich einfach lieber. Ich will hier keinen Aufriss machen.«

»Ich hole euch einen Stuhl«, sagt der Securitymann und macht sich schon auf den Weg.

»Ich habe was dabei, das dir bestimmt hilft.« Gabriella kramt ein Stück Traubenzucker aus der Handtasche und gibt es mir.

Sie hakt sich wieder bei mir unter, und wir gehen zu den anderen.

»Das war ja was. Wie alle unseren Firmennamen gerufen haben, total geil, oder?« Eddie umarmt mich wieder mal viel zu fest und schaut dann ganz besorgt. »Konzerteritis?«

»Wahrscheinlich, aber es wird schon gehen.« Meine Beine wackeln vor sich hin. Allein würde ich mir eh nicht den Weg durch die Menge nach draußen bahnen können. Mittlerweile ist der Saal knallvoll.

Der Securitymann bringt den Stuhl, und alle rücken ein bisschen dichter zusammen, damit ich am Rand darauf sitzen kann. Ich komme mir bescheuert vor. Die Bühne kann ich im Sitzen eh nicht sehen.

Dann wird es in der Halle dunkel, das Bühnenlicht wird hochgefahren, und alle sind zu gespannt auf die Show, als dass sie mich noch weiter beachten würden. Ich bin froh darüber und versuche, mich auf meine Atmung zu konzentrieren.

Ein junger Typ kommt auf die Bühne, greift sich das Mikro und sagt: »Bevor's mit Basket so richtig losgeht, haben wir noch eine tolle Überraschung für euch! Nur heute Abend! Nur hier in Hamburg! Nur ein einziger Song! Begrüßt mit mir Bruno Buchenwald!«

Mir stockt der Atem. Ich stehe nun doch auf, um besser sehen zu können.

Wie er nur wenige Meter vor mir die Bühne betritt, wie er genau wie an dem Abend im *Eckpoint Charlie* auf den Hocker zuläuft, sich hinsetzt, wie er sich die Haare hinter die Ohren streicht, einen Schluck Wasser trinkt, die Gitarre auf seinem Bein platziert, die Mikros justiert.

Das Kribbeln in meinem Nacken, an meinem ganzen Körper elektrisiert mich und wird ins Unermessliche gesteigert, als er die ersten Töne auf der Gitarre anschlägt.

»Der Song ist für dich, Marlene. Falls du Zweifel an meinen Absichten, an meinen Gefühlen haben solltest und falls du noch hier bist.«

Alle drehen sich zu mir um und starren mich mit offenen Mündern an.

Dann fängt er an zu singen.

Du bist die zarteste Versuchung, seit es Homo sapiens gibt
Ein Blick von dir hat ausgereicht, und schon war ich verliebt
Dass man bei dir nichts überstürzen darf, hab ich sofort erkannt
Und darum möcht ich mich bewerben als Beziehungspraktikant

Er nickt in Richtung Schlagzeug, das im Dunklen steht, und der Drummer beginnt, Brunos Gitarrenspiel mit einem soften Beat zu begleiten.

Ob ich der Richtige für den Job bin oder nur ein Vollidiot
Das kannst nur du allein entscheiden,
und hier kommt mein Angebot:

Vor allen Tagesordnungspunkten hättest du Priorität
Ich wäre immer für dich da von morgens früh bis abends spät
Ich würde nie von dir verlangen, dass du Filterkaffee trinkst
Und würd auch noch auf dich steh'n, wenn du schon runzlig bist
und hinkst

Doch hätt ich 'ne Bedingung, aber die ist klitzeklein:
Du müsstest einzig und allein einfach nur Marli sein

Ich kann nicht glauben, dass er da gerade einen Song singt, den er offensichtlich nur für mich geschrieben hat. Mit jedem einzelnen Wort zieht er mich mehr in seinen Bann. Jede Silbe ein sanfter Volltreffer in mein zerbrechliches Herz, eine zärtliche Berührung meiner Seele. Ich wünschte, dieser Moment würde nie zu Ende gehen.

Ich könnt nur noch glücklich sein, wenn meine Marli glücklich ist
Weil du für mich die schönste Sternschnuppe im Universum bist
Ich würde dich niemals verlassen, dir all meine Liebe geben
Und meine letzte Flasche Bier würde ich stets für dich aufheben

Doch hätt ich 'ne Bedingung, aber die ist klitzeklein:
Du müsstest einzig und allein einfach nur Marli sein
Du müsstest einzig und allein nur meine Marli sein

Die Menge tobt, und mir laufen die Tränen eimerweise über die Wangen. Neben mir Sassy, die laut vor sich hin schluchzt und mir ein Taschentuch nach dem anderen reicht. Auf der anderen Seite Eddie, der mich begeistert angrinst. »Hut ab! Ich würde sagen, der Mann ist spitzenmäßiges Schwagermaterial!«

»Danke fürs Zuhören. Und jetzt viel Spaß mit meinem wunderbaren Freund Basket!« Brunos letzte Worte gehen in einem ohrenbetäubenden Applaus unter, während Basket gefolgt vom Rest der Band auf die Bühne sprintet, Bruno umarmt und sich gleich vorn das Mikro greift.

»War das nicht wunderbar? Mein guter alter Freund Bruno hat sein Herzblatt anscheinend auch endlich gefunden. Jetzt müsst ihr nur noch mit einem riesigen Applaus dafür sorgen, dass Marli ihn erhört. Also, Leute? Legt los!«

Und die Menge trampelt, klatscht, pfeift und johlt und kommt erst wieder etwas zur Ruhe, als Basket ruft: »Hier kommt gleich noch was fürs Herz!«, und mit seinem Nummer-eins-Hit in die Show startet.

Während Basket die ersten Zeilen von *Suche Platz auf Wolke Sieben* schmettert, werde ich von allen Seiten bestürmt. »Marli, Marli, was war das denn?«, quiekt Dani aufgeregt.

Eddie klopft mir auf die Schulter und sagt: »Das war ja total hollywoodmäßig! Also, wenn du ihn nicht willst, nehm ich ihn!«

»Ich hab doch gesagt, er ist ein Schnittchen!«, fügt Karmen hinzu und legt ihren Arm um den gerührten Knorke, der sich geräuschvoll schnäuzt und seine Tränen trocknet.

Wasili sagt: »Romantischer geht es ja wohl niix.«

Und alle anderen schütteln bewegt und ungläubig den Kopf.

»Und? Was jetzt?«, fragt Sassy mich gespannt.

»Jetzt folge ich meinem Herzen!«

Ich drängele mich durch die Menge, kann nicht schnell genug vorwärtskommen und bin endlich beim Durchgang zum Backstagebereich. Die Security lässt mich passieren, und ich gehe, laufe, renne in Richtung Garderobe, wo ich ihn vermute. Für Klopfen habe ich keine Zeit. Ich reiße die Tür auf, und da steht er, mit seinem Gitarrenkoffer in der Hand.

»Hi.« Ich bin atemlos. Mein Herz klopft mir bis zum Hals.

»Du warst also doch noch hier.« Er stellt den Gitarrenkoffer ab.

»Ja. Ich …« Ich laufe auf ihn zu, stehe ganz nah vor ihm, schaue zu ihm auf, sage: »Der Song. Der war einfach nur wunderwunderschön.« Ich spüre, wie mir wieder die Tränen kommen, frage leise: »Können wir unser Date vielleicht nachholen?«

Anstatt mir zu antworten, zieht er mich an sich. Seine warmen, weichen Lippen auf meinen, ein sanftes Besiegeln der Versprechen aus seinem Song. Seine Hand in meinem

Haar, meine Hände an seinem Nacken. Die prickelnde Hitze zwischen uns. Wir, die wir uns küssen. Endlich!

Ich habe losgelassen, bin schwerelos, schwebe. Um mich herum verschwimmt die Welt und dreht sich um uns, während die Zeit in mir stillzustehen scheint. Es fühlt sich so an, als wäre es immer schon so gewesen. Ich weiß schon längst, ich bin verliebt, und endlich will ich es auch ganz und gar sein.

Für seine Küsse, die heiße Lava durch meinen Körper fließen lassen,
für seine Hände in meinen Haaren, auf meiner Haut,
für ihn neben mir bei Baskets Konzert, für seinen Arm um meine Schulter, für meine Gänsehaut bei jeder seiner Berührungen, für die Freude der anderen darüber, dass jemand neben mir steht.
Für meine Hand in seiner, auf dem Weg nach Hause,
für uns beide in meinem Bett und dafür, dass sein Es-langsam-angehen-Lassen ernst gemeint war.
Für unser aneinandergekuscheltes Glücklichsein beim Morgenkaffee mit Closing Time.
Und danke, dass er dieses Album genauso liebt wie ich.

Epilog I

»Und? Wie viele Stunden haben wir noch?«

»Drei. Was halten Sie davon, wenn wir uns diese drei Stunden aufheben? Ich habe momentan nicht das Gefühl, dass ich akut noch etwas für Sie tun kann. Ich habe eher den Eindruck, dass sich die Dinge, die wir hier in den letzten drei Jahren erarbeitet haben, nun erst einmal setzen können.«

»Heißt das etwa, Sie wollen mit mir Schluss machen, Frau Kantenkranz? Das hätte ich aber nicht von Ihnen erwartet. Sie servieren mich einfach ab?« Ich zwinkere ihr zu, hoffe, dass sie meinen Witz versteht.

»Frau Boss, Frau Boss. Sie sind ja ein richtiger Spaßvogel.« Sie legt ihren Stift auf ihr Klemmbrett und schüttelt amüsiert den Kopf. »Abservieren finde ich ein bisschen harsch. Ich würde sagen, wir machen mal eine Pause.« Sie lacht. »Ganz im Ernst, Frau Boss: Sie können wirklich stolz auf sich sein. Sie haben hart an sich gearbeitet. Sie haben Ihre Verhaltensmuster erkannt und verändert, und jetzt können Sie die Früchte Ihrer Arbeit genießen.«

»Danke, Frau Kantenkranz. Ich weiß, ich war am Anfang keine dankbare Patientin. Und um ehrlich zu sein, das Dankbarkeitstagebuch …« Ich rolle mit den Augen. »Ich habe es gehasst. Wissen Sie, was mein erster Eintrag war? *Dankbarkeit, ich hasse dich. Beste Grüße aus der Hölle.*«

Wenn ich dachte, Frau Kantenkranz mit dieser Enthüllung zu schockieren, lag ich falsch. Sie lacht nur.

»Führen Sie denn das Tagebuch noch?«

»Ja, mit großer Freude sogar. Es ist zu einem festen Bestandteil meines Alltags geworden. Ich weiß gar nicht, das wievielte Notizbuch ich mittlerweile schon angefangen habe. Es ist immer wieder erstaunlich, für was man alles dankbar sein kann und wie sich die eigene Energie sofort verändert, wenn man sich das bewusst macht.«

»Schön, dass Sie das so sehen, Frau Boss. Das freut mich.«

»Und wo wir schon dabei sind, möchte ich auch Ihnen danken. Sie haben echt einen tollen Job gemacht. Als wir uns trafen, habe ich einfach nicht an Therapie geglaubt. Davon haben Sie mich auf jeden Fall geheilt. Heute würde ich sagen, jeder Mensch sollte einmal in seinem Leben eine Therapie machen.«

Wieder lacht sie. »Vielleicht haben Sie recht. Selbstreflexion ist immer eine gute Idee.« Sie greift wieder nach dem Stift, tippt damit auf ihr Klemmbrett. »Haben Sie noch etwas auf dem Herzen, was Sie mit mir teilen wollen? Wir haben noch fünf Minuten, bevor unsere Stunde zu Ende ist.«

»Ja!«, strahle ich sie an. »Ich lasse noch ein bisschen mehr los …«

Epilog II

Der Wind fegt mir durch die Haare, und ich lasse meinen Blick über das weite Meer streifen. Er bleibt an einer Möwe hängen, die so dicht über das Wasser fliegt, dass es so aussieht, als würde sie mit ihren Flügelspitzen den weißen Schaum der Brandung berühren.

»Ich glaub, ich bin fertig!«, rufe ich von der Terrasse.

Er kommt zu mir nach draußen. »Wirklich? Mit Brankos ganzer Geschichte?«, fragt er mich ungläubig, drängelt mich von meinem Stuhl und nimmt mich auf den Schoß.

»Ja, und weißt du, was noch?«

Er küsst meinen Nacken, der immer noch bei jeder seiner Berührungen anfängt zu kribbeln, und schlingt seine Arme um mich. Seine Haut ist kühler als meine. Ich sitze schon seit Stunden in der sardischen Novembersonne, die zwar viel weniger brennt als im Sommer, aber immer noch sehr intensiv ist.

»Ja, weiß ich. Du solltest jetzt unbedingt mit mir schwimmen gehen.«

Ich kichere, weil mich seine Barstoppeln kitzeln. »Nein, ernsthaft!«

»Okay, ganz im Ernst.« Er kitzelt mich weiter.

Ich richte mich auf und schaue ihn streng an. »Willst du es jetzt wissen oder nicht?«

»Na gut.« Er lacht, weil er genau weiß, dass er mich damit necken kann, keine ordentlichen Antworten auf meine Fragen zu geben. Er lehnt sich zurück und verschränkt die Arme hinter seinem Kopf.

»Ich glaube, es ist richtig gut geworden.«

»So gut, dass du damit ganz schlimm reich wirst, mich unser ganzes Leben lang aushältst und für immer mit mir hier auf Sardinien lebst?«

Ich lache. »Nein, so gut vielleicht nicht.«

»So gut, dass du noch weitere Bücher schreibst und wir fast die ganze Zeit hier auf Sardinien leben können?«

»Ja, vielleicht so gut.« Ich schmiege mich an ihn und küsse seinen Hals, seine Wangen, seinen Mund. »Ich liebe dich. Ich liebe dich so sehr, dass es manchmal richtig wehtut«, flüstere ich in sein Ohr und bleibe ganz regungslos. Mein Körper an seinem. Ich kann seinen Herzschlag spüren.

»Ich liebe dich auch, Marlene. Du bist das wunderbarste Wesen, das mir je begegnet ist.« Er küsst mich zurück und fragt: »Und hast du auch die Geschichte von Brankos und meinem Kennenlernen erzählt?«

»Du meinst, wie ihr völlig unspektakulär bei einem Konzert von *BudSpencerSeineMudder* am Biertresen ins Gespräch gekommen seid? Ganz bestimmt nicht. Ich finde es immer noch unmöglich von euch, dass ihr meine Neugier auf so perfide Art und Weise ausgenutzt habt.« Meinen tadelnden Blick quittiert er mit einem Kuss auf meine Nasenspitze.

»Da ist er ja wieder, dieser feurige Blick. Den fand ich

schon bei unserer ersten Begegnung unwiderstehlich. Weißt du noch? Du, ich und die Radieschen?«

Ich nicke lachend. »Ja, du Radieschen-Romeo, du!« Es kommt mir so vor, als wäre das ewig her, und doch auch so, als wäre es erst gestern gewesen.

Er steht mit mir auf dem Arm auf und sagt: »Und, willst du auch sehen, was *ich* gemacht habe?«

»Ja, unbedingt.« Ich klammere meine Beine um seine Hüften, meine Arme sind um seinen Hals geschlungen.

Er trägt mich ins Tiny House, das nun schon seit einigen Wochen unser gemeinsames Zuhause hier auf Sardinien ist. Es steht auf dem Land des hutzeligen, so freundlich lächelnden Ömchens und seines humpelnden Mannes, denen ich in meinem ersten Sommerurlaub hier begegnen durfte. Wir helfen den beiden ein bisschen im Haus und im Garten. Und bekommen dafür Italienischunterricht, frisches Gemüse, Eier von den Hühnern und den atemberaubendsten Ausblick auf das Meer und die Berge, den man sich nur vorstellen kann.

Er setzt mich vor seinem Schreibtisch ab und zeigt auf seinen Computer. Ich lese:

Lieber Daryl, anbei wie besprochen die Soundfiles. Vielleicht habt Ihr ja Bock drauf. Gruß vom Meer, Bruno

»Und, wollen wir mein Demo gemeinsam abschicken?«

»Aber nur, wenn du mir versprichst, dass du dann nicht auf Welttournee gehst und mich vergisst.«

»Das, meine Marli, wird niemals passieren.«

Mit unseren Fingern auf der Maus zählen wir »drei, zwei, eins« und drücken gleichzeitig auf Senden.

»Und wie fühlst du dich jetzt?«

»Erleichtert. Und du?«

»Gespannt.«

»Und? Kommst du jetzt mit mir schwimmen?« Er streicht sanft über meinen Rücken.

»Ja«, strahle ich ihn an. »Und danach ein Gelato bei Lilo!«

»Einverstanden.«

Hand in Hand laufen wir hinunter zum Strand, schlüpfen aus unseren Klamotten, rennen wie die Irren nackt ins Wasser, stürzen uns kopfüber in die Fluten, tauchen durch die Wellen, spritzen uns nass, küssen uns. Dann lassen wir uns treiben, liegen nebeneinander auf dem Rücken im Wasser und betrachten die sich ständig verändernden Wolkenformationen.

Veränderung gehört zum Leben wie die Brandung zum Meer. Sie hat mich wachsen, mich zu mir finden lassen. Und das ist es doch, worum es im Leben letztendlich geht.

Ich höre die Möwen rufen, ich spüre seine Nähe neben mir im Wasser. Dieses Mal kann ich jederzeit nach seiner Hand greifen. Die meiste Zeit lasse ich sie einfach gar nicht mehr los. Meine andere Hand strecke ich nach oben aus und sehe gegen die Sonne mein Handgelenk mit dem Lederband, an dem das kleine rote Herz baumelt, das ich in der Nacht im *Eckpoint Charlie* aus dem Kaugummiautomaten gezogen habe. Es wird mich immer daran erinnern, nie wieder nicht lieben zu wollen.

Brief an die Leser*innen

Liebe*r Leser*in,
danke, dass Du dieser Geschichte Deine Zeit geschenkt hast. Ich hoffe, Du hattest Spaß, trinkst spätestens jetzt ein Ichnusa und bist dabei ja vielleicht sogar auf der Insel meiner Träume, wenn es die Lage wieder erlaubt.

Eddie, Sassy, die Mazotzkis, Bruno, Marlene und alle weiteren Charaktere und ihre Geschichten haben mir viel Freude beschert in einer Zeit, die weit jenseits der altbekannten Normalität lag und immer noch liegt. Ich habe dieses Buch im Sommer 2020 geschrieben. Mit großer Dankbarkeit im Herzen, dass ich das umgeben von wunderbarer Natur in meinem Zuhause mitten im Wald tun durfte.

Marlenes Geschichte hat mir geholfen, weiter zu üben, ruhig zu bleiben, durchlässiger zu werden, weniger zu bewerten, öfter zu entspannen, zu verzeihen, trotz allem meinen Humor nicht zu verlieren und vor allem eine tiefe Dankbarkeit zu empfinden. Für die kleinen Dinge, die vielleicht auf den ersten Blick selbstverständlich erscheinen, es aber so ganz und gar nicht sind. Meine Gesundheit, meine Freiheit, mein Dach über dem Kopf.

Beim Schreiben habe ich mir darüber Gedanken gemacht, ob und wie aus Katastrophen vielleicht auch Gutes entstehen kann, habe gefühlt, wie wichtig es ist, sich selbst und seinen Ängsten auf die Schliche zu kommen, wie schwer, dabei alte Muster aufzubrechen, und wie wunderbar es ist, seine eigenen Grenzen zu überwinden, loszulassen und zu vertrauen, dass das Leben Gutes mit einem vorhat.

Wenn man nicht selbst die richtige Richtung einschlägt, müssen die Dinge vielleicht manchmal erst schieflaufen, damit man seinen ganz eigenen Weg findet. Oder wie Bruno es so schön zusammenfasst: »Stell Dich Deinen Herausforderungen, sonst stellen sie Dich.«

Genau wie in Marlenes Leben haben die Herausforderungen in meinem mich dazu gebracht, über mich hinauszuwachsen. In der Komfortzone gibt es selten Wachstum. Außerhalb aber immer.

Und bei der Bewältigung von Herausforderungen gibt es meiner Meinung nach ein scheinbar ziemlich simples Tool, das allerdings in der Umsetzung manchmal gar nicht so einfach anzuwenden ist. Und zwar: LIEBE. Egal, was ich tue, ich versuche, es mit Liebe zu tun. Manchmal sind das Dinge, die ich nicht tun will. Aber wenn ich sie schon tun muss, warum dann nicht mit Liebe? Liebe macht weich, Liebe ist Mitgefühl für Mensch – für mich selbst und andere –, für Tier und Natur. Und Liebe heilt, sie vereint. Liebe als Lebensleitfaden und für die Entwicklung eines stabilen Fundaments in mir selbst ist für mich eine gute Idee, und ich werde weiter versuchen, sie immer in mein Tun einfließen zu lassen. In diesem Sinne: Let's be love.

Ich wünsche Dir, liebe Leserin, lieber Leser, dass Du die nächste Herausforderung in Deinem Leben mit Gelassen-

heit, Liebe, Dankbarkeit, Mut und Anmut angehen kannst. Angst zu haben, zwischendurch zu verzagen – das gehört dazu, aber ich bin mir sicher, dass wir es schaffen, unserem Herzen zu folgen und im Kleinen und Großen die Welt zum Guten zu verändern.
Alles Liebe aus dem Wald und bis bald,

Franziska

PS Wenn Du Lust hast, jeden Monat eine liebevoll verfasste Mail mit jeder Menge guter Laune, ausgewählten Buchtipps, einer inspirierenden Kolumne und meinen neuesten Neuigkeiten, Projekten und Events zugeschickt zu bekommen, dann freu ich mich über Deine Anmeldung für meinen Newsletter auf:
www.franziskajebens.de/newsletter

Auf Instagram findest Du mich unter @kaffeemitkaeuzchen.

PPS Der Song, den Bruno am Ende der Geschichte für Marlene singt, basiert auf einem Song, den mein Mann Carsten im Sommer 2004 für mich geschrieben hat, als wir gerade dabei waren, ein Liebespaar zu werden.

Falls Du also noch daran zweifelst: Ich sag's Dir, es gibt sie auch in echt, die ganz, ganz große und wunderbar romantische Liebe!!!

Playlist

Aus einigen der Songs, die im Buch vorkommen, habe ich eine schöne Playlist zusammengestellt, die mir immer gute Laune macht. Vielleicht macht sie Dir ja auch Spaß!

Felicita • Al Bano & Romina Power
Pretty Please • Dua Lipa
Man • Taylor Swift
Stupid Love • Lady Gaga
Juice • Lizzo
Going Loco Down in Acapulco • The Four Tops
Gloria • Umberto Tozzi
Marleen • Marianne Rosenberg
Don't you want me • The Human League
Everlasting Light • The Black Keyes
Via Con Me • Paolo Conte
I hope that I don't fall in love with you • Tom Waits

Danke …

… an alle Menschen, die etwas Gutes tun, im Großen wie im Kleinen, und die so dazu beitragen, dass unser doch so kleiner Planet ein besserer Ort ist.

… an die Buchhändler*innen für ihr Durchhalten in den vergangenen Monaten, in denen gute Geschichten wichtiger waren denn je!!

… an das Ullstein-Team für die wundervolle Zusammenarbeit, Karsten, für Deinen netten Anruf im September, den wir übrigens im Landy am Strand entgegennahmen, Frau Wimmer, für das wunderbare Cover, Frau Haupt, Frau Bremer, für den netten Kontakt, Frau Golosch, dass es auch dieses Mal ein Hörbuch gibt, Meike, für Deine tolle PR-Unterstützung, an das Vertriebsteam für die supermegatolle Arbeit (unter widrigen Umständen) für nun schon zwei meiner Bücher, Marie-Isabelle, für Deine Unterstützung beim Thema Veranstaltungen, Julia, für Deinen Marketing-Einsatz, Angelika, Annalena, Kathrin Kurz, für die Korrekturen und besonders für das Semikolon auf Seite 274 und, liebe Louisa, für Deinen so herzlichen Empfang im Ullstein-Garten im letzten Sommer, für Deine Zuverlässigkeit und für Deine so hilfreiche, kluge und weitsichtige Arbeit am Text, die das Buch zu dem gemacht hat, was es jetzt ist!!

... an Pascalina, Jess, Hilko, Linda für den wunderschönen Champagnernachmittag im letzten Sommer in ebendiesem Garten. Und, liebe Linda, noch einmal ein riesengroßes Extra-Danke für den fantastischen Titel dieses Buches und alles, was Du für uns möglich gemacht hast!! Wir freuen uns auf baldige Feierei im Wald oder in Berlin!

... Frau Laugwitz, auch Ihnen möchten wir an dieser Stelle noch einmal für die Möglichkeit, dieses Projekt zu verwirklichen, danken!

... an die Zero Agentur für die wunderwunderschöne Gestaltung des Buchcovers – ich liebe es fast noch mehr als das letzte!

...an HörbuchHamburg, dass es ein Hörbuch zu diesem Buch gibt, und an Silke für die tolle Betreuung des Projekts!

... liebe Corinna! JippieJippiehJay, dass Du auch dieses Buch mit Deinem unglaublichen Können und Deiner Kreativität als Hörbuch zum Leben erweckst!! Danke, dass wir mit Dir arbeiten dürfen! Wir rollen Dir den roten Teppich aus!!

... liebe Meike, liebe Karin, für den wunderbaren Nachmittag in Eurem Büro mit Schwarzwälderkirsch unter der weltbesten Lampe, und, liebe Meike, für Deine so sinnvollen Gedanken zu all unseren Themen, für Deine Empathie und Deinen Scharfsinn und dafür, dass Du Lust hast, mit uns zu arbeiten!!

... liebe Kathrin, für die besten Postkarten, für Dein zuckersüßes Weihnachtspaket inklusive Dino-Keksen und für Deine wieder so selbstlose und liebevolle Unterstützung bei @kaffeemitkaeuzchen. Du bist ein Goldstück von Mensch!!

... liebe Marion, für Deinen und Kathrins Corona-konformen Besuch bei uns im Wald mit Übernachtung im Gewächshaus, dafür, dass Du gute Geschichten und gute Getränke schätzt, und immer noch weiter und bis in alle Ewigkeit danke für alles, was Du für uns getan hast!!

... meine allerliebsten Eltern, für Eure Unterstützung, für Euer Verständnis, wenn ich so konfus bin, dass ich Bügelbretter mit Bügeleisen verwechsele, und für Eure Liebe, die ich in jedem einzelnen Telefonat, in jeder Nachricht von Euch spüre!

... meine liebste Sally, für Dein Päckchen mit Cremant, Keksen, Weihnachtsdeko und dem zuckersüßen Weihnachtskalender, der mir jeden Tag ein Lächeln ins Gesicht gezaubert hat, für unsere wunderbare Wanderung am See und einfach dafür, dass es Dich gibt!!

... meine liebste Caro, für den gemütlichen Nachmittag auf dem Ponton, für die langen Skypes mit und ohne Drinks und dass wir uns nie nichts zu sagen haben. Ich bin so stolz auf dich, dass Du Deine Träume verwirklichst!!

... meine Petzi, für all Deine so lieben Nachrichten im letzten Jahr. Ich weiß gar nicht, ob Dir klar ist, wie bedeutsam die für mich waren.

... liebe Anna, dass Du Lust hast, mich in Deiner wertvollen freien Zeit anzurufen, und wir uns dann Unwichtiges und Wichtiges erzählen, das mich immer inspiriert.

... liebe Mel, für unser gegenseitiges, liebevolles Anspornen per SMS, für unsere Brainstormings und für unsere lustig-ernsten Telefonate, und, liebe Miri, für unser schönes Skype im Sommer! Ihr Süßen, ich kann es nicht erwarten, endlich wieder mit Euch in Annas Küche zu sitzen!! Und

Paulina, mein Schatz, ich hoffe sehr, dass auch wir uns bald wiedersehen!!

... liebe Lotti, dass ich weiß, dass Du immer *da* bist, auch wenn wir gerade nicht zusammen sind. Ich freue mich sehr darauf, Dich in Deinem neuen Zuhause zu besuchen; Caro, Lennart, Sarah und Yanni – dass es Euch, und jetzt auch den kleinen Henri, in unserem Leben gibt, Pollo, für Deine Kraft und Ruhe, die ich immer spüre, Ines und Martin, fürs Clinti-Sitting, während wir auf Tour waren oder dringend ans Meer mussten, an Claudia für den schönen Nachmittag in der Buchhandlung, um *Die Liebe fällt nicht weit vom Strand* zu begießen, lieber Marc, für Deine supermegatolle Mac-Unterstützung und dass Du uns immer hilfst, wenn online irgendwas nicht klappt, liebe Nicole, für Deinen wunderbar inspirierenden Sardinien-Blog www.pecoranera.eu und Deine Liebe zu unserer Herzensinsel, liebe Susanne @frau_elbville, für Deine tollen Texte und die besten Fotos von Hamburg, die immer meine Fantasie anregen, liebe MP, wieder mal aus tiefstem Herzen! Liebe Katrin, für Deine Top-Beratung in allen Rechtsfragen, und an alle Menschen, denen wir in den letzten Jahren bei unseren Lesungen begegnen durften und die uns so liebe Nachrichten geschrieben haben! Ihr fehlt uns, und wir freuen uns sehr darauf, Euch hoffentlich bald wiederzusehen!!

Und danke, fröhliche Schmiddie, lustiger Clint und über alles geliebter Carsten – durch Euch ist mein Leben oft so rosa-golden wie das Cover dieses Buches und generell ein nie endendes, glitzerndes Fest!!! ♡ ∞ ♡

Leseprobe

Franziska Jebens
DIE
Liebe
FÄLLT NICHT
WEIT VOM
Strand
Roman
ullstein

Erster Teil

Ich starre mein Spiegelbild an. Was hat die Yogalehrerin gestern Abend noch gesagt? Ich soll mit meiner Niere lächeln? Beim besten Willen. Das ist ein bisschen viel verlangt.

Heute Morgen finde ich es schon anstrengend genug, überhaupt die Augen aufzuhalten. Von einem Lächeln, in welcher Gegend meines Körpers auch immer, kann vor zehn Uhr auf keinen Fall die Rede sein. Wie spät ist es überhaupt? HALB NEUN??? SHIT! Ich bin hundert Jahre zu spät.

Ich reiße meinen Trenchcoat von der Garderobe, schnappe mir meine Handtasche und knalle die Tür zu. Abschließen. Und nun schnell die fünf Stockwerke runterlaufen, ohne mich dabei mit meinen Plateausandalen in der überlangen Schlaghose zu verheddern.

Ohne Verletzungen unten angekommen. Yay! Habe ich eigentlich abgeschlossen? Wieder oben angekommen, schließe ich eine Wette mit mir selbst ab. Wenn du wirklich nicht abgeschlossen hast, darfst du am Wochenende hundert Euro beim Shoppen ausgeben. Zwei Umdrehungen, bevor die Tür aufspringt. War ja klar. Jetzt noch einmal mit voller Konzentration abschließen und wieder nach unten, während ich »Ich habe abgeschlossen. Ich habe abgeschlossen. Ich habe abgeschlossen.« vor mich hin summe.

Der Bäcker nebenan hat keine Franzbrötchen mehr, stattdessen nehme ich eine Brezel. Nachdem ich bezahlt habe, fällt mir wieder ein, warum man bei diesem Bäcker keine Brezeln kaufen sollte: Sie sind trocken und viel zu salzig.

Unten in der U-Bahn-Station hechte ich in den Coffee Shop. Der Karamellsirup ist aus, aber einen ganz normalen Caffé Latte bekomme ich. Während ich versuche, den Deckel auf dem To-go-Becher zu befestigen und dabei Richtung Ausgang gehe, läuft ein Mann geradewegs in mich hinein. Der Kaffee schwappt mir entgegen, direkt auf mein puderfarbenes Shirt.

Ich beuge meinen Oberkörper nach vorne, damit der heißheißheiße Kaffee nicht meine Haut verbrennt, die Flüssigkeit tropft am Saum des Shirts langsam auf den Fußboden.

»Passen Sie doch auf, Sie dumme Person!«, lässt mich eine Frau im Vorbeilaufen wissen.

Ich stelle meinen Becher, in dem noch ein letzter Rest Kaffee darauf wartet, getrunken zu werden, auf den Boden und wringe mit spitzen Fingern mein Shirt aus. Was sind meine Optionen? Mein Traum von letzter Nacht fällt mir wieder ein. Ich musste zu einem Vorstellungsgespräch und befand mich in einem Zimmer voller Kleider, an der Wand eine riesige Uhr. Ich hatte noch zwölf Stunden Zeit, um mir ein passendes Outfit für den Termin herauszusuchen. Eine Leichtigkeit bei dieser großen Auswahl. Aber Pustekuchen. Um fünf vor zwölf hatte ich mich immer noch nicht entschieden. Und um zwölf war das Gespräch! Nass geschwitzt und atemlos war ich aufgewacht.

Das war also Vorhersehung. Ich wusste bereits heute Nacht, dass ich zu spät zur Arbeit kommen würde.

Ein Klamottenwechsel kommt nicht mehr infrage, dafür bin ich zu spät dran. Ich könnte einfach das Shirt umdrehen, sobald es getrocknet ist, und bis dahin den Trenchcoat über meiner Unterwäsche tragen. Das müsste gehen.

Mit dem Becher in der Hand gehe ich zum Gleis. Gerade ist ein Zug abgefahren, und es sind nicht mehr allzu viele Leute auf dem Bahnsteig. Wenn ich mich zur Wand drehe und schnell das Shirt aus- und genauso schnell den Trench anziehe, wird es fast keiner sehen.

Die Durchführung dieser Idee stellt sich als schwieriger heraus als gedacht. Zumindest der zweite Teil. Anscheinend hatte sich beim letzten Ausziehen des Mantels vor ein paar Tagen ein Knopf des Ärmels irgendwo verfangen. Der Ärmelteil steckt in sich fest und lässt sich nicht so einfach befreien. Ich kann nicht sehen, woran der Knopf festhängt, und meine Brille ist irgendwo in meiner Handtasche vergraben. Ich begebe mich, obenrum nur mit meinem BH bekleidet, in die Hocke und krame in den Untiefen meines unübersichtlichen Beutels herum. Ich muss meine Brille finden, sonst stehe ich noch eine halbe Stunde halb nackt hier rum.

Oh-oh! Mein Bauch fängt an, sich hörbar zu beschweren. Mein überempfindlicher interner Kommentator meldet sich immer gerade dann, wenn ich es so gar nicht gebrauchen kann. Ob es hier wohl eine Toilette gibt? Ich krame schneller, finde zwanzig verloren geglaubte Haarbänder, eine Tupperdose mit fragwürdigem Inhalt, ein paar englische Pfundstücke …

»Bist du's, Sophie?«

Das hat mir gerade noch gefehlt. Ich kneife meine Augen fest zusammen.

»Du bist doch Sophie, oder? Sophie Petersen, richtig?«

Pause.

»Hallo? Geht es dir gut?«

Was für eine Frage. Ich hocke in einem U-Bahn-Schacht mitten in Hamburg an einem Freitagmorgen vor meiner Handtasche und krame nach meiner Brille. Nicht ungewöhnlich. Stimmt. Allerdings trage ich dabei obenherum nur einen schwarzen, wenn auch sehr schönen BH, und wenn ich nicht gleich eine Toilette finde, wird es für mich noch sehr viel peinlicher, als es ohnehin schon ist. Ich sehe ein, dass ich mich durch das Schließen meiner Augen nicht unsichtbar machen kann. Es gibt dich wirklich, Sophie, und du musst jetzt antworten, sonst ruft diese Person noch einen Krankenwagen oder die Polizei.

Ich öffne meine Augen, presse den Trenchcoat an meine Brust und schaue nach oben.

»Ja, ich bin Sophie. Und wer bist du?« Beim besten Willen kann ich mich nicht an diese Person erinnern, die da vor mir steht. Sie sieht unglaublich ordentlich aus. Ist das vielleicht meine Bankberaterin?

»Ich bin's, Felicitas. Weißt du nicht mehr? Wir haben zusammen Abitur gemacht.«

Keine Erinnerung. Will ich auch nicht. Es gibt gute Gründe, warum ich mit niemandem von früher befreundet bin.

In der Schule gehörte ich von Anfang an nicht so richtig dazu. Im Nachhinein würde ich mich wohl als lupenreinen

Nerd bezeichnen. Wer liebt denn schon mit vierzehn die Naturwissenschaften, findet in der Koch-AG seine Erfüllung und verbringt sämtliche Freizeit damit, sich die Grundlagen der Molekularküche anzueignen?

Während meine Klassenkameraden sich nach der Schule cool und lässig rauchend in den dunklen Ecken unserer Kleinstadtparks herumdrückten, verbrachte ich jede freie Minute im Haushaltswarenladen von Frau Düsen und ließ mir jedes Messer, jede Rührmaschine, jede Backform und jedes Sieb erklären. Während meine Mitschülerinnen sich für Schminke, die neuesten Chart-Hits und Asti Spumante mit Strohhalm begeisterten, stand ich mit einem glückseligen Lächeln an meinen dampfenden Töpfen und habe in flüssigem Stickstoff geeiste Bohnenperlen auf Krustentiergeleewürfeln zubereitet. Gegensätze ziehen sich an? In dem Alter wohl kaum. Zwei Jahre später wurde mein Außenseiterinnen-Schicksal endgültig besiegelt: Meine ambitionierten kulinarischen Kreationen wurden während des Schülerwettbewerbs einer Projektwoche von Eltern und Lehrern gleichermaßen enthusiastisch gelobt, und die Auszeichnung und der erste Preis über zweihundert Euro gingen an mich.

So war das aber nicht geplant gewesen. Die bei der gesamten Schülerschaft sehr beliebte Schulband »Die Letzten« war sich ihres Sieges gewiss gewesen, hatte sich schon sehr auf den Gewinn gefreut und sämtlichen Fans versprochen, die zweihundert Tacken gemeinsam stilvoll zu versaufen. Nun gingen sie leer aus, das allgemeine Umsonst-Besäufnis fiel flach, und stattdessen hätte Sophie Petersen nun endlich ihre lang ersehnte Küchenmaschine kaufen können.

Aber ich war ja auch nicht auf den Kopf gefallen. Vielleicht hatte sich ja jetzt doch noch eine Möglichkeit ergeben, sich endlich beliebt zu machen.

»Ich finde, ›Die Letzten‹ haben den Preis mehr verdient als ich. Ich würde ihn gerne weiterreichen«, verkündete ich selbstlos und mit zitternder Stimme auf der kleinen Bühne in der Aula und sah mich schon mit einer Flasche eisgekühltem Bommerlunder in der Hand in die tosende Menge meiner neu gewonnenen Freunde stagediven, während »Die Letzten« sich auf ebendieser Bühne bei ihrem Sieger-Konzert die Seele aus dem Leib spielten.

Aber anstatt mich dafür zu feiern, schrie Kris, der Sänger der Band: »Buuuh! Wir brauchen deine Almosen nicht, du Kochtopf-Jockey. Buuh!« Und die anderen stimmten mit ein, trampelten mit den Füßen auf den Boden und buhten mich aus, während die Lehrer aufgebracht versuchten, Ruhe in den überhitzten Laden zu bringen. Mein spontaner Plan, mit dem ich mich endlich in die für mich so schwer zu durchschauenden Sozialstrukturen meines Kleinstadtgymnasiums integrieren wollte, war auf fatalste Weise gescheitert. Nun war ich nicht mehr nur der unsichtbare Koch-Freak, sondern hatte mich stufenübergreifend als arrogante Bratnudel präsentiert, die herablassend ihre milden Gaben unter der Schülerschaft verteilt. So wurde mein Auftritt zumindest interpretiert. Mein Schicksal als offizielles Hänsel-Maskottchen der Schule war damit unumstößlich und bis zum Abitur besiegelt worden.

Die Erinnerungen an mein unbeliebtes Ich von damals drücken noch ein bisschen mehr auf meinen Bauch, und ich will einfach nur noch raus aus dieser Situation, weg von dieser längst verdrängten Erinnerung.

»Nein.«

»Was nein? Du kannst dich nicht mehr an mich erinnern, oder nein, wir haben nicht zusammen Abitur gemacht?« Felicitas sieht verwirrt aus.

»Einfach zu allem nein. Du musst mich verwechseln. Und jetzt entschuldige mich bitte. Wie du ja siehst, bin ich sehr beschäftigt.«

Felicitas sieht jetzt noch verwirrter aus. »Okay. Vielleicht mal auf einen Kaffee?«

»Wie schon gesagt, nein. Immer weiter nein. Danke und tschüss.« Ich blicke wieder nach unten in meine Handtasche und krame weiter. Da. Da ist sie. Die Brille. Brille auf. Aha. So. Der Knopf am Handgelenk hat sich in einem Loch vom Innenfutter verfangen. Jaja, Nähen müsste man können. Ich stehe hastig auf, und mir wird kurz schwarz vor Augen. Manchmal mag ich das ja, weil ich dann total im Moment bin. Jede Sorge, jeder Gedanke löst sich auf in diesem kleinen Schwindel, und es geht nur darum, wieder zu sich zu kommen und nicht umzukippen. Heute würde ich es allerdings vorziehen, nicht auch noch eine Top-lose Ohnmacht auf dem U-Bahn-Steig befürchten zu müssen, sondern mich einfach anzuziehen und von hier zu verschwinden. Ich ziehe den Trenchcoat über und setze meine Brille ab. Felicitas steht immer noch mit offenem Mund vor mir.

Die U-Bahn fährt ein. Ich lasse die verblüffte Felicitas stehen, steige zu und fahre fort.

In der Bahn ist es heute noch heißer und voller als sonst. Ich versuche, nicht zu atmen. Wieso müssen sich die Leute immer parfümieren, bevor sie in die U-Bahn einsteigen? Neben mir isst ein Typ, der wohl die Nacht durchgemacht hat, einen Döner, und aus den Kopfhörern eines Mädchens mit schwarz kajalten Augen schallt ohrenbetäubende Heavy-Metal-Musik.

Ich sollte Claudio Bescheid sagen, dass ich zu spät komme. Wenigstens habe ich mein Handy nicht vergessen. Zehn Prozent Akku, lässt es mich wissen. Für eine SMS reicht das noch.

»Hi Claudio, sorry, aber könntest ...?«, und schon ist das Display schwarz. Jetzt lässt mich auch noch mein altes Nokia im Stich.

Endlich kommt meine Haltestelle, ich löse mich aus dem Menschenpulk und steige aus. Mein Blick fällt auf die große Uhr am Bahnsteig. So eine Uhr habe ich doch heute schon einmal gesehen ... Ach ja, in meinem Vorstellungsgesprächs-Albtraum. Nur, dass es nicht fünf vor zwölf ist, sondern fast halb zehn und damit eine halbe Stunde nach Beginn meiner vertraglich vereinbarten Arbeitszeit. Aber bevor ich den Weg zu meinem Arbeitsplatz fortsetzen kann, muss ich mal. Unbedingt. Im Café an der Ecke darf ich die Toilette benutzen und bin unglaublich dankbar, dass es nur eine einzige Kabine gibt.